作家 IP 工场

溃军

张七七—— 著

山西出版传媒集团

北岳文艺出版社·太原

图书在版编目(CIP)数据

溃军 / 张七七著. —太原 : 北岳文艺出版社, 2020.1
ISBN 978-7-5378-6018-5

Ⅰ. ①溃… Ⅱ. ①张… Ⅲ. ①长篇小说 – 中国 – 当代
Ⅳ. ①I247.5

中国版本图书馆CIP数据核字(2019)第211277号

书　名:溃　军　　　　策　　划:王朝军　高海霞　　印装监制:巩　璠
著　者:张七七　　　　责任编辑:高海霞　　　　　　装帧设计:张永文

出版发行:山西出版传媒集团·北岳文艺出版社
地址:山西省太原市并州南路57号　邮编:030012
电话:0351-5628696(发行部)　0351-5628688(总编室)
传真:0351-5628680
网址:http://www.bywy.com
E - mail:bywycbs@163.com
经销商:新华书店
印刷装订:山西人民印刷有限责任公司

开本:787mm×1092mm　1/16
字数:345千字　印张:22
版次:2020年1月第1版　印次:2020年1月山西第1次印刷
书号:ISBN 978-7-5378-6018-5
定价:52.00元

目 录 CONTENTS

北平有战事　/ 001

咱们就叫"热血团"　/ 019

鬼子来了　/ 039

初战告捷　/ 055

归来　/ 066

八路军　/ 086

无法相爱的爱　/ 096

内奸　/ 116

情之迷狂　/ 133

英雄　/ 148

女人间的战争　/ 162

兄弟阋墙　/ 181

敌我难分 / 195

分道扬镳 / 216

女土匪 / 226

挺身队 / 241

永不分离 / 257

稻城之战 / 275

爱无边 / 289

爱与阴谋 / 302

与子同袍 / 313

革命之路 / 327

尾声 / 343

北平有战事

我得承认，我要讲述的是一个传奇故事。在我写过的所有小说中，没有比这一部更传奇的了。那些曾经喜欢过我小说的读者不必感到意外，这同样是篇不错的小说。我所有小说都遵守一个原则：我写的是真事。

确实有谢让、谢天、谢地这些人，但我没有坦白相告他们住址的义务。他们让我转告将要看到这篇传奇的读者，他们不愿意被人打扰。我能告诉你们的是，他们现在生活得很好，很幸福。

好了，开始吧。

故事发生在1935年的北平。这是一个让人心里很不是滋味的年头。1935年6月，何应钦与侵占华北的日军司令梅津美治郎谈判，签订《何梅协定》，北平除了西南卢沟桥尚在国军手里，最近的日军已经驻扎在了丰台。我们知道，丰台现在已经是市区了。想想吧，1935年的时候，这里驻扎的是日军，这是一件多么可怕的事情。

在那一年，许多日本浪人涌进北平。他们开办了大量合法和非法的商铺，合法的如洋布行，非法的如鸦片馆。鸦片馆将在这个传奇故事中扮演重要角色，现在这里暂且不提。

且说在这一年的春天，帽儿胡同的四合院里来了一位十八岁的姑娘。她告诉人们，她叫周樱，是协和医院的护士，到这是来租房的。她还告诉人们，她父母本来是南京金陵大学医学院的教授，半个月前，接到了北平协和医院的聘书。父母在金陵大学将近二十年了，想换换环境，于是就来了。但不幸的是，到天津的时候，父母染上风寒，双双不治而亡。她本来应该回到熟悉的南京，但就是因为太熟悉那里了，她反而不敢回去了。南京的每个角落里都留有父母的足迹和气味。她说这话时，明亮的眼睛里已经有泪珠在滚动了。谢太太一边用手帕擦着泪水，一边朝着这个姑娘摆手："别说了，别说了……"她是一个有着菩萨心肠的女人，听不得看不得世上悲惨的事情。她让姑娘住在她家的两间空房里，一个月应该收两块大洋的租金，但她只向这个姑娘要两个月一块大洋的租金，并且送给她很多家具和生活用品。姑娘并不知道北平的房租，当她第二天知道后，坚决要求按照市价来付房租。姑娘还说，父母都是大学教授，她并不缺钱。谢太太说，她也不缺钱，两个月一块大洋只是象征性的，本来就不应该要她的钱。"人都有落难的时候，这个时候最需要大家帮助，我怎么能再要你的钱呢？"一个坚持要给，一个坚决不收那么多。姑娘实在没有办法了，说："谢谢你，我感谢你的好意，但你如果再不收，我就搬走了……"

这是一个星期天，谢太太的大儿子谢天正坐在一边看书，他从燕京大学毕业后，在一家报馆当编辑、记者，一有空就抱着书看。他抬头对她俩说："你们两个别争了，这样吧，大家都各让一步，一个月一块大洋，行不行？"姑娘想了一会儿，只得无奈地点了点头。谢太太自然不愿意姑娘搬走，也同意了。

谢太太确实不缺钱。她丈夫是北平的一个警察局长，名字叫谢让，他有两个儿子。因为谢家有好几辈都是单传，生了第一个儿子，他喜极而泣，给儿子起名谢天。第二年，老婆又怀上了，再次给他生了一个儿子，鸿运高照，他激动地跑到祖坟前好好地哭了一场，并给第二个儿子取名谢地。合在一起就是谢天谢地。谢地正在燕京大学读书。谢让成熟、稳重，他不放心的是儿子谢地，谢地正处于青春期，精力好得嗷嗷叫，动不动就给他惹事。而在北平，这年月，是最不能惹事的。

3

谢让正在为北平城里的日本浪人发愁。《何梅协定》签订以后，北平就没有安静过，隔三岔五，青年学生就要到街上散发传单和标语，或者举行游行，一是抵制日货，二是呼吁政府抗日。谢让当然和这些青年学生是心心相印的，从东北到华北，日本人一步一步地占领着中国的土地。每个人心里都清楚，日本人迟早要蚕食掉整个中国。他甚至巴不得老天爷发怒，来场地震，把那个小小的岛国震到大海里，这样整个世界就都清静了。和青年学生不一样的是，他是警察局长，坚信任何一个政府都不可能是卖国的，都会保护自己的国家。国之不存，家之焉在？问题是，中国太弱，国人要"忍辱负重"。蒋委员长说，和平不到绝望时，决不放弃和平；牺牲不到最后关头，决不轻言牺牲。他相信委员长不是说着玩的。他是警察局长，消息自然是灵通的。比如他就听说过，委员长正在秘密装备、训练四十个德械师，准备将来收复东北，还在华东修建永久战备工程。所有这一切，都是为中日一战做准备。这个时间当然拖得愈久愈好。这帮学生总会坏事。他一再告诫正在燕京大学读书的儿子，不要跟着别人瞎跑，上街不是爱国，是误国，读好书是你们学生最大的爱国举动。儿子自然听不进他的话，虽然没有当场反驳，但那眉头皱得很难看。

警察局长陷入两难之中。政府要求他压制学生的抗日热情，以免被日本人抓到口实，日本人也在向他施压，要求惩办抗日积极分子。北平驻有日本的特务机关，和警察局长打交道的是一个叫樱井兆太郎的课长。一个小小的课长，威风比北平市长还大。他的消息比警察局更灵，过几天就会送来一个名单，让警察局长去抓人。谢让问他们，这些人犯什么法了？这个家伙就像背书一样指着一个个人名告诉他，某日某时在某某地方发表了什么言论，或者做了什么破坏"中日亲善"的事情。谢让只得让自己的手下穿上便装，偷偷地找到名单上的那些人，动静闹得大的，不抓不足以向日本人交代的，他让警察给他们几块大洋，让他们赶紧离开北平避避风头。日本人再来问时，他双手一摊，说找不到了。那个樱井课长倒也没什么办法。

这一次就不同了，他谢让必须得去找樱井课长交涉了。

事情是这样的：北平有个破落的八旗子弟，家里没什么财物，却染上抽大烟的恶习。毒瘾犯了，就摇摇晃晃地上街找鸦片馆。他平常是不敢上日本人开的鸦片馆的，但这次不同，毒瘾来势凶猛，鼻涕眼泪一大把，他用袖子去擦，涂了一脸。这样的人，放在其他鸦片馆，看门的就不会让他进去。但日本人却不这样想，任何人进他们的鸦片馆他们都不拦，你敢进来，就只有乖乖掏钱的份儿。他们从来不相信，身上没钱的人敢上他们的馆子。这个人进去抽饱了大烟，苍白的脸上有了红润，精神也来了。日本人过来问他要钱，他耍起无赖，头抬得直直地说："没钱。"日本人一巴掌拍在他仰得直直的脑袋上，吼他："你再说一句没钱?"鲜血从鼻孔里流出来，他用袖子擦一下，脸上鼻涕和鲜血混在一起，像戏里的小丑。他重新把头抬得直直的，瞪着日本人，声音响亮地说："没钱就是没钱，要钱没有，要命一条。"这些破落的八旗子弟北平还有不少，啥本事也没有，就会吃喝玩乐耍无赖。在中国人那里，倒也没什么事，多说挨顿揍，但也不会往死里揍，因为揍死人是要吃官司的，犯不着为这些混混去吃官司。他们就这样在北平混吃混喝，一年又一年。他没想到，日本人不是中国人，日本人不怕吃中国的官司。他话音刚落，木棍拳头都上来了。人被打倒在地，哭叫着求饶时已经晚了，日本人存心要打死他。他确实被打死了。以前人死掉了，如果偷偷地处理掉，只要没人追究，警察局也就睁一只眼闭一只眼——总而言之，日本人得罪不起。一点芝麻样的小事，这些日本人都能弄成国与国之间的纠纷，他们大做文章，就是要让军队开枪放炮，欺负到中国人的头上来啦！中国人只能忍辱负重啊！但这一次不一样了，日本人何止是欺负到头上了，是到头上拉屎来了：他们把打死的那个中国人扔到了大街上！光天化日之下，他们就这么干了！

警察局长带着五个手下去了鸦片馆。这是人命关天的事情，他有理，他可以把这些日本浪人捉拿归案。但他都忘了，日本人在中国的土地上是不和他讲理的。他本来带了手枪，但他想了想，还是把枪取下来放在了警察局。那五个警察也是徒手的。他都这样了，日本人总不会不给他面子吧。谁知到了鸦片馆，他刚一开口，就被日本浪人挥舞着木棍和武士刀赶了出去。谢让和五个手下狼狈地站在大街上，眼前无数金星闪烁，鸦片馆的大门像头张着嘴巴的怪兽朝他嘿嘿地笑着。在那一刻，他都有端挺机枪把北平城的日本人全部扫掉的想法了。想归想，最终还得直面惨淡的现实：如果要把凶手捉拿归案，非得动枪不可——可谁又敢对日本人动枪呢？

谢让回到警察局，骂了半天日本人的娘，最后还得硬着头皮去找日本人。这次他是带着副局长江一郎一起去找的樱井课长。樱井的副官藤野严八郎把他们带进去，樱井坐在堂屋，阴沉着脸。屋中放着两个半人高的百子闹春的地瓶，中堂挂着一副对联："琴有古声清耳目，鹤缘仙骨近云霄"，中间是清代画家戴熙的《墨松图》。这些应该都是文物，但不管是他买来的，还是偷来的，谢让都没办法。谢让说了来意，樱井的眼睛眯起来，皱着眉头狠狠地盯着他，突然，樱井站起身来，抽出指挥刀。江一郎吓得不由自主地后退一步。谢让心头一凛，这个日本人想干什么？他下意识地摸了一下腰，腰里没挂手枪。

桌子上放着一个果盘，樱井用指挥刀挑起一只苹果，递到谢让的鼻子下面："谢局长，请吃。"谢让愤怒地瞪着樱井，最初的慌乱过后，他决定不再示弱，哪怕今天死在这里，也不能被日本人欺负了。他猛地张嘴咬住苹果。在那一刻，警察局的副局长江一郎几要泪流满面了，他是理解局长的，他能想象出局长会继续忍辱负重地把苹果咽进肚里。他没想到，局长咬了一口苹果，"呸"地吐在地上。藤野严八郎怒目而视，手按在了枪套上，吼道："你的，中国人，大大的坏！"樱井摆摆手，制止了他。他转过身，瞪着地上的苹果，好像不认识苹果了一样，看了半天，抬起头瞪着谢让，脑袋向前伸着，那张狠毒的脸逼得更近了："我好心好意地请你吃苹果，你却把它吐在地上，这不是对我们大日本帝国的侮辱吗？"强盗居然有理了。谢让仍旧用愤怒的目光瞪着樱井课长，说："你用刺刀挑着苹果让我吃，即使低等动物也不会有这样的待客之道，何况现在是在中国的土地上，我们才是主人，你们是客人。要说侮辱，是谁在侮辱谁呢？"樱井手里的指挥刀抖了一下，厉声问道："你难道想出风头当什么民族英雄吗？"谢让说："生为中国人，做民族英雄不是出什么风头，是做人的本分。相信阁下作为日本人，自然也有此心吧。"

樱井课长哼了一声，收回指挥刀，说："你想怎么办？你说吧……你总是给我们找麻烦。"

这些狗一样的日本人啊，颠倒黑白张嘴就来，脸皮之厚世界之最。

谢让忍住气，把事情经过讲了一遍，要求对死者进行赔偿和惩办杀人凶手。

藤野严八郎冷笑一声，说："那个中国人的命还没有他吃的鸦片烟贵，谈何赔偿？至于惩办杀人凶手，谁看见他是被我们的人打死的？你有证人吗？"

这个副官狗仗人势，令人讨厌。谢让不理他，直直地瞪着樱井。

樱井坐在办公桌前，脸绷得紧紧的，闭着眼睛，用手指敲着桌子，面无表情地说："知道了，我们会调查的，如果真像你说的那样，我们会严办的……你要相信大日本帝国。"

警察局长当然是不会相信大日本帝国的，但他只能做到这一步了。果然，日本人没有追究凶手任何责任，赔偿五块大洋了事。政府愿意息事宁人，何况死的仅仅是一个抽大烟的中国人，如此而已。警察局长再次忍辱负重了，但北平的老百姓、青年学生不会忍辱负重。谢天就质问父亲，当一个中国警察不能保护同胞的安全，这是不是一种耻辱？究竟要忍受到什么地步？父亲还没有学会如何和儿子对话，他粗暴地打断儿子："国家的事情，你操什么心？你做好你自己的事儿，就是爱国报国……"儿子说："忍忍忍，当华北成了东北，平津成了沈阳，还忍不忍？"谢让回答不上来，也没有儿子的口才，他在日本人那里受够了气，回到家里又要受儿子的气，警察局长忍无可忍，霍地站起来，给了儿子一个响亮的耳光。

那天晚上，当协和医院护士周樱回到四合院时，与正要往外走的谢天撞在一起，娇小的护士被撞得跌跌撞撞地要往后倒下去时，谢天忙放下捂着脸的手，拉住了她。周樱惊异地看着一脸愤怒的青年记者，问道："你怎么了？"谢天说："日本人没一个好东西，我当兵去！我要把在中国的日本人一个不留全杀光！"谢天说完就走了。他没有看到，姑娘扶住门框，愣愣地看着他愤怒的背影慢慢消失，眼里涌出大颗大颗的泪珠，在月光下，那些泪珠格外明亮……

4

谢天去驻扎在北平的二十九军学生军训总队报名参军之前，做了一件震动整个北平的事情。他把警察局长与日本"菊"机关樱井课长交涉经过写成报道发表在了报纸上。当谢让看到这篇报道时，他的脑袋嗡地响了，他本能地预感到，北平要出大事儿了。

果然，整个北平炸开锅了，一个中国人，光天化日之下，在自己的国家被外国人打死了。他们还把处理此事的中国警察乱棍打出鸦片馆，最后只赔偿了五块大洋了事，你怎么忍？忍无可忍！燕京大学的学生率先冲出校门，上街游行，要求惩办日本浪人。谢让只得奉市长的命令，带领警察拦截学生。他拿着喇叭，大声喊着劝学生回去，国事自有国家来操办，学生就是读书的，读书才是报国爱国。他喊得嗓子都哑了，无奈学生并不听，甚至还往他身上砸西红柿和鸡蛋。他还看到谢地也夹杂在队伍中，举着胳膊扯着喉咙喊着什么，似乎是在鼓动学生冲破警察的防线。学生像海浪一样翻滚而来，手挽着手站在最前面的警察被冲得东摇西晃，最后还是没能顶住，防线被冲开，几个警察跌倒在地，眼看黑压压的学生就要踩踏上去。谢让果断吹响哨子，第二列手持棍棒的警察冲了上来，后面的水龙也喷了过来，这才让学生散去了。

学生们愤怒至极。最难堪的是谢地，同学们都知道带头镇压学生的是他爸爸。他们大声地骂着警察是汉奸走狗，不但声音很大，还故意斜着眼睛看他。谢地满脸通红，灰溜溜地贴着墙走。他害怕同学们注意到他，但还是有人小跑跟上来，对他说："谢地，你没啥不好意思的，你爸爸这样做也是没办法啊！"

这人是他同学高豪杰。谢地松了口气，如果说他为自己的父亲感到不好意思，那么，高豪杰应该为他父亲感到无地自容才是，因为他父亲只是一个小小的警察局长，而高豪杰的父亲却是二十九军的一个团长，当兵的不打日本人，那还叫什么当兵的？谢地说："你别安慰我了，我父亲就是一个软骨头，他再往前走一步就是汉奸了，带枪的不抗日，倒是咱这空手的满腔抗日热情，这是啥世道啊！"他的话很明显，带枪的除了警察就是军队，你爸也有责任。

高豪杰却也不回避，说："你别急，现在国家在下一盘很大的棋，只要蒋委员长一声令下，你爸我爸他们会立即出动，席卷北平，一个日本人都不留，斩草除根。"

谢地也知道，这事儿怪不得他父亲，也怪不得自己的父亲，他们都是小人物，打不打日本人，最终还是得听南京那个大人物的。但这口气，憋得难受啊！他咄咄逼人地看着高豪杰，说："他们不抗日，咱们抗日，你敢不敢跟着我杀日本人?"

高豪杰激动得满脸通红:"咋不敢?你说咋个杀法?"

谢地说:"你从你爸那里弄两支枪,咱们暗杀北平城里的日本人。"

高豪杰愣了一下,说:"你爸是警察,也有枪,为啥让我去弄枪,你不弄?"

谢地说:"我爸他们是小警察,枪就那几支,少一支就立即知道了,我哪有机会下手?军队枪弹像萝卜白菜,想要多少有多少,弄两支枪还不容易?"

高豪杰默默地想了一会儿,觉得谢地说的也有道理,他只得点点头,但紧跟着又来了一句:"你也别抱多大希望,我尽力而为,如果实在弄不到,你也别怪我。"

谢地说:"不怪你,实在不行,咱用手掐也要把这些日本人一个一个地掐死。"

事情却没有他们想的那么简单,军队的枪弹确实像萝卜白菜一样普通,但却不可能像萝卜白菜那样让你想拿就拿,高豪杰用了半个月的时间,才从部队弄来了一颗手榴弹。

这也让两人激动了半天。虽然是第一次用手榴弹,却也难不住这两个燕京大学的学生,他们一会儿工夫就摸索出来使用方法了。两人都很兴奋,争着要把这颗手榴弹扔到日本浪人开的鸦片馆去。最后没办法,两人用锤子剪刀布的方法解决了。谢地的运气好,他用剪刀把高豪杰的布剪破了。高豪杰耍赖,以事先没有讲明规则为由,重新开始,三局两胜。结果,谢地三局全赢了。高豪杰哭丧着脸说:"那好吧,但你不能一个人去干,一定要叫上我。"这个要求不算过分,谢地答应了。

两个人是在一个月黑风高的夜晚行动的。他们在日本浪人的鸦片馆对面的一条小巷里盯了半天,确信没有中国人进去后,谢地猛地蹿出去,把手榴弹扔了进去。高豪杰心有不甘,从地上摸了一块砖头也一起扔了过去。

"轰隆"一声,手榴弹在鸦片馆开了花,传来一阵惨叫,两个年轻人慌慌地逃走了。

5

在1935年的冬天，这个小小的四合院发生了两件大事。第一件事是，谢天加入了驻扎在北平的国民革命军第二十九军学生军训总队，也就是说，他当兵去了。这是好事。国难当头，有钱出钱，有力出力。看不出来，人家还真是热血青年。第二件事是，谢地失踪了。

日本人的鸦片馆被炸，这可是件大事儿。谢让带领江一郎赶到鸦片馆，他从地上捡起一块弹片，立即判断出来这是一枚军用手榴弹。日本浪人被炸死两个，重伤三个。谢让一方面感觉出了口恶气，另一方面又感到棘手，这肯定是二十九军的人干的。他既没有能力把手伸到军队去，也没本事儿降服日本人，让他们大事化小，小事化无。他一个小小的警察局长，如何把这事儿糊弄过去？

他刚开始还想打个马虎眼，想把这案子弄成一个无头案，便赶紧让江一郎带着警察把遗留在现场的弹片都藏匿了起来，但樱井岂是那么容易糊弄的？他像条狗一样趴在地上摸索了半天，还是找到了一块小小的弹片。他在手里捏了捏那块弹片，说："这是你们的军队干的。"

把这事推给军队，倒也没有谢让什么事儿了，但谢让不会这么干。能揽下来最好自己揽下来，当作一般治安案件处理最好，省得日本人节外生枝。谢让沉吟片刻，说："我们不能凭着一块弹片就判断是军队干的吧！樱井先生，你也知道，就在前几年，中日在长城还打过仗，散落在民间的枪支弹药多了，说不定就是哪个大烟鬼干的……"

藤野严八郎吼道："你这是狡辩，大大的坏！"

樱井阴森森地盯着谢让看了半天，说："那么，我就把这个案子交给你了，半个月内你如果交不出人，这事就由我来处理。"

谢让还想再说什么，这个可恶的日本人竟然不理他，带着藤野严八郎拂袖而去。

谢让万万没有想到，这事儿竟然是他儿子谢地干的。

傍晚时分，他拖着疲惫的身子返回家时，还没到院子，就听到谢地在和周樱说话。他留了一个心眼，站在院门外竖着耳朵听了听。前些日子，他就感觉到，谢天和谢地都对这个叫周樱的护士有好感。谢天没事儿就往家跑，见到她有说不完的话，谢地看见她，眼睛也格外亮。怎么说呢？周樱姑娘确实是一个好姑娘，人小，懂事。她在这帽儿胡同，是公认的好心人。谁家有个头疼脑热，给她说一声，再晚，天气再坏，她都会赶过去，该吃药的开药，该送医院的送医院。虽说她只是一个护士，但多亏父母是医学院的教授，她的医术在帽儿胡同足够用了。这让周围人的生活方便了很多。她还喜欢孩子，谁家孩子哭了，她过去抱抱，逗逗孩子，孩子一会儿就咯咯地笑个不停。这样的姑娘，谁不喜欢？

谢让很好奇，谢地会给她说些什么呢？

谢地说的话让他大吃一惊，谢地绘声绘色地给她说，是他和同学炸的日本人的鸦片馆！

所有的愤怒与惊恐都不能有，当务之急，他必须想办法让谢地和他那个同学躲起来。谢让闯进院里，谢地吃了一惊，忙闭上了嘴巴，忐忑不安地看着他。

谢让深深地吸了口气，问他：“真的是你炸了日本人的鸦片馆？”

谢地的目光躲闪了一下，但随即抬起头，一字一顿地说：“是我炸的，我还要杀光所有在北平的日本人……”

谢让不敢再问下去了，他怕谢地把那个同学的名字说出来，周樱虽然让人放心，但这事儿非同小可，他不想再把任何人牵扯进来。

周樱也很着急，她说：“叔叔，你不要怪谢地，现在最重要的是赶紧找个地方让谢地躲起来吧！我看，日本人不会善罢甘休的。”

谢让冲她勉强地笑了笑，然后示意谢地跟他回家。

进了屋，谢地也感觉自己闯了大祸，刚开始还想和父亲辩论一番，但看了看父亲严厉的目光，他赶紧垂下头去。谢让把门和窗户都关上，小声地问谢地：“你的那个同学是谁？”

谢地踌躇了一下，低声说：“高豪杰。”

谢让问他：“还有人知道是你俩干的吗？”

谢地想了想，摇了摇头：“除了给周樱姐说了，我没对其他人说这事，可高豪杰那边我就不知道了，他是个大嘴巴……”

谢让说：“你和他必须立即躲起来！”

谢地有点不安，问他："躲哪里？"

这才是个要命的问题，能躲哪里？北平到处都是日本人的眼线，躲哪里似乎都不安全。谢让说："那就只能离开北平，今天就立即离开，只要是离开北平，到哪里都行。"

谢地似乎有些不舍，咬着嘴唇想了一会儿，说："高豪杰的父亲是二十九军的团长，我们干脆去当兵，你看行不行？"

谢让愣了一下，问他："他父亲是不是高昌？"

他认识高昌，去年他还曾经带着警察到二十九军训练，负责训练这些警察的就是高昌的那个团。这个团长虽然长得五大三粗，但看上去却很和蔼。谢让想了想，高昌确实是个可以让人放心的人，再加上高昌他儿子也卷进去了，他一定会照顾好两人的。日本人手伸得再长，在短时间内，也没借口干涉中国军队的事儿。

谢让长叹一声，只能这么办了。

谢地从此就在帽儿胡同消失了，谁也不知道他去了哪里，就连谢让也不知道。周樱曾经还问过他，他也咬牙不说。姑娘当然不信他不知道，眼神充满哀怨，他心里一软，但还是没对她说。这种事，知道的人越多越不安全。

他当然也不会对日本人说。日本人像章鱼一样，爪子伸进了北平的每个角落，没有他们不知道的事情，就连鸦片馆是谢地干的这事儿，他们也知道了。半个月后，当樱井气势汹汹地上门讨要一个说法时，谢让无可奈何地告诉他，这是一个无头案，警察局忙了半个月，仍然一点线索都没有。樱井冷冷地看着他，说："你们不用忙了，我们已经知道是谁干的了。"

谢让吃了一惊，镇静心神，问他："是谁干的？"

樱井盯着他，冷笑一声，说："谢让君，到现在了，你还给我装糊涂？你们中国人，真是狡猾啊！"

这个日本人，简直可以说是中国通，中国话说得和真正的中国人没有区别。谢让也曾经暗中调查过他的背景，他好像十几岁就到了日本人在东北的铁路公司工作，1931年"九一八"事变时，他加入了日本军队。也许，他本来就是一个日本军人，铁路职员的身份只是一个掩护而已。

谢让直直地盯着他，问他："樱井君，我不明白你的意思。"

樱井的眼睛眯了起来："我就不和你兜圈子了,我告诉你吧,炸掉鸦片馆的是贵公子谢地,另外,他的同学高豪杰也帮助他了。"

谢让愣了一下,日本人是如何知道的?是高豪杰泄露的?谢让想开口反驳,却觉得心里慌得很,他端起茶杯喝了一口水,让自己咚咚乱跳的心稍微平静了一些,然后对樱井说："樱井君,说话要有证据。请问,你为什么说是谢地和他的同学炸了鸦片馆?你如果能拿出证据来,我决不包庇,立即拘捕。"

樱井摇了摇头,说："咱们两个都不要在这里虚与委蛇了,咱打开天窗说亮话,我是没有证据,但这事儿是谢地和高豪杰干的是确凿无疑。另外,我也知道他们现在躲在二十九军。我也不会逼你交出他们,我只是来告诉你,他谢地能躲过一时却躲不过一世,只要他出现在北平,我们格杀勿论。这样的话,我也已经告诉高昌了。你们好自为之吧。"

樱井说完,转身就走了,他的身子带起一阵风,吹在谢让的脸上,比刀子割了还要疼。

6

就这样过了一年多,一直到"七七"事变,事情才有了更多的变化。事实上,"七七"事变并不是一个突发事件,它是有前兆的,甚至可以这么说,如果中国军队相信一个女人的话,他们可能就不会那么被动了。在1937年6月底的一天,当国民革命军第二十九军少尉排长谢天正在射击场上带领士兵训练时,值勤军官派人来叫他,说是部队大门口有一个漂亮姑娘找他。来人把"漂亮"两字咬得重重的。能有这样一个漂亮的女朋友,他们很为自己的排长自豪。

会是谁呢?

谢天皱着眉头,想了半天也不知道是谁。他倒是有几个表姐表妹,但在他看来,她们都不漂亮。她们也没来军营找过他。当他看到站在部队大门口那个漂亮姑娘的身影时,眼睛一下子亮闪闪的,脚步突然加快了。来的人是周樱。

和谢天的意外与欣喜表情相反,姑娘心事重重,她告诉谢天,必须尽快向更高的长官反映,她不懂军事,但她知道,肯定会有大事发生。谢天忙安慰她,有什么事儿慢慢说,别着急。姑娘喘口气,焦急地说："你知道,我在协和医院上班，那些日本人有个头疼脑热就到我们医院来了。前些天，我们医院住进来两个日本人，他们整天在一起偷偷咬舌头。昨天晚上是我值班，我听到他们说，最近几天，北平可能要出大事了，可能和日本军队有关。"

谢天忙问："他们还说什么了？"

姑娘说："我旁敲侧击问了，他们不肯说。我还听医院里的人说，日本人这段时间一直在北平屯集药品，都是治烧伤、消炎的……你说，会不会是要打仗了？"

谢天的心猛烈地跳动着，他低低地说："除了我，这话你跟谁也不要讲。我会向长官汇报的。"

姑娘的眉头舒展了一些，说："我不认识军队的人……我没一个亲人，我只能告诉你。"

姑娘水汪汪的眼睛盯着他，谢天的脸红了。他慌慌地说："我立即去报告长官。你赶紧回去吧，路上要注意安全。"

姑娘却没走，怯生生地看着他，说："如果真要是打仗，我在北平，举目无亲，这可怎么办？我想，我想求你一件事儿，能不能给你们长官说说，让我到你们部队医院吧，我是护士，我什么都会干，不会给你们添麻烦的。"

谢天想了想，如果真像她说的那样，日本军队挑起事端，战事一起，最先遭殃的当然是老百姓。无论从公从私来说，能让周樱到部队来，都是一件好事儿。他安慰她说："你别急，我这就去给长官说说。"

谢天没想到的是，他的报告根本没有被更高级别的军官看到。他报告给营长，营长讥讽他说，一个小小的排长知道什么？他报告给团长高昌，高昌追问他消息的来源，当得知此消息来自一个协和医院的护士，而这个护士又是听住院的日本人讲的时，他更生气了，嘲讽地说："用脑子想想都不可能，这么大的事情，日本人怎么可能会到处讲呢？这本身可能就是个阴谋，想把军心搞乱。胡闹！"

他当然更不可能同意让周樱到部队医院来。当谢天满脸歉意地告诉她时，周樱有些难过，但随即露出勉强的笑，苦涩地说："谢大哥，谢谢你了。那我回去了，你要照顾好你自己。"

周樱转过身走了，看着她落寞的背影，谢天心里突然揪得慌，他忙叫住她，充满歉意地说："你一个人住也不方便，以后干脆住在我们家吧，有我妈和你做伴会好些。"

姑娘咬着嘴唇点了点头。

谢天所在的部队在当天的《阵中日记》中这样记载："上午二营四连排长谢天报告，听协和医院一个护士说，城内日本人传言，北平近期将有大事发生，恐日军将有异动。草木皆兵，殊为可笑。"

7

"七七"事变的过程不用我详细说了，只说和我要讲的这个故事有关的部分。谢天所在部队参加了南苑之战。当事变发生时，国军是没有思想准备的。南苑之战时，日军在7月28日发起总攻，距离"七七"事变已经过去二十一天了，南苑守军还根据南京方面的和平幻想，命令部队不许抵抗。

可以这么说，南苑之战是将士按照自己的良心各自为战的。所以，整个战场呈现出很奇怪的态势，有的部队乱成一团，有的部队英勇作战。这样的军队是无法抵抗日军有组织有准备的进攻的。从早上日军开始进攻，到中午时分，国军大多数部队已经溃不成军，第二十九军部不得不命令各部队撤退。

当谢天接到部队撤退命令后，第一件事就是顺着战壕找父亲和弟弟。由于兵力不足的原因，和他们在一起守卫南苑的有刚刚参军的学生兵，还有北平部分警察。警察毕竟不是军人，一个小时不到，几百名警察只剩下五六十个健全人，还有十五六个都是缺胳膊断腿，负的都是重伤。父亲的肩膀中弹，巨大的疼痛使他脸上的肌肉不停地抽搐着。更让谢天吃惊的是，那十五六个重伤的警察身上捆满手榴弹。在惊天动地的炮声枪声中，父亲大声地说："你快走吧，别管我们这些老家伙了。"谢地也在旁边，他焦急地看着哥哥，说："哥，你快把咱爸拉走吧，我说啥他都不走……"谢天扶住父亲，焦急地喊道："你们要干什么？"父亲说："我们就趴在这里等敌人的坦克过来，一个人炸掉一辆坦克，够本了！"谢天摇了摇头，说："爸，你别这样，我来背你走，我背你到医院去……"父亲抓着他的肩膀，那力气真大，谢天感到肩膀一阵揪心疼痛。父亲的脸被硝烟熏黑了，只有两只血红的眼睛还在闪闪发亮。父亲大声说道："你走！这场战争不会停下来了，国家需要你们年轻人！"

再不走就来不及了。敌人的坦克已经隆隆地驶来了，在弥漫的硝烟中，隐隐可见它的狰狞嘴脸。谢天对谢地使了一个眼色，架着谢让就走。能走的警察跟着他们，边打边撤。当他们随着撤退的部队跑出没多远，听到身后传来了一声声巨大的爆炸声，他们回过头去，看到了冲天而起的黑色烟柱……

第二十九军退守土城，在土城之战中，谢天负伤。当他第二天醒来时，发现自己正躺在设在永定门的野战医院。他睁开眼睛，看到一个护士趴在床边睡着了，白大褂上血迹斑斑。让他感到不安的是，护士的手紧紧地握着他的手。他动了一下身子，疼痛让他小声呻吟了一下。护士醒了，看到谢天，灿烂地笑了。她发现自己还抓着谢天的手时，便慌乱地把手抽了出来，整个脸都红了。谢天的脸也红了。这个护士是周樱。谢天往四周看了一下，医院躺满伤兵，而那些医生和护士却都是来自地方上的，没有一个军医。他充满疑惑地看着周樱，周樱说，第二十九军已经撤离北平，昨晚十点走的。他们把这些伤员交给了地方医院来护理。谢天闭上了眼睛，泪水缓缓地流了出来，这些英勇作战的士兵就这样被他们遗弃了。

8

伤兵被分散到北平各个医院，谢天在协和医院住了三四天，当能下来走路了，他就坚决要求回家。北平沦陷，日本人说进城就进城了，他待在医院里，未必安全。他的想法是对的，日军进城后，第一件事就是全城搜捕第二十九军的官兵，不少人惨死在日军刀下。

当谢天伤势痊愈后，母亲就催促他离开北平回部队去。在母亲看来，他是军人，回到部队理所当然。另外，在日军铁蹄下生活，他还是不安全的。如果日本人知道他当过兵，那绝无生还的可能。与其窝窝囊囊地死在北平，不如轰轰烈烈地死在战场。

害怕什么，什么就来了。

那是一个中午，四个日本兵突然提着长枪闯进四合院，他们用带着刺刀的步枪在人们眼前挥舞着，用蹩脚的中国话问他们，"有没有支那兵在这里？有没有？有没有？交出来良民大大的好，藏起来死啦死啦的不好。"大家都说没有。所有人当然都知道，谢家屋里就有一个。四个日本兵闯进屋里搜，用刺刀扎床上的被子，趴在地上看床下。他们从吴婶家里出来时，抱走了两个花瓶，甚至还抱走了一个早已经不用的尿盆。他们觉得那是古物，是好东西。接着他们就闯进了周樱的屋里。当他们看到一个漂亮的姑娘时，他们突然觉得那些古物没什么稀罕了，他们放下花瓶和尿盆，流着口水叫着"花姑娘的，大大的漂亮"撕扯着她的衣服。

周樱惊叫着，大声地骂着他们："畜生，你们是畜生！"日本兵撕掉了姑娘的袖子，姑娘的痛骂声变成了哭叫声，她伸着手抵挡着，当她把一个日本兵的脸抓出五条血道子时，那个日本兵火了，一个耳光扇在她脸上，她一下子摔倒在地上。日本兵撕掉了她的上衣，她用胳膊护着身体，向院里的人们求救："救救我，救救我！"人们不由自主地后退一步，互相看看，没人敢上去。

一个人影冲了上去，那是谢天。他一拳打倒一个日本兵，一脚踹倒另一个日本兵，扑上去抱住第三个日本兵，撞向第四个日本兵，五个人倒在地上厮打着。姑娘从地上爬起来，慌乱地把破烂的衣服披在身上，站在一边簌簌发抖。毕竟人家是四个人，谢天很快就被扑倒在地，四个日本兵的拳头像雨点一样击打在他的身上。姑娘朝着院里的人们扯着嗓子喊着："快来帮帮他，快来帮帮他！"没人敢动，有人甚至往后又退了两步。这是他们当兵的事儿，关我们什么事儿呢？周樱突然像发怒的母狮子，扑到一个日本兵的背上，朝他的脖子狠狠咬去。日本兵怪叫着，把她摔倒在地。日本兵抓起步枪，对准躺在地上的谢天，好像在大声地叫着让其他的日本兵闪开。他们闪开了，他高高地举起步枪，刺刀被阳光照着，发出惨白的光芒。胆子小的闭上了眼睛，胆子大的也吓傻了。就在这个时候，他们突然听到周樱大声地叫起来。他们刚听到她的日本话时，听不懂她说的是啥，她张着双臂护着谢天，嘴里高声地冲着日本兵说着叽里咕噜的日本话。说实话，女人说的日本话有点软软的，听上去还真不错！四个日本兵疑惑地站在那里，日本兵的步枪慢慢地放低了。日本兵用日本话叽里咕噜地问着什么，周樱也用日本话说着什么，日本兵的脸色缓和下来，一个日本兵甚至弯下腰来拽着谢天把他拉了起来，另外三个赔着笑脸。所有的人目瞪口呆地看着这一切，就连谢天也被搞迷糊了，傻乎乎地看看周樱，又看看日本兵，他脸上的表情像是在梦游一样。

后来他知道了，周樱告诉日本兵，她是日本人。

谢天呆呆地看着她，问她："那你是日本人吗？"周樱扑哧地笑了："我怎么可能是日本人呢？我父亲在日本仙台医学专门学校留过学，还是鲁迅的同学呢！所以我就跟着他学会不少日本话。"

日本兵后来还问她，这个中国男人是怎么回事？她告诉他们，这是她的未婚夫。日本兵走了以后，在谢天的询问下，她这样告诉谢天以后，脸又红了。她是一个很容易害羞的人。

那天晚上，四合院还发生了一件大事，谢天的母亲上吊自杀了。

所有的人都明白，这都是为了能让谢天离开北平，投身抗战。按照谢天的想法，父亲、弟弟生死不明，家里只剩下母亲一个人，他不能走。母亲知道他的想法，为了让他安心地离开北平，她就自己先走了。

谢天在周樱的帮助下，在城外埋葬了母亲。从此再也无牵无挂，与日本人拼到底，至死方休。当务之急，他要赶紧找到部队。

就此别过了，北平。

谢天回头对周樱说："谢谢你，周姑娘，你也赶紧回去吧。"

周樱却没有走，问他："谢大哥，你以后有什么打算？"

谢天凄惨一笑："还能有什么打算？身为军人，自然是上阵杀敌，为国捐躯，死而后已，我要去找我的部队……"

周樱坚定地看着他，说："谢大哥，那你带我一起去吧。"

谢天愣了一下，摇了摇头："这怎么可以？部队太苦了，再说，我们随时准备打仗，你一个姑娘家……"

周樱打断了他："你别看不起我们女性。我前几天帮忙搞战场护理，看到军队有很多军医都是女的，你们团那个护士长叫唐力，她不也是女的吗？再说，你也知道，我没什么亲人了，一个人留在北平，到处都是日本人，我害怕……"

她缩了缩身子，垂下了头，整个身子似乎在瑟瑟发抖，眼睛里泪花闪闪。

谢天想了想，她说的也是实情，日本兵禽兽不如，她举目无亲，一个人留在北平，确实凶多吉少，那就把她带上吧，以后找到一个安全的地方，再让她离开部队也不迟。

周樱见他答应了，立即破涕为笑："谢大哥，你放心，我不会给你带来任何麻烦的，别忘了，我可是一个护士，打起仗来，能帮你们很多忙呢！"

谢天也笑了。等他找到了部队，求求长官，如果能把她留在部队，天天能见到她，未尝不是一件赏心悦目的事情。

咱们就叫"热血团"

1

当谢天负伤住院的时候，二十九军发生了大溃败。高昌带着百十名残兵边打边退。黄昏时候，他们赶到一个村庄，乡亲们早就跑光了，残兵们涌进屋里，或坐或躺，很快鼾声一片。

高昌回头看看，只有儿子高豪杰和护士长唐力虽然强打精神，但也是满脸疲惫。高昌无奈地摇了摇头，说："士兵们太累了，一整天没吃一粒米，没喝一口水，咱们三个就辛苦一下，找些粮食，给他们熬锅粥吧。"

高豪杰心神不宁地看看身后，焦急地说："爸，我们不能在这里耽搁时间了，鬼子很快就打过来了，我看还是赶紧转移吧。"

高昌去看唐力，唐力有些为难地说："高排长说的也有道理，可，可这样下去，会把这些士兵拖垮的。"

高昌还是决定暂时在这里待一个晚上，第二天一大早就出发。师长吴念人交代过，集结地点是离此百余里的大元镇。

残兵们喝好粥，又沉沉睡去。高昌心疼地看着他们，不忍心叫醒他们，但还是得有人站岗放哨。他只得把参谋洪桥叫起来，他和高豪杰、洪桥三人轮流放哨。

半夜时分，村庄北边突然响起沙沙声，借着朦胧的月光，一队人马正在悄悄接近。高豪杰叫醒高昌，着急地说："肯定是鬼子，快把弟兄们叫起来转移吧。"

高昌忙出来，瞪着眼睛看了看，摇了摇头说："慢，他们的队形散乱，不像是日军，有可能是咱们的人。"

队伍走近了，看清了他们身上穿的衣服，却不是国军的黄色军装，而是北平警察的黑色警服。双方打了照面，原来是谢让带着的北平的警察，有百十人的样子。高昌心中大喜，虽说警察没什么战斗力，但人多总是好事儿，现在最缺的就是兵，警察毕竟也是带枪的人，几场战斗下来，说不定就能打了。

谢地也在高昌部队里，谢让和他见了面，自然高兴，但谢天下落不明，又让两人心里沉甸甸的。

高昌立即让人做饭，让警察好好地吃顿热饭。饭毕，他和谢让坐下来交谈，双方却产生了分歧。警察局副局长江一郎是谢让的拜把子兄弟，在战场上失踪了，这让他心急如焚，恨不得重返战场。另外，他还幻想着能找到谢天。他的意见是，在这里等上两天，伺机派人回到战场，除了寻找江一郎、谢天，还要收罗散兵。高昌却不同意，师长说过，要在大元镇集结，散兵们自然会找去。北平已经被日军占领，这里不是久留之地，应该尽快脱离险地。两人争执半天，谁也说服不了谁。高豪杰自然站在父亲的一边，而唐力却觉得部队疲惫，打了几天仗，确实需要休整几天。

高昌只得同意谢让的意见。

休息了一晚上，早上起来列队一看，警察们的武器主要还是手枪，追捕犯人也许还行，但要与日军对抗，这显然是不可能的。高昌把谢让叫到一边，说："谢局长，我们二十九军在丰台东边有个军火仓库，是借用一家公司的库房，我估计日军可能暂时还发现不了，你们警察是不是去那里看看？如果日军还没有占领，我建议你们把里面的枪支弹药带出来，部队的弹药也不够了，咱们得好好武装一下。"

谢地在旁边听见，忙举起了手："我知道那个军火库的位置，我也去吧。"

他话音刚落，站在旁边的护士舒林儿也响亮地说："我也要去。"

唐力却对她说："那里到处是日军，万一打起仗来，你一个女孩子，不方便。"

舒林儿说："就是可能要打仗我才去嘛，万一出现了伤员，我也可以及时抢救。"

谢地觉得她说的也有道理，就对唐力说："护士长，你放心，我会照顾好舒姑娘的。"

谢让立即集合警察，队伍刚走出不远，洪桥扛着一支轻机枪追上来了，说："谢局长，我们高团长让我和你一起去，万一遇到敌人，我这家伙还能抵抗一阵。"他拍了拍手里的轻机枪。

谢让点了点头，高昌考虑得确实周到。他没想到的是，高昌此举，其实还有一层意思，让洪桥起个监军作用，他有点不放心这个警察局长。

在谢地、洪桥的带领下，他们顺利地到达了那个军火库，但不幸的是，日军已经发现了军火库。他们隐蔽在一个土坡下，洪桥拿着望远镜看了看，把望远镜递给了谢让："你看看是怎么回事？好像有不少警察在那里。"

其实不用望远镜，谢让已经看到不少警察的影子。他们似乎和日军一起在指挥一些人搬运军火。他接过洪桥递过来的望远镜再一细看，看到带头的居然是江一郎！他手下的那些警察们端着日军的三八大盖，监视着那些搬运军火的俘虏和老百姓。旁边站着樱井的副官藤野严八郎，他好像给江一郎说着什么，江一郎不停地点头哈腰。他不忍再看江一郎的丑态，把目光移向那些俘虏，他们一个个穿着破烂的军装，衣服上满是血迹，走得跌跌撞撞。他的心咚咚地跳动起来，这些俘虏里会不会有谢天呢？他一个个地看过去，似乎没有。

他痛苦地闭上眼睛，他和江一郎从小一起长大，一起上的警察学校，又在一个警察局共事一二十年，虽说是结拜兄弟，但胜过亲兄弟。他没想到江一郎现在居然会叛变投敌！他感到胸口一阵疼痛。

洪桥把轻机枪架了起来，说："谢局长，你下命令吧。"

谢地也跃跃欲试："爸，咱们打吧，杀个痛快。"

谢让没有说话，用望远镜看了看周围，日军在军火库四周布置了五六挺机枪，还有二三十个拿着三八大盖的，再加上投降的警察，有近百人了。而他带的人，除了洪桥有一挺轻机枪，谢地有一支汉阳造，其他人拿的都是手枪，火力几乎可以忽略不计，人还没冲到跟前，都会先被干掉。

他摇了摇头说："现在不行，敌我力量太悬殊了……"

谢地还有点不甘心："你就眼睁睁地看着这些被俘的兄弟死掉吗?"

谢让瞪他一眼："那我也不能眼睁睁地看着你们送死!"

舒林儿悄悄地拉了一下谢地的胳膊，低低地说："谢局长说的有道理，现在不是莽撞的时候。"

谢地也知道父亲说的有道理，一拳砸在地上，地上的石子硌得手疼，更疼的是心。

2

谢让心里也很难受，他怎么也想不到，自己的兄弟江一郎居然会叛变投敌，认贼作父，把枪口对准了自己的同胞。他有心杀敌，把这家伙逮住，问问到底是怎么回事。可他兵力有限，有心杀敌，无力回天。他抱着一丝希望，他带的警察不行，也许高昌带的军队可以和这些日军打一仗。回到村庄，他找到高昌，把日军的部署详细地讲了一遍，然后充满期待地看着高昌，说："高团长，我觉得咱们完全可以发起一次突袭，把军火库夺回来，同时也救回那些俘虏……"

高昌打断了他："你是想救你儿子吧?"

谢让倒也爽快："对，我确实想救他，但我们也需要那些军火。"

高昌说："我理解你的心情，但你要以大局为重。你看看我这个团，两三千号人，一仗下来，就剩下这百十人了。要是能把他们都救出来，那倒也值得。问题是，日军防范严密，很有可能，人没救回来，咱们这点人马也折进去了。我看一时半会儿也不可能把鬼子赶走了，这仗要打上几年了，不留点种子不行啊。"

谢让还想央求高昌，可再想想，自己也觉得救人不大可能，他嚅动了一下嘴唇，终是无语。可怜的谢天，也不知道他在不在那些俘虏里，如果在，但愿他能忍辱负重。总有一天，自己会带着大队人马杀回来，把谢天救出来的。

高昌拍了拍他的肩，推心置腹地说："谢局长，咱们就这点本钱了，打鬼子是长期的事儿，在找到大部队之前，咱们得好好谋划一下。你看，咱这队伍主要是由我和你的部下组成的，咱们就简单地分下工，我毕竟是军人，打过仗，我来总负责，你当我的副手如何?"

谢让倒不在乎这个官儿，但他想了想，警察是他的，如果他没有任何职务，高昌确实也不大好指挥他们。他点了点头，说："高团长，你比我有经验，你说怎么办就怎么办，我听你的。"

高昌又把谢地、高豪杰、洪桥、唐力等人找来，开了一个短会。高昌觉得，目前远离大部队，归建之前，用原来部队的番号已经不大适合了，容易引起日军注意。大家七嘴八舌发表起了意见。谢地说："咱们就叫华北义勇军吧！"其他人觉得这名字有点大。唐力建议队伍叫"猛虎团"，可话刚出嘴，自己就觉得不合适，就这两百号人，叫病猫还差不多，还猛虎呢！高豪杰说："干脆就叫热血团吧，国破山河在，我等都是热血男儿，誓与日寇血战到底，取这个名字，表示我们绝不屈服，慷慨赴死之决心。"他话音刚落，大家都觉得好，最后决定就叫"热血团"，高昌任团长，谢让任副团长，唐力任医院院长。

众人散后，高豪杰对父亲说："团的架子有了，应该再分成两个大队，这样行动起来也方便。"

高昌问他："那你觉得让谁当大队长合适呢？"

高豪杰说："部队被打散了，能不能找到师部还是问题。乱世之中，队伍还是要掌握在自己人手里。日寇来势凶猛，大难临头，为保性命，难免有人啥事都干得出来。你看看谢让的一个小小警察局，副局长就带队叛变了。咱们不能不防着点。"

高昌问他："那你的意思是？"

高豪杰说："我觉得这支队伍要掌握在咱们自己手里。把队伍分成两个大队，原二十九军的组成第一大队，你来兼任大队长，警察组成第二大队，我来担任大队长。"

高昌愣了愣，高豪杰虽然说得直接，但还是有点出乎他的意料。他这是什么意思？高昌试探着问他："这样安排是不是有些不大妥当？这样一来，这部队不就是咱家的吗？"

高豪杰凑上来，低低地说："对，我就是这个意思，乱世之中，有枪就是王，咱们手里有了这支部队，无论走到哪里，腰杆都能直起来。"

高昌怎么也没想到，儿子居然还有这样的想法，这不是军阀吗？他还像个国民革命军军人吗？国难当头，不想着如何抗日，却挖空心思要培植私人武装！他忍无可忍，重重地拍了一下桌子，狠狠地瞪着高豪杰，吼道："你趁早给我收起这想法。我们是堂堂的国民革命军，不是军阀，也不是私人武装，是为国为民族而战的军队，我决不允许任何人把它当作自己的武装！"

高豪杰的脸红了，讪讪地笑了笑，说："我这也是为你好，你要是不同意，那就算了。"

他说完后，闷闷不乐地走了。

高豪杰的表现让高昌心里更加沉重，战争刚刚打响，就已经有人开始打小算盘了，并且还是自己的儿子！他不敢保证别的人没有这样的想法。这样一来，他反而为难了，这大队长交给谁来当，似乎都不妥当。他找到谢让，谢让不明就里，提议让高豪杰当第一大队长，第二大队长由他兼着，有合适的人选再说。

高昌摇了摇头："第二大队长由你兼任我也放心，但高豪杰却不能当第一大队长，他还年轻，做事浮浪，得继续磨炼磨炼才行。"

高昌这样说，谢让也就不好再说什么了。

高昌叹了口气，说："要是和平时期，自然有济济人才，但现在是非常时期，就咱们这两百来人，确实也没有其他合适人选了。这样吧，我来兼任第一大队长，你来兼任第二大队长，将来如果有合适人选再说，你看如何？"

谢让想了想，和自己搭档的江一郎，平常看上去是个颇有正义感的人，提起日本人也是恨得牙痒痒的，可谁能想到，他居然会叛变投敌了。人心隔肚皮，确实用谁都不放心，暂时也只能这样了。这事儿就这样定下来了。

3

第三天，队伍向着百里外的大元镇出发了。

路上到处是逃难的人，他们带来各种各样不祥的消息，日军占领北平后，已经长驱直入。他们这支队伍随时可能遭遇敌人。高昌和谢让商量了一下，决定不再走大路，改走山间小路。

这就苦了唐力和舒林儿，她俩出身于城里的大户人家，从小读书上学，哪里吃过这样的苦，受过这样的罪？走了不到一个时辰，两人已经是气喘吁吁。谢让把她们的医药箱要过去，让身边的两个警察背着。到了中午，大家就着山里的树荫，简单地吃些干粮，算是午饭。刚走没多久，唐力就感到双脚刺疼。她坐在路边，脱下鞋一看，脚板上是密密麻麻的水泡。唐力倒还能忍着，舒林儿却呜呜地哭了起来。

洪桥正好路过，俯下身子，说："哭什么哭？要是你一哭脚就不疼了，那你就好好哭一场吧，可你把嗓子哭疼了也没用，我看，咱就不哭了行不行？"他的口气就像在哄一个小孩子。舒林儿哭笑不得，只是狠狠地说："你说得轻松，要是你有一脚水泡，你还能笑得出来吗？"

洪桥直起身子说："得了吧，大小姐，我又不是没有起过一脚水泡，刚当兵那阵，天天都这样，时间长了，磨出了茧子，也就没感觉了。我从来就没哭过。"

舒林儿朝他撇了撇嘴："我看你脸上也磨出茧子了。"

唐力帮舒林儿挑掉水泡，把她扶起来，朝洪桥努了努嘴："洪参谋，不要耍嘴皮子了，你搀着林儿走路吧。"

舒林儿还有点不愿意，嘴里嚷着，谁让他搀了，但却拗不过脚疼，还是伸出胳膊，让洪桥搀着。开始两人都有点拘谨，距离拉得大大的，这就让舒林儿难受了，不但脚底疼得钻心，胳膊还被洪桥扯得疼。她恨恨地收回胳膊，冲他叫道："你别搀我了，你这叫搀吗？你这是存心扯我的胳膊！"

洪桥尴尬地笑笑，却也走近了一些。慢慢地，舒林儿几乎把半个身子都倚在了他身上。洪桥几乎是在拖着她走，舒林儿确实轻松多了。洪桥却臊得很，一路上都不敢拿正眼看舒林儿。舒林儿心里感到好笑，她想，看不出来，这还是一个腼腆的男人呢！

谢让搀扶着唐力走，唐力三十多岁，谢让四十多岁，两人都是结过婚的人，唐力大大方方地让他牵着手。两人走在坎坷不平的山间小路，不说点什么似乎也说不过去。谢让问她，丈夫是干什么的，有没有孩子？这一说，勾起了唐力的伤心事儿，她的丈夫也是二十九军的，是个连长，却在几年前的长城抗战中英勇牺牲了。因为伤心过度，还没足月，他们的孩子就出生了，却又在第三个月里得了白喉而死。唐力说到这里，眼泪禁不住直流。谢让一阵慌乱，却又不知道如何安慰，忙从口袋里掏出手帕。唐力问他家里情况，他长叹一声说，老婆还在北平，生死未卜，大儿子谢天也是生死不明。两人互相安慰，一时竟有了相依为命的感觉。

经过三天三夜的跋涉，他们爬过一座山，终于看到了山脚下的大元镇。日光正好，镇子安静，犹如一个德高望重的老人。终于要和大部队见面了，大家兴奋地跳了起来，把帽子摘下来往空中扔着。唐力也不觉得脚疼了，兴奋地指着大元镇对谢让说："这个镇子多美啊，有山有水，看来还是个风水宝地呢！"

谢让的脸色却沉了下来，整个镇子人影绰绰，但似乎没有穿军装的人，丝毫没有大军聚集的模样。

高昌却没有发现什么异常，吆喝着带着队伍就要下山，谢让叫住了他："高团长，我觉得这个镇子有些奇怪。如果说这是你们师的集结地点，应该有大批人马才对啊！"

高昌听谢让这么一说，脸上的笑容消失了，确实奇怪。他举着望远镜看了半天，镇上除了老乡，虽然也有不少背着枪的人，但这些人却没有穿军装，都是一些老百姓的装扮。这是些什么人？是敌是友？这里明明是师长说的集结地，又为什么没有一个军人呢？难道师部已经离开了？

两人商量的结果，就是派人去侦察一下情况。

谁都知道这是一件危险的事情，高昌建议让高豪杰去。谢让挂念着谢天，这里既然是集结地，谢天就有可能也到这里来，他决定亲自前去。高昌却不同意，说："谢副团长，你现在是名指挥人员，要为全体人员负责，这事儿就交给豪杰去办吧。"

谢让心里放不下谢天，仍然坚持要去。

高昌皱着眉头看着他，提高了声音："你要尽快转换角色，要从大局考虑问题，不要轻言上阵。"高昌的口气似乎并不是很好。他确实觉得谢让只是一个警察局长，负责治安还行，指挥军队打仗还差得远。哪有指挥人员轻易冲锋陷阵的？

谢地站了出来："高团长说的有道理，还是我和高排长一起去看看吧。"

谢让只得同意了。两人准备出发时，谢让又觉得不妥，叫住了他们："镇里的人是敌是友尚不清楚，你们两个就不要穿军装了，军装太扎眼。"

高昌也觉得这是个问题，可又到哪里去找老百姓的衣服？谢让说："如果找不到老百姓的衣服，我看换成警察的制服可能也会好一点，镇子里出现警察也是很正常的。"

两人换了警察的服装，借着树木、房屋的掩护到了镇里，蹲在一个墙角张望。那些背着枪在镇里四处游荡的人很奇怪，他们有枪，但行为举止却不像是军人，有的醉醺醺的，嘴里哼着下流的小调，还有的砸开商铺抢劫。高豪杰拔出短枪，恨恨地说："他妈的，这是帮土匪！"

谢地虽然没有见过土匪，但看他们的样子，十有八九是土匪了。但他又感到奇怪，这帮人背着的枪却都是清一色的汉阳造，这可是国军的装备。土匪们的装备应该没有这么好，即使有汉阳造，也不可能人人都有。他的眼睛突然亮了："你说，会不会就是咱们二十九军的兄弟呢？也许……也许他们为了避开日本人，故意穿上老乡的衣服呢？"

高豪杰也有点疑惑了："看样子是土匪，但土匪不可能有咱们正规军的装备……要不，咱们去问问？"

谢地说："你在这里等着，我去问问。"

高豪杰拦住了他："你比我小，你在这里等着，我去看看，万一我出了什么事儿，你就立即回去给我爸他们说说，让他们来救我。我爸是团长，他不会不救我的。"

谢地想想也是，就点了点头。

高豪杰刚一出来，大街上的人看到他，愣了一下，随即把枪对准了他。高豪杰立即举起了手，说道："兄弟们，别误会，我是北平的警察，和鬼子刚打过仗撤下来，你们是？"

那些人并没回答他，只是疑惑地向四周张望。一个带头的家伙上来把他腰里的手枪下了，厉声喝问："就你一个吗？你们其他人去哪里了？"

高豪杰说："队伍被打散了，就我一个人……你们是？"

那个家伙给了他一脚："你掉进土匪窝啦，老子最讨厌你们这些黑狗子，走，看我们老大如何收拾你！"

谢地听到这里，心知糟了，这帮家伙原来真是土匪！可他们的汉阳造又是哪里来的？

高豪杰笑嘻嘻地看着那人，摇了摇头，说："兄弟，你别骗我啦，看看你们手里的家伙就知道，你们不是土匪，是国军。鬼子太厉害了，你们换了衣服我也理解……"

那个家伙又给了他一脚："就你聪明！谁说老子不是土匪？国军有汉阳造，老子就不能有汉阳造？老子还有机枪呢！"

虽然不知道他们的汉阳造和机枪是如何来的，但看这帮家伙的样子必是土匪无疑。谢地悄悄起身，弯着腰，借着断墙与树木的掩护，飞快地向山上跑去。

他一定要把这帮狗日的土匪干掉。

谢地回到山上，高昌听完他的汇报，眉头紧紧地皱了起来，说："这帮土匪，怎么会有清一色的汉阳造呢？他们会不会伏击了国军，抢了国军的武器？"

谢让也很担心："如果他们与国军为敌，那他们就有可能被日本人收买了，一场恶战是免不了的。"

谢地说："我们赶紧下去救高排长吧。"

谢让也觉得当务之急是把高豪杰救出来。高昌制止了他们，还不知道土匪的虚实，他们又有正规军的武器，必须先冷静下来。

谢让有些纳闷："高排长可是你的儿子啊！"

高昌淡淡地说："我是一个父亲，但我更是一个军人，军人从不打无把握之仗，如果要打，就要打胜。我们就这两百来人，再也经不起折腾了。"

谢让虽然着急，但也不得不佩服高昌。高昌内心里实际上比谢让还要着急，但他提醒自己，越是危急时刻越不能乱，特别是自己，更不能让情感蒙蔽了理智。他马上做出两个决定，一是全军警戒，占领有利地形，防止土匪偷袭；二是派谢地和洪桥再次下山侦察，最好能捕获一两个土匪，换上土匪的服装混进镇子，打探清楚这股土匪到底是何方神圣，有多少人，然后再下决断。

4

几个土匪押着高豪杰，高豪杰从他们断断续续的谈话中得知，那个貌似带头的叫赵慈江，土匪老大叫胡克利。他被押到一个满脸络腮胡子的汉子跟前，汉子皱着眉头问赵慈江:"二当家的,你弄来一个警察干啥?白刀子进红刀子出,杀了算啦!"

赵慈江笑笑,说:"老大,我就怕他是个汉奸。"

胡克利说:"是汉奸更应该杀掉。"

赵慈江说:"我又怕他真的是个警察,如果还是一个打过鬼子的警察,把他杀了,那咱不就成汉奸了?"

胡克利的眉头揪在一起:"这还真不好办了。"

他瞪着高豪杰,问他:"狗日的,你自己说吧,你到底是汉奸还是打过鬼子的警察?"

高豪杰听他们的口气,虽说是土匪,却还算有民族气节,就说:"各位,实不相瞒,我本是二十九军的。你们先把我放了,咱们井水不犯河水,各走各的道。"

胡克利说道:"咦,这就稀奇啦,二十九军不是早就夹着尾巴跑了吗?你怎么还在这里?"

高豪杰说:"我们部队在北平是被打散了,但我们的集结地却是这里,我们有一支部队正在山上,我就是下来探探情况。你们把我放了,等我们的大部队来了,我们就走,咱们谁也别惹谁。"

胡克利把枪掏出来,顶了高豪杰的脑门上:"你狗日的还不给我说实话!你们哪里还有部队?二十九军早就完蛋了!你肯定是个狗汉奸,看我不把你毙了喂狗!"

高豪杰却也不惧,朗声说道:"我绝没有骗你,我父亲是二十九军的一个团长,他带着几百人的队伍就在山上,你们如果把我杀了,我看你们也不可能活着出这个镇子一步!"

胡克利有点犹豫不决,赵慈江凑上来,低低地说:"老大,要不先把他关起来,等咱探探情况再说?"

胡克利说:"那就先把他关起来,严加看管,如果他撒了谎,那就把他砍了喂狗。如果是真的,就拿他再换几挺机枪。"

高豪杰被赵慈江推搡着关在了一间屋里,这屋子想必是镇公所临时收押犯人的,有铁门,铁门上方是钢筋。高豪杰在屋里呆呆地坐了两个时辰,他倒也不担心，这帮土匪肯定会派人上山查探，只要发现他说的是真话，谅他们也不敢怎么着他。人虽没有几百，但毕竟都是正规军，他也没算骗他们。他正在胡思乱想，听到一个软软的女人的声音："兄弟辛苦了，老大让我再来审审这个家伙。"看守的土匪流里流气地说："燕子姐，你也审审我吧。"话音刚落，只听这个家伙惊叫一声，接着扑通一声，似乎是脑袋撞在墙上的声音。

铁门被打开了，门口出现一个穿着碎花上衣的年轻女子，大眼睛，细眉毛，长得十分标致，腰里插着一支手枪。如果不是这把枪，她倒还真像一个大家闺秀。高豪杰伸着脖子看她背后，却见那个土匪软软地倒在地上。高豪杰纳闷地看着她，心里想着，她分明是个女土匪，要来救自己吗？可自己又不认识她。

年轻女子急急地过来，帮他把绑着胳膊的绳子解开，说："我叫朱燕子。我现在就把你放了，但我有个条件，你得把我带到你们部队去。"

高豪杰忙一口答应："这没问题，但你为什么要救我呢？"

朱燕子咬牙切齿地说："老娘当初也是被他们绑到山上的，咱快点走吧。"

朱燕子弯腰把土匪身上的长枪取下，塞给高豪杰："你拿着，谁要是看到咱们了，那咱就不客气，杀出一条血路。"

她的脸是俊美的，说的话却是杀气腾腾的，高豪杰一时有些恍惚。朱燕子催促着他："别傻站着了，快走！"说完，拉着他的手就跑。

两人出来，左右看看，街上土匪还不少。朱燕子拉着高豪杰贴着墙根溜进一条小巷，小巷尽头却被一堵墙堵死了。朱燕子放开他的手，加快脚步，到了墙边，一脚蹬在墙上，翻身趴在了墙头，然后跳了过去。高豪杰暗自吃惊，这身手可真麻利。这当然也难不倒他，他们训练时就有这个科目。他把长枪背在身上，也翻过墙头。

朱燕子看着他，双手一摊："接下来就是你带路了。"

两人快步向山上走去，高豪杰几次回过头来，想拉着她的手，可她却一直步步紧跟，丝毫没有弱女子的模样。他几次鼓足勇气想伸出手来，几次又把手缩了回去。高豪杰只得没话找话说："朱小姐，谢谢你救我。"

朱燕子说："你别叫我朱小姐，可以直接叫我名字或者燕子。朱小姐好难听啊！"

接着她长叹一声："从前人家这么叫，也习惯了，现在听了，觉得很不习惯。"

高豪杰心里一动，问她："你是怎么被他们绑上山的？"

朱燕子恨声说道："还能怎么着？我老家是浙江的，本来是要到北平上大学，半路上遇到这帮土匪，就这么被绑到山上了。我本来以为他们只是向我们家要些钱，可这帮不得好死的家伙却让我做了啥子压寨夫人。"

她说得虽然轻松，但高豪杰心里却一阵难过，她原来是个女学生，却遭了这么大的罪。他怜惜地看着她，突然有一种拥她入怀，让她伏在自己的肩头好好痛哭一场的念头。她却丝毫没注意到他的情绪变化，折了一根树枝，抽打着路边的花草灌木，笑嘻嘻地说："我刚开始时也寻死觅活的，好几次要跳崖，时间长了，倒适应了这里的生活，打打杀杀，吃吃喝喝，得过且过。"

高豪杰看着她不以为然的样子，突然有点看不起她，还嫉妒那个叫胡克利的土匪头子，这么好的一位姑娘，就这样被他糟蹋了？他同时又感到奇怪："既然这样了，你怎么又要救我呢？"

朱燕子瞪着眼睛看着他说："我救你难道还救错了吗？胡克利要用你换你们部队几挺机枪，你父亲却不肯，胡克利正在发脾气呢！我还不是怕他们杀了你嘛！"

她眼珠转了转，问他："你不是你爸亲生的？真奇怪，儿子的命居然还不如几挺机枪吗？"

高豪杰苦笑了一下，说："我们哪里有那么多机枪啊，我们就只剩下一挺机枪了……我爸是军人，然后才是父亲，武器就是军人的性命。这事儿换了我，我也会像他那么做。"

朱燕子撇了撇嘴："你们军人真是比土匪还冷血无情啊！"

她撇嘴的样子虽然显得调皮、淘气，愈发好看，但高豪杰听着却也刺耳，忍不住反驳道："我们穿上这身军装，就一心为国为民族，这是大爱。你们土匪哪里能和我们比？你不要说我们，你看看你自己，你不也是背着自己的丈夫把我放了吗？"

朱燕子愣了愣，继而大声地笑起来："我丈夫？谁是我丈夫？你把胡克利当成我丈夫了？"

高豪杰瞪她："难道不是吗？"

朱燕子又笑了起来："我那压寨夫人又不是明媒正娶，那土匪算不上是我丈夫。你说算，那也就算吧，他在三四年前就死啦，就是被你们警察剿匪时打死的。"

高豪杰心里一阵轻松，她丈夫原来不是胡克利，并且死掉了。他突然有些兴奋，他拼命抑制着自己的兴奋，一本正经地解释道："我不是警察，我是二十九军的排长。这警察服装也是为了到镇里侦察时临时换的。"

他有点担心："胡克利要是知道是你放了我，他会放过你吗？"

朱燕子用手中的树枝狠狠地抽了一下路边的灌木，灌木横飞，树枝也断了，她把手中的断枝用力地扔了，恨恨地说："他知道了又能怎么着我？我要加入你们的队伍，你们是军队，他不怕我，难道还不怕军队吗？"

高豪杰犹豫了一下，还是忍不住问道："胡克利怎么样？"

朱燕子脸色沉了下来："他也不是个好东西！"

高豪杰心里有数了，她是这帮土匪的压寨夫人，原来的老大死了，胡克利成了老大，她自然也躲不过他的魔爪。他恨恨地说："我们一定把这股土匪剿杀了。"

朱燕子却摇了摇头说："土匪里也有好人……我看，这只能是你的一厢情愿，真要打起来，你们就只有那一挺机枪，未必能打过他们呢！"

高豪杰不禁在心里长叹一声，不得不承认，她说的也有道理。

5

高豪杰回到了山上，高昌自然高兴。谢地和洪桥刚到镇上，看到大街上土匪乱糟糟的，从土匪们大喊大叫中得知高豪杰已经逃掉了，两人也就没再进镇，赶忙回山了。

众人聚在一起商议，特地把朱燕子也叫来，向她一打听，高昌的身子一下子僵直在那里，额头上不禁出了一层冷汗。原来，几天前，师长吴念人带领的一部残兵与日军遭遇，双方激战后，二十九军伤亡重大，只得且战且退，到了大元镇，老百姓听说日本人要打来了，能跑的都跑了。胡克利他们本来要到镇里来绑票，这下好了，人都跑光了，还到哪里去绑票？胡克利站在镇子中央正在日爹骂娘，吴念人带领的残兵来了，个个疲惫至极，且多是伤员。人不咋样，但武器却不错，居然还有机枪。胡克利立即让土匪爬上大街两边的屋顶，待吴念人带领的残兵到了镇里，土匪们立即把他们包围了。

吴念人勃然大怒："老子是刚从战场上下来的，你们要是中国人，就让开一条路！"

胡克利说："老子就因为是中国人，所以要缴了你们的枪。日本鬼子在前方，你们这群王八却拿着这么好的枪往后方跑。你们反正也用不着这枪了，就送给我们打鬼子吧！"

吴念人当然不愿意。胡克利一挥手，屋顶上一声枪响，站在吴念人身边的一个国军士兵应声而倒。兵是残兵，又被包围，但再打一仗，土匪也未必能赢，但国军必定要再次遭受伤亡。吴念人只得命令部队放下武器，穿过镇子走了。

高昌忙问："那他说没说他们要去哪里？有没有留下什么话？"

朱燕子说："他恨都要恨死我们了，哪里还会给我们说他们要去哪里？我看，你也不要去找他们了，他们也就两三百人，几乎没一个完整的人了，都是缺胳膊少腿的，根本没法打仗了……"

高昌呆呆地站在那里，原本以为要在这里集结，结果师部却远去了，下一步怎么办？他心乱如麻，一时竟没了主张。

高豪杰说："先把这股土匪干掉再说，他们居然敢抢了国军的枪，还有没有王法了？"

谢让却摇了摇头："国难当头，再也不能窝里斗了，他们不惹咱，咱们也不用去惹他们，徒增伤亡，对我们也没什么好处……"

高豪杰回头看了看朱燕子，朱燕子低头咬着嘴唇，似乎在沉思什么。高豪杰重重地一拳打在身边的一棵树上，说道："打仗哪里没有伤亡？这帮土匪缴了国军的械，还占了大元镇，国家还在，还有王法在，剿匪本来也是国军的职责所在！"

他看着父亲，希望能得到父亲的支持。高昌满脑子还在想着师部的离开，前途漫漫，日军说来就来了，师部到底到哪里了？到哪里去寻找师部？正在这时，山下突然响起一片嘈杂声，哨兵跑来报告，大帮的土匪聚在山下，喊着交人。

朱燕子的脸色变了，很显然，土匪要的人是她。

高豪杰吼道："他们倒是送到嘴边来了，正好解决他们。"

高昌回过神来，也觉得非得消灭了这股土匪不可，如果不是他们缴了国军的械，师长说不定还会在这里等着他们的到来，就是因为他们，才让师长带着部下离开了。堂堂的国军，居然让土匪缴械，简直是奇耻大辱！

谢让却不同意："此一时彼一时，现在我们已经向日本全面开战了，人是最宝贵的，如果能和平解决更好，不到万不得已的时候，尽量还是不要自相残杀。"

高昌有些不耐烦，谢让说到底也只是一个警察，军事上的事情，他懂什么？让他当副团长，也只是权宜之计，一旦归建，他这个警察该干什么还干什么去，打仗的事儿还得靠他们军人来。他现在倒好了，还真拿自己当个人物了。高昌生硬地说："就按我说的办，立即行动起来！"

大家正要行动，谢让叫住了："且慢！"

高昌一愣，他要干什么？难道要当着众人的面违抗他的命令吗？如果是这样的话，他也会毫不客气地处理谢让。这谢让也真是的，给他一包染料，他倒开起染坊来了。

好在谢让并没有反对，说："高团长既然决心已下，我虽然有意见，但我仍然会坚决执行。只是我有个建议，我建议高团长带领二十九军的兄弟正面与胡克利匪帮周旋，我带领警察迂回到匪帮侧后，战斗打响后，前后夹击，这样可能更好。"

高昌松了口气，这个警察还算识趣。

高昌说："谢副团长的意见很好，我赞成，大家就按着这个方案行动，谢副团长人马就位后，枪响为号，前后夹击，杀鸡用牛刀，一举把匪帮拿下。"

谢让带着警察走了，高豪杰却凑过来对高昌说："我看咱们就不用等谢让了，咱们一个冲锋也就把这帮乌合之众拿下来了。这个谢让，我看他也不听话，要是再让他得了手，我怕他更不把咱们放在眼里了……"

高昌皱着眉头狠狠地瞪了儿子一眼，儿子的话听着有点不舒服，但自己又不得不承认，这是个问题，热血团是由两部分组成的，警察目前还是听谢让的。对一支部队来说，这确实有些不利。部队是需要高度统一的。他来回走了几趟，终于下了决心："那你就带人先打吧，要猛打猛冲，一下子把土匪击溃，让他们来不及组织抵抗。"

高豪杰答应一声，立即指挥部队向山下的土匪冲去。

谢地叫住了他："高排长，我们不是说好了要等我父亲他们一起动手吗?"

高豪杰不耐烦地说："来不及了，先下手为强，后下手遭殃，这是高团长的命令，我们立即执行吧!"

既然是高团长的命令，那就立即执行吧!在高豪杰看来，这帮土匪是没什么战斗力的，只要部队一冲，肯定会溃不成军的，但他没想到的是，拿着大刀长矛的土匪可能是这样，但人人手持一支汉阳造的土匪可不是这样，自从他们换上了汉阳造，还没有打过呢，新鲜劲还没过去，正好趁这个机会过过瘾。更要命的是，他们还有几挺机枪，机枪一响，高豪杰的头皮发麻，他竟然忘了土匪也有机枪。洪桥的机枪只能压制住土匪的一挺机枪，让土匪的机枪手抬不起头，可另外几挺机枪叫得欢实，几个士兵倒在了血泊中。

高昌也没料到土匪的火力这么猛烈，立即命令部队卧倒。现在不是干掉土匪的问题了，而是防备土匪反冲锋把他们干掉了。高昌命令士兵们找掩护的地方，取下军用铁锹，立即就地构筑简便掩体，防备土匪逆袭。

胡克利见压制住了国军火力，一阵狂喜，心想着又要把一支正规军缴械了!打败国军倒是其次，最让他生气的是朱燕子，这个小娘们儿，平常看上去老老实实的，居然会私通敌人，放了俘虏跑掉了。要不是她，手里有了团长的儿子，可以不放一枪就把这支国军缴械了。他抓到她，一定不能轻饶，二当家到现在还没有娶妻，就把她许配给他吧。她同意也好，不同意也罢，他定下来的事儿，没人能拦得住。

胡克利带着土匪仰攻。因为有几挺机枪助阵，虽然倒下了几个土匪，但还是一步步地接近了国军。胡克利顾不得身边乱飞的流弹，站起来吼道："兄弟们，给我冲啊，冲上去活捉国军，人人换好枪!"

他话音刚落，身后突然响起爆豆般的枪声。那些枪声，一听就是手枪声，这本来并不可怕，可怕的是，那些枪声就像是在耳边响起的，接着就听到了一阵风似的喊杀声。他扭过头来，看到了穿着乌鸦一样服装的警察们冲到了队伍中，与自己的部下搅到了一起。短兵相接，手枪当然占光，甩手一枪，一枪一个，更要命的是，自己部下们连汉阳造上的刺刀都来不及打开。眨眼工夫，十多个土匪倒下了。山上的国军也喊着杀声冲下山来。

胡克利彻底傻眼了。还是二当家赵慈江反应快，立即把枪扔下，冲着到了跟前的警察举起了手："别开枪，我投降，我们都投降！"

真是个软蛋！

胡克利真想一枪崩了二当家，手还没抬起来，一支手枪顶在了他的脑门上。这人正是谢让。他带着警察正在向土匪背后迂回，突然听到枪声，顿时觉得情况不妙，当机立断命令警察们直接斜插过去，正好赶上土匪冲到半山腰。他果断命令警察冲过去，利用手枪的优势与土匪短兵相接。

他把枪顶着胡克利的脑门，厉声喝道："命令你的部下放下武器！"

胡克利瞪着他，叫道："要杀要剐随便，老子不怕你！"

谢让把手放在了扳机上："我喊一二三，你如果继续顽抗，我就开枪了。"

看来这个家伙来真的了。当他数到二时，尽管胡克利百般不情愿，可又不得不乖乖听话，他扔下枪，举起双手，大声地向部下吆喝："兄弟们，别打了，留着青山在，不怕没柴烧。"

他确实是这么想的，杀了老子，老子倒霉，不杀老子，老子逮个机会逃出来，再拉一支杆子。

热血团抬着伤员，押着土匪进了大元镇。部队驻扎在镇里的小学堂，司令部设在镇公所。对如何处理这帮土匪，谢让和高昌有了分歧。谢让主张收编他们，高昌主张杀了以胡克利为首的几个土匪头子，其余遣散。国民革命军不可能要这些土匪。

谢让耐心地说："高团长，俗话说，多个蛤蟆四两力，现在在抗日，多个人就多了一分杀敌的力量。大部队去了哪里咱们又不清楚，咱们不但要生存下去，还要打鬼子，就不能不想办法壮大队伍。这帮土匪有枪，又有打仗经验，收编过来就能用，何乐而不为？"

高昌冷笑一声："这是你的部队还是我的部队？"

谢让一脸尴尬，说："高团长，我虽然不是一名军人，但自从北平沦陷，我也不是北平的警察了，既然加入了热血团，那我自然也是热血团的一名军人了。我敬重团长的军人气质，但我也认为，水随形而变，我们也要因地制宜。大敌当前，一致对外，多个人就多一份力量，我坚持认为还是应该把他们收编了。"

高昌寸步不让，对他来说，这是一个原则问题，让一帮子土匪摇身一变成为军人，其他杂牌军可能会干这事儿，但他所在的堂堂二十九军不屑于与匪为伍。军人就是军人，土匪就是土匪。人家说，兵匪一家，我们就真的要兵匪一家吗？这可是万万使不得的事！

谢让见两人越说越僵，他怕再纠缠下去，两人反而搞得难堪，就提议把谢地、高豪杰、唐力、洪桥等人找来，听听他们的意见。少数服从多数，他们说咋办就咋办。结果，谢地和唐力站在了他这一边，而高豪杰、洪桥表现得更为激烈，甚至建议把所有土匪一个不剩全杀光，就凭他们缴了国军的械这一条就够死罪了。

双方谁也说服不了谁，最后决定先把土匪关押起来。

6

夜幕降临，谢让辗转反侧，难以入眠。他披衣出来，信步沿着大街走到镇子边沿，听着稻田里的一片蛙声。远处夜色朦胧，北平的方向既没有枪声也没有喊杀声，世界一片安静，北平战事犹如一个不真实的梦境。谢让心里却波涛汹涌，谢天现在身在何处？他是跟随大部队撤退了，还是被俘了，抑或牺牲了？在北平的太太如何了？这些问题如沉甸甸的石头重重压在心头，他几乎不能呼吸。

身后突然传来了脚步声，他扭过头去，发现是唐力。

唐力问他："谢副团长，你怎么还不休息？"

谢让笑了笑，说："这些天来，第一次有个这么安静的夜晚，反而不习惯了。"

唐力说："是啊，但愿能永远这样下去就好了。"

谢让摇了摇头："这只是一个开始，小鬼子来了，不会那么轻易走的，他们不走，我们就要把他们打走，艰难的日子还在后头。"

唐力站在他身边，出神地望着夜空，喃喃地问他："谢团长，你说，咱们能打赢这场战争吗？"

谢让坚定地说："我们一定能赢，我们也必须得赢，国家再也输不起了……我们这些男人倒没什么，只是苦了你们这些女人。"

唐力扭过头来，却朝他嫣然一笑，说："想不到谢副团长还有大男子主义呢，我们女人怎么了？战争既然来了，我们女人身为中华民族的一员，自然也做好了为国牺牲的准备，至少我做好了。"

谢让忙笑笑，却也没说什么。他只是在想，如果没有战争，像唐力这样美丽的女人，就在阳光下，陪着儿子读书、讲故事，万物安详，岁月静好，这样多好！唉，这可恶的战争。

鬼子来了

1

在大元镇休整了两天之后，高昌决定召开会议，研究下步行动。他的意见很明确，日军随时都可能前来，此地不是久留之地，热血团必须尽快转移，寻找师部主力。

谢地看了一眼谢让，谢让没看他，似乎在沉思着什么。他只好扭过头来，对着高昌慷慨陈词："战争不只是军队与军队之间的枪炮交火，日常所到之处，有日军的地方统统都是战场。寻找到师部主力有什么用？你没听那些土匪说吗？师部已经被打残了，还被土匪缴械了，我看咱们就留在这里打鬼子，为兄弟们报仇。"

高豪杰却不同意，说："师部到了后方，国家一定会想法儿补充兵力重建全师，咱们正好回去归建，部队整训好了，再和全师一起打回来。"

谢让的意见和谢地的一样，除了相机打击鬼子，这里离北平近，可以伺机返回北平寻找谢天，如果有可能，还可以到北平找到太太，把她带出来。战事突如其来，谢让最内疚的就是没来得及安排好自己的太太，甚至连道别都没有。北平已经沦陷，把她一个人留在那里，这是谢让最放不下的。但这都是私人的想法，他说不出口。他能说的，只能是和谢地的说法一样，留在这里打鬼子。其实他也知道，谢地除了想在这里打鬼子，未尝不是和他有一样的想法。他们父子两个，一个眼神就能知道彼此的想法。

高昌支持高豪杰："我们都是军人，军人要有组织性、纪律性，就是打鬼子，也必须先归建。我们是集体，一切行动都要听从上级指示，不能有个人英雄主义。"

双方人数相当，众人把目光转向了洪桥。

洪桥有些不安，他的内心是赞同谢让和谢地的，疲惫之师，再继续往后退，到了大后方，神经放松下来，说不定就没什么斗志了。与其撤往后方，还不如就在这里与日军周旋，伺机打击敌人，同时等大部队反攻回来。如果这里被日军占领了，大部队反攻时，也可以作为内应，就像孙悟空钻进铁扇公主的肚子里，闹个痛快。

洪桥一口气说完，扭过头看着高昌，诚恳地说："当然，这就需要团结在高团长身边，听从高团长的调遣安排。大敌环伺，一不小心就万劫不复。我们不妨学学共产党，他们红军时期的游击战术就很好，打得赢就打，打不赢就跑。"

洪桥说完，谢让带头鼓掌，当他发现只有自己一个人鼓掌时，未免有些尴尬，忙说："我赞成洪参谋的意见，同时我也要说明，我也赞成高团长的意见，我们不是不归建，而是暂时以此为据点，以逸待劳，与敌周旋，一旦与大部队取得联系，我们就立即归建。"

高昌不满地看了谢让一眼，心里对他不禁有些厌烦，认为他说的比唱的还好听，但归根结底还是反对他去寻找大部队。他甚至有些后悔，根本就不应该让这些警察加入进来，尤其是谢让，兵不像兵，民不像民。他想了想，应该把唐力叫来，也听听她的意见，但又觉得唐力与谢让已经走得很近了，很可能会赞成谢让的看法。事已至此，他也只能少数服从多数了。

2

部队在大元镇待了半个来月。在这半个月里，高昌分别派出多个小组向四周搜索，寻找大部队，同时也侦察日军动向。国军的大部队像雨点消失在了水里，没有一点动静，而日军的消息却铺天盖地传来。日军离大元镇越来越近了，离他们最近的日军已经占领了二十里外的稻城。

驻扎在稻城的日军部队里还有樱井兆太郎组织的特务队。他们抓到的二十九军残兵供认，师部的集结地在大元镇。谁知还是来晚了一步，藤野严八郎扮成一个货郎到大元镇转了一圈，回来报告说，师部已经逃走，大元镇被土匪占领了。他们没想到，高昌、谢让随后也到了大元镇。

大元镇的气氛愈加沉重，驻扎在稻城的日军如果乘坐汽车，差不多半天就能赶到大元镇。他们要是知道这里有一支国军部队，发动突袭，热血团未必能应付。谢让再次提出，应该让胡克利的土匪加入热血团。他们对大元镇周边环境熟悉，将来与日军周旋，用得上他们。这些天来，他多次与包括胡克利在内的大小土匪谈话，除了胡克利还有点桀骜不驯，其他土匪都愿意加入热血团打鬼子，即使胡克利嘴巴死硬，但说起打鬼子，他也是毫不犹豫的。只要有打鬼子这个目标，谢让觉得，可以和所有人都联合起来。

谢让的提议得到了众人的响应。高豪杰本来还站在高昌这一边，觉得让土匪加入国军，对国军来说是一种侮辱，但当谢地忍无可忍地问他，那朱燕子算不算土匪呢？他却也无话可说。这些天来，他没事儿就去找朱燕子，也没聊什么，但一天不见，他就觉得心里空落落的。等听到日军到了近在咫尺的稻城，高豪杰彻底改变主意了，他觉得让这些土匪加入国军也未尝不可，他们想打鬼子就让他们打好了，至少可以替国军挡挡子弹，消耗消耗鬼子的弹药。

谢让有些不满，说："高排长，你要打消你的这个想法，如果我们同意收编这些土匪，那他们就是热血团的一员，和我们没有任何区别，大家都是抗日将士。"

高昌既对儿子的说法不满，但他也不喜欢谢让的口气。不管怎么说，他毕竟是高豪杰的父亲，你说他，不就是间接也不给他高昌的面子吗？他强压着不快，说："那就把他们收编进来。"

按照谢让和高昌的意见，土匪要打乱编入第一、第二大队，这样一是防止土匪抱团，二来也容易把他们改造过来，蓬生麻中，不扶自直嘛！但和胡克利一谈，胡克利却竭力反对，他的人就是他的人，他的人加入热血团，要么一起编成第三大队，他当大队长，要么他带他的人滚蛋，他打他的鬼子，热血团打热血团的鬼子，大路朝天各走一边，井水不犯河水，谁也别惹谁。

当谢让把胡克利的条件说给高昌后，高昌气得一拳砸在桌子上说："这个土匪，饶他一命，他却讨价还价起来了。我堂堂的国军，居然会让一个土匪要挟了，我宁愿一个人都不要，也不会接受他的条件。把他们的枪缴了，让他们滚蛋。"

谢让摇了摇头，说："高团长，土匪和正规军不一样，他们习惯于人身依附，就听土匪头子的话。只要胡克利在，即使把他们分散编入第一、第二大队，他们也未必听话，但胡克利带着他们，他们就不敢不听他的话。只要胡克利打鬼子，我觉得，接受他的条件也未尝不可。"

高昌却寸步不让："狗改不了吃屎，土匪们都是有奶便是娘，战事一起，他们一看情况不妙，逃跑了或者拖枪叛变，谁能负起这个责任？"

无论别人如何劝说，高昌都执意要让胡克利带着他的条件滚蛋。

谢让皱着眉头想了一会儿，说："这样吧，高团长，归根结底，你其实还是不相信胡克利这个人，我想了一个办法，你看行不行？我就不再兼任第二大队长了，让高排长担任第二大队长，我到第三大队，胡克利还当他的大队长，我当副大队长，我在他身边看着他，万一有个什么风吹草动，我就干掉他。"

谢让的提议出乎高昌的意料。他主动把他的警察队伍交出来，让高豪杰当大队长，甚至都没有提议让谢地来接任大队长，这说明他是没有任何私心的，确实是一心打鬼子的。高昌心潮澎湃，觉得自己从前错怪他了，总觉得他处处和自己作对，现在看来，这是个真正值得信赖的人。

高昌摇了摇头说："我看还是让谢地接替你吧！"

谢让毫不犹豫地否决了："谢地与高排长相比，还差得远，高排长有主见，有决断，他最合适不过，警察毕竟是警察，要想打好仗，需要一个真正的军人带他们。"

谢让把话说到这个份上，高昌也只能答应了，谢让到了第三大队，即使胡克利有二心，有谢让在，谅他也翻不出多大的浪花。

胡克利虽然不大乐意让谢让到第三大队来，但再一听说，谢让只是在他手下兼职副大队长，他就乐了："好好好，副团长当我的副大队长，咱可把丑话说到前面，在我的这个大队里，你可不是什么副团长了，你是副大队长，就得听我的了。"

谢让并不计较："只要打鬼子，我当然听你的。"

胡克利拍了拍他的肩膀："伙计，你就放心吧，我们虽然是土匪，但贼有贼道，你是兵，俺是匪，咱尿不到一个壶里，但小鬼子闯进来要砸了咱这尿壶，何况他已经砸了，那我也是拎得清的，咱先一起抄家伙把这小鬼子干翻再说。"

话虽粗俗，但这个态度不错。这是个很好的开头。谢让想。

当高豪杰听说让他接任第二大队长时，他一阵欣喜，终于有一支属于他的队伍了，他可以挽起袖子大干一场了，他甚至庆幸没有按父亲说的那样去寻找大部队，如果找到了大部队，他也只是一个小小的排长而已，而这个大队长，虽然暂时人少，但一扩编，那起码就是一个营的编制啊！

他对一切都很满意，唯一不满意的是，父亲不同意把朱燕子调到第二大队去。父亲说："你就好好干你的大队长，别胡思乱想。朱燕子算什么？她再好也只是一个女土匪，一个当过土匪头子压寨夫人的女土匪。"

父亲已经把话说得很清楚了，他一时不知如何反驳，嗫嚅地说："你怎么这样说话呢，我根本没别的想法，只是……只是觉得她枪法好，会打仗……"

父亲哼了一声，转身走了。

他望着父亲的背影，对父亲有些不满，但更多的是恨自己不争气，归根结底，他还是不敢不听父亲的。他怕他，小时候怕，现在还怕。

3

土匪被放了出来。队伍集合起来，高昌进行了训话，无非是鼓励大家奋勇杀敌。看着下面两三百人的队伍，穿黄色军装的是军人，穿着黑色制服的是警察，土匪则是五花八门的便装，一支队伍有了三种颜色。再想想一个月前，自己手下可是三四千人清一色的威武雄壮的正规军，高昌不禁有些黯然神伤，这算一支什么队伍啊？

就连胡克利也觉得滑稽，高昌在上面讲着话，他在下面左右张望，竟然不顾不管，声音很大地说："什么热血团，我看叫叫花子团还差不多。"土匪们嘿嘿地笑，军人和警察怒目而视，却也无可奈何。

高昌忍了又忍，虽然忍住了，但心情却很糟糕，匆匆讲完话就让队伍解散了。

但有一件事儿，高昌却忍不了，那就是土匪的武器居然比第一、第二大队的军人和警察的武器好，他们除了汉阳造，还有五六挺机枪。

高昌干脆不再和谢让商量了，他直接带着第一大队和第二大队涌进了第三大队的院子，一进院子，士兵们就拿着枪对准了那些土匪。

谢让大吃一惊，他以为高昌反悔，要解决这些土匪了。土匪们反应还算快，也把枪口对准了第一大队、第二大队。

谢让忙冲着他们摆手："把枪放下，把枪放下，有话好好说。"

那些土匪却没人听他的话，自然，第一大队也没人理他，第二大队犹豫不决。胡克利倒不慌不忙，嬉皮笑脸地说："谢副大队长，你就省省吧，高团长大驾光临，还是请高团长说说吧！我倒要看看，高团长能拿我第三大队怎么着，说好了一起打鬼子，还想窝里斗吗？我第三大队里可没有吃素的。来吧来吧，有话快说，有屁快放。"

高昌说："胡大队长，你们的武器本来也是从国军那里得来的，现在你们也算是国军部队了，是不是应该把武器拿出来，三个大队重新分配呢？"他看了一眼谢让，说："特别是第二大队，都是短枪。"

谢让松了口气，想着原来是这么回事，这确实是很有必要的，三个大队火力差别太大，确实影响打仗。但高昌这样做，也有些操之过急了。

谢让看看胡克利，让自己的声音尽量平和："胡大队长，高团长说得对，应该把武器统一一下，重新搭配火力，既然是一个部队，希望胡大队长发扬一下风格。"

他有点担心，胡克利如果不同意，这事儿还真不好办。

胡克利走到高昌跟前，围着他绕了两圈，嘿嘿地笑了两声，说："高团长，原来就是为这个事儿呀，你派人来说一声不就行了？何苦摆出这么大的架势？吓死我了！"

他突然绷起脸，说："按老子当年的脾气，我就不，你能怎么着我？"他咄咄逼人地把脸凑到高昌跟前，高昌狠狠地瞪着他，恨不得一口唾沫吐在他那张无赖的脸上。他觉得一个小小的土匪，居然敢在他面前如此放肆！说一千道一万，还是小鬼子惹的！要不是小鬼子，他一个营就把土匪剿了。

胡克利转过身来，却又哈哈地笑了："好好好，我胡克利就做次好人吧。打鬼子嘛，我也不能反对，我一反对，我不就成汉奸了吗？好好好，兄弟们，把枪放下吧。挑，你们随便挑，你们不要的破铜烂铁给我，我照样杀鬼子！"

三个大队的武器全部摆在一起，根据长短枪数量，每个大队编了一个侦察排，带短枪。一共六挺机枪，每个大队两挺。最高兴的是第二大队，短枪换成了长枪，还得了两挺机枪，个个喜笑颜开。土匪最不开心，嘴里不干不净地骂骂咧咧。第一大队最生气，这武器本来就是这帮土匪缴兄弟们的，这土匪们连枪都不擦，好枪到了他们手里也糟蹋了，还有脸骂骂咧咧？

谢让看着这场面，有些忧心忡忡，就像油浮在水面上，这三支队伍，心不齐啊，艰难的日子刚刚开始，前面还有漫漫长路要走。他感到有目光在盯着他看，他抬起头，看到了唐力，她正关切地看着他。他心头一热，忙把目光移到一边，却看到高豪杰正在盯着看站在第一大队的朱燕子，好像掉了魂一样，对周围的各种嘈杂充耳不闻，就那么痴痴地看着。朱燕子却好像毫无察觉，拿起一只汉阳造，朝着树上的一只鸟儿瞄准，嘴里发出叭的射击声，像一个淘气的少女。

胡克利也看到了朱燕子，大步走过去说："燕子，还是回来吧，别忘了，第三大队才是你的家，我们都是你的家人。"

朱燕子立即绷起脸，冷冷地说："我从来都没把你们当作我的家人，我早就发过誓，总有一天，我要把你们都杀了，一个都不留，你们这些人，都不配活在这个世上。"

胡克利却不生气："嘿嘿，你这个小娘们儿，还怪有脾气，我从前咋没有发现？如果我早发现了，我会更舍不得你……"周围的土匪们都哈哈地笑起来，有的吹起了口哨。

谢让忙去看高豪杰，果然看到高豪杰瞪着眼睛看胡克利，眼睛里几乎要冒出火来，手不自觉地按在腰里的手枪套上。谢让忙过去，按住他的手，低低地说：

"不要莽撞，朱燕子能对付得了。"

朱燕子等土匪们安静下来了，冷冷地扫了他们一遍，声音很大地说："你们听好了，包括你胡克利，我朱燕子现在是国军的一员，再也不是土匪了。你们现在也打鬼子，高团长大人有大量，我也不能小肚鸡肠，先把私仇放下。从今往后，咱们一刀两断，你们如果胆敢接近我一步，我手里的枪可不会给你客气，谁再惹老娘，老娘见一个杀一个，包括你胡克利！"

胡克利愣在那里，呆呆地看着她。她说完这话，转身走了。谢让心里不由得喝了声彩，看着胡克利的狼狈模样，也觉得出了口恶气。看着朱燕子走远了，胡克利自嘲地笑笑，转身对土匪们笑哈哈地说："这小娘们，嘿嘿，有意思。打是亲，骂是爱，你们看吧，总有一天，她还会回过头来求我的。"

高豪杰脸色铁青，狠狠地盯着胡克利的背影，两只手紧紧地攥成拳头，手心里全是汗。他在心里喃喃地对自己说："总有一天，我要杀了这个狗日的！"

4

高昌和谢让带着众人查看了大元镇的地形，分别在外围和镇子的入口处做了工事。热血团当然不准备在这里和日军硬碰硬，但也不能不做最坏的打算，万一日军突袭，还得依托工事抵抗一阵，掩护部队顺利撤退。

做完工事，谢让提出，应该派人到稻城侦察敌情，日军到底来了多少，武器装备如何，要知己知彼。高昌也觉得很有必要，就说："那你就安排几个人去吧！"

谢让说："我亲自去。"

高昌却不同意："哪里有指挥官亲自去侦察的？你的任务是留在这里协助我指挥部队。"

谢让笑了笑，说："你比我有经验，这里有你一个人指挥就行了。派其他人去稻城，我不放心，所以还是我亲自去吧！"

高昌只得同意了。

谢让穿上一身便衣，刚出门，遇到了唐力。唐力皱着眉头，问他："你这是要到哪里去？"

谢让说："是去稻城侦察。"唐力有些担心地问："你一个人去行吗？"

谢让说："一个人目标小，人多反而不好。"

唐力说："那你要小心点，千万不要出什么岔子了。"

她的目光里充满关切。谢让心头一热，笑了笑，向她道了别，赶紧走了。

出了镇子，只见胡克利正带着第三大队在路边挖战壕。胡克利看到他，说："谢副大队长，你怎么不穿黑狗子的制服了？你这样一身打扮，不是和我们土匪一个样了吗？哦，我懂了，你这是要和我们拉近距离是不是？"

谢让很不喜欢他的油腔滑调，但他也不好说什么，只得实话实说："胡大队长，你想多了，我这是去稻城侦察一下敌情。"

胡克利的脸绷了起来："你去稻城侦察敌情？这么大的事儿，你怎么没有对我说？别忘了，你是第三大队的人。"

谢让愣了愣，一时不知道如何回应。胡克利却又哈哈地笑起来："我逗你玩呢，谢副团长。"

谢让刚要走，胡克利拉住了他："稻城我最熟了，我们在稻城还设有点，你要侦察什么，我带你去找他们。"

谢让皱起了眉头："什么点？"

胡克利说："你是警察局长啊，居然不知道什么是点？就是我们土匪的眼线啊！我们要绑票什么的，可是有讲究的，谁家最近做了单大生意，谁家公子小姐啥时在家，或者啥时到哪里，如果没有这些消息，我们还咋绑票、抢劫？对了，就连你们警察或者当兵的啥时出去剿匪，也尽在我们的掌握中。"

谢让想了想，他说的倒是实情，再怎么用力，这些土匪总是剿不完，不能不说，这是一个很大的原因。如果胡克利他们设在稻城的这些点还在，倒是省了不少工夫。他说："你在这儿等等，我回去给高团长请示一下，咱们两个一起去稻城。"

胡克利凑上来，低低地说："谢副团长，你带的警察不比他带的军人少，凭什么就得你听他的？你看看，他有时还给你脸色看呢，要我说，你不必受他这个气……"

谢让立即制止了他："胡大队长，你说这话就不对了，大家聚在一起就是打鬼子的，有些磕磕绊绊是正常的。我们一定要劲往一处使，你也不要有那么多心思。"

谢让不想再听他说这些话了，转过身来，大踏步地走了。他回去找到高昌，把胡克利讲的情况说了一遍。高昌有些犹豫："好是好，就怕胡克利这人匪性不改，谁知道他打鬼子是真心还是假意？万一他把你出卖了呢？"

朱燕子在旁边接上来了："胡克利就是一个土匪，坏事干绝，从没见过他干过一件好事，千万不要相信他。"

谢让沉思了一会儿，说："胡克利确实让人憎恶，但他还不至于把我卖给日本人。如果稻城真有他说的眼线，咱们热血团要和日军长期周旋，就必须把这支力量利用起来。不入虎穴，焉得虎子？我就带他走一趟。"

高豪杰站了出来："那我也去吧，万一有什么不对，我也可以当个帮手。"

高昌点了点头："就这么定了，你们三个一起去。"

谢让带了高豪杰出了镇子，胡克利正站在路边等他们。他歪着脑袋看了看高豪杰，扭头对谢让说："这个家伙跟着干嘛？"

高豪杰怒气冲冲地瞪着胡克利说："什么这个家伙？我是第二大队长高豪杰！"

胡克利撇了撇嘴道："一人得道，鸡犬升天。"

谢让忙站在两人中间，愠怒地瞪着胡克利说："你少说两句行不行？大家现在都是一条船上的，这样下去，你们还打不打鬼子了？"

两人这才作罢，但彼此都离得远远的，像三个陌生人。

稻城的城门两边各站两个士兵，一个是日本兵，一个是伪军。谢让看着这些伪军，心里很不是滋味，真想冲上去问问他们，作为一个中国人，为什么要站在日本人那一边呢？

哨兵慵懒地站在那里，倒没有为难他们，三人顺利地进了城。

刚拐过一个街角，迎面过来一支队伍，有日军，还有伪军。他们三人忙让到路边。队伍走得更近了，谢让瞄了一眼，大吃一惊，那个带头的日军竟然是樱井兆太郎，旁边跟着藤野严八郎和江一郎。谢让忙扭身闪进路边一家布行，低头装作挑选布匹。他们从身后走过，军靴踩在地上就像踩在他的心上，他的心咚咚地跳个不停。

出了门，胡克利小跑两步跟上来，低低地问他："你认识他们？"

谢让点了点头，简单地给他讲了樱井兆太郎和江一郎的情况。胡克利回头张望了一下，用手往下一划，做了一个砍头的姿势，狠狠地说："他妈的，江一郎这个狗日的，还算个中国人吗？如果下次让我遇到，非把他做了不可。"

谢让碰了碰他的胳膊，示意他少说话。谢让心里沉甸甸的，樱井兆太郎是日军特务，他到稻城来干什么？

5

谢让由衷地感到，带着胡克利来还是对的。他果然神通广大，眼线众多，三人先后去了一个铁匠铺，王铁匠是他的人。接着三人又去了一家茶社，吴老板也是他的人。他们其实也提供不了什么情报。但更神奇的是，吴老板出去没多久，带来了一个人，此人是稻城保安队的。日本人来了，队长带着他们一起投降了。

高豪杰恨恨地瞪着他，满脸不屑。来人有些尴尬，看看谢让和高豪杰，不安地扭了扭身子，问："这两位是？"

胡克利说："是我的手下，刚招的两个小喽啰。"

高豪杰又去瞪胡克利，谢让悄悄地扯了扯他的袖子，示意他安静，胡克利想过嘴瘾就让他过吧。谢让不动声色，心里却翻江倒海，胡克利让他吃惊不小，原以为他只是个土匪，草莽流寇，没想到他的手伸得这么长，这么深，在稻城有这么多眼线，这还是知道的，也许还有不知道的。可想而知，在北平的警察局，说不定也有土匪甚至日本人的眼线。他的眼皮突然跳动了一下，他想起了江一郎，这个家伙说不定就是日本人的眼线。要不，谢地和高豪杰炸日本人鸦片馆这事儿，樱井兆太郎是如何知道的？他一个小小的警察局副局长，如果不是早和日本人有勾搭，樱井兆太郎怎么可能会把他带到身边？他越想越懊恼，那么长时间，他整天在自己眼皮底下晃来晃去，自己居然连一点察觉都没有。大意，太大意了。

这个狗汉奸，将来如果抓到他，一定不会轻饶他。

谢让正在沉思，胡克利敲了敲桌子，带着炫耀的口气向他们介绍："你们放心好了，这位叫李牧原，是我的得力部下，他本来就在山上，是我胡克利安排他到稻城进了保安队，是俺们青龙山安插在保安队的一颗钉子。你们现在知道了吧？稻城的保安队，再加上驻军，为啥斗不过我胡克利？因为我有这么一个好兄弟。"他用力地拍了拍李牧原的肩膀，李牧原忙冲着他一脸媚笑地点头："这都是靠老大的栽培。"

胡克利大大咧咧地说："你说说吧。"

李牧原说："现在日本人占了稻城，他们火力猛，再说，有钱人都跑了，我看还是避避风头吧。"

胡克利急了："不是这个，不是这个。"

但到底是什么，他也说不清楚，只得去看谢让。谢让笑了一下，让李牧原详细地谈谈驻扎在稻城的日军有多少人，武器装备如何，部署如何，还有其他的，只要和日本人、伪军有关的，知道多少就说多少。

李牧原说，驻扎在稻城的日军大概是一个大队，至于那个叫樱井兆太郎的，好像是领导日军的一个特务机关。日军驻扎在稻城原警察局那里，还有一个拘留所，据说关了不少人。谢让心里一动，忙问他，关的是些什么人？李牧原却不太清楚，只是听别人说，很多都是国军被俘的军官，看样子，日军暂时也不准备杀他们，应该是想让他们投降吧，或当伪军，或当特务。

虽然李牧原提供的情报不多，但谢让已经很满意了。谢让本来对李牧原的印象并不好，觉得他对胡克利如此点头哈腰，未必不会对比胡克利更厉害的人更加献媚，比如日本人。但经过这一番交谈，他觉得这人还是头脑清晰，比那些一直待在山上的土匪有见识。稻城和青龙山的土匪窝毕竟不一样。

李牧原也是一个聪明人，他很快就看出来，谢让并不是像胡克利那样说的是刚招来的小喽啰，相反，他比胡克利更厉害。那么，他到底是什么人？很可能是国军的长官，对，肯定是这样。他们不向他打听有钱人，反而一个劲地追问日本人的情况，那么，他们一定是想来打日本人的。

李牧原觉得有必要给自己留条后路，他转过身子，对胡克利说："大哥，稻城既然被日本人占了，我们保安队又集体投降了，我在这里没啥作用了，还背着一个汉奸的名声，这日子真不是人过的，看到那些日本人，我就恨不得捅死几个。我还是回山上去吧。"

他这话与其是对胡克利说的，不如说是给谢让说的。谢让一惊，唯恐胡克利头脑一热，拍板让他回去，忙说："牧原兄弟，你暂时还是待在保安队，虽然日本人占了稻城，但咱留在稻城的点却是不能撤的，该做的买卖还是要做的。"

谢让说完这话，却也悟出了李牧原的意思只是试探，表明自己并非汉奸，自己原本不应该接他这话的。果然，胡克利的眉头皱了起来，脸色阴沉。他有些生气，这些话本来应该是他说的，却让谢让抢了先，在自己的手下丢了面子。他拿起茶杯，重重放在桌子上，冲着谢让说道："你这个小喽啰，哪里轮到你说话了？"

动静不小，旁边的茶客扭过头来往这边看，一脸疑惑。谢让极其恼火，却也不便发作，他咬着嘴唇，冲着胡克利摇了摇头。胡克利也觉得自己有些过分了，他扭过头，压低声音，狠狠地对李牧原说："你就留在这，谁敢说你是汉奸，老子崩了他！"

李牧原嘿嘿地笑了笑，说："有大哥这句话我就放心了，各位也给我做个证，我也给各位发誓，我李牧原如果叛变投敌，天打五雷轰！"

谢让不得不佩服这个李牧原，他是看出自己是国军的人了。

胡克利却毫无察觉，说："你发个屁誓啊，我说你不是汉奸你就不是汉奸，你要是汉奸，我第一个把你宰了。"

李牧原笑了笑，像一条被抽了筋的狗一样弯着腰向他们拱了拱手："各位慢慢用茶，保安队那边还有事儿，我出来的时间也不短了，得赶紧回去，时间长了不好交代。以后有事儿，小弟随叫随到。"

胡克利说："你他妈的喝了几天城里的水，还变得文绉绉了，还各位呢！"

李牧原摸着脑袋，不好意思地笑着说："习惯了，习惯了。"

谢让朝他摆了摆手，说："你还是快走吧。"

李牧原走了以后，胡克利得意扬扬地看着谢让，说："你还想知道什么事儿？你给我说一声。在北平你是老大，在稻城，我就是老大。"

谢让说："我确实有事儿，我想知道被日本人关起来的那些人是什么人。"

胡克利挠了挠头，有些为难："这就有些难办了，我还真没有在警察局安插什么人，再说，那地方现在是日本人的天下，我要是能变成一只苍蝇飞进去看看也好，可我他妈的又不是苍蝇，也不是孙悟空。"

谢让有些失望。他本来还希望胡克利能找来人，搞到一套日本关押俘虏的花名册，看看谢天有没有被日本人关在这里。

胡克利忽然一拍大腿："有了！"

谢让说："有人？是谁？在哪里？"

胡克利说："人倒没有，办法却有一个。那地方我很熟，它的旁边有一座高楼，到楼顶上，咱们用望远镜可以看得一清二楚。日本人不可能总把他们关在屋里吧，至少也会让他们出来放会儿风吧！"

谢让摇了摇头说："这也是个办法，可问题是，我们到哪里去找望远镜？"

胡克利神秘地笑了笑："山人自有办法。"

胡克利叫来茶社的吴老板，他带着三人进了他的卧室，卧室豪华宽大，他让三人搭手把那张硕大的木床移开，然后弯腰把地上的一排木板拿掉，下面藏有暗格，有一二十把短枪和长枪，还有几颗手榴弹。吴老板把几支短枪拿开，下面是个望远镜。

谢让心中暗叹，这个胡克利，怎么看都是粗人，实际上却粗中有细，原来早在这里储藏了武器。也是，如果稻城盘查严密，他们带不进来武器，有了这些储藏，照样能把稻城闹得鸡飞狗跳。这个土匪，一定要好好笼络住为我所用。如果他真心打鬼子，还是能起很大作用的。

必须得告诉高昌，要善待这个土匪。

6

三人带了望远镜，到了警察局对面的高楼楼顶。胡克利果然没有骗人，从这里看过去，警察局的大院视线良好，在望远镜里，连地面的青草都看得清清楚楚。

大院里的日军端着枪，驱赶着一群穿着破烂军服的国军俘虏。俘虏们无精打采地蹲在地上，日军士兵不停地用脚踹他们，用枪托击打他们。一个俘虏突然摔倒在地，两个日本兵上前把他拖到一边，开了一枪，一声枪响，谢让身子忽地一抖，望远镜里那个国军俘虏抽搐几下，再也不动了。谢让心里一紧，仔细地观察那个俘虏的面孔。不是谢天，他松了一口气。但一想到这个俘虏的家人肯定也像他一样，还在苦苦地等他回来，谢让心里不禁一阵绞痛。这些可恶的日本人，他一定要让他们血债血还，谢让心里想。

谢让慢慢移动望远镜，仔细地察看一个个俘虏，他把每个俘虏都反复地看了好几遍，没有谢天。他既失望，又有点轻松。他正要把望远镜递给胡克利，突然看到一个女人搀扶着一个国军俘虏从屋里出来，慢慢地往院里移动。他一下子屏住了呼吸，这个女人不是租住他们家的周樱吗？她怎么在这里？他把望远镜往旁边移了一下，差点惊叫起来，那个国军俘虏不是别人，正是谢天。他的脸上有着几条血道，满脸疲惫。谢让的手颤抖起来。

胡克利觉察出了异常，问他："怎么了，你看到什么了？"

谢让把望远镜递给了他："那个人是我的大儿子谢天。"

胡克利举起了望远镜问："哪个？"

谢让说："就是那个女人搀着的国军，他是二十九军的一个排长。"

胡克利看了看，却一脸下流地说："这个娘们儿长得不错。"

谢让把手攥成拳头，恨恨地说："我得把他救出来。"

胡克利朝他撇了撇嘴道："你赤手空拳如何救？我可不会帮你啊！"

谢让说："我当然救不了他，但咱有热血团，就是把稻城闹个天翻地覆，我也要把谢天救出来。"

胡克利瞄了瞄一旁的高豪杰，压低声音对谢让说："你想得倒美，你以为高昌会为你儿子把整个部队置于险地吗？这些军阀们，我可看透了，有枪就是王，他打鬼子是假，想把这支部队当作自己私人武装是真。你看看，他儿子高豪杰，毛都没长全，居然还当了大队长。"

谢让很不喜欢他说的这些话，他是这样的人，把别人也想成他一样的人了。他淡淡地说："高豪杰当第二大队长不是高团长的主意，是我建议的。"

谢让急着回去找高昌商量如何营救谢天，本来计划等天黑了，他们再出城，但他心里急，等不及天黑，说走就走。三人到了城门口，骤然发现，伪军多了起来，盘查更仔细了。转身回去已经来不及了，三人只得硬着头皮过去。刚到城门口，谢让看到那个带头的伪军背影有些熟悉。那人转过身来，与谢让打了一个照面，谢让的脑袋嗡地炸了，那人不是别人，正是江一郎。江一郎显然也没有想到会在这里遇到谢让，他瞪着眼睛看着谢让，脸上的肌肉抽搐，样子有些呆了。谢让忙低头加快脚步从他身边走过，心脏咚咚地快要跳出胸膛。江一郎只要吆喝一声，三人就完了。

奇怪的是，江一郎却没有任何动静，就那么放他们走了。他难道没有认出他来吗？这怎么可能呢！他这到底算怎么回事？好好的一个人，怎么说叛变就叛变了？那他为什么又会放了自己？谢让的脑袋里乱成一团，脚步也愈发沉重。

好在胡克利并没有看出来，他也懒得再和他解释了。

回到大元镇，谢让见了高昌，把在稻城侦察的经过给他详细讲了一遍，特别强调他找到了谢天。让他没有想到的是，有一点胡克利还是说对了，高昌不可能为了谢天一个人而拿热血团冒险。高昌听谢让说完，没有接这个茬，说："谢地和朱燕子昨天向小店镇方向侦察，发现那里有一个国军的军械库，鬼子暂时还没有发现，我们今天就去把那个军械库端了，能拿走的武器都拿走，拿不走的就炸掉。"

谢让问他："那里有日军吗？"

高昌说："暂时还没有，只有一些伪军。"

谢让说："那就让第一、第二大队去执行这个任务，我带第三大队混进稻城把谢天救出来。"

高昌眯着眼睛看他："那帮土匪有什么用？他不给你找事儿就算好的了。谢天是我的部下，我和你一样想救他，但热血团刚建立，还没拧成一股绳，怎么可能杀进稻城？这个事情先放一放。"

谢让急了："别的事情可以放一放，这人命关天的事情可不能放，我看还是越早越好。我就带第三大队去，他们熟悉稻城。"

高昌提高了声音："我说不能去就是不能去。这个事情就这样决定了，你赶紧回第三大队准备吧。"

谢让想发火，但他看着胡克利抱着膀子站在一边，一脸准备看热闹的表情，他做了一个深呼吸，给高昌敬了一个军礼，默默地退出来。

他在心里计划好了，端了军械库后，他再来求一次高昌，他如果不答应，他就带着谢地去救谢天，哪怕死，父子三人也要死在一起。

初战告捷

1

队伍向着小店镇出发了。虽然根据谢地和朱燕子侦察的情况来看，小店镇只有少量伪军，并没有日军，但高昌仍然有些紧张，这毕竟是热血团的第一仗。这一仗只能打好。从北平节节败退，也需要打次胜仗来鼓舞士气了。还有那些土匪，他们对第一第二大队还是不服的，也需要让他们看看军队到底是如何打仗的。

虽说有谢让盯着，但高昌还是对胡克利的第三大队不放心，临出发前，他把洪桥派去了。洪桥一到第三大队，胡克利就嚷道："你来我这儿干什么？是不是当监军的？你的尚方宝剑在哪里？"

洪桥拍了拍腰里的手枪，说："这就是我的尚方宝剑，如果谁不听命令，这家伙可翻脸不认人。"

上了路，两人还一直在斗嘴。

胡克利说洪桥穿着那么整齐的军装，皮鞋擦得锃亮，这哪里像是打仗的，倒像是去相亲的。他接着就取笑洪桥根本就没上过战场。

洪桥气呼呼地说："我怎么没有上过战场？我在北平杀敌时，你在干什么？

是在强抢民女还是在绑票?"

胡克利说:"你一个乳臭未干的小毛孩懂啥?我们什么时候抢过民女?我们绑票那是杀富济贫,干的都是梁山好汉干的活儿……"

洪桥说:"就你还梁山好汉?我呸!你没强抢过民女?那我问你,朱燕子是怎么回事?"

胡克利嘿嘿地笑了笑,说:"朱燕子嘛,她不算民女,她是女大学生,能上得起大学的,都是公子小姐,我们抢她,还是劫富济贫。"

"真够无耻的。"洪桥恨恨地说,"要不是日本鬼子打进来了,放在从前,我们早就把你们消灭了。"

胡克利把脖子梗了梗,还想再说什么,洪桥却不想再和他纠缠了,小跑几步,追上了前面的唐力和舒林儿。他见舒林儿背着药箱,说:"舒护士,你累不累?要不,药箱给我,我来背吧。"

舒林儿朝他笑笑说:"不累不累,刚才听到你和那个土匪说话了,真痛快。"

洪桥关切地看着她,说:"舒护士,你以后小心点,离这帮土匪远一点,留个心眼提防着他们。这帮家伙没一个好东西。"

她见唐力正笑眯眯地看着她,忙又加了一句:"唐医生,你也是啊!"

唐力说:"你把舒林儿照顾好就行啦,别管我了。你看看你,舒林儿说不累,你就真信了?"

洪桥脸有些红,上前把药箱从舒林儿的肩膀上取了下来,说:"唐医生这么说了,我还是替你背着吧。"

舒林儿看看唐力,脸有些发热,眼角眉梢却都是喜滋滋的。

2

正走着,前面的第一第二大队突然散了,所有的人都弯腰向山上跑去。

胡克利疑惑地看了看谢让:"怎么回事?干吗都上山了?"

话音刚落,第一大队一个士兵跑来报告,前面发现了日军,团长命令,部队迅速上山隐蔽。

胡克利抽出短枪,跃跃欲试:"太好了,弟兄们,咱们大干一场!"

谢让急忙按住他的手说:"胡大队长,听高团长的,赶紧让弟兄们上山隐蔽,打不打这股敌人,要听团里统一号令。"

胡克利扭头看着谢让,不满地说:"你们警察对付老百姓像狼一样,怎么看到鬼子就变成羊了? 要打就打,干吗像个大姑娘一样扭扭捏捏婆婆妈妈的?"

谢让只得回头招呼那些土匪:"弟兄们,高团长命令了,部队先上山隐蔽,大家快走。"

土匪们看看他,又看看胡克利,胡克利不吭声,没人敢动。

谢让急了:"胡大队长,你难道不服从高团长的命令吗?"

胡克利冷笑一声,说:"你想逃赶紧逃吧。这一仗我打定了,我从前是人见人怕鬼见鬼愁的土匪,老子今天就做回惊天动地的大英雄,真刀实枪和鬼子干一架,死了拉倒!"

其他土匪也来了劲,举着枪叫道:"对对对,干他娘的,死了拉倒!"

不能再拖下去了。谢让抽出手枪,顶在了胡克利的脑门上:"你现在不是土匪,是国民革命军了,一切行动要听从长官的命令,你敢违抗命令,我可要执行战场纪律了。"

胡克利举着手,问他:"什么战场纪律?"

谢让说:"你不听从命令,我有权当场处决你。"

胡克利有点不相信地说:"你敢!"

谢让用枪管捣了捣他的脑壳,冷冷地说:"这不是你一个人的队伍,你这样乱来,会拖累其他队伍,为了保护大家,我会毫不犹豫地执行战场纪律。你下命令,让他们赶紧上山隐蔽。你要不信我的话,那你可以试试。"

胡克利也发现谢让是来真的了,他只得歪着头冲着赵慈江吼道:"看什么看?赶紧带弟兄们上山。"

谢让下了胡克利的枪,手枪顶在他的腰上,押着他,带着第三大队钻进了山上的灌木丛中。隐蔽好了,胡克利说:"你现在可以把你顶在我腰里的枪拿开了吧。"

谢让把他按着趴在地上,仍旧用枪顶住他,说:"少废话,等日军过去了再说。"

胡克利冷笑一声，声音里充满嘲讽："我算是大开眼界了，你们国军原来就是这样打鬼子的。还有你儿子，你也是见死不救。什么热血团？狗屁，叫冷血团还差不多。"

谢让懒得理他，瞪大眼睛盯着大路。

没过一会儿，一队日军过来了，有的背着三八大盖，有的拿着机枪，还有抬着迫击炮的。

胡克利趴在地上，嘴里念念有词。谢让问他："你在干什么？"

胡克利说："我在数有多少鬼子……也就是四五十个鬼子，看把你们吓得屁滚尿流，我都替你们害臊。"

谢让瞪他一眼，没有吭声。这个土匪根本就没和鬼子交过火，哪里知道鬼子的厉害？国军打鬼子，十对一也未必有把握，要消灭这四五十个鬼子，至少要用一个营。热血团也就三百来人而已，武器也不怎么样，高昌决定放过这股鬼子，还是对的。

等鬼子走远了，队伍下山了，谢让这才把枪收起来。胡克利嘴里不干不净地骂骂咧咧，谢让也懒得和他计较。当务之急是赶到小店镇，把军火库拿下来，把热血团装备起来，再想法去救谢天。

唐力站在路边张望，看到谢让，脸上露出喜悦的表情，她跟过来，低低地说："刚才我在山上看到你用枪顶着胡克利，没什么事儿吧。"

谢让把事情经过给她说了一遍。唐力关切地说："你可要小心些，胡克利带的人都是匪性未改，你也急不得，要注意方式方法，别把他们惹急了……你要提防点他们。"

谢让点了点头，说："你放心，我自有分寸。虽然胡克利是土匪出身，但他们还是真心打日本人的，倒是有些人，食着国家俸禄，说叛变就叛变了。"

他想起江一郎，不由得在心里长叹一声，昔日的把兄弟，怕是以后要刀枪相见做敌人了。

快到午时，热血团赶到了小店镇，正如谢地和朱燕子侦察的一样，这里没有几个伪军，高昌指挥热血团一个冲锋，就把这些伪军干掉了。他们打开军火库，武器已经不多了，可能是被国军拿走了，也许是被伪军洗劫了，好在还有几挺机枪，还有几十箱手榴弹，最让人高兴的是，还有七八门迫击炮。会用迫击炮的只有第一大队，自然就装备给了他们。

唐力在仓库里翻找着看看能不能找到一些药品，让她失望的是，这里连一条纱布都没有。她直起腰来，看到谢让进来了，苦笑着说："要是有些药品就好了。"

谢让递给她一把手枪，说："以后有机会到稻城，会在那里搞到药品的。给，这把枪你带着。"

唐力忙摇了摇头："我是救人的，不是杀人的，要这个干什么？"

谢让说："我不是让你用它杀人的，是让你防身的，一来咱是在打仗，随时都可能遇到敌人。二来，咱们这支队伍也是鱼龙混杂，特别是第三大队，有些人可能还匪性未改，提防一点总是好的。"

唐力歪着头调皮地说："你可以保护我啊！"

谢让的脸腾地红了，慌慌地说："那当然，那当然。"

唐力笑了笑，把枪接了过去。正在这时，外面突然一片嘈杂，两人忙跑了出来。原来高昌决定把几挺机枪和几十箱手榴弹分给三个大队时，这才发现，第三大队不见了。

谢让吃了一惊："会不会是胡克利带着他们追着去打那股鬼子了？"

高昌问他是怎么回事。谢让把遇到鬼子时的事情说了，高昌立即命令第一大队、第二大队跑步去追第三大队，如果追到时还没与鬼子交火，那就合力把这股鬼子打下来。如果第三大队已经和鬼子交火，第一大队和第二大队就从侧翼立即投入战斗。有了这些武器，高昌也想把这股鬼子拿下来。

高豪杰却说："这么大的事情，这股土匪居然不说一声就走了，我建议干脆别管他们了，让他们狗咬狗，把他们打残了，咱们再上去打扫战场。"

高昌狠狠地瞪他一眼，吼道："这是你该说的话吗？都是中国人，只要打鬼子，都是自己人，哪有见死不救的？土匪也是中国人。你赶快执行吧，放走了鬼子，我拿你是问！"

高豪杰没想到父亲居然会发火，特别是当着朱燕子等人的面给他弄一个大红脸，他心里虽然有些恼火，但父亲的话不能不听，只得带领第二大队立即行动。

3

胡克利果然是带着第三大队去追鬼子了。他见高昌他们忙着清点军火库，没人注意到他，立即招呼手下去追鬼子。追了半天，鬼子还真的让他追上了。那就打吧！他把短枪插进腰里，夺过机枪手的机枪，一扣扳机，子弹哗哗地像雨点一样追着鬼子跑，鬼子猝不及防，当即倒下几个。胡克利兴奋得嗷嗷叫，端着机枪边跑边打。

鬼子到底训练有素，经过最初的慌乱后，就地卧倒反击，子弹又像暴雨一样泼过来，冲在前面的几个土匪被子弹击中，身子抽搐着倒在血泊中。其他土匪慌了，挤着向路两边的山上跑。胡克利急了，大声叫道："回来，快给我回来！"话音刚落，一颗子弹击中他的胳膊，他手一松，机枪掉在了地上。

赵慈江带着两个土匪，一个抱着机枪压制日军火力，他和另一个土匪架着胡克利往旁边的山上跑。胡克利还在着急："枪，机枪，别把机枪丢了。"

抱着机枪掩护的那个土匪去捡胡克利扔在地上的那挺机枪，腰还没弯下来，日军一梭子打过来，身上鲜血四溅，当场倒下。

日军这才发现，这支队伍原来是帮乌合之众，指挥官拔出指挥刀，指挥着日军反扑过来。

胡克利挥着手枪，又是踢，又是打，这才把土匪稳住，趴在地上向日军反击。好在他们还有一挺机枪，鬼子还不至于立即就冲过来。胡克利还惦记着那两挺机枪，趁日军的机枪换子弹的间隙，他一个箭步冲到大路上，一只胳膊夹了一挺机枪，又跑了回来。

有了三挺机枪，这才把日军的第一波反击打退。战场一时安静了，胡克利心里有点不安，他这才真正见识了日军的火力，别说全歼这股鬼子，第三大队能不能安全脱身还是问题呢！算了，不想了，痛痛快快地和鬼子干一仗，就是死了，也不窝囊。

日军这次没有直接冲锋，而是架起了掷弹筒。胡克利正纳闷鬼子怎么不冲锋了，突然听到头顶上传来啾啾声。他眼前一黑，坏事了，鬼子用炮了。他刚想站起来大喊一声，让大家注意炮弹，人还没站起来，炮弹落在身边不远处，轰隆一声，几个部下被炸得肢体破碎。

一颗颗炮弹落下来，土匪们哭爹喊娘，有的土匪把头扎在地上，有的吓蒙了，站起来往大路上跑，自然也被鬼子干掉了。胡克利闭上了眼睛，心想，完了，第三大队就这么完了！

正在这时，鬼子侧后突然响起了密集的枪声和喊杀声。胡克利疑惑地睁开眼睛，站起来一看，激动得几乎要哭了，第一大队、第二大队赶来了，他们从鬼子的侧后方杀过了来，并且，他们也有炮，炮弹落在鬼子人群中，一个鬼子被炸得飞了起来。胡克利挥着手枪，大声喊道："兄弟们，给我冲啊，痛痛快快杀鬼子呀！"

来的正是高昌和谢让带领的第一第二大队。他们听到密集的枪声和炮声，都是三八大盖和掷弹筒的声音，心知坏事了。高昌本来要带着部队猛打猛冲过去，谢让提醒他，最好借着山上的草木掩护迂回到鬼子的侧后方，从鬼子侧后方出其不意地发起攻击，这样才能把鬼子杀个措手不及。高昌听了，觉得他说的有道理。队伍分成两支，高昌带第一大队，高豪杰带第二大队，分别从大路两边的灌木丛中迂回，然后同时向鬼子发起冲锋。

三个大队前后夹击，冲上前去，和鬼子搅在一起短兵相接。刺刀相撞，火花四闪，到处都是喊杀声、咒骂声、惨叫声。朱燕子埋头厮杀着，忽然被地上的一具尸体绊倒，手上的长枪摔到一边。她刚要爬起来，这才发现地上躺着的不是尸体，是一个鬼子。他好像肩膀中弹了，军装被血洇湿了一大片，满脸是血。他看到朱燕子，惊恐地爬起来，要去捡丢在旁边的长枪。朱燕子跳起来，猛扑上去，把他摔倒在地，压在身下，抽出匕首，高高举起，准备刺进他的脖子。那鬼子的双手紧紧地抓住朱燕子的胳膊。那鬼子的胳膊却没有多少力气，眼看着朱燕子的匕首就要刺进他的喉咙。他艰难地嚅动了一下喉结，满眼惊恐地看着她说："求求你……别杀我……"朱燕子愣了一下，他说的是中国话。他不是一个日本兵吗？他怎么也会说中国话？朱燕子手一松，那个鬼子猛地挣脱开，跌跌撞撞地逃走了，不但是他，其他日军也开始溃败了……

朱燕子看着日军仓皇奔逃的背影，狠狠地跺下脚，对自己很生气，居然就这么放走了这个日本兵，就因为他会说中国话？再怎么说，他也就是一个会说中国话的日本兵嘛！自己真是鬼迷心窍了。

整个战斗除了第三大队损失了十五六个人，其他两个大队居然没有伤亡一个人，这真是一个了不起的奇迹。特别是和鬼子交过手的第一大队和第二大队，高兴得又蹦又跳。第三大队的土匪们却忙着在鬼子身上翻找着值钱的东西，比如手表、钢笔什么的。

一个鬼子脸朝下趴在地上，谢地把他翻过来，刚弯下腰准备搜一搜他身上有什么战利品，谁知这家伙并没有死，手里攥颗瓜式手雷，咝咝地冒着烟。谢地一时没有反应过来，竟傻傻地站在那里。旁边的朱燕子眼疾手快，飞起一脚，手雷腾空而起，在空中爆炸了。众人吓了一跳，待明白过来，围着要干掉这个鬼子。鬼子肚子上中了一枪，脸色如纸，叽里呱啦地说着什么。胡克利顺手扯过一把三八大盖，对准这个鬼子，就要一刺刀捅下去。唐力一个箭步冲上来，挡住了他，怒气冲冲地瞪着他，问他："你要干什么？"

胡克利奇怪地说："我要把他宰了，你要干什么？"

唐力说："他现在是俘虏，还受伤了，也没有武器，你不能杀。"

胡克利更困惑了："你们不是要杀鬼子吗？他就是鬼子啊，他就是受伤了，也是一个受伤的鬼子啊！"

谢让也过来了，说："我们是军人，军人不杀俘虏。胡大队长，你要记住你的身份，你现在是热血团的一员，也是军人了。"

胡克利不满地翻了一个白眼，说："真是怪了，怪不得大家都不愿意当兵，当兵还有这么多臭规矩。仇人相见，分外眼红，白刀子进红刀子出，多痛快。你们当兵的太婆婆妈妈，怪不得总打败仗。"

朱燕子忍不住反驳道："谁打败仗了？刚才如果不是他们来救你，现在躺在地上的就是你了。你如果被俘虏了，你愿意人家也这么给你一刺刀吗？"

胡克利瞪着朱燕子叫道："好啊好啊，你现在翅膀硬了，翻脸不认人了，是不是？你别忘了，你也是土匪窝里出来的，你忘了，我可没忘。"

朱燕子气得浑身发抖，却说不出一句话来。他见朱燕子气成这样，心情更好了，轻浮地笑着看她。高豪杰上前夺过胡克利手中的三八大盖，厉声说道："我们国军从不杀俘虏，当了国军，就得守国军的规矩，没那么多废话。"

胡克利摇了摇头，撇了撇嘴，走到了一边。谢让叫来两个士兵，砍了几棵灌木做成担架，让他们把这个鬼子抬回大元镇。

众人散了，唐力对谢让低低地说："谢谢你，要不是你及时赶到，我还真不知道如何对付这个土匪呢！"

谢让摇了摇头，说："谢什么呢，我现在和你一样，都是军人啦，自然要和你站在一起。"

这是他的心里话，自从到了第三大队，他无时无刻不想着第一第二大队，他更愿意和他们在一起。他觉得自己像一条鱼，他们就是水。而第三大队像荒漠，令人窒息。他摇了摇头，但愿这一切是值得的，总有一天，这些土匪也会像第一第二大队的士兵一样，成为真正的军人。

4

唐力怎么也没有想到，她会把那个受伤的日本兵杀了。

她的想法原本单纯，放下武器的军人就是一个普通人，医生是救死扶伤的，理所当然地应该拯救，无论这人是敌人还是自己人。至于治好了这个日本兵，如何处置，那是高昌和谢让的事情。

她和胡军医一起给这个日本兵做了手术，手术并不大，很快就把他腹部的那颗弹头取出来了，胡军医细心地替日本兵包扎了伤口。看样子并无大碍，顺利的话，这个日本兵五六天就会好了。

到了第四天时，中午吃过饭，唐力带了两个馒头和一碟小菜，准备拿给那个日本兵。医院设在一个布行，她推开门，那个日本兵突然从门后冲出来箍住她的脖子，一把刀子对准了她的咽喉，刀尖冰凉。胡军医躺在地上，浑身鲜血。很显然，这个日本兵杀死了胡军医，正要逃跑时，唐力正好过来了。

日本兵叽里呱啦地说着什么，唐力一句也听不懂。他挟持着唐力出了门，但他运气很不好，正好遇到谢让和舒林儿。谢让大惊，拔出手枪对准了他，大声叫道："把她放开！"

日本兵也冲着他叫，自然谁也听不懂谁的话。日本兵的刀刺进了唐力的皮肤，鲜血渗了出来。谢让明白了，这个家伙拿唐力的性命威胁他放下枪，让开一条路。谢让焦急万分，却也不能不听，他把手枪放在地上，举着双手，向后退着，不停地对日本兵叫道，只要他放开唐力，他可以让他走。

日本兵还嫌他后退得慢，朝他挥舞着刀子。就在刀子离开唐力脖子的一刹那，唐力用肘部用力地朝他受伤的腹部击去。日本兵惨叫一声，弯下了腰。谢让立即冲上来夺掉了他手中的刀子。他从后面拽住日本兵的胳膊，回头招呼舒林儿去找一根绳子，准备把他捆起来。突然一声枪响，震得他的耳朵嗡嗡地响。他吃惊地扭过头，只见唐力拿着手枪的手抖个不停。日本兵的脑袋上中了一枪，身子无力地滑落在地。唐力扔下手枪，扑了过来，抱着他哭道："我杀人了，我杀人了……"

她的身子颤抖着，声音支离破碎。她的身子是热的，浑身散发着清香，却颤抖个不停。谢让忙轻声安慰她："没什么，没什么，这就是战争，你不杀他，他就要杀你……"

舒林儿拿着一根绳子跑来了，看到倒地死去的日本兵，又看到唐力抱着谢让，一时反应不过来，呆呆地看着两人。唐力慌慌地推开谢让。

舒林儿关切地问她："你怎么样？"

唐力擦了擦眼泪，看了看那个日本兵，声音已经平静下来："我没事……"

舒林儿惊讶地说："你把这个日本兵杀了？"

唐力点了点头，说："我早就应该把他杀了，我救了他，胡军医还给他做了手术，他却杀死了胡军医。他们不是人，是禽兽。也好，我总有一天也要上阵杀敌，迟早都会有这一天的……"

谢让想说什么，却又无话可说，生在乱世，确实人人都有直面战争的那一刻，是的，她是一个军人，迟早会有这一天的，但她同时又是一个女人啊！这可恶的战争。

他突然想起了身陷北平的太太，心里不禁一阵揪痛。

5

谢让想到了太太，就再也坐不住了。太太生死不明，儿子谢天又身陷敌营。太太的情况不明，他无可奈何，但他还可以去把谢天救出来。他不能再失去儿子。他一个亲人都不能失去。

　　他再次找到高昌，高昌因为初战告捷，心情很好。他同意谢去救谢天，但一定要好好筹划，每个细节都要想清楚，强攻是不可能的，只能是智取或者来一场快进快出的突袭。

　　谢让也知道靠热血团攻打稻城是不可能的，这也不在他的考虑之列，只能是智取和突袭并用。他本来打算让第二大队换上日军军装混进稻城，突袭警察局。他的部下本来都是警察，有不少人会开车，事成之后，再夺取日军的车辆逃走。但这个方案有个致命缺点，没有一个人会日语。城门的日军一盘问就会露馅。高昌也觉得这个方案不妥。

　　谢地说："要不，挑选十来个精干的兄弟混进稻城，一部分事先准备好汽车，一部分埋伏在街道两边准备狙击、掩护，剩下的大部队扮成伪军在城门口接应，守城门的日本兵听不懂中国话，也不会盘问的。"

　　谢让摇了摇头说："那也不行，城门哨兵中还有伪军，日本兵看不出来，伪军却是不容易骗的，再说，带领伪军的还是我原来的搭档江一郎，要是遇上他，那就更麻烦了。"

　　想来想去，实在没有其他办法，也只能用谢地的办法试一试了。

　　高昌沉思了一会儿，说："这样吧，进城之前，我先带领一部分人马佯攻稻城东门，把伪军和日本兵吸引过去，然后谢副团长再带领第二大队扮成伪军去西门进城劫狱。"

　　众人都觉得这办法好。

　　胡克利却叫了起来："听了半天，我怎么一点都没听懂呢？我的人马呢？"

　　谢让说："你的人马更重要。你要挑选十多个人先混进稻城，利用你在稻城的关系，一部分弄车以供撤退使用，另一部分在撤退路线上设伏，准备狙击、掩护撤退。"

　　胡克利拍了拍胸膛："这个没问题，这个是我们的拿手好戏，我们好几次杀进稻城，把它闹得鸡犬不宁。我看这事儿也跟绑个人差不离。"

　　高昌皱了皱眉头，心里十分反感，但现在一起打鬼子，他也不好说什么，挥了挥手说："就这么定了，明天准备，后天行动。"

归来

1

一切都很完美。高昌带领人马接近稻城东门，突然发难，干掉了门口的伪军和日本兵，立即指挥部队撤退。日军果然带着大队伪军追了出来。

谢让带领的第二大队一半人马留在城外，准备接应，剩下的五十多人穿着伪军的军服到了西门，混进稻城后，立即向警察局跑步前进。守卫警察局的是一个日军小队，人不多，火力却猛，两挺歪把子机枪把道路封锁得死死的。谢让心里焦急万分，久攻不下，日军反扑过来，后果不堪设想。他正这么想着，旁边的高豪杰叫道："鬼子撤了！"

谢让忙抬头去看，果然枪声稀落，鬼子不见了。

谢让有些疑惑："鬼子怎么撤了？"

高豪杰说："就这几个鬼子，顶不住了呗，他们再晚撤一会儿，我就准备找个炸药包把他们的机枪炸了。"

高豪杰想错了，并非鬼子顶不住了，而是樱井兆太郎主动撤的。藤野严八郎还不愿意："干吗要撤？他们最多也就五六十人，咱坚持一会儿，援兵赶到，前后夹击，他们一个也跑不了。"

樱井兆太郎瞪他一眼说："他们这是志在必得，斗志正旺，我们要避其锋锐，减少损失。你去执行吧。"

藤野严八郎虽然不高兴，但还是不得不带着那队日军撤退了。

谢让等人冲进警察局，高豪杰还想带人去追，谢让忙叫住他："不要追了，他们肯定是去日军军营了，咱们时间有限，赶紧把人救了就走。"

谢让带人砸开警察局拘留所的大门，他让大家把所有的房间打开，把所有的俘虏放出来。他大声地喊着谢天的名字，终于听到有间房子里传来谢天的声音。他砸开房门，拉起谢天就要走，谢天叫道："把周樱也救出来。"

谢让忙问他，周樱在哪里？

"周樱就在隔壁。"砸开铁门，谢天却愣在那里，里面空无一人。

谢天还不甘心，拍打着每个房间的门，大声叫着周樱，哪里有她的影子？谢天还想到其他地方去找，外面响起了激烈的枪声，一个队员跑进来叫道："快走快走，日军过来了，高大队长已经和他们接上火了！"

刚跑出警察局，胡克利带着一帮人开来几辆卡车，众人上了车，向西门疾驰而去。西门的哨兵看到卡车冲来，情知有变，慌着要把城门关上。谢让把半个身子探出驾驶室，几声枪响，干掉了哨兵，卡车擦着城门而去。

整个行动干脆利落，高昌也顺利摆脱敌人回来了。除了救出谢天，还救出了二三十个国军俘虏。唐力给他们简单检查了一下身体，虽然有些小伤，但均无大碍。谢让一一询问他们，是愿意留在热血团打鬼子，还是愿意回家。有几个面有难色，但看其他人同意了，也不好意思说自己不愿意，全部加入了热血团，队伍又壮大了。

美中不足的是，这次行动没有救出周樱。

第二天一大早，谢让去第一大队找谢天，却没找到。谢地告诉他，谢天一早出了镇子，说是心里闷，随处走走，这会儿也不知道他去哪里了。谢让吃了一惊，忙跑到镇外，却见谢天坐在路边的一个土坡上，不时地向北边的大路上张望。谢让忙爬上土坡，挨着他坐了下来。

谢天瘦多了，也憔悴了，这些天里，他受了多大的罪啊！

谢天给他讲了他所经历的一切。当谢让听到太太已经去世时，他心里一阵绞痛，这笔账，要记在日本人头上，这个仇，一定要报。他同时又觉得轻松，太太去世了，两个儿子在自己的身边，那就无牵无挂了，这条命就用来打鬼子吧！

谢天还告诉他，他和周樱埋了母亲以后，准备南下寻找大部队，谁知没走多远就撞到日军，来不及躲起来，这才被日军抓到。日军本来要把他俩枪毙了，幸亏樱井兆太郎也在这支日军队伍中。谢天并不认识他，他却认得谢天，知道他是谢让的儿子，就把他和周樱带到了稻城，劝说他和周樱投降。他们当然不愿意。现在让他最揪心的就是周樱，日本人到底把她关在哪里了？日本人会对她做什么？他不敢去想，也不愿去想。

谢让听得出来，谢天对周樱还是很有感情的。他忙安慰谢天，周樱既然会日语，那么，日军一定觉得她还有用，会留着她，不会加害于她的，如果有机会，一定会把她救出来。也许，凭着周樱的聪明才智，说不定她会自己逃出来的。

谢天苦笑了一下，说："我们去救她还好说，如果她自己逃出来了，她到哪里去找我们？以后也许再也见不到她了。"说着，他的眼圈竟然红了。

谢让拍了拍他的肩膀，说："你别着急，我和高团长达成一致了，我们暂时不会离开大元镇，就在这里与日军周旋，等待大部队反攻。周樱知道了，一定会来找我们的。"

谢天摇了摇头，说："日军已经知道咱们在大元镇了，他们肯定会来扫荡的，咱们又得转移。"

谢让笑了笑，说："这你不用担心，咱们可以去胡克利当土匪时的青龙山，那里有粮弹储备，山深林密，地形险要，倒是一个与日军周旋的好地方。"

谢天这才好受了一些。谢让看看天色不早了，镇里冒出了袅袅炊烟，就招呼谢天先回去。谢天还有点恋恋不舍，向北边的大路上张望，这一看，他的眼睛瞪大了，北边的大路上有一个小小的人影。谢天叫了起来："周樱，一定是周樱！"

谢天撒腿向大路跑去，谢让不放心，忙跟了过去。

那人果然是周樱。她的头发乱得像一堆杂草，脸上似乎还有血迹，衣服皱巴巴的，上面还有颜色不明的污迹。她看到谢天，身子立刻软了下去。谢天忙冲上去抱着她，她伏在他肩上，哇的一声大哭起来，她是那么悲痛，哭得双肩抽搐着。

谢天轻声地安慰着她，她的哭声更大了："我是一个不干净的女人了……"

谢让的脑袋嗡地响了一下，这帮禽兽！

谢天痛苦地摇了摇头，恨恨地说："我不会放过他们的，一定会给你报仇的！"

周樱抬头看她，一脸泪花："他们把我糟蹋了，还把我关在他们的慰安所……后来有人打进稻城了，鬼子都走了，我这才趁乱跑出来……"

谢天用袖子擦去她脸上的泪花，喃喃地说："回来就好，回来就好。"

周樱的眼神里充满悲伤、胆怯，她的声音低得像蚊子："你不会嫌弃我吧……"

谢天心疼地把她揽在怀里，坚定地说："不会的，我永远都不会嫌弃你的……你受了这么大的罪，我只会对你更好……"

周樱的哭声更响亮了，她几乎要把一生的泪水流尽。哭声惊动了灌木丛中的鸟，它们叫着冲上了天空。

谢让眼中也涌出了泪花，回来就好，回来就好。

2

周樱的到来，几乎让谢家父子与高家父子翻脸了。

高昌把谢让、谢天叫来，高豪杰、胡克利、洪桥和唐力已经来了。他们个个紧绷着脸，特别是胡克利。他看着谢让、谢天的眼神怪怪的，既有幸灾乐祸又有不满，而高昌一脸心事重重的样子。谢让看了看唐力，唐力也正在看他，满脸关切和焦灼。

谢让心里一沉，到底发生了什么事儿？

是周樱的事儿。高昌说，他觉得这件事儿不会像周樱说的那么简单，她会日语，中国话又说得那么好，日军最缺少的就是这种既能听懂日本话又能听懂中国话的人，可能会虐待她，甚至强暴她，借以摧残她的意志，但不可能把她送到慰安所去，更不会让她轻易逃掉的。像周樱这样的人，对日本人来说，简直是稀有之物，他们怎么可能会如此处置她呢？

他刚说完，谢天愤怒地冲他吼道："你什么意思？你怀疑她是日本特务吗？"

高昌点了点头说："我确实有点怀疑她。"

高豪杰嘲讽地看着谢天，说："这么明显的破绽，你居然会看不出来？她一个弱女子，居然能在日军的眼皮底下逃出来，这就奇了怪了。"

胡克利拍了拍腰里的手枪："宁可错杀一千，不可放过一个，我看干脆把她宰了算了。"

谢天的眼睛里几乎要喷出火来："她是协和医院的一个护士，还会日本话，她本来可以留在北平和日本人合作，吃香的喝辣的，可她偏要参加战地救护，没日没夜地救助咱们二十九军的将士。她落在日本人手里，吃了那么多苦，受了那么多罪，被鬼子糟蹋了，好不容易逃出来了，你们却怀疑她是日本人的特务！你们扪心自问，如果是自己的姐妹，你们会这么想吗？"

他激动得浑身颤抖，连连咳嗽起来。

唐力忙上来拍了拍他的肩膀，轻声说："别激动，大伙儿也是为整个部队着想，现在只是怀疑，没有真凭实据，所以才把你们找来。周姑娘如果没有嫌疑，那就更好了。"

洪桥说："这件事儿要慎重，我们既不能放过一个疑点，但也不能平白无故冤枉一个好人。"

谢天仍然心意难平，恨恨地说："你们为部队考虑，谁考虑过她这样一个弱女子受的苦遭的罪？她一腔热血投奔我们，最后得到的就是这些？"

高豪杰抱着膀子，冷冷地说："你不要感情用事，你如果没有能证明周樱清白的证据，说啥也没用，我们现在要的是证据。证据！你懂吗？"

谢天瞪着他，吼道："你有什么证据证明她叛变了？"

谢让一直在紧张地思索着，也不能说高昌他们的怀疑就没有道理。如果周樱真的叛变了，那么她也不可能受到那么大的苦，至少日军也不会把她送到慰安所去。但有什么办法能证明她的清白呢？他皱着眉头看着众人，当他的目光落在胡克利的身上时，眼睛突然一亮。

胡克利却冲他叫了起来："你别想让我替她说话，我也怀疑她就是日本特务。"

谢让没有理他，他看着高昌说："如果我们假设周姑娘叛变了，那么，日本人不可能把她送到慰安所去，她说她被日本人送到慰安所去也就是谎言了。如果她没有在慰安所待过，那么，我们就可以断定她撒谎了，她很可能已经叛变了，是不是？"

高昌点了点说："对，就是这样，但问题是，我们又没有办法证实她有没有被日军送到慰安所去。"

谢让胸有成竹地说："我们有办法，并且也不费什么事儿。"

众人吃惊地看着他，就连谢天也是一脸疑惑地看着他。

谢让扭头看着胡克利，说："要想证实这件事儿其实很简单，只需麻烦胡大队长到稻城亲自走一趟，他的眼线多，三教九流、白道黑道都有他的人，日军慰安所里必定会有中国人干些洗衣做饭之类的活儿，我想，找到他们并不是件难事儿。"

胡克利说："这倒不难，但难在我总不能拉着周樱进城问他们，你们看看，这个姑娘有没有在你们这里待过？再说，周姑娘身上也不会有她自己的照片吧！"

谢让笑了笑，说："这个不成问题，谢地学过画画，让他画一张周姑娘的画像就是。"

唐力眼睛闪亮，第一个点头说："我看谢副团长这个办法可行。"

高昌想了想，确实也只有这一个办法了。他看着唐力，说："在事情没有弄清楚之前，周樱先待在你们医院，你要暗中看管好她，既不能让她察觉到你在监视她，也不能大意了，让她乘虚而入。"

他看了看谢天，有些歉意地说："谢排长，我希望你也能理解，这都是为了大家好，大敌当前，我们不能不谨慎。"

谢天的情绪已经慢慢平复，他也愿意按照父亲的意见来，他坚信周樱不可能投敌叛变。这样也好，还她一个清白，省得以后人们疑神疑鬼。他朝高昌点了点头，说："请高团长放心，毕竟我是个军人，在此之前，我不会向她透露一个字。"

事情进展得很顺利，谢地找到周樱，借口练习素描，给她画了一张画像。周樱尽管还是满脸疲惫，神情忧伤，但还是很配合地让谢地画了。谢天在一边看着，尽管装作欣喜的样子，心里却淌着无边无际的悲伤，她哪里知道，她已经被人当作叛徒了，大家要拿着这张画像调查她呢！

第二天一大早，胡克利拿了画像，换上一身老百姓的衣服，出发去了稻城。

3

胡克利去了稻城，第三大队终于成了没有胡克利的第三大队，谢让心里出了一口污浊之气，感觉整个人都轻松舒爽。尽管他也希望胡克利能早点回来，洗清周樱身上的嫌疑，让谢天好受一点，但又隐隐地期盼着他晚回来几天也没什么，他相信这支队伍在他手里会更好，他会把他们训练成真正的军人。早上天还没亮，他就吹响哨子，带着第三大队绕着整个镇子跑步。吃过早饭，他带着队伍走队列，练习刺杀和射击。刚开始时，队员还有点不习惯，拖拖拉拉，谢让毫不客气，该罚站的罚站，该训斥的就训斥。

走队列时，赵慈江站到一边，仿佛没他什么事儿一样。他早就习惯对自己的手下发号施令，现在让谢让对他发号施令，他一时还不习惯。谢让瞪着他，让他也到队伍里去。

他不满地撇着嘴进了队列，但他反应比别人慢，向左转向右转总会转错，站在他后面的队员叫钱二胖，平常就爱笑，看到他总是转错和自己面对面，刚开始还能忍住，但第三次第四次就忍不住了，扑哧地笑了出来。赵慈江脸上挂不住，踢了钱二胖两脚。谢让走过来，严厉地说："这是在训练，你知道不知道？"

赵慈江说："知道，怎么了？"

谢让说："一切行动听指挥，我让你踢人了吗？"

赵慈江说："他笑我。"

谢让我："他笑你，我自然会惩罚他，我现在是问你，我让你踢人了吗？"

赵慈江不以为然地说："训练这个有什么用？队列走得再好，打鬼子也用不上，我看这完全是在没事找事。"

谢让耐心地对他说，"走队列是培养军人素养的重要手段，让你听到命令就下意识地去执行，怎么没用了？就是要用这个来强化你们的命令意识。"

赵慈江说："我们老大从来没让我们走队列，但我们都听他的话……"

其他队员笑嘻嘻地看着他们两个，想看看谢让如何办。谢让很清楚，他必须把赵慈江收拾了，如果连他都收拾不了，这兵以后没法带了。他严厉地让赵慈江出队列，中午不准吃饭，把整个镇子打扫一遍，什么时间打扫完了，什么时间再吃饭。

赵慈江没有去扫地，却在中午带着第三大队四五个队员跑了，其中就有他上午踢过的那个叫钱二胖的队员。

高昌知道后，脸色很难看，说："这帮土匪，狗改不了吃屎。"

他命令高豪杰立即带人把他们追回来，如果反抗就就地歼灭。

谢让不同意，说："高团长，这事儿主要怪我心急，急于把他们改造成真正的军人，我有责任。他们是一时想不开，我去把他们追回来。"

高昌拒绝了："我们是军队，不是土匪，军队就得有铁的纪律，这事儿就这么定了。"

谢让不好再说什么，默默地退了出来。他心里很难受，觉得赵慈江的出走，主要还是怪自己，如果自己耐心点，也不至于出这个差错。他漫无目的地走着，一抬头到了医院。他这才觉得，自己是想找人说说话，而唐力是最合适的人选。他感觉只有她才理解自己。

唐力听他说完，安慰他说："你也不要自责了，高团长也没说就要把他们消灭掉，只是说如果反抗的话就歼灭。我估计他们也是聪明人，不会反抗的。"

谢让心里好受了一些，他抬起头，喃喃地对唐力说："你说，我是不是不是一个当军人的料儿?"

唐力笑道："你不要怀疑自己了，只要有坚定的信念，有不怕死的决心，就是一个真正的军人。这两样你都有。你要不是一个军人，我看我们都不算是军人了。"

谢让说："你这是在安慰我。"

唐力却也承认："对，我是在安慰你。这场战争还只是开始，我坚信我们一定会胜利，但在胜利之前，还有无比艰难的路要走，还会有牺牲，我们要坚持战斗到最后，如果不能互相安慰、相扶相携，如何行呢?"

谢让愣愣地看着她，他怎么也没有想到，外表柔弱的她，内心却这么坚强。这个女人不简单。他庄重地点了点头，说："唐医生，谢谢你，有你在身边，我知道如何去战斗，为何去战斗了……你放心，我会一直在你身边。"

唐力的脸红了，她低下头，慌乱地说："我还得去看伤员呢！"

谢让也觉得有些不好意思，正要走，突然又想起了周樱。谢天对周樱的感情，是不是就像自己对唐力？在这乱世之中，我们要好好保护她们，让她们好好活下去。他问唐力："周樱怎么样了？我去看看她。"

唐力说："周樱没事，我刚才让朱燕子陪她到镇上散散心。"

经过唐力无微不至的照顾，周樱确实好了很多。唐力的心那么细，还特地叫来朱燕子陪她。两个有着相同经历的女人，都是被侮辱和损害的，从内心里深深地同情、理解对方，两人很快无话不谈。周樱很喜欢朱燕子，她本来是个大学生，被土匪绑架，遭受的磨难不亚于自己，但她现在还是那么阳光、开朗，希望自己也能很快走出来。

朱燕子大大咧咧地说："你会的，过去的事情总要过去，最重要的是扼住命运的喉咙活下去，有仇报仇，有恩报恩，把那些伤害过你的人一个不留全部杀光。"

周樱说："这谈何容易……你杀光你的仇人了吗？"

朱燕子收起脸上的笑容，摇了摇头说："没有，其实胡克利就算一个，我本来有机会宰了他，可他现在又打鬼子了，我暂时先把这事儿放下来，等打完鬼子再和他们慢慢算这个账。"

周樱很敬佩地对她说："你真坚强，我一定要跟着你学，让自己忘掉过去。"

朱燕子挥了挥手，豪爽地说："没问题，我会帮你的，你想学打枪什么的，我教你，我枪法可好啦！"

正说着，二人路过"王记布行"，周樱立刻拉着朱燕子到了店里，胖胖的王老板热情地给她俩介绍各种布料。周樱看到朱燕子对一条红色围巾爱不释手，就把这条围巾买下来送给了朱燕子。出了店，两人不知不觉地拉着手回去了，像亲姐妹一样。

4

高豪杰带领的队伍在一座破庙前终于追上了赵慈江。赵慈江拒不投降，还吼着让他们滚蛋，从此大路朝天，各走一方。说自己离了国军也照样打鬼子。

高豪杰感到恼火，准备武力把他们拿下。谢地拦住了他，说："高大队长，大家都是中国人，能不动枪就不要动枪，还是再劝劝他们。"

高豪杰不耐烦地说："我给你三分钟，你如果能劝下他们，那就算了，如果他们还不听，那就别怪我不客气了。这帮土匪，留着他们也是祸害。"

谢地忙放下枪，举着双手出来，高声叫道："弟兄们别开枪，有话好好说。"

他说了半天，赵慈江却执意要走，要回到他们的青龙山继续当土匪。

高豪杰看看时间差不多了，队员们也都到位了，小声地叫谢地："你快回来，让子弹跟他们谈。"

谢地有点不甘心，高声叫道："弟兄们，道理都给你们讲了，你们如果不听，我们就要强攻，你们肯定跑不掉。"

赵慈江也毫不客气地说："那你们就试试看吧，爷们也不是吓大了，谁能打过谁，还不一定呢！"

高豪杰早已经不耐烦了，一挥手，大声说："开枪！"

顿时，枪声大作。谢地吃了一惊，忙弯腰跑了回来。事已至此，多说无益，那就随高豪杰去吧。只是，还没怎么打鬼子，自己人先打起来了，想想也挺悲哀的。

到底是第二大队的火力凶猛，当有个土匪被打死后，其他土匪慌了，在钱二胖的带领下，另外几个土匪扑上去把赵慈江掀翻在地捆了起来，然后高声地喊着要投降。

高豪杰带人缴了他们的械，把他们全都捆上，押着回了大元镇。路过一个岔路口，大家却看到一个国军军官正往这边走来，双方打个照面，都吃了一惊。来人紧张地问他们："你们是哪一部分？"

高豪杰用枪对准他，说："我们是二十九军的，你又是哪一部分？"

来人有些惊喜："你们真是二十九军的？还有没有其他兄弟？"

高豪杰说："你还没回答我呢！"

来人忙说："我叫朱生豪，师部的。吴师长让我回来，看看大元镇有没有咱们的部队。你应该也知道，大元镇是咱们师的集结地点。"

众人惊喜地看着他，他是师部的，那么，就有可能找到大部队了。

高豪杰收起了枪，说："有三百来人呢，都在大元镇。你们跑到哪里去了？"

朱生豪忙说，师里只剩下百十人，撤到了山西，整个师与军部失去了联系，师长只好与军统的老同学联系，老同学就把他们收编到了军统，给了他们救国军的番号，让他们坚持敌后抗战。吴师长决定带部队打回来，特地派他先走一步，联系、收拢二十九军旧部。

高豪杰问他："师里确定要来大元镇吗？"

朱生豪说："对，咱们师的集结地是大元镇，吴师长认为，这里会有一些旧部。没想到，还真有。吴师长派出很多人，到这一带来寻找咱们师的部队。我的任务就是在大元镇侦察情况，如果有咱们部队，就在这里等他。"

高豪杰觉得这是好事儿，虽然师里也只有百十人，但这只是开始，将来齐装满员了，是能成大事的。

5

回到大元镇，高豪杰前来请示，如何处理赵慈江他们。

谢让想了想，说："把他们放了吧。"

高昌愣了愣，问："就这么算了？他们这是逃兵，按照军法，即使不枪毙，也要关上十天半个月。"

谢让说："他们出走，我确实有责任，我太急了，急于把他们改造成一支能打仗的军队。我现在想明白了，这事儿得慢慢来。胡克利也要回来了，把他们关着也不是办法。把他们放了吧，他们愿意走就让他们走，不愿意走，就继续留在这里一起打鬼子。"

高昌不置可否："你自己惹出来的事情，你自己决定吧。"

高豪杰虽然有些不情愿，但还是按着谢让的意思放了赵慈江他们，还好，他们都愿意留在这里，但赵慈江也声明，他不是看在谢让的面子上，他是看在胡克利的面子上。他让高豪杰转告谢让，要搞明白了，谁才是第三大队的老大。

谢让笑了笑，说："只要他们打鬼子，谁是老大都行。"

6

听朱生豪讲了师部的情况，知道师长很快就要来了，高昌自然兴奋，就像流浪多日的孩子找到了娘，他恨不得立刻见到师长。

整个大元镇喜气洋洋，高昌兴奋得一夜没睡好觉，第二天一大早就让人到镇里买了笔墨纸砚，让谢天和谢地书写欢迎师部到来的标语，贴到镇里最醒目的位置。

一直忙到中午时分，二人才把那些标语写好贴完，正要往回走，谢天看到了旁边的"赵记面馆"，心里一动，想着，周樱还在医院待着，也不知道她身体怎么样了。如果能弄一碗羊肉汤面给她补补身子该有多好！这个念头一起，他就按不下去了。他找个借口让谢地先走了。等谢地走得不见影子了，他忙到了面馆，问面馆的赵老板能不能赊一碗羊肉面给他。赵老板本来并不乐意，但看着他腰里别着手枪，只得苦着脸答应了。谢天也有些不安，再三让赵老板放心，他将来一定会还他钱的。赵老板做好了羊肉汤面，谢天小心翼翼给周樱端了回来。

周樱和朱燕子正坐在医院旁边一棵大树下聊天。看到谢天来了，还端着一碗热气腾腾的面条，朱燕子忙起身，凑到饭碗前伸着鼻子闻了闻，羡慕地说："这是给周大小姐的吧！"

谢天倒也大方，说："嗯，是给她的。"

朱燕子笑嘻嘻地说："给我分一点吧！"

谢天很认真地说："这是我专门给周姑娘的。"

朱燕子撇下嘴："逗你玩的，哼，让我吃我也不吃呢，不稀罕！"

周樱有些不好意思地说："朱姑娘，我再找个碗，咱俩分吧。"

朱燕子忙按着她，说："我开玩笑呢，你们两个分着吃吧，我走啦。"说完，蹦蹦跳跳地走了，嘴里还唱着一首民歌：

沙梁梁招手沙湾湾来，死黑门的裤带解不开。

车车推在路畔畔，把朋友引在沙湾湾。

梁梁上柳梢湾湾上柴，咱那达达碰见那达达来。

一把搂住细腰腰，好像老山羊疼羔羔。

脚步抬高把气憋定，怀揣上馍馍把狗哄定。

白脸脸雀长翅膀，吃你的口口比肉香。

白布衫衫怀敞开，白格生生的奶奶露出来。

哎哟哟，我两个手手揣奶奶呀哎嗨哟，

红格当当嘴唇白格生生牙，亲口口说下些疼人话。

谢天吃惊地瞪着朱燕子的背影："她唱的是什么啊，乱七八糟的！"

周樱倒很理解："她是土匪窝里出来的，她要不这样唱，也和你们一样唱大刀往鬼子头上砍去，那倒奇怪了。"

谢天摇了摇头："一个女孩子家唱这样的歌，总是不雅。"

周樱抿着嘴笑着说："你说着不雅，自己却看呆了。"

谢天忙扭过头来，着急地说："谁说的？我心里只有你！"

他说完这话，却害羞了，脸腾地红了，站也不是，坐也不是。周樱看着他这个样子，扑哧笑了。谢天又急了："你笑什么？"

周樱低低地说："你真是个傻瓜。"

谢天愣了愣："我怎么傻了？"

周樱扑在他怀里，用拳头打着他的胸膛，说："你就傻，你就傻……"谢天的脑袋嗡的一声，有点呼吸不过来。她的发梢散发着少女的清香，她的身子温热柔软。血涌上脑门，他觉得整个脑袋晕乎乎的。他伸开双臂，紧紧地抱着她，喃喃地说："我爱你，我爱你……"

周樱低低地说："我知道我知道，你别说了，你别说了。"她吻着他，使劲地吻他。他紧紧地抱着她，仿佛要把她揉碎，要和她溶化在一起……

周樱伏在他的怀中，低低地哭了。谢天吃了一惊，捧起她的脸，她的脸上都是泪水。谢天不安地问她："你怎么了？"

周樱颤抖的声音，带着无边无际的悲伤："我是一个不干净的人了，被鬼子糟蹋过了，你……你不会嫌弃我吧……"

谢天紧紧地抱着她，他看到了远处的群山，看到了小鸟欢叫着向天空中飞去。多么美好的世界，要不是这可恶的战争，他们现在在北平，花前月下，岁月静好。谢天扶着她的肩膀，盯着她的眼睛，一字一顿地对她说："我永远都会守着你，你经历了这么多，我会更加疼你爱你，用我的一生来温暖你……"

他用袖子擦着她脸上的泪水，心里想，应该买一条手帕了。转而又想，他以后不会再让她流泪了。

周樱挂着一脸泪花又笑了："你先别急着这么说，胡克利就要回来了，如果他得到的消息是我没有在那个地方出现过，他们一定要说我是日本特务怎么办？"

谢天急了："你不是日本特务，谁也不能说你是特务！"

周樱轻轻地捶了一下他的胸口："我是说如果嘛，如果我是日本特务，你会怎么办？"

谢天愣愣地想了一会儿，摇了摇头说："不可能的，这种事情根本就不可能发生。"

周樱撇着嘴，娇嗔地说："你就是个傻瓜，人家是打个比方嘛！哼，我知道了，我要真是个日本特务，你会和他们一样对我的！"

谢天急了："不会的不会的，我永远都不会伤害你。"

他突然觉得好像有哪里不大对劲，他皱着眉头使劲地想，却又想不起来。周樱看了看他，说："你心里是不是疑惑我怎么知道胡克利到稻城调查我的事儿？"

是的，就是这个。谢天装作若无其事的样子，说："我才没这么想呢，吃饭吧，一会儿就凉了。"

周樱折了一枝细细的树枝，折成两半，递给了谢天："来，咱们两个一起吃吧，这么一大碗，我也吃不完。"

两人坐在那里，你一口我一口地吃着。谢天不时地看周樱，周樱不时地看他，两人目光相撞，都有点害羞，更多的是甜蜜。多么像小两口啊！谢天心里还是有些疑惑，胡克利去稻城的事儿极其机密，她是如何知道的？

周樱就像钻进了他的脑袋里，他在想什么，她都知道。谢天忍住没问，周樱自己说了："是朱燕子告诉我的，你别怪她，我和她现在像亲姐妹一样，她有啥都对我说。"

谢天吃着面条，嘴里呜呜地应着，心里却是各种想法都有，一方面觉得朱燕子到底是土匪出身，嘴巴不严，这样下去会误事的。另一方面，他又对朱燕子充满感激，在周樱这么艰难的时候，她来陪她，把她当作了亲姐妹一样无话不谈，这对周樱也是一个安慰。谢天不知道应该感激朱燕子，还是怪朱燕子。"等将来有个合适的机会，委婉地提醒她一下吧。"谢天想。

7

第三天傍晚，胡克利终于回来了。最着急的是谢天。尽管他相信周樱绝对不会叛变，但从别人嘴里证实了，他就更踏实了，其他人也没话说了。

胡克利没有让他失望。他像表功一样地说，他几乎动用了在稻城所有的关系，终于找到一个在日军慰安所做厨师的，他看了周樱的画像，肯定地说，她确实被日军关在慰安所里过，还受了不小的罪。老人说着，抹起了眼泪。

胡克利还不放心，又利用其他关系找到了一个在慰安所洗衣服的老太太，老太太的说法和那个厨师一样。两人都证实，周樱确实是在热血团打进稻城那天跑掉的，鬼子听到枪声，都跑去打热血团了，就连哨兵也跑去打仗了，不仅是周樱，还跑了好几个中国姑娘呢！

所有人都松了口气，大家的心情和谢天一样好。谢天有点歉疚地对唐力说："周樱是协和医院的护士，以后就放在你身边，你多关心关心她，别再让她受委屈了。"

唐力忙点头说："你放心，我会把她当作亲姐妹的。"

胡克利在一旁撇着嘴说："你们把她当作亲姐妹，却把我的兄弟当作敌人。"说完，扭过头瞪着谢让。

谢让倒抽一口冷气，这家伙居然已经知道赵慈江他们的事儿了。

谢让说："胡大队长，你误会了，这事儿谁也不怪，只怪我……"

胡克利摆了摆手，说："算了算了，谢副团长，你不用说了，拜托你以后离我们第三大队远一点，好不好？我的弟兄我来带，他们犯事儿，该打该杀，我自有主张。"

高昌看了看谢让，说："胡大队长既然这么说了，那我们也放心了，我看谢副团长就回团部来吧，你来兼任第二大队长。"

谢让忙说："不不不，我回团部可以，第二大队长还是由高大队长当着吧，有什么事儿，我从旁协助就是了。"

高豪杰听父亲那么一说，紧张地看着谢让，一看谢让并没有兼任第二大队长的意思，心里松了口气，感激地看了他一眼。这个谢让，还是不错的。

谢天对这一切都不感兴趣，趁他们说话时，偷偷地溜了出来，急急地去找周樱。当他把胡克利所讲的一切都告诉周樱时，周樱却没有欣喜的表现，就像这一切都在她的预料之中。也是，这是她的亲身经历，自然是经得起调查的。这样看来，倒是父亲和高昌他们多心了，多此一举，反而勾起了她的痛苦回忆。谢天有些不安地看着她。周樱果然带着嘲讽的口气问他："你就不怀疑是胡克利撒谎吗？你不问问他找的那些人可靠不可靠？"

谢天知道她这是给他赌气，忙过去环拥着她，嬉皮笑脸地说："我不用问他，我也不相信他，我只相信你。"

周樱娇嗔地打了他一下，说："嘴巴像抹了蜜一样。"

两人沉浸在美好的爱情中，他们却不知道，团部却是另一番凝重的气氛。胡克利还带回来了另一条重要的消息，稻城保安队的李牧原告诉他，保安队接到了日军的命令，近日要跟随日军、伪军一起扫荡大元镇。

谢让建议部队立即转移。

高昌不满地看他一眼，说："我们是军队，现在找到师部了，他们就要来了，我们应该坚守大元镇，等到师部来了归建。"

谢让说："我并不反对归建，人多力量大，这是好事，但军情紧急，我们兵力单薄，现在还不是与日军硬拼的时候，先把部队转移走，避一避日军。我们坚守大元镇，只会造成更大的损失。"

朱生豪有些愠怒，问高昌："他是谁？"

高昌说："他是北平一个警察分局局长，我们热血团副团长。"

朱生豪说："我赞成高团长的意见，我们坚守大元镇，等到师部来了再说。"

高昌抬起头，坚定地说："我是热血团团长，这事由我来做决定。我决定部队坚守大元镇，等待师部。驻守在稻城的日军就只有一个大队，他们还要留下一部分兵力守城，能来多少人？保安队和伪军就不用说了，根本没什么战斗力。这一仗我们有胜算。"他挑衅地看着谢让，他做好了准备，如果谢让敢反对，他就撤了他的职。能接替他的人多了去了，朱生豪可以，高豪杰可以，谢天、谢地也可以。毕竟他们都是军人。

谢让倒是识趣，没有再反对，说："我保留意见，但我服从高团长的命令。"

高昌迅速进行了部署。第一大队先出大元镇，在大路两边的山上构筑阵地，第二大队在第一大队前方五公里的山上待命，战斗打响后，相机切断日军退路。第三大队正面坚守大元镇，伺机从正面攻击，四面包抄，全歼日军。

高昌的这个部署表面来看，一切都很完美，但谢让却觉得不妥，但他看高昌已经对他不耐烦了，他如果再提出反对意见，可能会激怒他。他皱着眉头，忧心忡忡地看着地图，一语不发。

唐力悄悄地挤过来，拉了拉他的衣角，低低地说："你有什么意见就直接说出来，这不是私人恩怨，要为整个部队负责。"

谢让冲她感激地点了点头，心里暗叫惭愧，这个时候，哪里还顾得上个人得失？哪怕高昌撤了他的职，但为了整个部队，该说的还是要说的。

谢让说："高团长的部署很完美，但就是因为完美，我反而觉得不妥。这个部署是建立在我们的兵力比日军有很大优势的基础上，以众击少，聚而歼之，但事实可能正好相反。我们的目的是守住大元镇，让日军知难而退。我觉得应该用'围三阙一'的打法，把第一大队和第二大队分别放在左右两个山头，第三大队在正面，三面应敌，不断敌人退路。这样，敌人碰了壁，自然会乖乖回去了。"

胡克利叫了起来："什么'围三阙一'？要打就大打，一个鬼子都不放过，我赞成团长的意见，就把他们包饺子吃了。"

高昌盯着地图，他不得不承认，谢让说的还是有道理的。胡克利不知道日军的虚实，他高昌还是知道的，哪怕日军过来的只是一个中队，也够热血团打了。万一是两个中队呢？热血团能不能打赢还是个问题。其他人自然也想到了这一点，他们不安地看着高昌。

高昌抬起头，看了看谢让，对众人说："谢副团长的意见是对的，按照谢副团长的意见来。我们'围三阙一'，目的是让日军知难而退，但无论哪一个方向，都要做好打大仗打恶仗的准备。特别是你们第三大队，一定要顶住。"

胡克利脸红了，瞪着高昌叫起来："你什么意思？嫌我们土匪没本事？别忘了，我们能活到今天，还不是你们打不过我们，剿不了我们吗？你们能打，我们怎么不能打了？"

高昌冷冷地说："你有这个决心就好，如果日军从你们那里突破了，我要执行军法！"

胡克利气呼呼地哼了一声走了。

<h2 style="text-align:center">8</h2>

稻城的日军还是大意了。大元镇只有百十个败兵，再加上一帮警察和土匪，樱井兆太郎觉得用不了那么多人，大队日军开过去，打胜了也不光彩。他就让藤野严八郎带了三四十人的队伍，也没有带伪军和保安队。在他们的想象中，大元镇的残兵败将一看到他们就会慌慌逃走，没想到的是，当他们拐过一座山，刚看到大元镇长什么样子，山头上突然响起了爆豆般的枪声，几个鬼子应声而倒。

藤野严八郎立即命令部队就地寻找掩护，展开反击。

高昌见识过日军的战斗力，他并不急着让士兵冲锋，而是命令士兵居高临下，用手榴弹和密集的弹雨消灭敌人。

第三大队哪里见过这阵势？一见日军卧倒了，还以为日军被打残了，胡克利立即站起来，吆喝着让队伍冲过去缴鬼子的机枪。谢让拉都拉不住，队员们跳出工事，哇哇地叫着向日军扑去。日军机枪扫射过来，队员们哗地倒下一片。高昌在山头看到第三大队冲出来了，叫苦不迭，只得命令第一大队、第二大队冲锋。

日军的机枪猛烈扫射，几个士兵被击中，顺着向山坡下滚去。敌人的机枪手躲在一块巨石后面，编织成了一道火墙。谢地看着牺牲的人越来越多，忙对身边的谢天说："你掩护我，我把鬼子的那个机枪手干掉。"

谢天点点头，指挥身边的机枪手与鬼子对射。谢地趁机站起来，猫着腰，借着树木和土坎的掩护，迂回到鬼子的侧面，趴在一个土坎下，瞄准鬼子，一枪正中鬼子的脑袋。高昌一看，立即站起来，带着部队向鬼子冲去。鬼子支撑不住，边战边退……

终于打退了鬼子，第一大队、第二大队损失不大，损失最大的是第三大队，死掉二十来个，还有几个负伤了。胡克利站在一片死尸中，哭丧着脸。看到高昌和谢让过来了，冲着两人叫道："他妈的，你们偏心！让我们守在这里，你们守在山上，鬼子把我们打残了，你们这下高兴了吧。你们就是看我不顺眼，才要借刀杀人！"

高豪杰瞪他一眼说："自己不会打仗，倒赖到我们头上了。"

胡克利一下子扑过来，吼道："你说什么？"

谢天和谢地忙上前拦住他，他还挣扎着要揍高豪杰。谢让吼道："够了！你自己该好好反思一下，没听到命令就私自出击，这个损失你占大部分责任……"

胡克利硬了硬脖子，但看着谢让愤怒的目光，也不敢再说什么了，骂骂咧咧地走了。

高昌摇了摇头说："这个土匪，真是胡搅蛮缠。"

谢让说："但愿他以后能吸取教训吧，多打几仗，他也许就懂得咋打了。"

虽然第三大队损失比较大，但毕竟把鬼子打跑了，这是第一次把鬼子打败，热血团上下洋溢着喜气，士气高昂。大元镇的乡亲也很高兴，"赵记面馆"的赵老板带头，全镇的饭店午饭全部免费，让官兵随意吃，还有的老板大方，搬来自己酿的米酒，整个镇上的饭店都是吆喝声、猜拳声，像个欢乐的海洋。

9

吴念人带着十几个人来到大元镇时，最先看到的就是刚从饭店里喝得醉醺醺出来的士兵。他皱了皱眉头，见到高昌，冷冷地问他："你就是这样带部队的吗？"

高昌尴尬地说："今天上午刚和鬼子打了一仗，把鬼子打跑了，这么多天，第一次打个胜仗，弟兄们高兴，也就让他们乐呵乐呵。"

吴念人愤怒地拍了一下桌子："你看看你们，像军人吗？简直是一群土匪！"

说到土匪，吴念人才想起更重要的事情，厉声地说："听说你把胡克利的土匪收编成第三大队了？"

高昌说："对，他们现在洗心革面了，打鬼子的劲头也是很大的。"

吴念人严厉地瞪着他说："什么洗心革面？国难当头，他们趁火打劫，居然把国军的枪都缴了！你立即带人去把他们的武装解除了，统统关起来。"

高昌愣了愣，说："他们编入热血团后，就再也没有祸害过百姓，我看他们是真心想打鬼子的。现在把他们的枪缴了，不太合适吧。"

谢让也说："他们损失很大，现在也就七八十人。再说，胡克利在稻城还有很多内应，这些人只听他的，咱们打鬼子，还得利用他们。"

吴念人皱着眉头在屋里走了几个来回，慢慢地消了气，摆了摆手，说："你们既然这么说了，那就暂时把他们留着。如果他们敢有异动，我希望你们能果断把他们处置了。"

高昌和谢让忙点头答应。

吴念人告诉他们，他已经联络到了七八支二十九军和其他部队的残兵，多者有千余人，少者也有百十人，约有三四千人，他们都答应改编成救国军。军统赋予救国军的任务就是在敌后开展游击战争，骚扰、牵制日军，配合主力战场作战。现在日军准备发起太原战役，军统命令救国军进攻稻城。

谢让吃了一惊，说："稻城前段时间只有一个大队，但现在到底有多少敌人还不大清楚。再说，敌方驻守稻城，兵器火力也比我们强，我们主动进攻，似乎有些不妥。"

吴念人说："根据军统提供的情况，稻城只有日军的一个大队，近期并没有增加，也就三百来人，另外还有一支特务部队，人数在三十到六十之间。伪军有一个大队，可以忽略不计。我们有三四千人，他们不到四百人，稻城完全是可以打下来的。我们太需要打场胜仗鼓舞一下士气，这仗是必打不可。"

谢让想了想，如果军统的情报准确，兵力对比十比一，似乎可以一战。

高昌听了吴念人说的，也很兴奋："我赞成打，不仅仅是为了消灭这股日军，还是向日军表明，我们还在这里，我们永不屈服！"

谢让听了，心情为之一振，如果能把稻城打下来，倒不在于消灭多少敌人，而在于中国军队终于有能力从日本人手里夺回一座城市了。还能有比这更能激励人心的吗？

吴念人部署完以后，决定带着朱生豪离开大元镇，前去百里外的玉米镇。玉米镇有一支人数上千的国军残兵，虽然他曾派人前去联络，对方也愿意接受救国军的领导，但他还不放心。他与高昌、谢让约定，半个月后，所有的部队在大元镇集结，向稻城发起攻击。

八路军

1

半个月的时间很快过去了，吴念人却没有如期归来，不但是他消失了，就连其他部队的影子也没有见到。高昌天天到镇子南边的山坡上向远处看，盼着有一天能突然看到吴念人带着大部队来了，但天天都是失望而归。

他们最后等来的不是吴念人，是吴念人手下的参谋朱生豪，他带来的一个消息如晴天霹雳，让人失望：吴念人到了玉米镇，集结了周围的部队，准备出发时，遭到日军突袭，部队伤亡惨重，吴念人下落不明。

高昌陷入狂躁之中，梦想中的胜利近在咫尺，就这样成了泡影？他把自己关在房间里，整整两天没有出来。唐力有些担心，找到谢让。她想让谢让去劝劝高昌。谢让去敲门，他在门外，没听到任何动静。谢让担心高昌出事，用尽全身力气撞门。终于把门撞开了，高昌正趴在桌子上，桌子上堆满了酒瓶。听到动静，他抬起头来，脸色蜡黄，眼睛通红。他看到谢让，撇了撇嘴，泪水流了出来："这么多年了，从东北到上海，从上海到北平，我打了那么多仗，都他妈的失败了，再这样下去，中国就要亡了……我们都是罪人，我们这些当兵的都是一群废物，打不过啊，打不过人家啊……"

谢让鼻子发酸，他一直觉得高昌强势，咄咄逼人，甚至有点刚愎自用，哪里能想到，他也有如此软弱的时候。偶尔发泄一下也可以，但作为指挥官，大家都在看着他，他不能总是沉湎在这种有害的情绪中。谢让默默地把桌子上的酒瓶收拾好，又到唐力那里打了一瓶开水。唐力听说了，焦急地说："我要不要也过去看看？"

谢让摇了摇头说："他把自己关起来，就是不想让别人看到。你放心，这事儿就交给我了。"

他回去，将门掩上，给高昌倒了一杯水，开水有些烫，他小心翼翼地捧着吹了吹，觉得不是那么烫了，这才递给他。高昌醉眼蒙眬地看着他，喃喃地说："谢……谢让，你说说，你说说咱们怎么办？咱们没用啊，把东北丢了，把北平丢了……"

谢让把他扶正了，说："高团长，你喝多了，好好休息休息。"

高昌推开他的手，叫道："我休息个屁啊，鬼子一步一步逼上来了，咱们只能没命地逃……一个小小的稻城，几百个鬼子，咱们居然连一点办法都没有……我没用，我真没用，几千个弟兄跟着我，一仗下来就剩下这百十个，死了，他们全死了，死的怎么不是我……"

谢让说："高团长，你别灰心，咱们肯定能把鬼子打败的，他们怎么来的，最后还得怎么回去。他们只是一个小小的岛国，就那么点人，还想把咱们打败？简直是痴人说梦。咱们现在确实遇到一些挫折，但这只是暂时的……"

高昌忽地直起身子，抓住了他的手："谢让，你说说，你真的认为咱们能打败小日本吗？"

谢让点了点头，说："那当然，咱们有四万万同胞，小鬼子才有多少人？等咱们军队整理好了，将来肯定要反攻的，鬼子吞掉咱多少土地，就得让他们吐出来多少。"

高昌的脸上泛起了红晕，使劲地点头："谢让，你说得对，说得对，我相信你，咱们打不了稻城，难道还打不了其他的小地方吗？吴师长来不了了，咱们照样打！咱们去把小店镇打下来！"

谢让那时并没有在意，以为那只是高昌随口说的，没想到的是，高昌是说真的。第二天早上起来，高昌像换了一个人，胡子刮了，衣服也洗过了，又恢复威严的模样。他把谢让、胡克利、高豪杰、谢天等人叫来，研究如何把小店镇打下来。小店镇只有一个日军小队驻守，也就二三十人，就这么点人，他们热血团还打不下来吗？

谢让不同意攻打小店镇。这里虽然只有日军一个小队，但他们在那里修筑了坚固的工事，热血团虽然人数占优，但日军凭着坚固工事固守，如果一时半会儿打不下来，稻城的日军来救援，热血团将被迫两线作战，必会遭到重大伤亡。

我们再也经不起伤亡了。"说这话时，谢让脸色凝重，语气强硬。他觉得高昌还没有从梦中醒过来，敌强我弱，现在最重要的是保护自己，留着青山在，不怕没柴烧，等到队伍扩大，那时再对日军发起进攻也不迟。

高昌冷冷地看着他，说："你这是在反对我吗？让你当副团长是为了让你协助我，但你看看你是如何协助我的，第三大队的事情就不说了，你说你在哪件事上支持过我？"

谢让说："我认为你对了，我绝对支持，但如果你错了，我就必须反对。这是关系部队生死的大事儿，经不起折腾了。"

高昌说："就这么决定了，你可以保留意见，但必须执行命令，如果你拒绝命令，按照军法，我有权解除你的职务。"

谢让毫不退让："即使解除我的职务，我也决不同意攻打小店镇。"

高昌眯着眼睛看了他一会儿，谢让也看他，两人像斗鸡一样，谁也不肯认输。

唐力担心地看看谢让，又看看高昌，说："高团长，这样吧，你带部队去攻打小店镇，谢副团长留守大元镇，你看如何？"

高昌立即答应了，对谢让说："好，你既然反对，那你就带着第二大队留守大元镇。"

高豪杰斜着眼睛看了看谢让，说："如果第二大队留下来，我就是一个人也要跟随第一第三大队去打鬼子，我才不留在这里当缩头乌龟。"

这话就说得难听了。谢让瞪着高豪杰，想说点什么，唐力悄悄地扯了扯他的衣角，他舔了舔嘴唇，只好不再吭声了。

高昌说："就这么定了，第二大队留守，第一第三大队攻打小店镇。"

热血团决定明天一大早就出发。谢天正在准备武器弹药，周樱站在门口，幽幽地看着他说："你能不去吗？"

谢天说："我是第一大队的，肯定要去，即使不是第一大队的，只要是去打鬼子，我也非去不可。"

周樱说："我觉得你爸说的有道理，鬼子的火力很猛，咱们并不占优势……"

谢天说："你别听我爸的，他只是一个警察，又不是军人，抓小偷他在行，打仗这事儿还得听高团长的。"

周樱皱着眉头，一副忧心忡忡的样子。她低低地说："我心里慌得很，我总觉得你们这次去打小店镇凶多吉少……"

谢天走过去，把她揽在怀里，笑着说："樱儿，你放心，我一定会安全回来的。"

周樱说："我就是不放心……我觉得咱们队伍里有叛徒。"

谢天吓了一跳，说："你为什么这样说？"

周樱把眉毛一挑，说："你不觉得那个朱生豪很可疑吗？鬼子怎么早不去打，晚不去，偏偏等吴师长把队伍集结起来了才去打？救国军被一网打尽，连吴师长都不落不明，怎么就他没事儿？"

谢天想了想，按照朱生豪的说法，那场战斗应该打得很激烈，他们是被日军包围了，如果要突围，也应该至少是几个人突围出来，怎么偏偏就他一个人！再说，他是救国军的参谋，应该和吴师长待在一起才对，但他居然也不知道吴师长是死是活。

谢天匆匆忙忙找到谢让，把自己的怀疑对谢让说了。谢让皱着眉头，说："朱生豪确实可疑，如果他叛变投敌了，那就大事不妙了，但我们没有证据，不能轻举妄动。这次攻打小店镇，你要紧盯他，如果他有可疑之处，就先下手为强把他干掉。"

谢天紧紧地抿着嘴，重重地点了点头，让他放心，他会一步不离地监视他。

第二天一大早，大军出发了。谢让站在路边，看着队伍愈走愈远，眼皮不由跳动两下，一股不祥之感笼罩着他，但到底哪里不妥，他又没一点眉目。

2

高昌在午时接近了小店镇，队伍在一个土坡下隐藏好，他带高豪杰和胡克利趴在土坡上，举着望远镜看了看，整个镇子静悄悄的。日军的炮楼上除了一个日本兵，没什么其他人。那个日本兵也不是站着的，而是趴在炮楼上，隐隐约约只能看到他戴着的钢盔，这显然是一种战斗准备姿态。高昌有点疑惑："鬼子是不是有准备了？"

他把望远镜递给了高豪杰，高豪杰看了看，眉头紧紧地皱了起来："敌人是有防备了……看来谢副团长的担心也有道理，我们是不是要慎重一点？"

胡克利伸手要过望远镜，看了一会儿，不屑地说："什么有防备？我看就是这个王八羔子上次被咱们打怕了，要么他就是在偷懒，趴在地上肯定比站在那里舒服。像谢让那样前怕狼后怕虎还打什么仗？打，既然来了，怎么能不打呢？"

他的话音刚落，身后突然响起密集的枪声。高昌回头一看，大吃一惊，原来背后的山坡上出现了影影绰绰的日军，子弹如飞蝗，几个士兵倒下，队伍一下子乱了。高昌急忙组织大家抢占有利地形展开反击。要命的是，炮楼里的日军也出来了。高昌只得和高豪杰、胡克利简单地分了一下工，第一大队负责阻击背后的日军，第三大队负责阻击炮楼里冲出来的敌人。

战斗打响前，谢天正和朱燕子在一起，他看着朱燕子围在脖子上的红围巾，笑哈哈地说："这是谁送给你的？"

朱燕子笑嘻嘻地说："你猜。"

谢天说："高豪杰。"

朱燕子不高兴地说："你怎么说是他呢？"

谢天说："谁都知道高大队长喜欢你，就连镇里的小宝也知道，肯定是他送的，你就承认吧。"

小宝是"王记布行"王老板的孙子，才刚刚学会走路。

朱燕子绷起脸说："你瞎说什么呢？我喜欢谁也不会喜欢他，他一点意思都没有。"

谢天正要问她围巾到底是谁送她的，这时鬼子的枪响了，所有的人都没有防备。一颗子弹击中了朱燕子的胳膊，她惊叫一声倒在地上。谢天大吃一惊，赶紧扶住她。谢天用手去捂她的伤口，鲜血喷涌而出，哪里能捂得住？朱燕子苍白着脸，瞪着他叫："你笨啊，用我的围巾把伤口绑起来！"

谢天伸出手去扯围巾，手碰到围巾却又停住了，低下头，扯起了自己的军装衣服。他用力地扯下一块布，把她的伤口包扎起来。朱燕子奇怪地看着他说："有围巾不用，你怎么扯你衣服呢？"

谢天说："围巾是别人送你的，那是人家的一片心意。"

朱燕子急道："你想错了，是周樱送我的！"

谢天愣了一下，不好意思地笑了笑说："那就更不能用了。"

战斗越来越激烈，谢天不得不一边还击，一边照顾朱燕子。

前后左右都是鬼子，不时有人中弹倒下，高昌的脑袋嗡嗡地响，队伍里有叛徒，消息走漏，日军做了预先防范。他观察四周，想找个空隙突围而出，但哪里都有鬼子。他在心里暗自叫苦，看来今天要死在这里了！

当高昌带着队伍走了以后，谢让也陷入了艰难抉择之中。他坐卧不安，在屋里看一会儿地图，站起来走走，走到门口，看看远处，再回头看看地图。

唐力说："你这么担心他们，这样下去也不是个办法，要不你带队伍去看看？"

谢让说："高团长让我留守，万一敌人趁机来袭击大元镇，我把大元镇搞丢了，那队伍连个落脚的地方也没有了。"

唐力说："如果高团长他们打败了，鬼子肯定会打过来，大元镇还是保不住。你现在去接应他们，说不定还能把他们带出来，把队伍保留下来。如果高团长他们没事儿，说明鬼子没防备，自然也不会来袭击大元镇。"

谢让还是有些犹豫："我把队伍带走了，把你们留下来，我还是不放心。"

唐力笑了，说："谁说我们要留下来了？你们去打鬼子，我们医护人员自然也是要跟上去的。"

谢让想了想，觉得这个办法不错，所有的人都跟着他走，即使鬼子偷袭大元镇，也只能扑个空，只要人员没伤亡，就什么都好说。决心一下，谢让立即行动起来，把第二大队和所有救护人员集合起来，轻装跑步出发。

队伍出了大元镇十多里，刚拐过一个弯，迎面遇到一队鬼子。双方打个照面，都愣在那里。谢让反应最快，拔出手枪，击毙了前面一个鬼子，撕开喉咙大喊一声："打，给我狠狠地打！"

双方搅在一起，短兵相接，展开了肉搏。这队鬼子人数不多，也就二十来人，他们显然是偷袭大元镇的，带着三四挺机枪和五六个掷弹筒，想用火力优势弥补人力的不足，但他们做梦也没想到会和谢让的第二大队遭遇，被打个措手不及，机枪和掷弹筒根本就来不及展开，一会儿工夫，就被第二大队消灭了。

谢让感觉到了事情的严重性。很显然，鬼子做了两手准备，兵分两路，大部队去了小店镇，小股鬼子前来偷袭大元镇。他让第二大队的士兵们赶紧打扫战场，把鬼子的武器收缴了，立即向小店镇强行军。他和唐力简单地进行了分工，他带着第二大队跑步前去小店镇，唐力跟在后面收容掉队的士兵。

他正要走，唐力突然抓住他的手，目光充满担忧，说："你一定要注意安全。"谢让心里一动，想把她揽在怀里，对她说："没事，我一定会活着回来，我一定会保护好你。"但他伸出的手又收了回来，只是笑了笑，点了点头，说："你也要照顾好自己。"

他带着队伍走了，走了很远，唐力还在痴痴地看着他。

离小店镇还有一段距离时，谢让就听到了密集的枪炮声。谢让心急如焚，看来战斗早已经打响了，高昌他们现在怎么样？谢天和谢地没事吧？

3

伤亡越来越大，身边人越来越少。高豪杰焦急地催促父亲："怎么办，怎么办？赶紧撤吧。"

胡克利却叫道："撤个屁！今天就和小鬼子拼命了，打死一个够本，打死两个，老子还赚一个！"

高昌也很清楚，热血团和鬼子拼不起消耗，必须尽快突围出去。

头顶突然响起鬼子迫击炮弹的声音，谢天忙按着朱燕子趴在地上。炮弹在身边爆炸，泥土落了两人一身。他从土里钻出来，刚要去拉朱燕子，一个人影忽地窜过来，拉起了朱燕子："快走，部队要突围了，你跟着我！"

来人正是高豪杰。朱燕子却甩开他的手，说："你别管我，我自己能突围出去。"

高豪杰急了："我父亲下命令了，伤员带不走了，你是伤员，我不带你怎么办？"

谢天吃了一惊："什么？不带伤员了？"

高豪杰狠狠地瞪他一眼："你以为我们想这么做吗？如果我们不这么做，我们都得死在这里！"

谢天说："那也不能把伤员扔在这里！"

高豪杰冷笑一声："你伟大，你崇高，那你带着伤员突围吧。"

朱燕子说："你别在这里烦人了，你赶紧打仗去吧，谢天能照顾好我。"

高豪杰痛苦地看着她，脸上的肌肉抽搐着。他正要说什么，忽然日军阵地上传来更密集的枪声，但日军的火力却小了很多。谢天和朱燕子也觉察到了，他们伸出头来，看到了穿着黑色警服的第二大队，他们呐喊着，向日军阵地扑去。

高昌喜出望外，指挥部队全力向第二大队靠拢，日军阵地终于被撕破一条口子，三个大队会合在了一起，但他们很快发现，更大的危机接着来了，他们根本无法脱离战场，日军太多，火力又猛，谢让带来的第二大队杯水车薪，不但救不出高昌他们，就连他们自己也被日军包了饺子。

4

高昌指挥部队退往旁边山坡的一座庙宇里，把墙壁凿穿当作射孔，这才算暂时挡住了日军的进攻。日军不再冲锋，开始用迫击炮和掷弹筒攻击，一颗颗炮弹落下来，庙宇很快被炸成了一堆瓦砾。

日军再次发起冲锋。

热血团的弹药所剩无几，机枪子弹早已经打完了，全成了哑巴。最后的时刻到来了，所有的人都不抱希望了。高昌让大家把刺刀打开，日军如果冲上来就准备肉搏。胡克利把剩下的手榴弹绑在了身上，骂骂咧咧地说，他准备和鬼子一起同归于尽。第三大队的其他人看他这样，也忙把手榴弹绑在了身上。

日军刚冲到山坡半腰，突然在背后传来了嘹亮的冲锋号声，接着就听到排山倒海般的呐喊声，一支穿着各色军装和便装的队伍杀向日军。他们有人头戴国军的军帽，青天白日帽徽在阳光的照耀下一闪一闪的，但他们身上的军装却五花八门，有黑色的，有绿色的，还有灰色的。谢让疑惑地看着高昌。高昌皱着眉头说："这是八路军。"他一听到冲锋号就知道这肯定是共产党的部队了，他曾经在江西和红军打过仗，对这冲锋号声再熟悉不过。

谢让当警察时，抓过共产党，他们个个死硬死硬的，他一方面佩服他们宁死不屈的精神，另一方面又为他们误入歧途而遗憾。他知道共产党有自己的武装，现在又和国民党一起联合抗战，但他从来没有见过共产党的军队。不管怎么说，他们来得及时。他兴奋地对高昌说："鬼子在退，咱们也赶紧冲出去。"

高昌点了点头，命令部队："打，给我狠狠地打！"

热血团和八路军的部队前后夹击，日军慢慢不支，终于撤退了。

两支队伍会合了，带队的八路军伸出手来，高昌却哼了一声，把脸扭向一边，对高豪杰吼道："你愣在这里干什么？赶紧打扫战场，帮助运送伤员。"

说完，他不管不顾地一个人走了。

朱燕子吃惊地看着谢天，说："高团长这是怎么回事？人家可是咱们的救命恩人啊！"

谢天说："共产党一直在和我们打仗，虽说现在一起抗日了，可一时还真转不过来弯，别说高团长，换了我，我也有点不习惯呢！"

朱燕子朝他撇了撇嘴："那你也是小肚鸡肠。"谢天笑笑没再吭声，他一直在盯着父亲看，父亲会如何处理呢？

那人笑了笑，无奈地摇了摇头，又向谢让伸出手来，谢让忙和他握了手。此人手上一层硬茧，结实有力。他告诉谢让，他们是八路军先遣独立团，他是团长何思运。他们根据地在乌龙山，听说大元镇有热血团，本来是去大元镇商量两军联合抗战的事情，谁知在这里遇到了，真是赶得好不如遇得巧啊！

谢让有点尴尬，他认为，虽然高昌和共产党从前打过仗，但现在外敌入侵，国共合作抗战，何况人家又救了他，他至少要在面子上感谢人家吧。

何思运并不在意，哈哈一笑，对谢让说："谢副团长，你们高团长对我们成见不小啊！"

谢让吃了一惊，说："你认识我吗？"

何思运笑着说："我猜你就是谢让谢副团长。我们很早就关注你们了，一直想过来和你们商量商量如何联合抗战，今天总算见面了。"

高昌却又扭过头来，冷冷地说："谢谢何团长的一番美意，但我们不欢迎你们。国共合作抗战也说得很清楚，你们共产党有你们的地盘，我们国军也有自己的防区。谢谢何团长今日解围，但大家还是就此别过，咱们井水不犯河水。"

何思运摇了摇头，说："高团长，此言差矣，国共抗战首先是要团结，要团结就要互相信任，我希望高团长能摒弃前嫌，我们抱成一团打鬼子……"

谢让赶紧过去，低低地对高昌说："高团长，我觉得何团长并没有什么恶意，他的建议可以考虑考虑，毕竟人多力量大……"

高昌打断了他的话："你千万不要有这样幼稚的念头。共产党一向奸诈无比，他们合作是假，吞并、消灭国军是真。"

谢让说："此一时彼一时，现在我们共同的敌人是日本鬼子……"

高昌说："日本鬼子不是他们的敌人，他们巴不得鬼子打进来呢，这样，国军就腾不出手收拾他们了，他们就可以无所顾忌地武装自己。共产党是好话说尽，坏事做绝，你千万不能相信他们。你别说了，我已经决定了，你去把打扫战场的武器送他们一些，然后就把他们送走吧！我这样做，已经仁至义尽了。"

谢让只得回来，向何团长表达了感谢和抱歉。何团长倒也爽快，说："那好，我们这就走。我们的根据地在乌龙山，如果哪天高团长想通了，想和我们联合抗战，就派人到乌龙山联络我们，我们随时欢迎。只要打鬼子，什么都好说。"

看着何思运带着八路军走了，谢让有些愧疚，今天要不是人家八路军出手相助，整个热血团肯定完蛋了。这个高昌，就是从人情世故来说，他也不应该这样对待人家。也许是高团长在共产党那里打过败仗？可那毕竟是从前的事情了，高团长到现在还耿耿于怀，心胸也未免太狭窄了。这样看来，倒是人家何团长心胸宽广啊！

谢让的心沉甸甸的。

无法相爱的爱

1

热血团彻底地激怒了日军，日军一个连队开进了稻城。这正是谢让所担心的，他每天安排人手沿着稻城方向侦察，以防日军突袭。

还有一件事他放不下心来，热血团突袭小店镇，日军预先做了防备，显而易见，热血团内部有内奸。他把自己的担心对高昌说了，也明确提出了自己的怀疑，朱生豪最为可疑。这让高昌很不高兴，他说："朱生豪是师部的参谋，我早就认识他了，他为人正派，又有爱国心，怎么可能会出卖兄弟们呢？绝对不可能。"

谢让说："我也没说一定是他，但救国军全军覆没，就他一个人安然无恙，确实有些可疑，我们还是小心一点为好。"

高昌还是很有情绪，说："咱明人不做暗事，你既然怀疑他，那我就把他叫来，直接问问他，看他怎么说。"

谢让想了想，觉得更好的策略是暗中监视，当面对质反而有可能打草惊蛇，但他看着高昌愤怒的样子，不好再说什么了，他认为这样也好，当面问问他，看看他的说法有没有什么破绽。

朱生豪来了。高昌没有把谢让的怀疑直接说出来，而是问他："朱参谋，你说救国军全军覆没，吴师长下落不明，我只是想再听你说说，你到底是如何逃出来的。"

朱生豪愣了愣，说："高团长，我能怎么逃出来？遇到敌人就躲起来，昼伏夜出，就这么逃出来的。至于为什么偏偏我能躲过鬼子？我也不知道，可能是我运气特别好吧！你对我有什么怀疑吗？"

高昌皱着眉头盯着他看了一会儿，朱生豪也盯着他看，目光倒也坦坦荡荡。高昌说："我没怀疑你，但你知道，咱们这次突袭小店镇，毫无疑问是有内奸向鬼子通风报信，咱们不能不防。"

朱生豪说："我们在玉米镇刚刚遇到日军袭击时，吴师长也怀疑出了叛徒。"

谢天问他："那你为什么现在才告诉我们？"

朱生豪说："我一直觉得有叛徒也应该是在救国军那边，又不是这边的，但现在看来，我们攻打小店镇也走漏了消息，叛徒也有可能是这边的。我们必须尽快把叛徒找出来。当然，如果你们怀疑我，也是有道理的，两边都有我，但我敢以我的性命保证，我绝不会是叛徒。我希望你们能相信我，别把时间浪费在我身上。"

他一脸真诚地看着高昌和谢让。高昌朝他点了点头，说："你放心，我们绝对不会怀疑你的。我想把这个事情交给你，你暗中调查，我们一定要把这个叛徒揪出来。"

朱生豪立即立正敬礼："是，我一定会完成任务！"

朱生豪走后，谢让忧心忡忡地看着高昌："你真的这么相信他吗？"

高昌说："以我对他的了解，我绝对相信他。"

谢让还是不大相信朱生豪，但见高昌这么说，他不好再说什么，只好默默地退了出来。他回到住所，前思后想了朱生豪来到热血团的前前后后，还是放心不下，但高昌绝对信任他，他又无法对别人说，不免长吁短叹。唐力正好过来，听到他叹气，问道："谢团长，你有什么事儿？"

谢让想了想，还是把自己的担心告诉了她。如果说热血团有一个人值得信赖，他觉得就是唐力。这些天来，他从唐力的目光和言谈举止上看得出来，她喜欢他。他也喜欢她，很多次他都想把她揽在怀里，听她倾诉，安慰她。但他又明白，自己身处在战争中，刀口上舔血，过了今天就没了明天，他不想给她再带来悲伤。这可恶的战争。

唐力说："如果朱生豪真的是叛徒，那可怎么办？"

谢让说："高团长很信任他，暂时也没法公开调查他，但你一定要小心，注意点他。"

唐力点了点头，说："你放心。我最担心的是你，你的位置很重要，他要害你们，也是先害你和高团长。你是不是给谢天或者谢地说一下，让他们盯着朱生豪？"

谢让想了想，觉得她说的有道理，自己的亲儿子总是和他一条心的。

谢让当天就找了谢天和谢地，给他们详细讲了自己对朱生豪的怀疑。谢天和谢地也觉得父亲说的有道理，表示如果发现他不轨，一定会果断处置。

谢天觉得很有必要告诉周樱，如果朱生豪暗中使坏，她也会有个心理准备。周樱听完，严肃地点了点头，说："我早就怀疑他了，我也会暗中注意他的。"

一切部署停当，谢让这才松了一口气。如果朱生豪真的是叛徒，他一定会把他揪出来的。

2

冬天慢慢地来了，天气越来越冷。这天轮到朱燕子和谢天前去稻城方向进行警戒侦察。

两人刚出镇子，迎面遇到高豪杰，他愣了愣，问他们："你们干什么去？"

朱燕子没好气地翻个白眼："你是真糊涂还是假糊涂？我们去侦察啊！"

高豪杰的脸色这才放缓，讪讪地说："哦，我都忘了今天是你们两个去侦察……路上小心点啊！"

谢天道了谢，朱燕子却哼了一声。

高豪杰回到镇里，见到周樱正在"王记布行"翻看着一堆白布，和王老板说着什么，可能是讨价还价吧！他犹豫了一会儿，还是过去了，问她："周姑娘，你买布啊？"

周樱笑了笑，说："医院的绷带不够用了，我在想，是不是备一些白布做绷带用。"

高豪杰用手捻了捻那些布，说："我刚才遇到谢天和朱燕子出去啦！"

周樱的手停在了布上，沉默了一会儿，抬头对王老板笑笑，说："谢谢你了，王老板，我下次再来买吧！"

出了门，周樱看了看高豪杰，淡淡地说："他们两个是去侦察了。"

高豪杰看着周樱，关心地说："周姑娘，你也不能太大意了，谢天是个好男人，他从前在部队就很受女人欢迎……"

周樱笑得更甜了："我倒是放心他，就怕是有人不放心朱姑娘啊！"

高豪杰愣了一下，他直直地看着周樱，脸上的表情更加痛苦："周姑娘，咱们就不要拐弯抹角了，我是喜欢朱姑娘，可她好像对我一点兴趣都没有，你说说，我就那么令人讨厌吗？"

周樱收起了脸上的笑容，认真地说："高大队长，你想多了，朱姑娘并不是讨厌你，可能就是不了解你。她要真正了解你了，可能就接受你了。"

高豪杰眼睛亮了一下，说："你说，我如何能让她接受我？"

周樱说："女人嘛，就喜欢能干大事儿的男人，你要是能做出几件别人做不到的事儿，成了一个大英雄，她自然会喜欢你的。"

高豪杰的手不自觉地攥成了拳头，说："这个没问题，我打仗倒不怕死，杀鬼子也是毫不含糊的。"

周樱点了点头，说："这就对了，你要有点耐心，是你的终究是你的。"

高豪杰的心情这才好了点，他在心里对自己说："我一定要做个大英雄！"

这个时候，朱燕子和谢天正走在大路上，朱燕子从路边掐了根狗尾巴草，无聊地拿在手里甩着。谢天问她："你怎么对高大队长那个样子？他又没得罪你。"

朱燕子不满地瞪他一眼，说："你只顾和周姐姐卿卿我我，哪里会注意到我们这些小人物？哼，他就是得罪我了！"

谢天问她，高豪杰是如何得罪她的。她却把头一摆，说："我不想说，反正高豪杰这人没意思，不好玩。"

谢天隐隐约约觉得高豪杰在追求她，可这种事儿得两情相悦才行，人家姑娘不喜欢他，那就没办法了。他笑了笑，说："高大队长这人其实挺不错……"

朱燕子打断了他，说："哎呀，你不要提他行不行？我不想听到他的名字！"

谢天忙举着双手告饶："好的好的，不提他了，那你喜欢谁咱就提谁。"

朱燕子用手里的狗尾巴草打了他一下，说："油腔滑调……谢大哥，你给我说说你和周姑娘恋爱的事情吧。我挺佩服你的，周姑娘在日本人那里遭了那么大的罪，你一点都不嫌弃她，像一个真正的男人……"她说着，竟低下头抹起了眼泪。

谢天愣了下，这才想起，她未尝不是和周樱有一样的遭遇，只不过周樱是落在了日本人手里，她是落在了土匪手里。但她是坚强的，那些土匪现在就在她身边，她仍然能克制着自己，没有想着去报仇，只要土匪打鬼子，她就能原谅这些土匪。多么坚强的一个姑娘！

他眼睛直视着她，说："燕子，你是一个好姑娘，一定会遇到一个真正懂你爱你的男人……"

朱燕子的泪水一下子涌了出来。谢天赶紧停下，关切地问她："燕子，你怎么了？"

朱燕子扑到他怀里，放声大哭："谢大哥，你不知道，我心里是多么苦啊，我只不过是想到北平好好读个大学，将来当个女教师，回到家乡，办一所学校，天天和孩子们待在一起……这一切都不可能了，不可能了……"

她哭得那么伤心，肩膀抽搐着。谢天抚着她的肩，安慰着她。他没别的想法，她就像是他的妹妹一样。

朱燕子哭了一会儿，推开他，怯怯地看他一眼，红着脸，喃喃地说："谢大哥，真不好意思，我……我只是突然想起从前的事情，有些难过……"

谢天忙说："没事儿，燕子，你想哭就哭吧，你是一个坚强的女孩……我以后会把你当作亲妹妹对待，谁也不能欺负你。"

朱燕子抬起满是泪花的脸，朝他笑了笑，说："谢大哥，有你这句话，我就很感谢你了……你放心，谁也不敢欺负我，我现在和你一样是个军人了。我朱燕子也杀过不少人了，谁欺负到我头上，哼，我白刀子进红刀子出来。"

她说得虽然很凶，但还是柔软的女人的声音，两者混合在一起，有一种奇异的魅力，谢天也不由得呆了一呆。他忙摄定心神，朝她笑道："知道，知道，我们燕子可是个勇猛的军人，谁撞到你手里谁倒霉。"

朱燕子开心地笑起来，张开双臂，在大路上蹦蹦跳跳，阳光照耀着她，她的笑声像河水在歌唱。谢天想起了周樱，她的笑容在眼前浮现。谢天想，她这时在干什么？会不会在想自己？

谢天和朱燕子午时到了离稻城还有十多里的一座山上，这里可以俯视大路，把稻城日军的动静看得一清二楚，热血团在这里建立了一个侦察据点。上一班是谢地和洪桥，谢天和朱燕子把两人换下。两人待到中午，朱燕子掏出干粮递给了谢天。谢天看看硬邦邦的干粮，站起身来向四周望了望，山下有条河，只不过距离有些远。他看着朱燕子吃力地嚼着干粮，说："你在这里等一下，我去山下灌些水来。"

他刚站起来，突然发现北方的大路上扬起一阵尘土，大队日军人马向这边开来，看样子是要前去大元镇扫荡。谢天忙拉起朱燕子，两人飞快地向山下跑去，他们必须得赶在日军到达大元镇以前通知热血团转移。

两人一路狂奔跑回大元镇，报告了高昌和谢让。

高昌和谢让完全没有料到日军会突袭大元镇，两人大吃一惊。高昌立刻让谢让组织撤退，他带人掩护。按照他和谢让商量好的，如果日军前来攻占大元镇，热血团就放弃大元镇向青龙山撤退。热血团事先也进行了分工，赵慈江作为谢让的副手，由他带路向青龙山转移。

镇里的老乡知道了，闹哄哄地聚在一起，也要吵着跟着热血团走。这倒是个意外，谢让有些犹豫。老乡们着急了，吵闹得更凶，特别是"王记布行"的老板王有德，冲着谢让叫道："你们不是口口声声说军民一家吗？鬼子来了，你们就忍心把我们扔下不管了吗？"

谢让问赵慈江："青龙山怎么样，能带上老乡吗？"

赵慈江不耐烦地瞟了一眼老乡，说："他们想去就带上吧，人多热闹，反正青龙山的地方也够大，房子也不少，够他们住了。"

谢让转过身来，立即指挥大家带着乡亲向南边青龙山方向撤退。

谢让和赵慈江带着队伍一阵狂奔，终于脱离了大元镇，他们站在一座山上，望着大元镇的方向。枪炮声越来越稀，慢慢地消失了。大家的心都揪到了嗓子眼，高昌他们现在怎么样了？他们能顺利地摆脱敌人吗？

黄昏的时候，高昌终于带着三个大队出现了，人却几乎少了一半。

当天晚上，整个热血团向青龙山转移。

经过一个晚上的艰难跋涉，队伍终于来到了青龙山。山是好山，有山有水。主峰青龙山直插云霄，海拔达两千多米。山里沟壑纵横，曲折迂回，山里有洞，洞外有沟，沟里还有场，绵延十多里。山的北边是一道大断崖，一条瀑布挂崖而下，把山口冲出一条大断沟，不能行人。昔日土匪在沟上装了个吊桥。两边陡壁拔地而起，仰头望去，只看得见一线天，其他三个方向除了北边的坡度较缓容易进攻外，其他两个方向山壁笔陡，根本无法上去。过了山口，曲曲折折拐了几个弯，是一块谷地，土匪们搭建了不少石头垒的草房，密密麻麻的。高昌和谢让看了看那些山洞，也都是土匪苦心经营的，适宜住人。两人草草地划分了一下，热血团住山洞里，老乡暂时安置在草房里，有机会再回迁大元镇。

3

热血团算是安置下来了，日军一时没来骚扰，生活倒是平静。

过了一个冬天，春天来的时候，谢让和唐力结婚了。两人的感情水到渠成。在高昌的主持下，大家专门给他们新盖了一座石头房。房子盖好了，高昌去看了看，他掀开床上铺的干草，下面直接垫的就是石头。高昌笑着说："这怎么行？晚上睡觉要硌屁股的。"他立即回头让身边的洪桥带几个兵到山上再割些干草铺上去。

晚上闹洞房，那些兵和警察倒也文明，就是胡克利手下的土匪们闹腾，花样百出，把一个苹果吊起来，让他俩吃苹果。这还不算，他们也不知道从哪里搞来一个猪脬，充上气，放在两人中间，让他俩抱在一起把它夹破。谢让和唐力狼狈不堪，却也没办法发火。

谢天待了一会儿，觉得太闷，就出了屋子，他看到不远处有个人影孤零零地站在那里发呆，再一细看那人影是朱燕子。他走过去，问她："怎么不进去热闹热闹？"朱燕子一惊，抹了抹脸，扭头朝他笑了笑，说："我想一个人在这里静静。"谢天看到她脸上布满泪痕，心里一紧，问她："你怎么哭了？谁惹你了？"

朱燕子摇了摇头说："没，没有人惹我……我看着谢伯伯和唐阿姨的婚礼，想想自己几年前也是在这里举行了一场所谓的婚礼，心里难过……"

谢天这才想起，她是被土匪绑架上山的，被迫嫁给了土匪头子。可以想象，她那些天经历了多么可怕的事情。他心里一阵发酸，把朱燕子揽过来，心疼地说："过去了，都过去了，以后谁也不能欺负你了……"朱燕子伏在他怀里，小声地抽泣着……

正在这时，身后突然传来一声咳嗽。朱燕子慌慌地推开谢天，谢天扭过头来，看到周樱正站在月光下微笑着看着他们。朱燕子的脸腾地红了，结结巴巴地说："姐，谢大哥在安慰我……"

谢天虽然觉得有些尴尬，却也觉得没有什么大不了的，说："燕子是三四年前被土匪绑架到山上的，她是触景伤情……燕子不容易。"

周樱走了过来，没有理谢天，却握住了朱燕子的手，亲热地说："燕子，你有什么心事跟姐说，姐也是女人，女人最理解女人。男人嘛，他们懂什么？"她说这话时，瞥了一眼谢天，嘴角带着嘲讽。谢天不好意思地挠挠头，一时却也无法反驳。

朱燕子眼里闪着泪花，冲着周樱点了点头，说："周姐姐，你对我真是太好了……我真羡慕你，谢大哥那么真心地爱你……"

周樱抚着朱燕子的头发，说："你也会找到一个喜欢你、疼你的男人的。燕子，你长得好看，又勇敢，我要是一个男的，也会喜欢你的。"

她说着这话，眼睛却瞟着谢天，谢天心里暗自叫苦，她这是话里有话啊！也怪自己，为什么要把朱燕子揽在怀里呢？可他确实没有其他想法，就是把她当作了妹妹，一个需要人去疼的小妹妹而已。

等朱燕子走了，谢天喃喃地说："樱儿，事情不像你想的那样……"

周樱笑着钻进他怀里，昂着脸看他，说："我想的哪样？你不用解释了，我不是那么小心眼的人，我知道你只是同情燕子……以后可不要动不动就抱着人家了。"

谢天见她并没有生气，开心地笑了，说："好好好，一定一定。"

谢天以为这个事情这样就算完了。他怎么也没想到，当天晚上，当高豪杰起来站岗时，周樱突然来了。高豪杰感到奇怪，问她："这么晚了，你怎么还没睡？"

周樱在他旁边坐下，说："我已经睡了，只是睡不着，只好又起来了。"

高豪杰问她："你有什么心事？"

周樱直直地看着他，一点都不避讳地说："有，并且还和你有关系。"

高豪杰一惊，手指着自己的鼻子叫道："我？和我有什么关系？你和谢天恩恩爱爱的，我都嫉妒死了……和我有什么关系？"

周樱说："高大哥，我的经历你是知道的，我……我是一个不干净的女人了，谢天能喜欢我，这是我的造化。我真心感谢他。"

高豪杰点了点头，说："嗯，谢天在这方面倒是个男人。"

周樱说："可我不放心他，也不放心朱燕子。我能看得出来，朱燕子喜欢谢天。你既然喜欢朱燕子，你为什么不好好追她？为什么不赶紧把她追到手呢？你把她追到手了，我也就放心了。你说，我的心事和你有没有关系？"

高豪杰摸了摸脑袋，一脸苦恼地看着她，说："周姑娘，你说的我也知道，我也看出来朱燕子喜欢谢天，我不是没有追过她，可她就是对我没有一点好脸色，我能怎么办呢？你以为我不想吗？"

周樱歪着头看着他，咬着嘴唇想了一会儿，说："现在咱们在青龙山休养生息，没什么事儿。如果你俩能单独在一起待一段时间，也许日久生情，她会慢慢地喜欢上你，也未可知。"

高豪杰皱起了眉头说："你说得倒轻松，我没事去你们医院，她一看见我，扭头就走，哪里会给我单独相处的机会？我想和她一起出去巡逻什么的，你也知道，我爸那人特别封建，总觉得朱燕子被土匪糟蹋过，不想让我和她好，根本就不会安排我俩在一起巡逻。唉，还是谢让好，他对你和谢天的事情支持得很呢！"

周樱羞涩地点了点头说："谢叔叔人真不错，他和谢天一点都不嫌弃我。我最不放心的就是燕子，她喜欢谢天，谢天现在还没事，谁知道时间长了，他会不会也见异思迁喜新厌旧呢？高大队长，你一定要想想办法，让燕子喜欢上你，这样皆大欢喜，对大家都好。"

高豪杰哭丧着脸说："周姑娘，我也想啊，可……可我能想的办法都想了，现在又能有什么办法呢？"

周樱想了一会儿，说："有个办法，虽然不是很好，但也是没办法的办法了，那就是生米做成熟饭……"

高豪杰惊得一下子跳起来，瞪着眼睛看着周樱，说："周姑娘，这可不行，燕子已经受了那么多罪，我绝对不会伤害她了！"

周樱也忙站了起来，笑着说："高大队长，你想多了。我想吧，女人嘛，终究要找一个靠得住的男人。你如果得到了朱姑娘的身子，生米做成了熟饭，事已至此，她再想到你的好，说不定也就接受你了。"

高豪杰仍然摇头："我不会这样做的，我要让燕子确实喜欢我了才行。"

周樱看了看无边无际的暗夜，指了指西边的一座影影绰绰的山头，说："你想让朱姑娘喜欢上你也不难，你得和她多相处。那座山有一个山洞，当地老乡叫它老虎洞。我无意中发现的，这洞在半山腰，洞口有棵槐树，洞口有很多灌木，很隐蔽，洞里也有生活设施，锅碗盆勺都有，可能是被土匪们很早以前遗弃的。你如果能和朱姑娘在那里生活一段时间，让她好好了解你，说不定她就喜欢上你了。"

高豪杰看了看那座山，迟疑不决："就是我想这样，燕子也不会同意的。"

周樱说："我打听了，后天是你和洪桥出山巡逻，你想法儿把洪桥甩掉。朱姑娘现在在医院帮忙，我安排她到山下的河里洗绷带。你如果有心，就在那时去找她，把她带到那座山去。我想，待上一段时间，也许她就喜欢上你了。"

高豪杰在月光下走了几个来回，最后还是摇了摇头，说："周姑娘，谢谢你的好意，我也明白你的心情，我其实比你更着急，但我想了想，我还是不能这样干。我现在还有点希望，我如果把她绑到那个山洞里，那我成什么人了？不也成土匪了吗？这事儿不能干！"

周樱愣了一下，两只水汪汪的大眼睛充满哀怨地看着高豪杰，幽幽地说："我真是昏头了，居然会想出这样一个糟糕的主意。都怪我太爱谢大哥了，总是怕他被朱姑娘抢走了。你知道我的经历，我再也不能失去谢大哥了……"她说着，泪水吧嗒吧嗒掉了下来。

高豪杰看她哭了，想安慰她，却又不知道如何安慰，急得搓着双手，不停地说："周姑娘，别哭别哭，谢天不是那样一个人，他不会抛弃你的……"

周樱抬起头，问他："高大哥，刚才也是我心太急了，给你出了个馊主意，你要是不高兴就骂我一顿吧，可你千万不要说出去，我怕，我怕谢大哥知道了，会怪我……"

高豪杰忙说："不说，不说，我知道你这也是为我好，我绝对不会说出去的。"

周樱抹了抹眼泪，看着高豪杰说："高大哥，你人真好……朱姑娘真是的，说句不好听的话，她就是有眼不识金镶玉，我要是她，早就喜欢上高大哥这样的人了……"

高豪杰的脸红了，但他看着周樱还在定定地看着他，点点滴滴的泪花在月光下闪闪发光，洁白的脸像瓷娃娃，水汪汪的眼睛像湖水一样温柔，他不由得一阵恍惚。他忙把脸扭向一边，低低地说："周姑娘，外面凉，你还是早点回屋休息吧，小心着凉了。"

周樱点了点头，扭身走了，夜色朦胧，她曼妙的身姿犹如一个偷偷下凡的仙女。高豪杰用手指敲了敲脑袋，心里想：你在想什么呢？唉，谢天这家伙真有福气啊！他再想想朱燕子，想想自己，心里不由得一阵惆怅。

4

怕啥啥就来了。周樱越怕朱燕子和谢天走得近，他俩越是有事儿。春天过去，夏天来了。七月的一天，洪桥带人出去侦察，发现青龙山三十里外的麦城有一座东亚煤矿。日军抓了上千名国军和八路军的战俘帮他们挖煤。最近前方战事吃紧，大部分日军南下，这里只留下一个中队的鬼子和伪军在看守煤矿。如果能把煤矿拿下，不但可以破坏煤矿，还可以解救战俘，扩大队伍。

谢让和高昌决定把东亚煤矿拿下来。

谢让提醒高昌，热血团肯定有内奸，至今不知道是谁。谢让提议这件事最好暗中进行，在打响之前，最好不要让更多的人知道。部队向麦城开进时，也不要说干什么，到东亚煤矿时再明确任务，这样，即使内奸想向日军通风报信，也来不及了。

高昌觉得有道理，但把知情的范围控制到多大，两人又有了分歧。高昌觉得，这场仗不会小，而朱生豪是个老参谋，有经验，应该参与制订作战计划。谢让却坚决反对，认为朱生豪还是有嫌疑，不能不谨慎。据理力争之下，高昌无奈同意了谢让的提议。

让谁去深入东亚煤矿侦察，拨拉来拨拉去，也就只有谢天和朱燕子了。本来应该是谢天和周樱去，但周樱是在大城市长大的，一看就不像是小地方的人，太显眼了。而朱燕子虽然也是大城市长大的，但在土匪窝里待了几年，扮啥像啥，让她和谢天假扮夫妻最合适。

当天上午，谢天和朱燕子就打扮成一对小夫妻出发了。

周樱发现谢天和朱燕子不见时，着急地找到唐力，唐力也不知道二人去了哪里。看着周樱着急的样子，唐力说，她去问问谢让。她去问谢让，谢让说，放心吧，他俩去执行任务了。到底是什么任务，谢让却再也不说了。

唐力回来对周樱说了，周樱闷闷不乐。唐力也感觉到了她的担心，心里觉得好笑，可站在周樱的立场上想想，却也理解。她捋起袖子，两手掐腰，说："你放心好了，我现在也算是谢天的妈妈了，如果他胆敢变心不要你，看我如何收拾他！"

周樱看她夸张的样子，不由得笑了。

她笑归笑，但心里还是七上八下的，她瞅准一个机会，把高豪杰叫了出来，让他陪着她到山上走走。她问高豪杰知道不知道谢天和朱燕子到底去哪里了，到底是执行什么任务了，搞得神秘兮兮的。高豪杰却也不知道，父亲也没告诉他。

周樱的脸涨得通红："他们为什么要瞒着咱们？咱们也是跟着他们出生入死，火里来水里去，他们还怀疑咱们是内奸吗？"

高豪杰见她着急了，忙说："不不不，我爸他们不是那个意思，我琢磨着，应该会有一次比较大的行动，但咱们热血团有内奸，谨慎一点还是有好处的。"

周樱愤怒地冲着他说："他们还是不相信咱们！眼睁睁地看着你喜欢的人跟着我喜欢的人走了，你就不生气吗？"

她的脸色绯红，大口大口地喘着气，这让她看上去反而另有一番美。高豪杰确实不怎么生气，他很放心谢天，虽说朱燕子喜欢谢天，但他也放心朱燕子不是一个随便的女孩。大敌当前，谢让和父亲的谨慎还是有道理的。但对女人来说就不一样了，爱情是女人生命中的一切，她们很容易被爱情蒙蔽了，钻进牛角尖里。周樱现在就钻进牛角尖里了。高豪杰不由得一阵心疼。他想把她揽在怀里，什么也不说，就想抱着她，让她想哭就放声地哭，可他却又不敢。

周樱恰好扭过头来看他，眼睛里泪花闪烁，喃喃地说："我害怕，我真的害怕……你能抱抱我吗？"

正是七月时候，阳光正好，山谷静谧，四周绿草如茵，满山野花，花香弥漫，小鸟在天空中歌唱。周樱伏在他的怀里，大颗眼泪涌出来，整个身子瑟瑟发抖，天气和暖，她却像置身冰冷的冬天。前方大雾弥漫，看不清未来。

高豪杰的身子不由得战栗起来，这是他第一次拥抱女人，他身上的血往头上涌，脑袋里却一片空白。他下意识地紧紧地抱着她，女人散发着清香。他低下头，吻她的额头。女人似乎也在颤抖。他急切地寻找着女人的嘴巴。女人满是泪花的脸迎合着他，仿佛把他想象成了谢天。两人拥抱着接吻。他把手伸进她的衣服里游走，女人光滑的身体令他痴迷，血液沸腾。他像发了癔症，喃喃地叫着："燕子，燕子，我爱你，我爱你……"

周樱一下子推开了他，惊恐地看着他，语无伦次："我们不能这样，我们不能这样……"他惊愕地看着她，终于从梦中醒来，脸红得像火烧了一样，他抱着脑袋蹲在地上，低低地说："周姑娘，对不起，对不起……"

周樱满脸懊悔，她也不明白自己是怎么回事，就那样失控了，一切都不在自己的掌控之中。这不能怪他，只能怪自己，自己嫉妒朱燕子，又怕失去谢天，她每天都生活在巨大的忐忑不安之中。相比之下，高豪杰更可怜，无论他如何苦苦追求，他喜欢的姑娘却对他没有一点表示，不对，也有表示，表示厌烦他。在周樱看来，高豪杰挺好的，朱燕子怎么就不喜欢他呢？人的感情真是奇怪啊！周樱充满怜惜地看着高豪杰，她蹲了下来，抚着高豪杰的肩膀，低低地说："豪杰，你不用道歉，不怪你，我们都是被各自所爱的人折磨着……你这么好，一定能追求到朱姑娘的，别泄气。"

高豪杰好像不相信自己的耳朵一样，抬起头，充满困惑地看着她。她是自己战友、兄弟的女朋友，自己的所作所为完全是禽兽所为，她居然没有怪他，还安慰他，鼓励他。她说的是真的，眼睛眨也不眨地看着他，那眼神干净、纯洁，像蓝蓝的湖水一样。他想哭了，多么好的一个姑娘啊！为什么朱燕子不会像她一样呢？

他们走在回去的山路上，谁也没有说话，风儿吹着他们，他们心里是安静的，祥和的。人间多么美好！

5

这天早上，晴空万里，像蓝色的大海。

谢天和朱燕子赶着一辆驴车，走在前往东亚煤矿的大路上，谢天头上扎了块黑得发光的大毛巾，身上穿件大襟衣服，肩上搭个褡裢，脚上蹬着双大布鞋，他头上、手上、颈里都沾满煤灰，一眼望去，就是个地地道道的庄稼汉。朱燕子是当地女人的打扮，穿着碎花红上衣、蓝裤子，胳膊上扛着一篮子鸡蛋，坐在驴车上，两人看上去和别的夫妻没什么两样。

朱燕子抿着嘴笑。

谢天问她："燕子，你笑什么呢？"

朱燕子说："我在想，如果咱俩就这样找个村庄住下，过咱自己的小日子，倒还不错呢！"

谢天心中一凛，他知道朱燕子喜欢自己，但自己有周樱了，绝对不能让她有任何念想，这样也会害了人家姑娘。他忙说："你想得倒美，现在是打仗，哪里有这样的好日子让你过啊？你不去找日本人的事儿，日本人还找你的事儿呢，只有把他们打跑了，大家才能过上人人想过的日子。"

朱燕子噘着嘴嘟哝了一声："我也只是想想好玩，看你严肃的。"

谢天笑笑，说："你别光想着好玩，认真些，咱要让人看着咱真的就像一对夫妻一样……"

朱燕子高兴地说："好呀。"倾起身子就要去抱他的脖子。谢天慌忙躲着，说："燕子，咱们扮的可是乡下夫妻，都封建得不得了，可不会搂搂抱抱的。"

朱燕子扑哧笑了，说："谢大哥，我逗你玩的。我知道你心里有周姑娘，根本就不会拿正眼看我的。"

谢天讪讪地笑笑说："你真是伶牙俐齿，我和周姑娘都把你当作亲妹妹一样，你还不满意吗？"

正说着，两人到了煤矿外围，谢天一边赶着驴车，一边不时查看四周，把道路、地形、岗哨位置、封锁沟等内容全记在了心里。

两人一打听，东亚煤矿一共有两个矿。谢天朝朱燕子使个眼色，朝满布着碉堡、铁丝网的一矿走去。

到一矿后，不远处有个小集市，有卖各种小吃的，还有卖菜的，朱燕子找了棵树，她坐在树荫下，把那篮鸡蛋放在地上，装作卖鸡蛋的。谢天忙个不停，一会儿去摊贩那里要碗凉水，一会儿去借个火。他看看周围没什么可疑的，就挑着担子过去看刚出的煤的成色好不好，看了好几分钟，眼睛却四处打量煤矿周围的防御。附近有一座碉堡，兵营在旁边，大概也就一个小队的日军，旁边住的是伪军，三三两两的，有五六十人的模样。摸清了这些情况，他找了个借口："今天出的煤石碴多，不熬火，我到二矿去瞧瞧吧。"

朱燕子的鸡蛋倒也卖掉了一多半，她手里捏着钱，朝谢天挤挤眼，说："咱们中午可以好好吃一顿啦！"

谢天逗她："严肃点，别人都看着呢！"

朱燕子朝他吐下舌头，倒也不再嬉皮笑脸了。

到了二矿，谢天又来了个比葫芦画瓢，一会儿去摊贩那里讨碗凉水，一会又去借个火，在升降机旁边又看了几分钟，赞不绝口地说："这玩意儿比牛拉轳辘强多啦！"

称好煤后，太阳快当顶了。二人的肚子咕噜咕噜在叫唤了。朱燕子把鸡蛋卖完，在附近小店里买了两碗豆腐脑，十个油果子，两人慢腾腾地吃了起来。

正吃着，朱燕子轻轻用胳膊肘碰了谢天一下，谢天一抬头，发现十多个伪军过来了，走在前头的是个又黑又壮的中年男人，腰里插了支驳壳枪。

那家伙几步走到谢天跟前，两眼鼓起来像野猫子。

"干啥的？"

"买煤的。"

"女的干啥的？"

"我老婆，顺便来卖鸡蛋。"

"哪村的？"

谢天早有准备，离青龙山二十来里的地方有个村庄叫庙岭，他巡逻时去过那里，倒也熟悉，就说："庙岭的。"

"胡说！我怎么不认得。"

"我是从北平跑荒来的，你知道，那里打了仗。"

那人一挥手说："搜！"

两个伪军扑上来，把谢天浑身搜了个遍，谢天早有准备，他和朱燕子带了两把手枪，早已经藏在了驴车上的煤里。两个伪军除了从他口袋里搜出了三毛钱伪币和半包香烟外，什么也没搜着。

那人还是不放心，抓下谢天的头巾，察看额头上有没有军帽压的印子，又看了看他的双手和肩头，也没看出什么破绽。当兵的经常背枪，时间长了，肩上会留下枪托压下来的痕迹。谢天经常用短枪，自然也没什么痕迹。

那人又歪着脑袋打量朱燕子，目光里有股邪火。谢天把身子往驴车移了移，如果这家伙继续找碴，他就先下手为强。那人刚要叫人搜朱燕子，朱燕子却起身回头买了碗豆腐脑，两手端着，送到他跟前，声音软软地说："这位大哥，辛苦了，大热天的，也喝一碗解解渴吧。"那人看看朱燕子笑眯眯的脸，脸色缓和下来，接过豆腐脑，三四口就喝完了，顺手把朱燕子吃剩的油果子抓过去，全都吃了，这才抹抹嘴，带着那群伪军走了。

朱燕子小声说："谢大哥，咱们快走吧。"

谢天却说："没啥，我再好好看看情况。你给我点零钱，我到大街上去买包烟。我的钱和烟全给狗日的抢走了。"

朱燕子掏了点零钱，谢天接过后，把褡裢往肩上一搭，迈开大步，朝街上走去。一路上，到处是三三两两的伪军。谢天咳了两声，干脆小声地哼起京剧唱段。

他边走边看，把敌人的司令部、碉堡全记在心里。然后，他到了一个小店买了两包烟。因为天热，他又在小摊上买了两个西瓜，装到褡裢里，一边吊一个，准备回去路上吃。

回到二矿时，太阳已经西斜了。谢天赶着驴车，朱燕子跟着往回走。

刚走不到两里地，又和那个又黑又壮的伪军小头目碰上了。没等他开口，朱燕子从谢天肩上取下褡裢，亲热地说："老总，天太热，这瓜给弟兄们……"

话还没说完，伪军们一窝蜂拥上来，把瓜抢过去，用刺刀劈开，抢吃起来。吃完瓜后，这群家伙还想再敲诈一把，恰好这时，一辆大车过来了，他们一看这车油水更大，忙涌了过去，趁这个机会，朱燕子和谢天连忙把驴车赶过了第一道封锁沟。

朱燕子回头看看，对谢天说："你刚才看见没有，那个赶大车的好像是八路军的人，那个车把式似乎就是他们的那个何团长。"

谢天愣了愣，忙回头看了看，看见那群伪军还在纠缠那辆大车，只是看不清赶车的人。谢天迟疑着摇了摇头，说："我刚才只顾应付那帮狗东西，倒没注意到赶大车的……我想不会吧，就是八路军，他们的团长也不可能亲自来吧！你说，如果真的是八路军，他们来干什么？"

朱燕子把眉毛一挑，说："他们会不会也准备打东亚煤矿？"

谢天心中暗自吃惊，这些煤矿工人都是战俘，自然恨透了鬼子，一旦被救出来，当然会铁了心打鬼子的。这么好的兵源，谁都想打下来。他得赶紧回到青龙山，把这个情况报告给高昌，必须赶在八路军之前把东亚煤矿拿下来。

朱燕子却说："其实咱们和八路军联合起来打鬼子不是更好吗？我看八路军武器虽然不怎么样，但人家打仗却有一股猛劲。"

谢天不满地瞪她一眼，说："你一个小姑娘懂什么？八路军是共产党的队伍，他们的敌人就是咱们国军，他们哪里肯真心打鬼子？不过是借打鬼子发展武装，将来和咱们国民党争天下罢了。咱们不打他们就够可以了，哪里还会和他们联合？"

朱燕子撇了撇嘴："你说的都是些啥啊，什么共产党国民党，只要打鬼子，为什么不能联合？只要是中国人，面对的都是同一个敌人，那就是日本鬼子。"

谢天懒得再和她理论，扬起鞭子吆喝着，他急着赶回青龙山。

6

谢天带来的情报让高昌和谢让吃了一惊。他们看了看地图，八路军所在的乌龙山在麦城西边，也就是四五十里的距离。不管是不是八路军的何团长亲自去侦察东亚煤矿，可以肯定的是，八路军一定也盯上了东亚煤矿。

他们必须先下手为强。

谢让有些犹豫，对高昌说："咱们热血团只有百把人，如果能和八路军沟通协商一下，他们同意的话，两家合在一起打，是不是更有把握？"

高昌皱着眉头问他："那你说，打下后，那些矿工如何分配？"

朱燕子快人快语："那好办，一家一半嘛！"

谢让摇了摇头说："还是让矿工自己选，谁想到哪家就到哪家。"

高昌沉思了一会儿，最后还是否决了："共产党太奸诈，我们不能相信他们。大革命时期，国共合作，最后吃亏的还不是国民党吗？共产党是表面一套，暗地一套，他要是再背后捅咱们一刀，那就糟糕了。这仗还是咱们一家打。"

谢让也不好再说什么了。

谢天根据记忆，把东亚煤矿守军的防御图详详细细地画了出来。高昌和谢让给三个大队做了分工，第三大队都是土匪出身，对当地情况熟悉，化装成老乡，争取在三四天内陆续到煤矿报名当矿工，打进矿区，联络战俘，战斗打响后，里应外合。

胡克利听说后，倒是很高兴，还说："你们当兵的就是鬼主意多，我看这个办法行。到时枪一响，我们先去把鬼子的枪缴了，就是没枪，用牙齿咬也要把他们咬死了。"

胡克利带着土匪，化装成老乡，三四天的时间，还真的都混进了煤矿。他们和矿工一接触，了解到被俘的国军还有组织，带头的是一个叫周天池的少校。周天池听胡克利说了热血团的计划，大喜过望，让他们赶紧联络热血团来攻打煤矿，因为矿工中的八路军战俘好像也在秘密串联，看样子也要举事。

到了晚上，胡克利趁人不备，悄悄地溜了出来，连夜赶回青龙山，向高昌、谢让汇报了情况。高昌和谢让决定事不宜迟，第二天子夜时分发起攻击。

傍晚时候，高昌和谢让带着热血团出发了。直至此时，他们仍然没有对外公布行动目标。周樱在医院留守，她不放心地问谢天："到底是去哪里？我们医院不去能行吗？"

谢天当然知道去哪里，但高昌和谢让再三强调，战斗打响之前，绝对不允许走漏半点风声，谢让就对唐力守口如瓶，谢天自然也不敢给周樱说。他带着歉意说："樱儿，因为是夜间作战，你们去了反而不方便，团长也是为你们考虑。你放心好了，我们没事。"

周樱嘟着嘴，不满地说："你们这是不相信人，到这个时候了，也不说是去打哪里。"

谢天心中不忍，心想周樱又不是外人，还是给她说了吧，免得她挂念，刚要开口，朱燕子在旁边挥着一支汉阳造大声喊他："谢天，别磨蹭啦，你俩以后有机会亲热，赶紧走啊。"

周樱拉住他的胳膊，说："为什么朱姑娘能去，我就不能去了?"

谢天刮了一下她的鼻子，笑道："我的姑奶奶，你又不是不知道，她是土匪窝出来的，枪法比我们男人还要好，她是一个打仗的兵，你是医护兵，自然不一样了。"

他说完，在她脸上亲了一下，赶紧跑回队伍。

朱生豪有些疑惑，站在路边问高昌："团长，咱们这是去打哪里? 我怎么一点都不知道?"

高昌说："你就别问了，到了自然就知道了。"

朱生豪苦笑了一下，说："团长，你这是信不过我吗? 我是什么人，你还不知道吗?"

高昌严厉地说："你是一名军人，就应该知道，我们保密自然有我们的道理，你只管执行就是。"

朱生豪啪地立正站好，向高昌敬了个礼，说："是!"

将近子夜时分，第一大队、第二大队全部到位，高昌简单地部署了一下任务，曾经去煤矿侦察过的谢天和朱燕子分别带着第一大队和第二大队向一矿、二矿摸去。

谢天带着第一大队剪开铁丝网，高昌带着突击排一直摸到碉堡跟前，里面的鬼子才发觉。但是，一切已经太迟了，突击排一排手榴弹扔进去，把碉堡的敌人解决了。营房里那些伪军和鬼子连衣服都来不及穿，赤裸裸地跑出来，一一被击毙。矿工在胡克利的带领下，涌出房间，夺到武器，加入了战斗。

谢让和高豪杰带着队伍扑进二矿，到处是一片喊杀声。

半个小时不到，整个战斗结束了，解救出来了七八百名矿工，多是战俘，有国军，有八路军。他们缴了敌人一个军火库，再加上打扫战场缴获敌人的武器，除了百十人，其他人基本都有武器了。整个队伍一下子兵强马壮。只是一些八路军一听说来解救他们的是国军的部队，有些不乐意，吵着要去找自己的队伍。

谢让提议，是不是让他们离开。

高昌不耐烦地说："他们跟我，我也不会要他们，都被共产党洗脑了。人可以走，但武器必须留下来。"

谢让有些犹豫，说："这样不合适吧，他们刚才也参加战斗了。再说，他们没有武器，万一路上遇到敌人呢？"按照谢让的想法，他宁愿把武器匀出来一部分，把八路军先装备齐全。

高昌瞪他一眼，说："我没有不管他们，还把他们救出来了，已经算仁至义尽了，还要武装他们？他们转身就打我们了。想要武器？白日做梦！"

谢让没了法子，只好带着歉意让士兵上去缴了那些八路军的枪，那些八路军只有三四十人，虽然不情愿，但还是把枪交了出来。

队伍分成两拨，国军战俘跟着回了青龙山，八路军的战俘去了乌龙山。

队伍扩大到了近千人，兵强马壮，看着像那么回事了。高昌和谢让商量了一下，把整个团分成了五个大队，他和谢让分别兼任第一第二大队队长，胡克利继续担任第三大队长，高豪杰任第四大队长，谢天任第五大队长。

最高兴的要数胡克利了，他的第三大队本来只有五六十人了，一下子增加到将近两百人，赚大了，虽然那个被俘的少校周天池当了副大队长，有些碍事，但终究是副的。他觉得高昌和谢让还是够意思的，以后可要好好打鬼子了。

高昌和谢让内心里却是一百个不愿意让胡克利当大队长的，他们都觉得周天池少校最合适。高昌原本也是这样打算的，但谢让提醒他，胡克利在稻城的眼线众多，这是宝贵的抗战资源，必须加以利用。如果把胡克利的大队长职务撸了，他把他的五六十人带走小事，关键是他布在稻城的眼线也无法使用了，那就太可惜了。

高昌想想也有道理，再加上周天池也高姿态地表示愿意当个副职，他也就勉强算是同意了，只要胡克利真心抗日，大队长就大队长吧。

内奸

1

青龙山突袭东亚煤矿取得完美胜利，热血团扩充了人马，兵强马壮，同时也震惊了日军，大队日军开进稻城，准备扫荡青龙山。

这个消息是胡克利安插在稻城的内线带来的。

高昌与谢让得到消息，立即进行紧急部署。青龙山的薄弱之处人人心知肚明，那就是北方的垭口。众人分析，日军极有可能从这里突破。那就针锋相对，热血团重兵把守北面的垭口。部队早就在这里修筑了防御工事，五个大队中，战斗力较弱的是胡克利的第三大队，高昌和谢让决定把他们放在南口，那里是天险，把吊桥收起，面对九十度的断崖，日军基本没有办法。第三大队用三分之一的力量守南口及东西两面，其余居中作为预备队。第一、第二、第四、第五大队放在北口，准备抵御日军的重点进攻。

胡克利闷着头听完，突然站起来，一只脚踏在板凳上，吼道："你们都有仗打，我倒好了，成看热闹的了！老子不干了！"

高昌皱着眉头看他，说："胡克利，你现在是国军的一员了，不是土匪，怎么连一点命令意识都没有？"

谢让说:"胡大队长,你误会了,并不是说你们把守的方向不重要,相反你们一点也不能马虎。日军从北边垭口进攻的可能性最大,但我们也不能大意,他们万一从南口进攻也不是没有可能。"

周天池站起来说:"长官请放心,我们第三大队坚决服从命令!"

胡克利瞪着眼睛看看他,却也不好当场发作,把脚从板凳上放下,垂头丧气地说:"好吧好吧,谁让我当过土匪呢?反正你们说了算,你们说咋打就咋打吧。"

整个部署本来是毫无问题的。鬼子确实是从北面垭口进攻的,战斗最激烈时,鬼子冲上了阵地,经过一场激烈的肉搏战才把鬼子打下去。

指挥这场战斗的是樱井兆太郎。他举着望远镜看着,脸上露出了充满嘲讽意味的笑容:"热血团上当了。"藤野严八郎不解地问:"特务长,你的想法是?"樱井兆太郎说:"高昌和谢让把主要兵力都放在了这里,咱就将计就计,从这里攻击,等到把他们全部注意力都吸引到这里后,咱们出其不意地攻击南口。"藤野严八郎沉思了一会儿,说:"南口地势险要,又有坚固工事,我觉得还是从这里进攻比较稳妥。"樱井兆太郎笑道:"他们肯定和你的想法一样,认为我们不会从南口进攻。打仗就像下棋,要多看几步。他们的《孙子兵法》曾说:'凡战者,以正合,以奇胜。'敌人认为最安全的地方,却正是我们出奇制胜的地方,我们这次就用他们的兵法来干掉他们。"

这一招确实出人意料。谁也没有想到,北面垭口的鬼子只是佯攻,第二天半夜,鬼子带着攀山钩和绳子,居然会从南口的断崖摸上了阵地。守在这里的第三大队二十多名士兵都觉得没事,连哨兵都在打瞌睡,结果被鬼子悄无声息地干掉,那二十来名士兵根本来不及哼一声也被鬼子干掉了,一直等鬼子摸到山谷中老乡住的房子时,还是被"赵记饭店"的赵老板半夜起来上厕所发现的,他大声地叫喊着,鬼子看势不对,朝他开枪,这才惊动了部队。周天池最先反应过来,带着第三队的预备队反击,奈何鬼子已经从南口源源不断地上来,北面垭口的鬼子也倾巢而出。枪声大作,整个青龙山一片喊杀声。

坚持到天亮,谢让四处瞭望,处处都是枪炮声,到处是鬼子。再打下去已经没有任何意义了,不但守不住青龙山,而且还有可能全军覆没。日军进攻得更加猛烈，高昌还不甘心，朱生豪不得不扯着他的胳膊，大声地喊："团长，不能这样打下去了，快突围吧！"

高昌甩开他的手，眼睛冒火地瞪着他，吼道："不能撤，必须打，哪怕打得只剩一个人，也要和鬼子拼了！"

谢让还是清醒的，他知道朱生豪是对的。他让朱生豪架着高昌撤退。看看部队撤得差不多了，谢让突然想起了医院。医院还在山半腰的一个山洞里。想到唐力，谢让眼前一黑，事先没有想到日军会这么快突破，根本就没有安排兵力掩护医院。他四处张望，看到朱燕子正在旁边不远处与鬼子厮杀，他忙把她叫到身边，让她带上一个排去掩护医院突围。

经过一番苦战，热血团终于突出重围，近千人的队伍，折损一半。最要命的是，医院一直没有踪影。谢让不断派人出去寻找，三天之后，他们终于在一个村庄里见到了浑身鲜血的周樱和舒林儿。两人带来了一个晴天霹雳的消息：朱燕子带去的那个排全部阵亡，医院被日军冲散，有些人被俘了，有些人死掉了，但唐力和朱燕子生死不明。

几天过后，派出去的侦察人员报告，日军从青龙山撤走了。

高昌和谢让带领热血团回到了青龙山，除了在战斗中死掉的老乡，日军并没有为难其他人。他们甚至还允许老乡把阵亡的国军将士掩埋了。日本用炸药破坏了国军宿营的山洞，整个青龙山一片狼藉。

谢让毫无心思收拾青龙山，恢复重建的工作都交给了高昌。他心急如焚，每天都派出不同批次的侦察人员，前去周边打听唐力等人的情况。一个月后，终于有消息传回了青龙山，国军俘虏被日军送往了稻城。他立即找到胡克利，让他马上去稻城一趟，打听一下唐力等人的下落。

几天之后，胡克利回来了，他告诉大家，唐力几天前被杀，头被悬挂在稻城城墙，朱燕子等人被关押在日军军营。胡克利犹豫了一下，告诉谢让，日军在杀害唐力之前，发现她已经怀孕了。

谢让大叫一声，一下子晕了过去。等他醒过来时，他看到自己正躺在医院里，高昌守在他身边，看到他醒过来了，一脸惊喜。谢让抓住他的手，大声叫道："团长，我只求你一件事，热血团立即攻打稻城，我要把稻城所有鬼子杀掉，一个都不留!"

高昌握着他的手说:"谢副团长,我们都不愿意发生这种事儿,但你要节哀,保重身体啊!"

谢让叫道:"我没事,我要为唐力报仇,我们要攻打稻城,把鬼子全部消灭了!"

高昌摇了摇头,说:"谢副团长,鬼子这么做,肯定是知道了唐医生的身份,他们就是为了激怒你,让你攻打稻城,如果我们真去打了,就中了鬼子的圈套。现在别说是攻打稻城,就是攻打大元镇,我们也没有这个力量啊。我高昌向你保证,这个仇一定会报,你现在最需要的是冷静。"

谢让瞪着眼睛看着高昌,目光慢慢黯淡,他心里清楚,高昌说的是对的。

高昌见他冷静下来了,说:"现在最重要的是找到内奸。"

谢让茫然地看着他,喃喃地说:"内奸?"

高昌叹了口气,说:"这些天我一直在考虑,青龙山地势险要,虽说不可能全胜鬼子,但坚持七八天,甚至十多天,完全是有可能的,我们本来是可以凭借有利地形消灭大量鬼子,鬼子却出险招,从我们最意想不到的地方突破,这只有一个可能,鬼子事先知道了我们的防御部署。从南口断崖进攻,本来是死路一条。如果他们不知道我们的防御部署,绝对不可能从这里进攻。我们队伍里有日本人的内奸。"

谢让的手握成拳头,狠狠捶在床帮上,吼道:"抓到这个内奸,绝不轻饶。"

高昌满脸愁云:"我们都清楚队伍里有内奸,却一点头绪都没有。我现在觉得人人都可疑,却又找不到一点点迹象。你从前怀疑朱生豪,我那时还坚信他绝对不会叛变,但我现在也不敢肯定了。我谁也不敢相信了。"

谢让说:"那你打算从哪里下手?"

高昌说:"我敢肯定的是,你和我,谢天和谢地,还有高豪杰,绝对不会叛变,胡克利虽然是个土匪,但他也不大可能。上次攻打东亚煤矿,事先派去打进矿区的就是他的人马,整个战斗很顺利,所以他们可以排除嫌疑。"

谢让说:"那就只能让他们先暗中调查了。"

高昌说:"我也是这么想的,但胡克利毕竟是土匪出身,做事粗糙,而这事却是万万不能走漏半点风声的，我已经布置谢天、谢地和豪杰暗中调查。"

然而让他们失望的是，两个月的时间过去了，事情仍然一点眉目都没有。

更让他们想不到的是，这一天，朱燕子突然出现在了青龙山。

2

朱燕子被关押在一间民房里，房子破破烂烂，屋顶上的茅草被风吹雨打得看不出茅草的样子，有些地方已经沤烂，阳光肆无忌惮地照进屋里，地上有一摊雨水。整个房间散发着一股难闻的潮湿、污浊气味，还有牛粪猪屎的痕迹，墙角边扔着一条断成两截的牛缰绳。

负责审问朱燕子的是谢地。

谢地抬头看了看破烂的屋顶，又看了看那条缰绳，皱了皱眉头，如果朱燕子把身上的衣服撕成布条，再接上牛缰绳搭在屋梁上，就可以攀上去，从屋顶上翻出去逃跑，或者上吊自杀。无论哪一种，后果都很不好。他想回头瞪一眼跟在他身边的赵慈江，但想了想还是忍住了。负责看守她的是胡克利的手下。大家都知道她恨土匪，土匪自然也不会帮她。

等他仔细打量朱燕子时，他发现自己的顾虑多余了。朱燕子比两个月前瘦了很多，脸色蜡黄，她坐在墙角边的稻草堆上，双手抱着膝盖，低着头一声不吭。她显然知道房间来了人，但却没有抬起头的打算。她的身边胡乱堆着一床露出肮脏棉絮的被褥，看得出来，被褥也是潮湿的。谢地终于忍不住回头瞪了一眼赵慈江，不管怎么说，她现在只是一个嫌疑人，在事情还没有完全搞清楚以前，还是应该把她当作自己人的，怎么能这样对待她呢？赵慈江上前一步，站在朱燕子面前，厉声地吼了一声："朱燕子，赶紧给我站起来，你要老老实实地交代！"

朱燕子抬起头，看了看赵慈江，又看了看谢地，她的目光并没有惊恐与不安，而是茫然，好像一切和她没有关系，她只是贸然撞进来的一个局外人。她低下头，把手从膝盖上拿开，撑着地，慢慢地站起来，垂手低眉地站着。她身子并不虚弱，但动作却有点迟滞。谢地有点担心，事情发生十多天了，可以想象，团里肯定已经审问她无数次了，甚至动粗用刑了。青龙山损失惨重，谁心里都不好受，而她却是内奸的最大嫌疑。谢地飞快地把她从上到下看了一遍，她穿的军装虽然破旧，但还算整齐，身上也没有伤痕。看来，她并没有被虐待。

赵慈江似乎看透了谢地的心思，把脸凑过来，低声说："高团长让我们审过几次，你放心，她毕竟曾是我们老大的人，我们动之以情，晓之以理，啥道理都给她讲了，她就是不说，翻来覆去地讲是日本兵把她放出来的。妈的，脑袋比石头还硬。"赵慈江本来想让自己变得文雅一些，但最后还是忍不住爆了一个粗口。

谢地并没有计较，他看着朱燕子，紧张地思索着从哪里下手，如何让她说实话。

朱燕子确实是可疑的，唐力被杀，头被割下悬挂在稻城城墙。胡克利的眼线不断传来消息，其他被俘的人员，大部分都被日军杀死了，有的甚至是被日军练习拼刺刀活活捅死的。而她朱燕子却安然无恙地回来了，并且还是被一个日本兵放回来的。这有可能吗？鬼都不信。

朱燕子回来，是钱二胖最先看到的，谢地已经听他讲了一遍又一遍。那是一个午后，钱二胖被安排在最远处的山沟外放哨。他隐蔽在草丛中，突然看到远方一个小小的人影慢慢地过来了。钱二胖忙躲在草丛中，努力瞪大眼睛看着这个小小的人影，人影背后阳光白花花的，除此之外，并无他人。他悄悄地松口气，把子弹推上膛，瞄准了这个神秘的不速之客。小小的人影越来越大，最先看清的是来人穿着国军的军装。钱二胖还有些疑惑，来的会是什么人？来人在离他几步远的地方停了下来，疑惑地左右张望。钱二胖瞪大了眼睛，看清来人是个女人。她的衣服破烂，还有点点滴滴凝结成紫色的血污。她面如土色，瘦得颧骨明显地凸出来了。钱二胖站起来，拿枪逼着她，大声地喝问："口令。"她撇了撇嘴，嘴唇干裂，好像要哭了："我不知道，我是医院的……你是钱二胖？"钱二胖吃了一惊，这才认出来人是朱燕子。他心里的疑惑更大了，他早就知道医院除两人幸存，其余都被日军杀害的消息。谢副团长爱人头颅挂在稻城的事情，像风一样传遍了整个青龙山。他还咬破手指写过血书请战，愿意参加攻打稻城的敢死队。朱燕子也被俘了，她现在怎么回来了？他忙收起步枪，上前扶住了她。她两只手抓住他的肩膀，整个人软了下去。她是被钱二胖背回来的，又被泼了几碗从深井中打出来的凉水才醒过来。

最初大家都认为这是一个奇迹，她能死里逃生，是不幸中的万幸。所有的人都想，她肯定是在日军扫荡中躲在山洞或者是在老乡的掩护下才活下来的。他们给她端来洗脸水，换下肮脏发臭的军装，还从并不多的粮食中破例舀了半碗大米，熬了一锅米饭。稠稠的米饭刚盛到碗里，冒着热气，她就抱起来咕咚咕咚地喝，烫着她了，她也只是抬起头，吸溜了两声，又狠狠地埋下头喝着。五十多岁的炊事兵老王心疼地掉了泪水，喃喃地说："吃吧吃吧，看把孩子饿得。"

当朱燕子捧起第二碗米饭时，高昌来了。所有的人都绽开一脸笑容看着高昌，青龙山死了那么多人，终于有一个活着回来了。感谢老天保佑。

高昌并没有人们想象中的欢欣，他皱着眉头问她："你是怎么回来的？"

她看着他，眼睛里闪着光，溅着火苗，她撇了撇嘴，泪水滑出眼眶，晶莹剔透，她喃喃地说："他们把我放了……"

高昌问："他们是谁？"

她摇了摇头，又点了点头，说："他们是日军鬼子，日军鬼子把我放了……"

所有的人都愣在那里，她被俘过？日本鬼子把唐力杀了，把她放了？日本鬼子就这样把她放了？他们再看她时，目光变得复杂起来，有些人连自己都没意识到，他们的脚步往后退了两步，离她远了些。

高昌跨上一步，猛地夺下她的碗，重重地放在桌子上，砰的一声，白生生的稠稠的米饭溅出来，淌了一片。老王慌慌地扶着碗，不满地嘟哝了一句："粮食啊，这是粮食啊。"

高昌朝她吼道："你还有脸吃饭？唐医生被日本鬼子砍了脑袋，他们为什么却把你放了？你是王母娘娘还是天上的仙女？"

他的声音扭曲、尖利，所有人都闻到了一股呛鼻的火药味，像是炮弹刚刚爆炸，火辣辣的弹片从耳边划过。

她呆呆地看着他，嘴巴张了张，还想说什么，高昌已经扭过头去，冲着跟在身后的胡克利和赵慈江喝道："把她关起来。"

胡克利跨上一步，拽住她的一只胳膊，赵慈江扭着她的另一条胳膊，两人架起她往屋外走去。她"妈呀"地惊叫一声，脸上的肌肉抽搐，泪水泉涌。路过门槛时，她还差点被绊倒。

赵慈江对谢地说："我承认我那时是用了点力气，一想到她有可能投降了日本鬼子，我就生气。但她毕竟是个女人，我还是手下留情的，只用了四五成的力气而已，她却疼得连鼻涕眼泪都出来了，还妈呀妈呀地叫。你说说，连这点疼都受不了，她能受得了鬼子的酷刑吗？我觉得她投降的可能性非常大。她一回来，高团长就觉得不对劲。你看看，他什么人都不带，偏偏叫上我和胡大队长，说明他早就有预感嘛！"

一开始，谢地觉得，朱燕子确实可疑。

在日军扫荡结束后，他曾奉高昌之命跟着胡克利到稻城打听过，高昌和谢让的意思是，让他跟着胡克利，慢慢地把他所有布在稻城的眼线都掌握了，将来万一胡克利出了什么事儿，热血团还能继续联络上这些人。胡克利却不知道他们的用意，除了觉得谢地碍手碍脚，也没有什么意见。谢地基本上已经掌握了胡克利布在稻城的大多数眼线情况。

通过李牧原等人，他们了解到，日军最初并不知道唐力是院长，也不知道她是谢让的爱人。但没过多久，唐力的身份就暴露了。被俘的医护人员里绝对出了叛徒。而现在，朱燕子却毫发未损地回来了，并且还是被日军放回来的。

谢地在心里冷笑了，如果说，她真的是叛徒，就这样把她放回来了，日本鬼子未免也太愚蠢了。但如果她不是叛徒，日本鬼子怎么可能又会放了她呢？

谁也想不通。谢让本来想亲自审问，但想到爱人的惨死就心如刀绞，他害怕看到朱燕子，一是看到她就想到被害的爱人，二来她如果真的是内奸，他会忍不住当场杀死她的。谢天和高豪杰也不合适，开会讨论这个事情时，谢天虽然无法解释朱燕子是如何逃回来的，但他坚信她绝对不会是内奸，他了解她。和他同样坚信的是高豪杰，谁都知道他喜欢朱燕子，自然也不能担任审问的大任。

这事儿就只好交给了谢地。

3

尽管已经见过朱燕子，无数次地看过赵慈江制作的审讯笔录，谢地还是决定再会会朱燕子，让她重新讲述一遍日军把她放回来的经过。如果她是编造的，必定会在某个不经意的地方露出破绽。他穷追猛打，不断盘问，新问题一个接一个，她来不及组织，慌乱之中必会出现自相矛盾的地方。谢地见过父亲审讯犯人，没有一个人能招架住，再美的故事也很快会千疮百孔。

让他失望的是，朱燕子重新讲述的内容和赵慈江所作的审讯笔录一模一样，天衣无缝，连风能吹过的缝隙都没有。

朱燕子说，当她带的那个排全部阵亡后，唐力果断命令大家分散突围，能跑出几个是几个。唐力带着她和另外一个刚当兵不到一个月的护士英子躲在山洞里。这个山洞还算隐蔽，洞口灌木丛生，站在洞口往里面看，黑黢黢的，什么也看不到。她们依偎在一起，紧紧地握着对方的手，每个人的手心里都是汗。外面不时传来奔跑声、零星的枪声，她们连口气都不敢出。她们望着洞外依稀的亮光，盼着天赶紧黑下来，这样她们就有可能趁机逃出去。时间却过得那么慢，一分钟比一年的时光还要长。两个日本兵发现了山洞，他们吆喝着，慢慢地逼近洞口。她们在黑暗中惊恐地看着唐力，唐力把手从她们手中抽出，低低地说："你们待在这里别动，我冲出去把他们引开。"唐力猛地站起来，冲向洞口。她一边往外冲着，一边打着枪。她冲出了山洞，更多的日本鬼子从山洞前跑过去，大呼小叫地追赶着她。

半夜时分，整个青龙山安静下来，只有不知名的虫子喁喁细语，间或一只夜莺从空中飞过，翅膀拍打着空气，发出细微的唧唧声。朱燕子爬到洞口，向四周瞭望，明亮的星空下，大地安详，万物已沉沉睡去。她带着英子，在星星的指引下，小心翼翼地向西边转移。她记得唐力说过，部队要在青龙山西边的王老庄集结。

她们还是没能逃出敌人的包围圈，当黎明到来的时候，她们赶到了王老庄，却发现整个村庄都是日本鬼子。等她们想回头逃走时，日本鬼子发现了她们。

朱燕子说，她抱定了必死的决心，日本鬼子问她什么，她都说不知道。她的确什么也不知道，她只知道部队要在王老庄集结，但日本鬼子已经占领了王老庄，她唯一知道的机密也毫无机密可言了。她还说，她没有告诉敌人唐力是院长，更没有告诉他们唐力是谢副团长的爱人。她根本就不知道唐力也已经被俘了，她是回来后才知道唐力被日本鬼子杀害了。她怎么可能会出卖她呢？唐力待她亲如姐妹，她宁愿自己去死，也不会出卖她。况且，她也并不怕死。

谢地说，"你最后是怎么逃出来的?"

朱燕子的脸上浮现出可疑的红晕，似乎有些羞涩，但那些红色很快褪去，取而代之的是一种困惑的土黄色，她看了看他，摇了摇头，眼睛里一片迷茫。她说："我也不知道是怎么回事，一个叫小林健二的日本兵就那么把我放了。"

根据朱燕子的讲述，他们被俘后，俘虏太多，经过樱井兆太郎的审讯，那些不太重要的俘虏都被分到各小队看押，她和其他十多个人被关押在一个小队，小队长叫小林健二。其他俘虏后来陆续都被押走了，听日本兵议论说，他们被当靶子杀掉了。

谢地打断了她，问她："你又不会日本话，他们说的话，你如何能听懂？"

朱燕子说，"他们的中国话都说得很顺溜，只要他们的长官不在，他们都会用中国话交谈，只是看到长官来了，就用日语。他们的小队长倒没怎么干涉，有时自己也说中国话。那些日军长官似乎也不喜欢这个小队长，有次我亲眼看到，不知道因为什么事儿，有个长官当众扇了他好几个耳光。"

谢地眯起了眼睛，说："他们都会说中国话？"

朱燕子说："我本来也觉得奇怪，但再一想，他们占了东北那么多年了，会说几句中国话也是很正常的。那个樱井兆太郎的中国话说得更好，如果没有穿日军军装，你根本就看不出来他是一个日本人。"

谢地想了想，樱井兆太郎的中国话确实说得很好。这样看来，也没什么奇怪的。他说："你接着往下说。"

朱燕子说，"最后只剩下她一个人了，除了刚开始审问过她一次，后来也没人来审她了。小林健二没事还拿她当模特给她画像。反正她觉得画张像也没啥，就让他画了。画完了，其他鬼子传看了那幅画，都还夸他画得像，是个当画家的料子。他也很高兴，说，战争结束后，他准备不教学了，好好画画，争取当个画家。听得出来，他从前是个老师。"

十多天前，朱燕子听到日军军营一片沸腾，她竖着耳朵听了听，原来稻城来了一批从日本本地送来的慰安妇。那些日本兵都很兴奋。正在这时，传来命令，好像让他们对自己执行死刑。按照惯例，他们应该用她来练刺杀。但小林健二说，她是个女的，咱们还是枪决吧。枪决一般不在城里进行，而是放在城外的树林里。谁都不想去，他们都急着去一睹国内来的女人的风采。小林健二说："我理解诸位的心情，你们就去看望那些女人吧，我来执行这个命令。"那些日本兵当然很高兴，都弯着腰向他鞠躬道谢。

朱燕子就这样被小林健二押到了稻城东边的一个小树林里，树林深处的落叶上有着点点滴滴的血迹，手掌大小的叶子是枯黄色，干涸的血迹是紫色，像叶子上的花朵，有一种令人惊讶的美。看来，这里是敌人枪杀抗日志士的刑场了。朱燕子并不害怕，已经过去两个多月，她对自己的命运早就想过很多次了，死并不可怕，可怕的是被日军糟蹋，或者让她充当慰安妇。如果是这样的话，她会在它们发生之前，咬舌自尽或者一头撞死在墙上。相比这些，死倒是最轻松的。她甚至回头对小林健二笑了一下，觉得自己这样死去，真是捡了个天大的便宜，子弹呼啸，脑袋开花，生死瞬间，甚至连疼痛都来不及感觉。小林健二的眼角边沾着肮脏的眼屎，目光游离不定，脸上带着来路不明的疲累、厌倦神情。他看到她对他笑，好像有点害羞，他躲过她的目光，把脸扭向一边。她觉得奇怪，她从来没有见过这样一个日本兵，枪拿在他手里，像多出来的一根树枝。阳光透过树林的缝隙钻进来，在他步枪刺刀上舞蹈。那是一支令人厌恶的三八大盖，拿在热血团将士手里，是凶猛无比的杀敌武器，抓在日本兵的手里，就是一条毒蛇，而冰冷的刺刀是蛇的信子，发出咝咝的声音。她并不害怕。看着这个长着一副忧伤面庞的日本兵，她甚至有点可怜他，他远离家乡，任何时候都有可能死去，也许尸骨就在异国的土地上腐败，成为一个令人憎恶的无家可归的游魂。而她，至少是死在了自己国家的土地上，那也等于是回到了大地母亲的怀抱。

她再次冲他笑了笑，想让他看到她的骄傲，但他仍旧没有看她，只是把步枪收了回来，取下刺刀，把步枪背在身上，手里攥着刺刀走近她。她想让自己更加骄傲一些，但心脏却令人难堪地跳得更快了，她甚至能听到自己心跳的声音。这让她恼怒，忍不住狠狠地瞪着他，她大喊着："你们这些魔鬼既然跑到中国来打仗，难道还在乎那一颗子弹吗？"小林健二并没有像她想象中的那样勒住她的脖子，然后用刺刀一抹，把她丢在地上，而是用刺刀割开了紧紧捆绑她的麻绳。她的身子剧烈地颤抖起来，她感觉到他的手也是颤抖的，本是锋利的刺刀，却抖索了半天才割开了麻绳。她感到一阵轻松，下意识地活动了一下僵硬的手腕，上面是被绳子勒出的紫色印痕。她茫然地看着小林健二，完全不知道他接下来要干什么。小林健二终于看她了，但也是蜻蜓点水一般迅疾低下眼睑，低低地说："你走吧。"她没有听错，他确实是这样说的。她迟疑地往前面走了两步，犹豫不决地回过头来，小林健二取下步枪，笨拙地上着刺刀。她的心又一下子揪紧了：他要在我身后来上一枪吗？她奔跑起来，多么希望自己跑得快些再快些，跑得比子弹还要快。这个可恶的日本兵，他肯定是故意放了她，然后再从背后向她射击。他是在戏弄她，他只是不想向一个静止的目标射击，而是想射击一个运动中的目标。她知道这些令人憎恶的士兵经常会把俘虏放掉，然后像打猎一样射击取乐。但是，但是自己仍然要试一试，万一这个士兵的枪法不准，自己真的能逃走呢？

她奔跑着，风在耳朵边呼呼地响着，空气中弥漫着清新的花香。这是冬天，哪里有什么花香？这是幻觉。她突然觉得生命多么宝贵，她在心里想着，自己不能死，不能死啊！多么希望枪声能迟一会儿再响，让她再跑远一些，跑得远了，子弹击中她时，自然也少了许多力度，如果击中的不是要害，她还是有可能逃脱的。枪声还是响了，就像在耳边炸响的一样，她甚至闻到了火药灼烧的味道。她停下脚步，击中哪里了？她等着身体的某一个部位突然冰凉，发出鲜血迸溅的声音，但是没有。她迟疑地回过头去，小林健二的步枪对着天空，枪口上冒着袅袅的白色烟雾。他朝她挥了挥手，然后转过身子，慢慢地往回走。他的背松垮垮地弯着，像一条狗。她完全搞不明白这个日本兵是怎么回事，他是一个神经病？他蠢笨如猪？她咬着牙，埋头奔跑着，就像一个梦，她始终觉得这一切都不是真实的。

她不敢走大路，钻进山里，渴了喝些凉水，饿了吃些野菜、野果，没日没夜地在山区奔波，十多天后，她终于回到了青龙山……

朱燕子说："我说的每一句话都是真的，没有加一点醋，也没添一点油，更没有偷工减料。我完全理解你们对我的审查，谁都知道热血团出了内奸，但事实就是这样，你们问我，我也不知道那个叫小林健二的日本兵为什么会放了我，我也不知道他哪根神经出了毛病。如果我说了一句谎话，我甘愿接受最严厉的惩处。"

谢地问他："你是如何知道这个日本兵的名字的？"

朱燕子说："我听到有的日本兵是这样喊他的。"

谢地说："你恨那个日本兵吗？"

朱燕子说："我本来恨他，但他放了我，虽然我心里有许多和你们一样的疑惑，想问问他，为什么要放了我？但如果在战场上遇到他，我仍然会毫不客气打死他的。我不是内奸，我知道，谢天知道，高豪杰知道，你应该也知道。"

谢地苦笑地摇了摇头，实话实说："你到底是不是内奸，我确实不知道。"

他见朱燕子的目光黯淡下去，忙又加了一句："但你放心，如果你是清白的，我一定会还你清白，绝不会冤枉你。"

4

谢地觉得，所有的口供都不可能无懈可击，都有美化自己减轻罪责的成分，只是或多或少而已，从来没有干干净净的口供。在亲耳听了朱燕子的供述后，他并没有急于下结论，她说的到处都是破洞，可你一时却又不知道从哪里下手。第二天、第四天的时候，他又让她重复讲了两次。第一次，他把她请到自己的住处，就他一个人，他像对待一个多日不见的老朋友一样，给她倒茶，甚至还给了她两块特地买来的点心。她倒也没有客气，喝了茶，还一下子说出了茶名，是南京的雨花茶。

她说的和曾经给他说过的没有区别，一模一样。她的脸色平静，表情淡然，丝毫没有惊恐或者不安。倒是他有点不安了，也许她说的是真的？但怎么可能呢？从来没有听说日本鬼子会放走一个抗日将士。这是她编好的吗？就算是她编好的，但在高压或者故作放松的聊天式审讯中，她总有松懈的时候，让她重复几次，总会出现一两个自相矛盾说法不一的地方。就像打仗，撕开一个口子，大军如潮涌入，敌人就一败涂地。但她没有，她说的每个细节都和以前一样严丝合缝高度契合。

他刚把朱燕子送回关押她的房间，回过头来，看到高豪杰在外面等着他。高昌下了命令，严禁他靠近关押朱燕子的房间一步。高豪杰瞪着谢地，手握成拳头，微微颤抖着。他的脸涨得通红，咄咄逼人地问谢地："你审出什么了？"

谢地笑着朝他摇了摇头，说："高团长吩咐过，在没弄清楚以前，我无可奉告。高大队长不会不清楚吧。"

高豪杰逼上一步,说:"朱燕子没什么问题,我拿性命担保,你们把她放了,如果她真是内奸,我愿意被你们枪毙了。"

谢地说:"你这话对我说没有用,我正要去给高团长汇报进展情况,要不,你和我一起去给高团长说说?"

高豪杰恨恨地瞪他一眼,转身走了。他自然是不敢去给父亲说的。

谢地给高昌汇报了审问情况,然后静静地站在那里。

谢让默默地走到一边,望着群山出神。如果说朱燕子是内奸,放在从前,他是无论如何都不会相信的,但按她说的,是鬼子把她放了,这也是说不通的。可从哪个方面来说,朱燕子都没有叛变的理由,甚至还没有朱生豪、胡克利是内奸有说服力。他心乱如麻,毫无头绪。那么,自己最好不要干涉了,还是让谢地负责这事吧,他思维敏捷,思路缜密,他相信他的能力,如果朱燕子真的是内奸,他一定会找出蛛丝马迹。

高昌表情严肃,庄重地说:"朱燕子是文化人,文化人都很狡猾。谢地,你不要掉以轻心,要有和她斗智斗勇打持久战的准备。她本来是想到北平上大学,半路被土匪劫来,被土匪糟蹋,这对一个女人来说,是多么大的伤害。她本来指望我们能为她报仇雪恨,但我们收编了胡克利的土匪,她嘴上说不在意,但她内心肯定恨死了我们。另外,你们也知道,高豪杰喜欢她,但我不同意。我这人还是很保守的。她也有理由恨我。她是有叛变动机的。"

高昌拍了拍谢地的肩,又哈哈地笑了,说:"我刚才说的文化人都很狡猾,并不包括你,你是绝对忠诚的,我是绝对放心你的。"

谢地笑了笑,说:"谢谢高团长信任,我尽量把这个事儿圆满解决了,不辜负你们对我的期待。"

高昌点了点头,说:"谢地,你有水平有能力,我相信你能查明真相。不管真相如何,你都不要有任何顾虑,我全力支持你。你别对高豪杰有什么顾虑,他就是一根筋。"

谢地其实并没有怎么听高昌所说的话,他满脑子仍旧在想着朱燕子所说的一切,他把她所说的每一句话都放在心里咀嚼再三,寻找可以击溃她意志的蛛丝马迹。难,太难了,她所说的根本就不可能让人相信,让人反而不知道从何下手了。有没有可能，事情真的就像她说的那样？他心里突然一动，觉得呼吸有些急促。他在屋里来来回回走着，反反复复地思考着自己的这个新的想法，不断地肯定自己，然后再推翻，再肯定，再推翻。他有点沮丧。他抬起头，高昌正在用一种奇怪的眼神看着他。他停下来，认真地问高昌："你说，有没有可能她说的一切都是真的，确实是一个日本兵把她私下放走的？"

高昌毫不犹豫地撇了撇嘴，嘴角边露出嘲讽的笑容，说："这怎么可能呢？日本鬼子根本就不是人，是畜生，她又是一个女人，怎么可能就这样放了她？如果说强迫她做了慰安妇，天长日久，对她放松了警惕，她偷偷地逃跑出来了，我还信。"

谢让长长地叹口气，如果她真是内奸，鬼子应该像高昌说的那样做，一切都合情合理。可她偏偏来这一套，她到底说的是真的还是假的？她到底是不是内奸？作为一个警察局长，他也毫无头绪。他看着高昌，迟疑地说："高团长，也许她说的一切都是真的，我们也要考虑这个可能。"

高昌的脸上已经有了阴云，他重重地甩了一下手，恨恨地走了，脚步踏在地上，像踩在谢让的心上。

谢地转过身来问父亲："你是如何看呢？"

谢让一脸困惑，低低地说："我和你的看法其实差不多，我内心并不认为她会是日本人的内奸，但如果说日本人放了她，我也是不信的。可万一她说的是真的呢？"

谢地喃喃地说："这个可能还是非常大的。"

谢让拍了拍他的肩，让他不受别人的干扰，继续审问、调查，如果她说的是真的，那就找到证据，千万不要冤枉了她。

谢地对朱燕子的最后一次审讯是在村外的田野里。赵慈江还有些不放心，让谢地带上两个人，以防朱燕子使坏。谢地笑着摇了摇头，说："没那个必要。"他见赵慈江脸色仍旧凝重，就拍了拍腰里，那里别着一支二十响的驳壳枪。他心里甚至有点隐隐不快，赵慈江觉得一个手无寸铁的女人就能把他收拾了？这未免也太小看他了。

田野里的庄稼正在慢慢成长，夕阳温柔地照耀大地，小河在安静流淌。谢地与朱燕子并肩而行，两人喁喁细语，不知情的还以为两人是恋人呢！谢地的语气与动作都很柔和，像邻居家的哥哥，引导着朱燕子慢慢回忆整个事情的经过。这其实只是一种假象，谢地的精神高度集中，捕捉着她所说的每一句话每一个字，甚至连她说话时的呼吸、快慢、轻重都没有放过。但他仍然不知道从何下手，她还是那么平静，对热血团上下对她显而易见的怀疑也没什么不满与愤怒。这也有点不合常理，如果真像她说的那样，她现在被关押被审问，她应该感到委屈，应该感到不满。她倒好，神情安详，眼神平静，就像叙述别人的事情，连一点感情波动都没有。

谢地有点不安，他突然想起了一句话，哀莫大于心死。她也许是在自暴自弃，任凭处置？谢地陷入了深深的苦恼之中，他百无聊赖地回过头去，看到身后有两个人影闪到了一个土崖下。谢地感到好笑，他让朱燕子暂时等他一下，便转身飞快地向土崖奔去，果然是赵慈江安排的两个士兵。他们红着脸说，赵队长还是害怕朱燕子狗急跳墙了。谢地虎着脸把他们训斥了一顿，坚决把他们赶走了。看着他们垂头丧气地走远了，他正要回去，突然心里一动，回头站在土崖下冲着一个蚂蚁窝撒了一泡尿，又坐在石头上看着天边的晚霞发了一会儿呆，这才出来了。朱燕子仍然站在那里，抬着头向这边张望。看吧，她连一点尝试逃走的举动都没有。她真是一个奇怪的人。

谢地过去，讪讪地笑了笑，说："赵慈江安排两个士兵跟着咱俩，怕咱俩出事儿，现在到处都是日本鬼子的特务、汉奸。"朱燕子朝他笑笑，说："应该的，小心总是对的。"

谢地站在那里，定定地看着她，问她："燕子姐，咱们有啥说啥，你很清楚，大家对你不放心。但你也要相信，大家绝不会放过一个坏人，但也绝不会冤枉一个好人，你没必要自暴自弃……"

朱燕子扭过头，打断了他："我没有自暴自弃，我说的一切都是真的。"

她的表情坦坦荡荡，眼睛直直地盯着他，连眨都不眨。谢地愣了一会儿，他想说服自己相信她，但他又无法说服自己，每个人最初都会说自己是无辜的，还有，父亲还是警察局长时，曾经告诉过他，判断一个人是否撒谎，就在他说话时盯着他的眼睛，如果他的眼睛眨都不眨，那他一定是在撒谎，因为他怕你不相信反而会装作很坚信的样子。她现在就是这个样子。但不知道为什么，谢地却对父亲的这个说法又有了怀疑。他摇了摇头，朝她亲切地笑了笑，问她："如果你说的是真的，大家仍然这么怀疑你，你怎么不生气呢？"

朱燕子笑了笑，说："我为什么要生气呢？我经历了那么多，攻打小店镇，还有这次战斗，咱们的人死的死，伤的伤，和他们比起来，我已经够好了。大家怀疑我，但既没有绑我，也没有打我，我还有什么意见呢？战争这么残酷，大家这么做，我完全理解。可惜，现在不可能把那个叫小林健二的日本兵活捉过来，问问他为什么就那么放了我。换了我，我也会怀疑自己的。"

谢地尴尬地笑了笑，扭头看了看西边的晚霞，晚霞把天空映得一片通红，红色的云彩像愤怒燃烧的火焰。晚霞把朱燕子罩在其中，明亮的阳光在她头发上跳跃。谢地悄悄地做了一个深呼吸，告诉自己，不要下结论，没有证据，说什么都为时过早。

他们慢慢地走回村庄，整个村庄安静，柔弱的光线纯净，树叶微微闪光。在这美丽的天空下，两人就这么无声地走着，未免有些沉重。他正在想着如何开口，她突然拉住他，把他扯到一边。他本能地把手伸向腰里，手指碰到坚硬的驳壳枪。她松开他的胳膊，指了指他的脚下，说："别踩着蚯蚓了。"谢地脚下是一摊涌出地面的松软泥巴，露出半截难看的湿漉漉的蚯蚓。他感到奇怪，问她。不就是一条蚯蚓吗？"她垂下头，喃喃地说："我想做一条蚯蚓。"这真是个奇怪的想法。谢地皱着眉头问她为什么。她绞着手指，低低地说："你知道吗？蚯蚓是一种喜欢安静的动物，哪个地方热闹了，它们立即就搬家了。它们藏在泥土里，躲在黑暗中，昼伏夜出，草叶、垃圾，甚至泥巴都可以养活它们，它们从不去招惹任何人，任何人也不会去注意它们，这一生都是安安静静的，多好。"她抬起头，直直地看着谢地，喃喃地说："如果有来生，我想做一条蚯蚓。"

谢地看着她，她的洁净面庞上，细小的绒毛轻微颤动，她望着远处，眼睛像一潭水。他不知道说什么好了，只好闷头走路。路上又有一摊蚯蚓吐出的泥巴，他跳了过去。他想着，让它们安静地待在地下吧，别打扰它们。也许她说得对，做一条蚯蚓未尝不是一件幸福的事情，至少对她来说，肯定是的。

情之迷狂

1

高昌决定把朱燕子处死。在他看来，不用调查，朱燕子所说的都是谎言。促使他下决心的还有高豪杰的原因。

高豪杰居然会因为这个女人把赵慈江打了。

这天中午，高豪杰用布包了几个洗得干干净净的苹果来到关押朱燕子的房屋前，说要送给朱燕子。赵慈江斜他一眼，说："高大队长，不是我不答应，而是高团长有命令，谁都可以见朱姑娘，偏偏你不能见。我们要当一个好兵，就得听长官的话，你就不要让我们为难了。"

高豪杰看着他一脸幸灾乐祸的样子就生气，但他只能生闷气，父亲确实下过这个命令，他怨不得别人。他只得把苹果递给了赵慈江，说："那就麻烦兄弟帮个忙，把苹果送给朱姑娘吧。"

赵慈江倒是接过去了。高豪杰走了没多远，突然觉得有些不放心，又转身回来了，果然，赵慈江正和另外两个看守正抱着他的苹果啃呢！高豪杰扑上来，一拳把赵慈江打倒在地。赵慈江倒在地上抱住了他的腿，另外两个看守扑上来，三个人厮打在一起，最后还是高豪杰吃亏了。

这人就丢大了，身为军人，连看守都打，眼里还有没有军纪了？高昌知道后怒不可遏，把高豪杰关了三天禁闭。

高豪杰喜欢朱燕子，高昌是知道的，并且还多次警告他，不许他与朱燕子走得太近，更别想将来娶了朱燕子，高家不会要这样的媳妇。在他看来，朱燕子一点都不自爱，被土匪蹂躏过，当过土匪的老婆，最后自己又当了土匪。如果说当土匪的老婆是被逼的，那么，当那个土匪头子死了以后，她完全有机会逃走，但她没有，甚至还和胡克利这个下流的家伙搅和在一起，谁知道还有哪些男人上过她的身子？还有，在她被俘的这两个月，日本兵没碰过她的身子？鬼才相信。她当然是不幸的，他同情她，但要让儿子娶这样一个女人，那是另外一回事儿。他就是这么老套，他不可能像谢让那样，允许儿子喜欢上一个身子不干净的女人。

把儿子关起来后，高昌心中苦闷，儿子看来是铁了心要和这个女人好了，他眼看着他越陷越深，却毫无办法。他找来一瓶白酒，借酒浇愁。正喝着，朱生豪路过，看到他一个人在喝闷酒，过来问他："高团长，你怎么一个人喝上了？是不是有什么事儿？"

高昌觉得这是家丑，一直没对别人说过，朱生豪问起，他不由得一阵难过，就把这一切都说了。

朱生豪在屋里走了两个来回，停在他面前，直直地看着他，说："高团长，我倒有个办法让高大队长死了心，但不知道当说不当说。"

高昌放下酒杯，问他："你能有什么办法？"

朱生豪说："这事儿是因朱燕子而起，解铃还须系铃人，朱燕子要是不在了，高大队长难过一阵子也就过去了，这事也就了了。"

高昌一惊，说："你是说要处决朱燕子吗？"

朱生豪说："现在虽然没有证据证明她是内奸，但她所说的却是不可信的。她既然撒谎，那十有八九已经叛变了。我觉得你的看法肯定和我的一样。"

高昌的想法确实和他的一样，但就这样处决朱燕子，那也未免太轻率了。真相总会水落石出，那时再处决她也不晚。

朱生豪说："那时已经晚了。你看看高大队长现在这样子，整天都围着关押朱燕子的那间房子转，时间长了，谁知道会出什么事儿。"

高昌心乱如麻，打发走朱生豪以后，他想得脑袋都疼了，还是无法做出一个妥当的决定来。高豪杰三天关禁闭期满后，他让看守钱二胖退下，进了屋里，坐在高豪杰对面，和他做了一次推心置腹的长谈，让他放弃朱燕子。高豪杰却毫不松口。两人最后竟然吵了起来，高豪杰宁愿断绝父子关系，也不会放弃朱燕子。

高昌终于下了决心，如果找到证据更好，即使没有证据，朱燕子也必须死，青龙山再也经受不起损失了。

而这正是谢地担心的。

在没有可靠证据的情况下，朱燕子是不可能被放出来的。谢地曾经试探地提出来，是不是先放出来控制使用她？高昌第一个站出来否决了，说："在她没有洗清内奸的嫌疑前，绝不能把她放出来，我们热血团经不起折腾了。"

高昌这样说了，其他人还能说什么呢？

两个月后，事情仍无进展，胡克利也多次前去稻城打探，但毫无所获。高昌早已经不耐烦了，提议开会研究。决定朱燕子命运的时刻到了。

会议一开始就出现了分歧。谢地觉得，虽然没有证据证明朱燕子所说的都是真的，但也没有证据证明她说的就是假的，她是不是内奸，不能轻易下结论，可以先放出来，控制使用，也可以软禁，等到有证据时再说。谢让也是这个意见。而谢天和高豪杰却坚信朱燕子绝对不可能是内奸，把她关起来根本就是错的，必须立即无条件放了。

高豪杰正说得慷慨激昂，高昌打断了他，严厉地说："我们在这里讨论是放了还是处决。每个士兵都是宝贵的，都要用在刀刃上，全力对付鬼子，我们不可能再把他们浪费在看守犯人上。"

胡克利立即响应："杀了，我看早就该杀了，宁可错杀一千，绝不放过一个。"

周樱本来没有机会参加这样的会议，但她缠着谢天，也想来参加，她的理由是："你们也要听听女人的意见。"谢天以为她要为朱燕子说话，就向高昌和谢让汇报了，高昌本来不愿意，但在谢让和谢天的坚持下，也就同意了。

谢天拿眼睛去看周樱，想让她也讲两句支持自己的意见。

周樱站了起来，但她说的话却让他大吃一惊，周樱说："我不相信朱燕子说的是实话。你们也知道，我有过一次悲惨的经历，我不愿意再提这事儿，但有了这次经历，我算彻底认识了日本人。我可以作证，日本兵中会说中国话的人极少，如果真的像朱燕子说的，这个小队的日本兵会说中国话，他们早就成宝贝了，因为这是当特务的绝佳人选，怎么可能会让他们待在一个普通的战斗小队呢？再说，那么多人都死了，这个日军小队长既然能放了她，为什么不能放了别人？哪怕再放一个也好啊！"

高昌听着，轻微地点了点头，谢让苦恼地皱起了眉头。高豪杰吃惊地瞪着她，放在桌子上的手神经质地颤抖着。他知道周樱为什么会这样说，她还是担心朱燕子会抢走她的谢天。谢天刚才替朱燕子说的那些话，反而起了坏作用，更刺激了她。但这是人命关天的事情，她就是再恨朱燕子，也不能如此落井下石。他忍无可忍，猛地站起来，瞪着周樱，大声地质问她："那你说，既然她有可能是内奸，日本人为什么不故意放松对她的关押，或者把她送到慰安所，让她偷偷逃跑呢？为什么就这么明显地直接放了她？"

谢地心里一惊，周樱被日军抓到后，不就是被他们送到慰安所里，然后趁乱逃出来的吗？虽然胡克利的眼线证明确有此事，但万一这是日本人演的戏呢？他摇了摇头，觉得自己的想象真是太丰富了。他了解她，这么好的一位姑娘，绝对不可能叛变的。

周樱怯怯地看了高豪杰一眼，眼神惶恐无助，低低地说："这也是我不明白的地方……也许……也许，日本人故意把她放了，就是让我们怀疑这件事的真实性，从而引起内讧吧。"

高昌愤怒地冲着高豪杰拍了一下桌子，吼道："你坐下来！周姑娘说的不是没有道理，看看我们现在，是不是四分五裂了？鬼子想让我们上当，我们偏不上当，你们都说说，到底如何处置她？"

难道因此就把朱燕子处决了吗？谢地看看父亲，又看看谢天，最后看了看高豪杰，还有列席会议的几个人，该说的都说了，没有人吭声，屋里静得能听到每个人的喘息声，喘息声里带着他们从嘴巴里呼出的臭味，臭味让他们更加心神不宁。

谢地说："我建议还是把她放了吧，我觉得朱姑娘不可能是内奸。"

所有的人都去看高昌。高昌皱着眉头说："我不同意谢地的意见，我建议处决。我们把她放了，如果她真是内奸，以后还会给我们带来更大的危害，我们也没办法向死去的同胞交代。非常时期非常措施，立即处决。我建议由谢地亲自执行。"

高昌口气坚决，态度明确，无可置疑，他不是在讨论，而是直接给谢地下命令了。众人一脸无可奈何，只有高豪杰浑身微微颤抖，他感觉自己的腿不听使唤，想要站起来，他嘴唇抖动着，想冲着高昌吼。旁边的周天池紧紧地抓住他的手，冲着他摇了摇头。

谢地站起来，不动声色，淡淡地说："那好吧，我执行命令。"

朱燕子被关押在一个破烂的草屋里。当谢地赶去时，他看到站在门口的看守多了一个钱二胖。谢地懒得理他，径自推门进去。朱燕子蜷缩在地上，本来并没有捆绑她，此时她已经被结结实实地捆绑起来了。她的脸色发黄发暗，目光无神，看到谢地时，她的眼睛突然闪出奇异的亮光，颤抖着问他："为什么要把我捆起来？你们哪怕不相信我，但你们也没有证据证明我就是内奸，你心里最清楚……"

谢地不想和她说任何话，任何话此时都有气无力，没有任何意义。他也不想看她，扭头对站在门口的钱二胖说："把她押出来吧。"

谢地带着钱二胖和另外一名士兵押着朱燕子向后面的山沟里走去。路上到处都是野花，微风拂来，弥漫着淡淡的花香。朱燕子走得跌跌撞撞，有好几次，她都毫无征兆地突然跌倒，谢地去拉她时，感觉到了她的手冰冷。她带着哀求看着她，嘴唇翕动，却一句话也说不出来。土黄色的脸变得苍白，她肯定已经明白接下来要发生什么了。

谢地的心情沉重，每一步都走得异常艰难，而山沟却又是那么近，很快就要到了。他终于鼓足勇气扭过头去，认真地看着她，她的目光充满迷茫，直直地盯着他。谢地躲开她的目光，看了看钱二胖和那个士兵，他们长枪上的刺刀在阳光下闪耀，发出冰冷的光芒。谢地咬了咬牙，叫住他们俩，说："你们先回去吧，我一个人就行了。"

钱二胖和那个士兵相互看了看，立正敬礼，响亮地回答了一声"是"。他们转过身回去了。

两人走了一会儿，朱燕子停下来，回头看着他，浑身颤抖。她终于发出声音了，声音被风扯得支离破碎，她说："你……你们这是要处决我吗？"谢地不想说话，他把脸扭向一边，点了点头。他不敢看她的脸。

她的泪水涌了出来，吧嗒吧嗒地落在地上，像砸在谢地的心上。她惨笑着摇了摇头说："我知道你们不会相信我的，但我还是对你们抱着很大的信心，所以我什么都没编，说的都是实话。我如果想编个理由，那还不容易吗？但我没想到，你们竟然这么愚蠢，居然会认为我是内奸，既然这样，你就把我杀了吧，我也不想看到你们了……"

谢地摇了摇头，说："谁说我要杀你了？"

她吃惊地瞪着他，目光里并不是他所期待的喜悦，而是疑惑不解。她好像很冷，紧紧地缩着身子，像寒风中无家可归的狗。她问他："你不是骗我的吧？你真的会放了我？"

谢地坚定地冲她点了点头："我没骗你，你走吧，沿着这条沟向西边，那是去乌龙山的方向，是八路军的根据地，他们也在打鬼子，你去参加八路军吧，再也不要回来了。"

朱燕子迟疑地问他："你把我放了，他们要是知道了怎么办？他们会把你也处决了……"

谢地笑了笑，说："你不用担心我，我既然把你放了，我就做好了一切准备。"

他的鼻子有些发酸，这个女人到了这个时候，还在关心他的事儿。

朱燕子盯着他，问他："谢地，你给我说实话，你把我放了，是不是因为相信我说的话了？"

谢地咬着嘴唇，点了点头，又摇了摇头："我不知道你说的是真的还是假的，但我相信你绝不会是内奸。"

她脸上突然浮现出红晕，像一根插在泥土里的树枝，呼呼啦啦地长出了树叶，向着天空生长起来，枝繁叶茂，碧绿的树叶在风中唱着歌。她朝他笑着，笑容像盛开的花儿……

她的脸色突然变了，惊恐地看着谢地背后。谢地扭过头去，看到了高豪杰举着手枪站在他身后，谢地惊讶地看他，高豪杰举起手，枪把子重重地击在谢地头上，谢地闷哼一声，倒了下去。

朱燕子惊叫道："你干什么？你这是干什么？"

高豪杰狠狠地说："我要把你救出去。"他弯下腰，用手枪拨拉了一下谢地的脑袋。

朱燕子叫道："你不要杀他，谢地本来就是要放了我，他让我去投八路……"

高豪杰摇了摇头："他怎么可能会放了你？你知道不知道，这个世界真正对你好的人只有我，不管你是不是内奸，我都不会伤害你，只有我才是真心救你的……"

朱燕子狠狠地瞪着他叫道："我不要你救，我也不是内奸……"

高豪杰过去拉着她，她挣扎着问他："你要干什么？你放开我，你快把我放开……"

高豪杰继续拖着她向山半腰上走，边走边说："你能到哪里去？共产党不会真心和国民党联合的，等打走了鬼子，国共肯定还要打仗，你到他们那里干什么？你也不能回到热血团了，他们认定你是内奸，宁肯错杀一千，不肯放过一个。我知道一个地方，可以暂时躲一段时间，如果查出来你不是内奸，咱们就回到热血团，如果你是内奸，我也认了，咱们两个远走高飞。"

朱燕子说："你放开我，谁和你远走高飞！"

高豪杰一声不吭地扯着她，把她带到了半山腰的一个山洞里，那个山洞正是周樱给他说的老虎洞，他偷偷地来看过，这个地方确实比较隐蔽。他在这里早就准备好了水和干粮，还抽空用石头和干草垒了一张床。这里的条件也不比朱燕子在热血团住的差。对天发誓，他高豪杰对朱燕子可是豁出了一切。他本来是想找机会偷偷地把朱燕子从关押的地方带走，谁知父亲那么快就决定处死她。他不得不临时改变主意，在谢地就要处决朱燕子时出手。他准备把谢地干掉，然后神不知鬼不觉地把她带到老虎洞藏起来，他再若无其事地下山。当朱燕子呼叫着不要杀掉谢地时，他犹豫了，他并不是害怕杀人，而是害怕因此失去她。这样，计划就被打乱了，谢地没死，人们就知道是他放了朱燕子，他也无法回到热血团了。下一步怎么办？他一点头绪也没有，心里乱成一团。

山洞里光线昏暗，模糊不清。高豪杰把朱燕子按坐在床上，他拉过一块石头，坐在她对面。朱燕子惊恐地看着他，问他："高大队长，你要干什么？"

高豪杰说："燕子，你放心，我所做的一切都是为了你好，我绝对不会伤害你，希望你明白我的心。"

朱燕子说："那你先把绳子解开，我被绑这么长时间，背都酸了。"

高豪杰盯着她看了一会儿，摇了摇头："我现在还不能放了你，我放了你，你会跑出去的。"

朱燕子诚恳地说："高大队长，我保证不会跑出去的，我跑出去了，他们抓到我，还会枪毙我的。你就把我放了吧。"

高豪杰说："我知道你不会跑回热血团去，但你会听谢地的话，跑到八路军去。我不能眼睁睁地看着你跳进火坑。"

朱燕子说："只要你放了我，我什么都听你的，你说咋办就咋办，咱们远走高飞找个地方躲起来也可以……"

高豪杰盯着她看了一会儿，她努力装作顺从的样子，但高豪杰却摇了摇头，说："燕子，你不用装了，我又不是三岁小孩……你到现在都不相信我，只相信谢天、谢地、周樱他们，你知道不知道，周樱不但没有替你说话，还认定你是内奸。"

朱燕子一点都不相信他说的话，高昌，甚至谢让认为她是内奸，她都相信，但如果说周樱说她是内奸，那是完全不可能的，周樱对她那么好，怎么可能会陷害她呢？但她不敢惹高豪杰生气，这个男人的眼睛通红，目光发直，带着一种疯狂。他的样子让她害怕。她的声音变得更温柔了："豪杰，我相信你，但请你也相信我，我绝不会跑的……"

高豪杰站了起来，说："你既然不会跑，那就先绑着吧，我什么时间觉得你可以让我放心，我就会放开你。在这之前，暂时委屈你一下。我这是真心为你好，他们很快就会知道是我把你带走了，他们会到处找咱们的。万一被他们发现了，咱们两个都得死。"

朱燕子愣愣地看着这个男人，心脏咚咚地跳。她天不怕地不怕，但这会儿，她感到一股冷气从脚底板爬上腿爬到身子爬到头顶，巨大的恐惧笼罩了她。这个男人确实是爱她的，但他的爱近乎疯狂。这不是绑架吗？他的精神是不是失常了？如果是这样的话，她宁愿回到热血团，就是枪毙她，她也认了。朱燕子越想越害怕，她趁高豪杰不备，猛地站起来向洞口跑去，边跑边扯开喉咙呼喊："救命！救命！"

高豪杰扑上来，把她拖过来，从床上拿过来一块破布塞进了她嘴里。朱燕子嘴里呜呜地叫着，挣扎着用脚去蹬他。他干脆弯下腰来，把她的两只腿也绑了起来，然后把她扔在床上，平静地说："燕子，这些天你受苦了，也累了，好好休息休息吧。"

他走出山洞，在洞口找了一个隐蔽的地方，背靠着一块大青石微微喘气，下一步怎么办？到哪里去？他需要好好想一想。

2

谢地醒过来后，早就没了朱燕子和高豪杰的影子，他四周仔细搜索了一番，结果只能是失望。朱燕子落在高豪杰手里，他并不担心高豪杰会伤害她，但这样一来，把他的计划全打乱了。他也很清楚，高豪杰这么做了，他就不可能再回到热血团去。他难道要带着朱燕子投奔八路军吗？他摇了摇头，高豪杰和他父亲一样，对共产党充满仇恨，他绝对不会去投奔八路军的。谢地猛地一惊，他会不会带着朱燕子投奔日本人呢？当一个人走投无路时，谁也保证不了他不会失控，做出一些匪夷所思的事情来。

谢地忙跑回去，见到高昌，详细地把高豪杰袭击他的经过说了。当然，他省略了他要把朱燕子放走的这件事。高昌吃惊地瞪着他，完全就是一副不相信的样子："你说什么？高豪杰袭击你，然后把朱燕子带走了？"

谢地很肯定地点了点头。

高昌感到手脚冰冷，浑身发抖，这个孽子，居然会把朱燕子半路劫走了！按照军法，这是要枪毙的！热血团上上下下都在看着他，如果他们知道了这件事儿，那他们肯定都会瞪着怀疑的目光看着他，看他如何处置自己的儿子。他该怎么办？高昌的脸色苍白，呼吸沉重，他能怎么办？只能严格执行军法，抓到高豪杰后，枪毙。

高昌深深地吸口气，扭头厉声对谢地说："他们可能并没有走远，你立即组织人马向他们可能逃跑的方向追赶。"

谢地说："是，我立即带人去追，但我觉得，现在是白天，他们可能暂时藏在了哪个山洞里，晚上趁天黑再逃也有可能。我建议兵分两路，一路沿着他们可能走的路线追赶，另一路人马搜山。"

高昌扭头对谢让说："谢副团长，你带另一路人马搜山吧。如果他胆敢反抗，格杀勿论。"

谢让犹豫了一下，说："我觉得没必要动枪动刀，高大队长也只是一时糊涂，并没有存心伤人。他本来有机会把谢地杀掉，但他没有。他只是一时冲动，我们也要站在他的立场上考虑，我们要处决朱姑娘，他的心情也是可以理解的……"

不提朱燕子还好，一提朱燕子，高昌就更加愤怒："朱燕子本来就是内奸，他现在劫走的是一个内奸！你们不用劝我，就这么办了，能把他抓到更好，他敢反抗，就把他击毙！"

谢让也不好再说什么，使了个眼色，和谢地一起出来了。他忧心忡忡地对谢地说："朱姑娘到底是不是内奸，我心里也有疑问。你如果追上他们了，千万不要开枪，高大队长这是一时糊涂了。"

谢地点了点头，说："你放心，我如果见到他了，我就把他带回来，不会为难他的。"

两支队伍立即行动起来，结果忙到了半夜，却都空手而返，高豪杰和朱燕子像水消失在了水里，没有一点踪影。

整整一个晚上，高昌都没合上眼。愤怒过后，他不得不冷静下来，自己就这一个儿子，难道就这样把他枪毙了吗？可如果抓到他了，全团上下都在看着他，他如果网开一面，那以后还如何教人遵守军纪？军纪如果被破坏，就如人患了癌症一样，整个部队就完了。特别是像热血团这样与大部队失去联系的残兵们，更需要军纪约束，绝不能放纵。他对着黑黝黝的屋顶长长地叹口气，真希望自己的儿子能远远地逃走，再也不要让任何一个热血团的人看到可高豪杰又能到哪里去？要穿过日军的重重封锁到大后方去？这似乎是一条危机重重的道路。他去投八路？不，不会的，他是宁死都不会加入共产党的。那么，他会投降日本人吗？

高昌猛地坐了起来，如果他真的投靠了日本人，那就没什么含糊的了，抓到他，他高昌不会手软的。

归根结底，都怪那个叫朱燕子的内奸。真不该把她留下来这么长时间，应该在她出现在青龙山的那一天就把她杀掉！高昌摇了摇头，无边无际的懊悔深深地淹没了他。

3

周樱知道高豪杰把朱燕子藏在了老虎洞。要不要把这一切告诉高昌他们？她有些犹豫不决。这事儿说起来也怪她，她如果不对高豪杰说起那个山洞，也许就没这些事了。

她在床上辗转了一夜，第二天早上，她决定找到谢天，向他坦白一切。这纸是包不住火的，她按照自己的判断说朱燕子可能是内奸，高豪杰肯定已经恨上她了。如果他被抓到，也许会把自己牵连进来。与其被动，不如主动说出来的好。

她鼓足勇气，敲开了谢天的屋门。谢天惺忪着眼睛问她："你怎么起得这么早？有什么事儿？"

周樱扑过来，抱住谢天，低低地说："谢大哥，我做了错事儿……"

她的身子在他怀中瑟瑟发抖，一副受了很大惊吓的样子。谢天吃了一惊，扶着她的肩膀，她的脸上满是泪水。谢天急道："怎么回事？你做了错什么了？"

周樱说："我知道高豪杰把朱姑娘藏在哪里了。"

谢天说："在哪里？你快说。"

周樱捏着衣角，喃喃地说："这事儿都怪我，我对你说了，你要原谅我。"

那天周樱在会上说的，谢天虽然有些意外，但也没往心里去，她说的原本也是实话，他虽不同意，但她也只是把自己所思所想说出来而已。他说："你没做错什么，你在日本人那里受了那么多苦，你了解他们，你只是说了自己应该说的。"

周樱说："谢大哥，我说的不是这个……我知道朱燕子喜欢你，我……我还是一个不干净的女人，你不知道我心里有多害怕，我害怕你喜欢上她。我想……我想，如果高大队长和朱姑娘好上了，也许就没事了，我……我给高大队长出过主意，让他找机会和朱姑娘单独好好相处一段时间……"

谢天愣在那里，说道："我怎么可能会喜欢上朱姑娘呢？我只是把她当作妹妹……你给高大队长出的这主意也没错，只是朱姑娘确实不喜欢他。"

周樱急道："谢大哥，不仅仅是出这个主意这么简单。你知道，朱姑娘平常都不愿意理高大队长，哪里会给他机会单独相处？我……我给他出主意，山上有个老虎洞，我……我让他找个机会把朱姑娘带到那里……我……我想，生米做成熟饭，朱姑娘也就认了……我……我没想到高大队长竟然会在这个时候把她劫走了……"

谢天简直不敢相信自己的耳朵，他惊愕地看着她，声音里已经带着火气："你怎么会出这样的主意？高大队长得到了朱姑娘的身子，就能得到她的心了吗？你怎么这么糊涂？这不是害了朱姑娘吗？"

他突然豁然开朗："我知道了，你在会上说的那些话，分明也是要置朱姑娘于死地……"

周樱又哭了，她怯怯地看着谢天，低低地说："我……我还不是怕失去你吗……我糊涂，我昏头了，谢大哥，我知道我做错了，你如果不肯原谅我，我也认了……"

她说完，转身就要走了。谢天心里既震惊又难过，看上去那么单纯的周樱，居然会给高豪杰出了这么损的一个主意，她都没想想，她这样做对朱燕子的伤害是多么大啊！可她做的这一切都是为了他，为了断了朱燕子对他的念想。爱，这是爱，她是爱他的，爱让她头脑发昏。"可怜的姑娘，你怎么会觉得我会喜欢别人呢？"他心里一阵绞痛，把她揽了过来，紧紧地抱着她，说："樱儿，我发誓，我只爱你一个人，永远都不变心！"

周樱紧紧地抱着他，仰着满是泪花的脸，说："谢谢你，谢大哥，我以后再也不会做这样的傻事了，再也不会了……你还是赶紧带人去老虎洞救朱姑娘吧，我怕时间长了，高大队长会伤害了朱姑娘，高大队长再被执行军法了，那我这一辈子都没法好好活了……"

谢天打断了她："这事儿不怪你，是高豪杰自作自受。"

谢天立即出来，让周樱给他指点了老虎洞的位置，他本来应该先给高昌和谢让汇报一下，但又觉得来不及了，叫上几个兵，向老虎洞跑去。

谢天忐忑不安，高豪杰这种一厢情愿的爱让人害怕，如果朱燕子仍然不答应他，谁知道会发生什么。好在还不算迟，但愿没出什么事儿。谢天赶到老虎洞，借着昏暗的光线，他看到朱燕子躺在石头垒的床上，嘴上塞着布，瞪着眼睛看着洞顶。看到谢天他们，朱燕子的眼睛亮了起来，呜呜地叫着挣扎着。高豪杰本来趴在床边睡着了，听到动静，抬头看到谢天他们，惊得跳起来，刚要拔枪，早有士兵扑上去，把他的枪下了，牢牢控制了他。谢天忙上前扶起朱燕子，把堵在嘴里的破布拿掉，给她松绑。朱燕子哇地大哭起来，扑在了谢天的怀中……

等她哭够了，谢天问她："你没事吧，高豪杰有没有伤害你？"

朱燕子点了点头，又摇了摇头，迟疑地看了看怒气冲冲地叫骂着的高豪杰，说："没……没有……"

谢天长长地松了口气，说："这就好，这就好。"

朱燕子盯着谢天，说："我不是内奸。"

谢天说："你别说了，我相信你不是内奸，我这就带你下山，我绝不允许谁再伤害你！"

朱燕子低下了头，幽幽地叹口气，说："谢大哥，你真好。"

谢天心中一凛，忙站了起来，指挥士兵押着高豪杰下山。高豪杰挣扎着扭头冲谢天叫道："你别在这里假惺惺做好人，你如果真的关心爱护朱姑娘，你就不应该和周樱好，你和朱姑娘好啊，你娶朱姑娘啊，你做不到，就不要招惹朱姑娘！你摸着良心问问自己，要枪毙朱燕子了，你为她做了什么？你敢像我这样豁出自己的性命去救她吗？你敢吗？你明明知道她不是内奸，但你试着去救她了吗？我呸，你这个懦夫！"

谢天心里一阵抽搐，他说的没错，自己知道朱燕子是冤枉的，也隐隐约约感觉到高昌是想借这个机会除掉朱燕子，断了儿子的念想，但这个念头一冒出来，他就赶紧把它掐掉，并试着说服自己。他说服不了自己，但却也没有采取任何行动。也只有高豪杰，他对朱燕子的爱是结结实实的，是深入骨髓的。朱燕子见谢天脸色灰暗，低头沉默不语，忙上前挽住他的胳膊，低低地说："谢大哥，你别听他胡言乱语，他疯了。我理解你的苦衷，何况你已经为我说了很多话，我已经很感激你了……"

朱燕子表面装作很平静，实际上她也被高豪杰的这番表白所震惊。敢拿生命来救她的，确实只有他和谢地。谢地本来准备放了他，他承担的风险并不比高豪杰低，但他那只是出于一种人道情怀，是他的良心让他做出的选择。而高豪杰却是爱她的，哪怕这种爱得不到任何回报。他甚至都说了，哪怕她是内奸，他仍然爱她，仍然会用生命来救她。朱燕子在心里叹了口气，他还是不了解她的。她宁愿去爱谢地，也绝不会爱上他的。她感激他做的一切，但爱就是爱，她没法爱上这个男人。他的爱也令她害怕，她只想要一份平静的爱。

高豪杰被押到热血团驻地，高昌赶过来，狠狠地给了他一个耳光。儿子的荒唐行径让他陷入两难。可以肯定的是，他无法再处决朱燕子了，如果要坚决处决她，那也就必须对高豪杰也得有个说法。总不能一个处决了，还留着另一个吧。

怕啥啥来。如何处置两人，大家的意见还是一致的，暂时还关着，等有确切证据再来处理。但胡克利突然说："我觉得还是赶快处决吧，事情已经很清楚了，朱燕子是内奸无疑，高豪杰为啥救她？明摆着的，高豪杰和她是一伙的嘛，两个人一起处决算了。"

高昌暗自叫苦，他的推断合情合理，无法反驳。

谢地站起来，说："胡大队长也不能这么说，是我审问的朱燕子，这个事情我最清楚。我们只能肯定朱燕子是嫌疑最大的，却没有确切证据证明她就是内奸。"

胡克利撇下嘴："你们都别在这里装圣人了，既然没有证据证明，那你们为什么同意处决朱燕子？现在牵扯上了高大公子，你们就改口了？朱燕子的命不是命，你们高大公子的命就是命了？"

谢地说："本来是由我处决朱燕子的，我也从来没打算真的要杀死她，我原本就是要放了他，如果因此处决高大队长，那是不是也应该把我处决了？"

高昌心里虽然惊讶，但他还是对谢地充满感激，他这是为高豪杰说话的。也许，这是他临时编造出来的。他不可能有这样的想法，他还是一个乖顺的人。

周樱站起来，低低地说："朱姑娘是不是内奸，我们都没有真凭实据，哪怕她是内奸，高大队长也绝对不可能和她是一伙的。大家也都不要吞吞吐吐了，我们都知道，高大队长救朱姑娘，完全是因为喜欢她。一个男人肯为一个女人做出这么大的牺牲，我觉得这是一种伟大的感情。高大队长是做错了，但我们也没必要因为这个为难他。"

周樱说完，安静地坐了下来。高昌充满感激地瞥了她一眼，她正好在看他，红着脸朝他点了点头。高昌心里感叹，关键时刻见人心，周姑娘的每句话都是为高豪杰说的。

谢让说："我同意大家的说法。朱姑娘是不是内奸，还没定论。经过这件事儿，我们更应该慎重。至于高大队长，他确实有错，但罪不至死，只是一时糊涂，我建议把他放了。"

高昌忙摆了摆手，说："我感谢大家为高大队长说话，但他确实有错，必须严格军纪，我建议把他的大队长撤了，由洪桥临时充任。另外，再关他半月禁闭。"

胡克利虽然有些不满，但见众人都同意了，嘴里小声嘟哝着，却也没有大声反对，事情就这样定下来了。

英雄

1

事情不能这样拖下去，必须得有一个了结。谢让向高昌提议，让胡克利与谢天化装去稻城，看看能不能利用关系从日本人那里打探一下消息，即使找不到内奸，但至少也可以证明朱燕子到底有没有叛变。

高昌觉得也只有这样了。

当周樱得知后，找到谢让，她也想跟着去稻城，一来医院的药品不多了，需要到稻城买一批。二来她懂日语，说不定还能用上。谢让想了想，觉得有些道理。

胡克利却不愿意，说："你们小两口，可以化装成小夫妻，我一个光棍跟在你们身边，我受不了。"

但稻城的关系都是他的，还真离不开他。商量的结果就是分两拨走，胡克利先进城，谢天和周樱第二天再出发。

胡克利说："这样好，眼不见心不烦。"

等到了稻城，三人本来约在中午时在大华饭店碰面。谢天和周樱早早赶去，等了半天，却没见着胡克利。周樱有些不耐烦，说："谢大哥，总是在这里坐着也不是个办法，咱们先去买些药品吧。"

谢天说："那怎么行？咱们走了，万一他又来了呢？要不，你先去买药，我在这里等他。"

周樱想了想，也只能这么办了。

胡克利那天确实玩过头了，他先是见了一个老朋友，两人喝了酒，喝得醉醺醺的，那人又拉着他去了一家妓院，这正合胡克利的心思。在青龙山那个鬼地方，他过着苦行僧一般的生活，早就受不了了。这样一来，他就把和谢天、周樱碰面的事情给忘了，等他想起来时，已经是黄昏了，他匆匆忙忙地赶到大华饭店，哪里还有谢天、周樱的影子。胡克利也没放在心上，心想，他们又不是傻子，今天没见着，说不定明天还会再来的。他干脆准备在大华饭店住下了。他正在和掌柜的讨价还价时，周樱突然慌慌张张地进来了，一个劲地朝他使眼色。两人找了一个偏僻的位置坐下，周樱急得语无伦次，费了好半天的劲，才把事情说清。

原来她买了药品回来，还没见到胡克利回来，两人觉得再待下去就会引起别人的注意，只得出了饭店。路过一家药店时，周樱突然想起还有一种药忘记买了，就对谢天说："你在这里等我一下，我去把那药也买了。"谢天就在马路边的一家玉器行等着。他正在低头看一个玉镯子，突然有人从身后拍了拍他的肩。他回头一看，是樱井兆太郎，他穿着便衣，身后站着的几个人也是便衣。谢天脑袋嗡地响了一声，他认识樱井，樱井也认识他。果然，樱井一脸笑容："哎呀，真巧啊，能在这里见到你。"他像一个老朋友一样。谢天心里着急，唯恐周樱找来，一下子闯过来。他干脆拔腿就跑。可他哪里跑得了，几个日本兵上前扭住了他。他使劲地挣扎着，大声地叫着，尽量把动静弄大点，这样周樱就是过来了，也会明白怎么回事的。周樱确实已经过来了，她看到几个人抓住了谢天，又看到了樱井兆太郎，忙闪身拐进一条胡同，偷偷地看着他们把谢天抓走了。

周樱抓着胡克利的手，带着哭腔说："胡大哥，现在就只有咱俩了，你快帮帮我吧，让你的人想想办法，看看能不能把谢大哥救出来，他们一定有办法的。"

胡克利一脸淫笑，反手把她的手抓住，嘿嘿地说："你这会儿才想到胡大哥了，平常眼里咋就没你这个胡大哥呢……"

周樱又气又急，但又不敢发作，继续哀求他："胡大哥，你就想想办法吧，你的大恩大德，我一辈子都不会忘……"

胡克利摩挲着她的手，歪着头盯着她看，说："这事儿说难也不难，只要……只要你能……唉，咱是粗人，我就直接说了吧，只要你能陪我睡一觉，这事儿就好办。"

周樱吓了一跳，她好像突然醒了，把手从他的手中抽出，苍白着脸，愤怒地盯着他，说："你也是热血团的，就这样看着谢大哥被抓走吗？"

胡克利把身子往后一靠，说："我帮你做事，你总得给我点好处吧。你要是不愿意，那我也没办法了。"

周樱的泪水在眼中打着旋儿，她咬着嘴唇低着头想了一会儿，抬头看着胡克利，说："如果我答应你，你会帮我找人把谢大哥救出来吗？"

胡克利盯着她，问她："你可想好了，你真的答应了？"

周樱坚定地点了点头："只要能救出谢大哥，我什么都愿意做。"

胡克利凑到她面前，歪着头打量了她一会儿，突然嘿嘿地笑了起来，说："你居然当真了，逗死我了，你不会真的当真了吧？"

周樱愣了一下，恼怒地问他："你是什么意思？你不肯动用你的关系帮我吗？"

胡克利摇了摇头，说："周姑娘，我刚才是逗你玩的，君子不乘人之危，我虽然不是君子，只是个土匪，但盗亦有道，我胡克利好歹也是一条汉子，怎么可能会拿这个要挟你呢？我不是不帮你，而是确实帮不了你，我的那些人打听个消息还行，让他们从日本人那里救人，这就有点勉为其难了。"

周樱有些失望，但她又有点不甘心，说："胡大哥，那你能不能让他们帮我打听一下谢大哥被日本人关在哪里了？"

胡克利说："这个问题倒不大，但现在咱俩必须得走了，日本人的手段歹毒，我相信你的谢大哥是条汉子，但他能顶多长时间我就不知道了，他万一把咱们供出来了，那咱俩也走不脱了。咱们赶紧走吧，回去给高老大、谢老大汇报一下，这事儿到底咋整，咱们还得听他们的。"

周樱坐着没动，说："那咱们至少也得知道谢大哥到底被关在哪里吧。就是高团长谢副团长他们来救人，也得有个目标吧。"

胡克利有点不耐烦了，说："你还想像上次那样大闹稻城啊？那是出其不意。诸葛亮的空城计都没敢用第二次。这是以后的事了，现在咱还是赶紧开溜吧。"

他说着就往外走，周樱虽然不甘心，但也只得无可奈何地站起来跟了出去。

两人赶到城门，城门已经关上了。胡克利一看，城门突然多了很多的伪军和日军，忙拉着周樱钻到一条胡同里，低低地说："敌人看来已经有防备了，咱们今天是走不了了，那就先住一晚上，明天早上再走吧。"

周樱想想，也只能这么办了。周樱说："你在稻城有没有安全的地方，咱们赶紧去那里吧。"

胡克利看了看她，皱着眉头想了一会儿，摇了摇头，说："平常倒可以，但今天情况特殊，咱们已经引起日军注意了，他们要是搜城，哪里都不安全，反而会把别人牵连进来。我看咱们还是找个旅店住下来吧。"

周樱低低地说："旅店会更不安全吧，我怕……"

胡克利白了她一眼，不满地说："怕什么，有我在呢。"

两人找了一家旅店，开房的时候，周樱刚想说开两间房，胡克利却抢先让掌柜开一间房。周樱心中大惊，这个土匪，为什么只开一间？他是不是没安好心？但她又不敢表现出来，跟在胡克利身后，上楼梯时腿都打战了。

进了房间，胡克利把房门反锁了，拉过一张椅子，把手枪掏出来对着房门，歪着头对周樱说："你放心，我不会怎么着你的。如果说青龙山只有一个男人不对你感兴趣，那就是我。我就喜欢像朱燕子那样泼辣的，你也不是我的菜。你睡床上，我就坐在这里给你守着。如果敌人来了，那是咱命该如此，今晚咱就死在这里。我只能帮你到这了，其他的你就听天由命吧。"

周樱半信半疑，一直不敢合眼睡，一直到半夜，实在困得不行，不知不觉睡着了。第二天早上醒来一看，胡克利正坐在椅子上打盹。这个家伙果然规规矩矩地和她共处一室待了一晚上。周樱心中有些吃惊，看来得重新认识这个土匪了。

2

一大早就出城也很可疑，两人磨蹭到中午，看看出城的人多了，才混在人群里出了城。他们在傍晚时回到青龙山，刚要去向高昌、谢让汇报谢天被抓的事情，洪桥看到他们俩，伸着脖子看了看他们身后，奇怪地问他们："就你们两个回来了？谢天呢？"

胡克利撇下嘴，不屑地说："挂了。"

洪桥大吃一惊："什么？"

两人顾不得和他啰唆，急急地赶到团部。当高昌、谢让得知谢天被抓，两人脸色大变。谢让感到天旋地转，他忙用手扶住桌子，恨恨地说："这个狗日的樱井兆太郎，我绝不会饶他！"

高昌说："大家都要冷静，想想怎么把谢天救出来。"

众人一片沉默。稻城不比从前，现在有日军一个联队驻扎，再想像上次一样混进稻城救人，显然是不可能的。谢让说："如果智取不行的话，咱们就联合八路军把稻城打下来。"

高昌摇了摇头说："我信不过八路军。退一步说，就是相信他们，他们也没多少人，武器也不行，打不下稻城不说，自己倒伤亡不小。"

谢让痛苦地看着他，说："那就眼睁睁地看着谢天死掉吗？"

高昌低头盯着稻城的地图，如果有一丝取胜希望，他愿意去打稻城，问题是，根本就没有取胜的可能。如果要救谢天，还只能靠智取。但如何智取？他掐着太阳穴，紧张地思索着。

谢让猛地一拳砸在桌子上，说："我绝不会让谢天就这样死掉，我不会再让我任何一个亲人死掉了。实在没有办法，我就去一趟稻城，会一会樱井兆太郎，哪怕是一命换一命，我也要把谢天救出来。"

高昌摇了摇头，说："谢副团长，现在最需要的是冷静，你不要冲动，先冷静下来……"

谢让红着眼睛瞪着他吼道："冷静，冷静！你让我如何冷静？"

高昌心里有些恼火，他不由提高了嗓门："这是战争！战争，你懂吗？战争就是要最大限度地杀死你的敌人，保存你自己。你能不能像个真正的军人那样，多点理智？"

谢让想说什么，但巨大的痛苦席卷而来，老婆死了，自己的新婚妻子唐力也死了，她还怀着他的孩子，现在，大儿子又落在了日军的手里！他抱着脑袋蹲在地上，抓着头发，紧咬的牙缝里发出了痛苦的呻吟声。这个樱井兆太郎，如果抓到他，一定要他血债血偿。周樱蹲下来，紧紧地抓住他的手，低低地说："谢伯伯，你不要着急，我们一定能想出办法救出谢大哥的……"

正在这时，洪桥突然跑进来，大声叫道："回来了，回来了，谢天回来了！"

众人一惊，扭头去看，洪桥的身后不正是谢天吗？他活蹦乱跳的，衣服也是干干净净的，一点事儿都没有。

谢天看到周樱，一脸兴奋，过来和她抱在一起，说："我还正在担心你呢……"

胡克利把他拉开，一脸惊奇地问他："你们两个别亲热了，你不是被日本人抓了吗？怎么回来了？"

谢天说："他们把我放了。"

周樱困惑地眨了眨眼："他们把你放了？"

谢天确实是日本人放的。他不但安然无恙，还知道了谁是内奸。他说："我们冤枉朱姑娘了，内奸是朱生豪。"此言一出，所有人大吃一惊，愣愣地看着他。

原来，他被樱井兆太郎带到日军驻地后，樱井倒很客气，让他坐在对面，给他沏了一杯茶，笑呵呵地看着他，说："我一直想见你一面，没想到在这里见到了，北平一别，恍若一梦啊！"

他的口气就像老朋友拉家常一样。谢天感到好笑，他冷笑一声，没有理他，且听听这个家伙还要说些什么。

他说："谢副团长现在还好吗？"

谢天摇了摇头说："不好。"

樱井叹了口气，说："我能想象得到，令尊实在是误会我们了。我们来到中国，本意是帮助你们，共建大东亚共荣圈，共享大日本帝国的发展成果……"

谢天打断了他，说："你不用装模作样给我讲这些了，到底是怎么回事，你我心里清楚。我也不想听。咱们开门见山吧，我不会投降，你们要打要杀，随你们的便。"

樱井摇了摇头说："谢大队长误会了，我们既不会打你，也不会杀你，相反，我们还要放了你。"

谢天吃惊地看着他，喃喃地说："你如果想让我投降，门都没有。"

樱井说："我也没有这个意思，我和你父亲是老相识，好久没见，非常想念，想给老朋友写封信，让你捎给他。"

谢天冷笑一声，说："如果你们想劝降我父亲，我劝你们就不要做梦了。我们宁愿死，也绝不会投降。"

樱井说："我也不是劝降他，就是和老朋友叙叙旧。当然，我也会在信里给他讲清形势，他如果想把队伍拉过来，我会伸开双臂欢迎，部队不改编不说，我还准备把其他和我们合作的中国军队改编成一个师，让他当师长。这也不是投降，是合作。"

谢天笑了："你还是不了解我父亲。"

樱井说："你父亲能不能听进我的话是另一回事，但我这个做朋友的，却不能不提醒他，该给他说的话还是要给他说的，我这也算是仁至义尽。如果你父亲坚持自己的立场，我也会理解并给予充分的尊重，以后就只有战场上见了。我就是这个意思，也算是你们中国人所说的先礼后兵吧。所以，我劝你还是接了这封信，反正对你也没什么妨碍。"

谢天想了想，如果真像他说的这样，不妨先答应他，到时见机行事就是。

樱井当场就开始写信，写到一半的时候，突然藤野严八郎进来，大声地报告着什么。樱井的脸色大变，慌乱地站起来，对谢天说："谢大队长少安毋躁，我去去就来。"

樱井匆匆地走了。他的桌子上堆着厚厚的公文，有些上面还有机密字样。谢天迟疑了一下，扭头去看门口，门口站着两个日本兵，却是背对着他。他悄悄地抽出几张，虽然都是日文，但日文里许多文字却是和汉语差不多的，大概意思也能看明白。他慌乱地找了几张日期最近的，有青龙山热血团的人数、武器等方面的情报，还有八路军的情报。他突然看到一份关于热血团突袭小店镇的情报，上面出现了朱生豪的名字。他正要细看，门外传来了脚步声。他忙塞了进去，心咚咚地跳个不停。

樱井进来了，一脸歉意地朝他笑笑，继续埋头奋笔。

谢天说完，把樱井的信掏了出来。谢让冷笑了一声，接过去把它撕了。高昌眯着眼睛看着谢天，严肃地问他："你确信你看到的日军情报上面有朱生豪的名字吗？"

谢让的心咚咚地跳个不停，他一直都怀疑朱生豪是内奸，但终于证实了，他却觉得不安，他和樱井兆太郎打过太多次交道了，这个老狐狸，怎么可能这么容易就让人得到这样重要的情报呢？这里面可能有诈！

谢让把自己的怀疑说了。谢天的脸腾地红了，叫道："我亲眼所见。樱井当然是防着我的，他人走了，但门口还有两个日本兵看着我呢。前面那几份情报我也看到了，内容都是真的，他不会专门伪造一个假情报骗我的。"

高昌仍然盯着他，问他："你回答我刚才的问题，你确信那个情报是朱生豪提供的，而不是日军搜集的关于热血团人员的情报？"

谢天很肯定地点了点头："就是咱们要突袭小店镇的情报。"

高昌来来回回地走了一会儿，最后停下来，目光里有了凶狠的光芒："这个狗汉奸，亏得我一直都很信任他。"他扭头看着谢让，说："谢副团长，你的怀疑是对的，我从前错怪你了。"

谢让却摇了摇头，说："不错，我从前确实怀疑朱参谋，现在他仍然没有排除这个嫌疑，但谢天带回来的这个情报实在过于诡异，过于诡异的情报一般都是有问题的，不可信的，有可能是敌人放的烟幕弹，干扰我们的怀疑方向，保护真正的特务。"

谢天吃惊地盯着谢让，说："你这意思是说，日本人是耍我的？我就那么容易被骗吗？你当我是三岁小孩吗？朱生豪就是内奸！我们死了那么多人，都是他害的，你为什么还要偏袒着他？"

谢让有口难言，他语气和缓地对谢天说："你别激动，我只是怀疑。你现在还记得不记得朱生豪名字出现的那个情报的其他文字？"

谢天使劲地想了想，摇了摇头，说："我记不大清楚了，但有几个日本字还是很简单的，好像是这样的。"他拿着笔，歪着脑袋想了一会儿，写了两个日本文字。

谢让把它拿起来，递给了周樱，问："周姑娘，你认识这两个字吗？"

周樱仔细地辨认了一会儿，说："如果我没记错的话，应该是'提供'。"

谢让有些不甘心，说："你再看看，这可是人命关天的事情，必须百分之百肯定，不能含糊，到底是不是'提供'？"

周樱又看了一会儿，很肯定地点了点头："就是这两个字。"

谢天长长地呼出一口气，对谢让说："怎么样？你还怀疑我说的吗？"

谢让有些尴尬，但心中的困惑仍旧挥之不去，他掐着太阳穴，把太阳穴掐疼了，仍旧没有理出一个头绪。他看了看谢地，谢地也在看他，目光里同样充满疑惑。

高昌摆了一下手，说："大家不用争论了，这事主要怪我，我看错人了……谢地，你立即去把朱生豪抓起来审问一下。"

谢让犹豫一下，说："高团长，我是警察，有审问经验，是不是把这事儿交给我？"

高昌看看他，又看了看谢地，说："也行，这事儿你们两个负责吧。你们两个心善，赵慈江队长也参加，必要时唱唱白脸。"

朱生豪被抓起来后，高豪杰和朱燕子顺理成章被放了出来。高昌让人把高豪杰叫来，严厉地叮嘱他，以后不许和朱燕子交往，更不允许他再爱她。高豪杰朝他叫道："我不是三岁小孩，我是大人了，我的事情我自己做主。"

高昌吼道："这不是你的事情，这是高家的事情，只要我在，我就要管。"

高豪杰悲愤地说："从小到大，你什么都要管，我现在不需要你管了！"

高昌愤怒地拍了一下桌子，说："你喜欢谁都可以，我都不管，但我就是不允许你喜欢朱燕子，她永远不可能跨进高家半步。"

高豪杰凄惨地笑了笑，说："你放心吧，你就是抬着八人大轿去接她，她也不会到咱高家的。她不喜欢我，从来没有喜欢过我……"

高昌愣了："她既然不喜欢你，你为啥却对她那么死心塌地？"

高豪杰摇了摇头，说："我的事儿不要你管……你不懂的……"

他说完扭身走了，走得跌跌撞撞恍恍惚惚。他心里清楚，无论自己做什么，都不可能追到朱燕子了。是的，她从来都没喜欢过自己，一切都是自己一厢情愿。可有什么法子呢？他就是喜欢她。这恼人的爱。也许父亲是对的，以后尽量躲着她，最好能把她忘掉。

对朱生豪的审问很不顺利，他坚决不承认自己是内奸。站在一边的赵慈江不耐烦了，抢上前来，给了他两个耳光，把他打得口鼻流血，他仍然不肯承认。赵慈江勃然大怒，掏出手枪，顶在他的脑袋上，吼道："你说不说？你不说的话，信不信我一枪崩了你？"

朱生豪呸地吐了他一口带血的唾沫，叫道："你这个蠢猪，上敌人当了知道不知道！你有本事就把老子杀了吧，但你们要知道，杀了我，真正的内奸还在……"

他还没说完，赵慈江扬起手，枪把子击在他的头上，朱生豪应声倒地，脑袋上的鲜血涌了出来。谢让忙拉开赵慈江，让士兵把朱生豪先关起来。

谢让心里的疑问更多了。他仔细地观察了朱生豪的面部表情，无论从哪方面来看，他都不像是个内奸。他的心情愈发沉重，自己从前可能是真的冤枉了他。可高昌、谢天认定他是内奸，如何劝说他们不杀他呢？他满腹心事地找到谢地，给谢地说了，谢地也觉得谢天得到情报的过程过于匪夷所思，不大可信，很可能是日军的一个圈套。

谢让又找到谢天，让谢天再好好回忆一下。谢天痛苦地看着他，说："爸，你难道连我都不相信了吗？"

谢让摇了摇头，说："不是我不相信你，我只是担心你中了樱井兆太郎的圈套。"

谢天脸上充满委屈和不满，他把内奸找出来了，父亲却不相信，还有比这更离谱的事情吗？他有点不明白父亲，他为什么就不相信自己呢？

3

谢让找到高昌，他仍然觉得谢天看到的情报很可疑，这件事儿必须慎重对待。谢让甚至还给高昌讲了《三国演义》中蒋干盗书的故事。樱井兆太郎是中国通，他显然熟悉《三国演义》，他万一也比葫芦画瓢地来了这么一手，而热血团却上当了，那就太可笑了。高昌有些不耐烦，找到了真正的内奸，洗清了朱燕子的嫌疑，自然也就没了高豪杰的事儿。这个谢让真是没事找事，节外生枝。他没好气地说："从前怀疑朱生豪是内奸的是你，现在铁板钉钉的事情了，你却又在怀疑他是被冤枉的。我要不是和你共事了这么长时间，我真怀疑你是不是专门要和我对着干。"

谢让尴尬地笑笑，说："这是人命关天的事情，不仅仅是朱生豪一个人的问题，如果我们中了樱井兆太郎的圈套，杀了朱生豪，却放走了真正的内奸，热血团还会遭到重大损失。我们实在是伤不起啊！"

高昌说："那这样吧，先把朱生豪关起来，如果我们能找到其他证据，那时再做决定，你看行不行？"

谢让长长地松了口气，他也正是这样想的。

他们没有想到的是，当天夜里，朱生豪逃跑了！他悄悄地磨断了绑着的麻绳，借口口渴，让看守给他舀些水来。那看守是原第二十九军的，经不起昔日长官的恳求，给他舀来了一碗水，刚把门打开，高豪杰就扑上来捂着他的嘴，使劲地把他的脑袋往墙上撞，看守立刻晕死过去。等他醒过来，高豪杰早就逃了。

谢天痛心疾首道："怎么样？你们还不相信他是内奸吗？他如果不是内奸，怎么会逃跑呢？我看他八成是跑到大元镇投靠他的主子去了。你们就等着看吧，他很快就会带着鬼子来攻打青龙山了。"

谢让自然也没有什么话说。他的脑袋乱成一团，也许朱生豪真的是内奸？

高昌让人赶紧清点弹药，发现居然少了七八枚手榴弹。高昌大惊，立即让全体人马警戒，防止朱生豪偷袭，另一方面，他组织人马，一路由谢天、胡克利带领向大元镇方向追击，另一路由洪桥带领在四周搜索。等到天亮时，两路人马空手而归，朱生豪毫无踪影。

谢让注意到，谢天的那队人马中偏偏少了胡克利。他赶紧问谢天，胡克利呢？

谢天说，回来的半路上，胡克利突然想起，他曾经给朱生豪炫耀过他在稻城布下的眼线如何多，如何能干，一不小心透露了几个主要眼线的名字。他得赶紧去大元镇一趟，如果能在朱生豪见到日本人之前找到他把他干掉更好，如果找不到的话，他就赶往稻城，把那几个眼线带到青龙山来。

谢让心烦意乱，朱生豪带来的麻烦够多了。青龙山的防御他最清楚，这个胡克利又私自行动，万一出事了怎么办？现在必须做好准备，防备朱生豪带着日本人前来进攻。

4

胡克利是快到大元镇时看到朱生豪的。这家伙胆子够大，居然连身衣服都没换，仍然穿着国军的军装。胡克利犹豫不决，此时开枪，一定会把守在大元镇的鬼子引来，可如果就这样让朱生豪走了，他见到了日本人，后果就很麻烦了。

守在镇子出口的日军已经看到了朱生豪，朱生豪高高地举起了手，嘴里说着什么。两个鬼子挥舞着枪，冲他吆喝着。朱生豪掏出枪，扔在了地上。两个鬼子过来了。再不出手就来不及了，胡克利当机立断，立即掏出枪，躲在一棵树后，瞄准朱生豪，"砰"的一枪响过，朱生豪栽倒在地上。他调转枪口，"砰砰"两枪，捎带着把那两个鬼子也干掉了。更多的鬼子冲了出来。胡克利刚要转身逃走，突然看到朱生豪用手支撑着身子半跪着。胡克利一愣，心想着刚才竟然没有打死他，必须把他打死。他赶紧举枪瞄准，这一枪打在了朱生豪的肩上，他的身子往前一扑，但他挣扎着又直起了身子。鬼子围了过来。胡克利慌乱地瞄准着，无奈鬼子太多，视线被挡住。要是有颗手榴弹就好了。

朱生豪艰难地站了起来，他摇摇晃晃地转过身子，大声地叫道："我永远都是中国人，我不是叛徒！"

他突然撕开军装，鬼子发出惊叫声，四散逃开。胡克利瞪大眼睛，他看到朱生豪身上冒出白烟，紧接着，一声惊天动地的爆炸声发出，朱生豪的尸体破碎，围在他身边的日本兵死的死，伤的伤……

胡克利呆在那里，朱生豪偷走了七八颗手榴弹，不是来对付热血团的，他绑在自己身上，他要用与鬼子同归于尽的方式来证明自己的清白！"这个傻瓜！这个笨蛋！为什么要这样做？"胡克利懊悔无比，自己刚才还打了他两枪。"你这个笨蛋！"他扬起手，狠狠地扇了自己一个耳光。更多的日军从镇子里涌出来，胡克利只得猫着腰慌慌地溜走了。

当胡克利回到青龙山，把这一切告诉高昌和谢让后，两人都惊呆了。谢让喃喃地说："我们太笨了，太笨了，中了敌人的诡计了。"高昌狠狠地捶了一下桌子："这笔账要记在鬼子头上。"

胡克利冷冷地说："你们打鬼子不怎么样，收拾自己人倒还挺用劲的，把朱参谋逼死了，你们心里好受了吧……"

最痛苦的莫过于谢天，懊悔、悲愤像毒蛇一样缠绕着他。这个可恶的樱井兆太郎完全把他当作三岁小孩耍了，他确实也被耍了。朱生豪和樱井兆太郎交替在眼前出现，朱生豪用手托着自己的脑袋，愤懑地盯着他，喃喃地说："我把我自己炸死了，这下你满意了吧？"樱井兆太郎则一脸阴险的笑，过来拍着他的肩，说："你帮着太君做了我们想做而做不到的事情，你的功劳大大的。"他精神恍惚，目光呆滞。

周樱最担心的就是谢天。她找到谢天，谢天愣愣地看着她，喃喃地说："樱儿，是我把朱参谋害死了……我这人是不是特别没用？"

周樱叹口气，摇了摇头，说："谢大哥，你也不要自责了，只能怪樱井这个老鬼子太狡诈了。不但是你，我也认为朱生豪就是内奸，还有高团长他们也是这么认为的。你爸从前就曾经怀疑过他。"

谢天痛苦地抱着头说："可他不是内奸……是我把他杀了啊！"

周樱把他的头揽在怀里，摩挲着他乱糟糟的头发，喃喃地说："朱参谋是个英雄。鬼子想让咱们杀了朱生豪，保护他们安插在热血团的真正内奸。朱参谋如果不逃走，我们可能真的就把他杀了。他在用他的死告诉我们，真正的内奸还在热血团活得好好的。你必须振作起来，把真正的内奸揪出来，这样才对得起朱参谋，他才不会白死。"

谢天抱着周樱，泪水汹涌而出："我一定要找到这个内奸，我要亲手杀了他，我还要杀掉樱井兆太郎，为朱参谋报仇，我绝不会让他白白牺牲的！"

这个时候，高昌和谢让也意识到了，朱生豪是在用这个方式告诉他们，他是清白的，而真正的内奸仍在热血团。那么，这人到底是谁呢？

高昌说："朱燕子仍然还有嫌疑。"

谢让坚决地摇了摇头："朱燕子绝不会是内奸……高团长，我们要吸取朱参谋的教训，再也不能马虎了，绝不能再出现第二个朱生豪了。"

高昌一脸沮丧："如果朱燕子不是内奸，我们现在连一点头绪都没有，他还要害死我们多少兄弟啊！"

　　谢让说："这个内奸显然是樱井兆太郎亲自安插进来的，我们要做好和他长期斗智斗勇的准备。以后有重要行动，只限于你我和几个大队长知道，就像上次袭击东亚煤矿一样，这样也许可以把损失减小到最低程度。时间长了，他自然会露出马脚。"

　　高昌点了点头，只能这么办了。

女人间的战争

1

朱燕子感觉很不好。虽然她被放出来了，但她知道，高昌他们肯定布置了人手在监视她。无论她走到哪里，总感觉身后有人偷偷地跟着她。

谢天听说后，找到高昌，高昌承认他确实布置了人手监视朱燕子。真正的内奸并没有找到，朱燕子的嫌疑仍然最大，不能不防。谢天和高昌大吵一架，但无济于事。他只得回头安慰朱燕子，身正不怕影子斜，只要自己内心堂堂正正，就让他们监视吧。

朱燕子点了点头，但她接下来的话却让谢天大吃一惊。朱燕子说："谢大哥，这段时间我一直在想一些事儿，但我也拿不准，不知道应该不应该对你说。"

谢天说："你什么都可以对我说，我早就把你当作亲妹妹了。"

朱燕子咬着嘴唇想了一会儿，抬起头，直直地盯着谢天说："我说得不对，你不要怪我。我也只是想想，没有别的意思。"

谢天见她说得严肃，也忙绷起了脸，说："到底是什么事儿？"

朱燕子说："我想问问你，你真的了解周姑娘吗？你是如何认识她的？她的日本话怎么说得那么好？"

谢天愣了一下，狐疑地看着朱燕子，问她："你问这个干什么？你怀疑她？"

朱燕子说："如果我没有经历这些事儿，我对周姑娘的看法也不会有什么变化，但我经历了这么多，我不能不想一想。大家都觉得我撒了谎，我也觉得我的经历确实匪夷所思，但周姑娘认定我是内奸，我就觉得有些怪异。按道理讲，我和周姑娘无冤无仇，我们还都被日本人抓到过，她不帮我说话不说，还落井下石。这还不是最重要的。最重要的是，她日本话说得那么好，按道理讲，日本人没道理把她送到慰安所去，能找一个会说日本话的中国人太难了，而找一个慰安妇却简单多了……"

谢天有些不快："那次是我俩一起被抓起来的，我很清楚，日本人给她用过刑，她不肯投降，日本人才把她送到慰安所去的。她如果真的是内奸，日本人会那么折磨她吗？她受了那么多罪，你怎么会忍心往这方面想呢？周姑娘无论如何都不可能是内奸的。"

朱燕子摇了摇头，说："我总觉得心里不踏实。我们只是知道她被日本人送到慰安所了，但她到底是真的被日本人逼着做了慰安妇，还是这只是一个遮人耳目的幌子，我们却不知道了。"

谢天摇了摇头，说："朱姑娘，你们两个关系本来不错，你这次遇难，周姑娘本来应该替你说话，但她没有。我理解你的心情，但她是从大局出发，如实地讲了自己的看法，你不能因为这个就恨她……"

朱燕子痛苦地看了看谢天，说："谢大哥，我根本就没因为这事儿恨她，即使高团长要处决我，我也不恨他。谁是好人，谁是坏人，我心里有数。"

谢天有些愠怒："这么说，周姑娘是坏人了？"

朱燕子直视着她，倔强地说："如果她是日本人安插进来的内奸，那么，她就是坏人，我不会原谅她的……"

谢天冷笑一声，说："不管你原谅不原谅，我相信周姑娘是出于公心，即使她不该那样怀疑你，但她也没错。我永远都不会允许有人伤害她！"

朱燕子涨红了脸，悲愤地说："谢大哥，她怀疑我是出于公心，我怀疑她难道就不是出于公心吗？我就是相信你才对你说的。"

谢天说："你是出于公心吗？你是不是嫉妒我和周姑娘走得太近？朱姑娘，

你告诉你，我永远都会爱着周姑娘，我绝不会允许任何人伤害她……"

朱燕子愣愣地看着他，泪水在眼中打着旋，她低低地说："谢大哥，你真的以为我是在往她身上栽赃吗？我其实还没说完呢，你就不能耐心听我说完吗？"

谢天把头扭向一边，不置可否。

朱燕子说："还有，她不是一个护士吗？但我仔细看过，她右手食指有茧子，你也是一个军人，你应该清楚，那是经常扣扳机留下来的……你去问她，我相信她会说，是做护士时拿手术钳什么的留下来的，但她是医生吗？用得着天天拿手术钳吗？"

谢天仍然把头扭向一边，一语不发。

朱燕子说："谢大哥，你听进去也好，听不进去也罢，你相信我是出于公心也好，是报私仇也行，该说的我都给你说了，这只是我的一种感觉，我没什么证据，你放心，我再不会对别人说了，也不会再对你说了，我只希望，希望你能留点心……"

朱燕子说完，转身走了，背影既孤独又悲伤。

2

如果说朱燕子的话在谢天的心中没有掀起任何波澜也是不对的。他认定朱燕子之所以怀疑周樱，是对周樱背叛她们的友谊而恼羞成怒，无端揣测周樱，这是女人的小肚鸡肠引起的。虽然这样想的，但谢天还是趁着和周樱在一起时，装作不经意的样子，抚摸着她的手，他发现她拇指关节处确实有茧子。谢天惊讶地问她："樱儿，你这里怎么会有茧子？"

周樱笑了笑，说："你忘了，我是护士啊！"

谢天说："我以为就医生拿手术钳做手术，没想到你们护士也要做手术啊！"

周樱摇了摇头，说："呆子，我什么时候说我做手术了？那是我上医学院时留下来的。我本来读的是内科，经常拿着手术钳对人体模型做练习，但真要解剖人体了，我又害怕了，只好临时改成护理专业了……有时医院忙起来，有些小手术我也能做的。你不记得了，在北平搞战地救护时，我就做过一些小手术。"

谢天长长地松了口气，这就解释得通了。归根结底，还是朱燕子神经过敏，不，她不是神经过敏，她这是在嫉妒，在吃醋，是有意陷害。

谢天不由提醒她："樱儿，我觉得朱姑娘对你有成见，你以后也要对她留心点，不要让她伤害了你。"

周樱好像早有所料，点了点头，说："我那样做完全是为了咱们热血团……况且，我觉得现在也不见得她就没有嫌疑了，不但是我，就连你也要留心点。"

谢天犹豫了一下，说："我倒不相信她是内奸，但我不放心你，她万一恨上你了……"

周樱噘着嘴，说："你宁愿相信她也不愿意相信我！我知道，就是因为她喜欢你，你表面不肯，心里却很享受，所以处处要偏袒她。"

谢天急了："你说什么呢？你又不是不知道，我心里只有你，我和她只是战友。"

周樱娇嗔地看他一眼，扑到他怀里，喃喃地说："人家就是嫉妒嘛，怕有一天，别人把你抢走了……"

谢天紧紧地拥着她，说："你想多了，放心吧，我永远都会在你身边，谁也别想伤害你。"

说到底，两个女人还是为了自己暗中较劲，周樱认定朱燕子叛变了，而朱燕子怀疑周樱是内奸，她们互相攻讦，却都信任他，他夹在中间，到底该怎么办？谢天摇了摇头，两个女人都很优秀，就因为内奸的事儿心存芥蒂，朋友也没得做了。这可恶的内奸，总有一天要抓住他。不管怎么样，谁也不能伤害周樱，也不能伤害朱燕子。

说来就来，还是有人伤害朱燕子了。

伤害她的人是胡克利。这天一大早，赵慈江找到朱燕子，说自己的衣服破了，前来借些针线缝补一下。朱燕子把针线给了他，他却不走，笑嘻嘻地说："我一个大男人，笨手笨脚的，你能不能帮我缝缝？"

朱燕子就跟他去了。刚一出门，窜出两个人，用布堵住了朱燕子的嘴，架着她飞快地走了。走了约莫七八里路，到了一个树林，胡克利正站在那里等他们。他们拿掉朱燕子嘴里的破布，朱燕子瞪着眼睛愤怒地问胡克利："你要干什么？"

胡克利嬉皮笑脸地说："生气了？我记得你从前可不是这样对我的呀，找到靠山了，翅膀硬了？"

朱燕子呸地朝他吐了一口唾沫："胡克利，我加入热血团后，咱们就没关系了，我念你们也抗日，就不和你们算旧账了。你把我放了，我就当这事儿没有发生！"

胡克利收起脸上的笑容，把手枪掏出来，拿在手里把玩着，斜着眼睛看着朱燕子说："好，咱们的旧账一笔勾销，但新账却不能不算。朱生豪死了，他不是内奸，那谁是内奸？除了你，我想不出别人。你编瞎话也编得圆满一些嘛，日本人放了你？哪有这样的便宜事！他们那帮笨蛋相信你，我可不相信。老子现在还不想死，留着你，我们迟早要被日本人干掉。"

朱燕子撇着嘴瞪他一眼："你还认为我是内奸？就你这木头脑袋，我懒得给你解释。"

胡克利的眼睛亮了起来："这么说，你承认你是内奸了？"

朱燕子冷笑一声："你要杀死我吗？你杀了我，你觉得热血团的人会放过你吗？"

胡克利摇了摇头说："他们当然不会放过我，但大不了关我几天，不会放过我的是日本人，因为我把他们最厉害的特务给杀了。"

胡克利过来了，把枪顶在她的下巴上，说："你如果还像从前那样求求我，我也许会放了你。"

朱燕子呸地吐他一脸唾沫："胡克利，我朱燕子死也不会求你，你要杀就杀吧。"

胡克利抹了一把脸，把手放在嘴里舔了舔，笑嘻嘻地说："你这臭娘们儿，果然不念一点旧情，被谢天那个小白脸迷住了吧？你别做梦了，说不定人家这会儿正和周樱那娘们儿亲热呢！"

朱燕子涨红了脸，吼道："胡克利，别像个娘们儿一样磨磨叽叽，你有胆就把我杀了吧。"

胡克利把手枪插进腰里，摇了摇头说："你不念旧情，我却念旧情，一日夫妻还百日恩呢。咱们应该有好几千日的恩了。我做件善事，放你走，但你不准再回热血团，你回日本人那里也行，或者继续换个地方给日本人搞情报也行，比如其他国军啦，比如八路军啦，反正只要不祸害我们热血团就行。"

几个人放开了朱燕子，朱燕子盯着他，一脸疑惑地说："你真放我走？"

胡克利点了点头说："我啥时说话不算话了？"

朱燕子庄重地看着他，认真地说："我不是内奸。"

胡克利摆了摆手说："我不管你是不是内奸，反正你在热血团，我就不放心，万一哪天再中招了，连咋死的都不知道，那就太不划算了。你走了，我才放心。这不但是我的想法，也是热血团大多数人的想法。高昌私下也给我们交代了，要我们多留心你，还说，如果发现你投敌，当场格杀勿论。"

朱燕子相信他说的是真的，她确实感觉到了，热血团上上下下看她的眼神都是怪怪的，走到哪里，似乎都有眼睛在盯着她。她现在终于从胡克利的嘴里得到了证实，她的内心还是被深深地震撼了。她掏心掏肺地跟着他们打鬼子，他们却不相信她。怀疑她也就算了，还要格杀勿论呢！她不由得一阵寒心，虽然竭力控制着，但泪水还是涌了出来。

胡克利有些得意："怎么样，新人不如旧人吧？是不是谢家父子三个都没告诉过你？周樱告诉你没有？肯定没有，那娘们儿觉得你在勾引她的宝贝男人，恨不得杀了你呢！你在这里确实没多大意思了，天下这么大，哪里不能去？我认为还是回到日本人那里去比较好，他们会把你当作宝贝的……"

朱燕子的眼里几乎要喷出火来了："你闭嘴！老子就是死了也绝不会去投日本人！"

朱燕子回头看了看青龙山的方向，呆呆地站了一会儿，然后扭过头向山外走去。胡克利说得对，在这里确实没有多大意思了，但自己能去哪里呢？寻找其他抗日的国军？热血团也是国军，很快其他国军也会知道她曾是怀疑对象。其他国军也不能去了，那就只能去投八路军了。

别了，热血团。

3

高昌和谢让很快就发现朱燕子不见了。高昌安排人监视朱燕子，自然会有人注意她的，当发现她不见后，便立刻报告给了高昌。高昌疑惑地对谢让说："这个朱燕子是不是真的有问题？她怎么不见了？她是不是跑掉了？"

谢让说："先不要着急，其他人都还在吗？"

高昌忙让人去查，发现胡克利和他的几个手下也不见了。

谢让觉得糟糕。朱燕子一向是看不惯胡克利他们的，双方基本上处于谁也不搭理谁的状态。他们突然都不见了，这里面很可疑。但同时谢让也松了一口气，朱燕子如果和他们在一起，那她就不可能叛变投敌。问题是，她为什么会和他们在一起呢？

谢让立即安排人马去找他们。快到晌午时，胡克利带着手下回来了。谢让劈头问他："朱燕子呢？"

胡克利回头瞪了一眼赵慈江，他本来让赵慈江神不知鬼不觉地把朱燕子带走，这下好了，人家早就知道了，肯定是赵慈江这家伙手脚不利索，让人看见了。他大大咧咧地说："她十有八九是内奸，你们不愿意做恶人，我来做好了，我把她杀了。"

谢让大吃一惊，他看其他人都笑哈哈地看着自己，一副看热闹的样子。谢让大怒，一把抓住胡克利的衣领说："你把她杀了，你真把她杀了？"

胡克利本来只是开个玩笑，但他见谢让上前揪住他的衣领，便生气了，反手抓住谢让的胳膊，说："我就是把她杀了，她本来就是我的手下，我想怎么着就怎么着，你能怎么着我？"

谢让气极："我再问你一遍，你真的把她杀了吗？"

胡克利把头昂了昂，说："杀了！"

谢让急火攻心，手握拳头，一拳砸在胡克利的脸上。胡克利急了，抹了一把鼻血，挥拳打了过来。两人抱在一起滚倒在地。其他土匪站在四周，拍着巴掌嗷嗷叫好。听到动静，高昌急忙奔过来，喝令两人住手，但两人都急红了眼，哪里听得进去？高昌拔出手枪，开了一枪，两人这才分开了，像两头好斗的公牛，喘着粗气，狠狠地盯着对方。

待高昌问明了情况，便愤怒地瞪着胡克利说："谁让你把朱燕子杀了？"

胡克利呸地吐出口血水，说："我没杀她，我把她赶走了。"

"你为什么把她赶走？"

"你们不是一直都觉得她是内奸吗？我只不过是替你们做了一件你们想做而又不好意思做的事情，这有错吗？"

高昌眯着眼睛看着胡克利，胡克利歪着脑袋，一脸不以为然的表情，哪里有半点军人的样子？高昌叫人把他先关起来，至于怎么处理，等大家商议后再说。

高昌主张把他杀掉。土匪毕竟是土匪，弄不好，反而把整个队伍的风气带坏了。像这件事儿，他居然连声招呼都不打，就把朱燕子赶走了，还不知错，居然和副团长打起来了。按照军法，殴打长官的，严重的话，也要执行军法。

众人一片沉默。过了好大一会儿，洪桥说："这样处理会不会太严重了？他手下毕竟还有五六十人，杀他容易，那五六十人要是不服就麻烦了。"

高昌挥了下手，说："他们如果不服，就让他们走，国军就是国军，不是土匪。"

谢让摇了摇头，说："他私自赶走朱燕子，这件事是很严重，但我不同意对他执行军法。至于殴打长官，这事儿我也有责任，我还真以为他把朱燕子杀了，一时冲动了……他毕竟还是痛恨鬼子的，抗日决心很坚定，现在是用人之际，我们要团结，不能分裂。我主张还是从轻发落。"

谢天和谢地也支持谢让的意见。高昌只得服从多数，最后决定给他关半个月的禁闭。当高昌对胡克利宣布处罚决定时，胡克利不干了，说："你们凭什么要把老子关起来？老子又不是内奸。"

高昌忍住气，尽量让自己的口气和缓一些，说："你擅自决定赶走朱燕子，接着又殴打长官，目无军纪，这样处理你还算是轻的。你加入国军，就要遵守国军的纪律，如果下次再犯，决不轻饶。"

胡克利撇了撇嘴，说："你能怎么着我？什么国军？都是一帮打了败仗的废物，架子倒端得挺大。还军纪呢，大不了老子不干了，老子走人。"

高昌愤怒地盯着他说："你如果要走，你立即走人，你如果不走，就老老实实地遵守国军的纪律。"

胡克利吼道："狗屁纪律！老子不干了，走人。"

高昌立即让人把他放了，让他立即走，谁愿意跟着他走就走，热血团绝不阻拦。胡克利大步流星赶到第三大队，朝那些土匪招了招手，叫道："走，此处不留爷，自有留爷处，青山处处埋忠骨，到哪里都能打鬼子，咱不稀罕这个破地方。"

赵慈江和其他土匪都犹豫了，这个弯儿拐得太大，他们一时反应不过来。他们看了看高昌和谢让，又看了看胡克利，胡克利拿眼睛一瞪，赵慈江心里一哆嗦，忙点头哈腰地跑到他跟前，讨好地说："好好好，老大说到哪里咱就去哪里。"

其他土匪一看，也都跟上来了。

高昌和谢让没想到这么多人都愿意跟着他走，心里一时很不是滋味，脸色就有了些难堪。高昌甚至还有点后悔，当时吼着让他走只是一时气愤，但说出去的话泼出去的水，没办法再收回来了。也罢，这帮土匪，眼不见心不烦，走了就走了吧。

高豪杰突然也过去了。

谢让大吃一惊，叫住了他："高大队长，你要干什么？"

高豪杰回过头来，凄凉地笑了笑，说："谢副团长，我早已经不是什么大队长了……我犯的错太多，留在这里也只会给大家添堵，我也早就想离开了。"

胡克利扭过头，笑嘻嘻地看了看铁青着脸的高昌，又看了看高豪杰，说："高公子，你真的要和我们一起走吗？"

高豪杰点了点头说："同样是打鬼子，到哪里都一样，我和你们一起走。"

胡克利哈哈地笑了，说："好好好，咱以后不在这里当狗了，出了山咱就是狼了，咱这个队伍以后就叫狼队，队长当然是我当，你就当副队长，如何？"

高豪杰点了点头说："我听你的，你怎么安排都行。"

高昌上前站在他面前，眼里几乎要喷出火来："你给我回去。"

高豪杰冷漠地看着他，说："我做什么事儿你管不着，请你让开。"

高昌气极，嘴唇颤抖着，却说不出话来，他站在那里不动，高豪杰却绕过他，跟在了胡克利的身后，头也不回地走了。

高昌僵硬地站在那里，愤怒与悲伤淹没了他，他感到浑身没有一点力气，几乎要跌倒在地。他咬着牙，暗暗对自己说："不能倒下，大家都看着你，决不能倒下。"谢让过来扶住了他，他的嘴一张一合地说着什么，也许是安慰他的话，但他的声音那么遥远，高昌一点都听不清。他努力地辨认着谢让说的每一个字，终于听清了："……豪杰跟着他们也好，带着他们打鬼子，不要祸害百姓……"

高昌重重地哼了一声："他们如果敢祸害百姓，那就坚决把他们消灭掉，一个都不留。"

谢让忧心忡忡地看着高昌，高昌满脸杀气的样子让他心里一紧。高昌变了，和从前越来越不一样了，就连儿子也离开了他，他的心里似乎只有仇恨了。战争改变了他。这可恶的战争。

4

朱燕子失踪后，最着急的要数谢天了。众人散了，他仍站在那里发呆。他怎么也没想到，胡克利居然会来这么一手。她一个女孩子，在这乱世之中，能到哪里去？回江南的老家去？不可能。她曾经有机会回去，她都没回去，现在更不会回去了。她不可能是内奸，绝对不会到日本人那里去。那么，她会不会也像朱生豪一样，用那么惨烈的方式来证明自己呢？

谢天心里一惊，整个脸色都不好看了。周樱看着他紧锁眉头的样子，心里也大概明白，他这是为朱燕子担心。这让她心里很不是滋味，无论她说什么，她的男人还总是担心那个女人。她重重地咳了一声，谢天没有一点动静。他的心思全在朱燕子身上，她会不会去乌龙山投奔八路军呢？可这里离乌龙山还有段距离，还要经过日军占领区，她能安全到达吗？他突然想起，她走的时候，穿的应该还是国军的军装。这太危险了。他摇了摇头，又安慰自己，她那么聪明，会找到办法的，没事的，没事的。

周樱不满地摇了摇他的胳膊说："你是不是还在想你的朱妹妹？"

谢天好像从梦中醒来，看到周樱一脸不快，忙笑着摇了摇头，说："不是，我在想高豪杰到底是怎么回事，他怎么会跟着那帮土匪走了呢？"

周樱撇下嘴，说："你撒谎都不会，明明是在担心朱姑娘，说出来的却是高豪杰。你要真关心他，那你为什么不撮合撮合他们两个呢？他们两个要是好上了，现在不是啥事儿都没有了？"

女人的嫉妒真可怕，都什么时候了，还在想这些。谢天哭笑不得，说："感情这事儿哪能撮合得来？朱姑娘不喜欢他，咱们再撮合也没用。樱儿，你啊，总是吃些没来由的醋……"

周樱突然绷起脸，严肃地说："谢大哥，你看这朱燕子，平常也是一个敢作敢为的人，土匪窝里混出来的，天不怕地不怕，你说，胡克利能把她赶走吗？退一步说，就是胡克利把她赶走了，但胡克利一转身，她不是就可以悄悄地回来了吗？她找到高团长和谢副团长他们说一下，高团长和谢副团长肯定会给她主持公道嘛，还有你谢大队长也会替她出头，为她说话的。我想不通，她怎么就真的走了？"

谢天心里一动，周樱说的也不是没有道理。他问周樱："你到底想说什么？"

周樱笑了："我不敢说，我说了，怕你又说我在吃醋。"

谢天说："你呀，调皮。咱们说正经的，你有什么看法？"

周樱说："截至目前，一直没有证据证明朱燕子说的话是真的，她还是有叛变的嫌疑，要不是高豪杰半路杀出来，她现在已经被处决了。她死里逃生，但高团长一直安排人手监视她。这次胡克利赶她走，正好帮了她一个大忙，她借着这个机会脱离热血团也不是没有可能。"

谢让问她："那你说，她可能会到哪里？"

周樱想了一会儿，摇了摇头，说："她如果真是内奸，身份暴露了，回到日本人那里的可能性会更大一点……我也说不清。反正，我觉得胡克利赶她走，也不是没有道理。她在这里，大家还是提心吊胆的，她走了，至少大家都能睡个安稳觉了。"

说一千道一万，周樱的心里还是认定朱燕子是内奸。谢天不想再和她就这个问题争论了。他坚信，朱燕子到哪里都有可能，但绝对不可能和日本人待在一起。

他做梦也没想到，朱燕子这个时候正是和一帮日本兵待在一起。

5

朱燕子离开了胡克利他们，她依稀记得，八路军的根据地在乌龙山。她就朝着乌龙山的方向走去。第二天中午，她路过一个村庄，想到村里偷件便装。前去乌龙山要经过日军占领区，她穿军装显然是不合适的。她悄悄地摸进村里，看到一家院子的铁丝网上晒着几件女人的衣服。她左右张望，确信周围没人，蹑手蹑脚地进了院子，刚把衣服取下，屋门突然开了，涌出来五六个日本兵，手持三八大盖对准了她。她吃了一惊，扔下衣服，掏出手枪，对准离她最近的一个日本兵。完了，今天可能要死在这里了。朱燕子这样想了，反而不慌了，就是死在这里，也不能让鬼子把她抓走。这时，从屋里又出来一个日本兵，似乎是个带队的，他盯着朱燕子看了一会儿，有点犹豫不决地说："我好像在哪里见过你。"

朱燕子觉得这声音很熟，她把目光转向他，一下子认出了他，他不就是小林健二吗？她忙去看其他人，正是他带领的那个小队。所有的事情涌上心头，朱燕子百感交集，他放了她，她却为此被自己人怀疑，自己走到现在这一步，全是由这个日本人而起。她突然不想死了，他既然能放了她，这次也就有可能不会为难她。如果能把他活捉到青龙山或者拖住他们，伺机让村民到青龙山报信，高昌他们带人来，也可以把他们收拾住，洗刷她的嫌疑了。想到这里，她收起了枪，说："我是朱燕子，上次被你们抓到，是你把我放了。"

小林健二眼睛一亮，叫了起来："果然是你，朱姑娘，你在这里干什么？怎么就你一个人？"他向外面看了看，一脸困惑地看着她。

他似乎并没有伤害她的意思，但其他几个日本兵还很警惕，仍然用枪对着她。

她问小林健二："你们怎么在这里？就你们几个人？"

小林健二说："我们是出来巡查的，正好在这里休息一下。"他回头让那几个日本兵把枪放下，奇怪的是，他自始至终说的都是中国话，他对她说，她还理解，但他对那些日本兵说时，说的还是中国话。真是怪了，这些日本兵都懂得中国话吗？她仔细地听了听，小林健二的中国话有点怪怪的，她听不出是哪个地方的口音。

小林健二见她还有点不安，说："朱姑娘，你不用害怕，他们都是我的老乡，不会伤害你的。"

屋里又出来了几个日本兵，朱燕子不动声色地数了数，加上小林健二，也就十四个人。她想："我一定要把他们拖住，如果能把他们引向青龙山就更好了。"

奇怪的是，这些日本兵并不是那么飞扬跋扈，就像他们不是日本兵一样，他们看着她，眼神却不凶，相反，好像还有点友善。

朱燕子带着疑问的眼神看着小林健二：她想着，先听听他咋说，再随机应变，无论如何，都不能让他们跑掉了。

小林健二和从前不大一样，从前他沉默寡言，眼神阴郁，现在他的整个神情明亮了许多，话也变多了，中国话说得一点也不比她差。这真是一个谜一样的日本人。她实在忍不住，问他："你的中国话怎么说得这么好？你是日本人吗？"

小林健二笑了笑，摇了摇头说："我们不是日本人，我们是中国人。"

朱燕子吃惊地看着他，心脏猛烈地跳动起来，他们是中国人？这怎么可能呢？

小林健二告诉她，他们确实不是日本人，他们是台湾人，和她一样也是中国人。中日战争爆发后，他们是被樱井兆太郎强征到日军的，本来说是让他们搞情报工作的，但又不放心他们，又把他们编入了战斗部队。他们这个小队的人都是一个地方的，当兵前都很熟。他当兵前是一个小学美术教师。他们都是被迫参加日军的，来大陆作战并非他们的本意。他还表示，请朱燕子放心，他不会伤害她的。

朱燕子惊道："你们真是台湾人？"

小林健二说："我们是台湾人。"

朱燕子愣愣地看着他们，目光从一个人脸上跳到另一个人脸上，他们的目光温和，甚至带着点讨好。怪不得他的口音很怪，确实带点福建那边的口音。朱燕子松了口气，没什么危险了，但她心里还有个疑惑要问他，他那次为什么要放了她？仅仅因为他是台湾人吗？这一直是她心里的一个疑问，她遭受那么多磨难，有时甚至会想，如果他当时把她打死了，未尝不是一件好事。

小林健二像个孩子一样笑了笑，说："朱姑娘，你真的不认识我了？"

朱燕子摇了摇头，奇怪地说："我们从前认识吗？我们见过面？"

小林健二说："我们见过面。那次我受了伤，脸上都是血，所以你认不出我，但我记得你。在肉搏战中，你本来有机会杀了我，但你没有。"

朱燕子叫道："我记起来了，就在那次打完小店镇，在回大元镇的半路上的战斗。你就是那个会说中国话的日本兵！"

小林健二微笑着点了点头说："这也是我为什么要把你放了的原因，你不杀我，我为何又要杀你？何况，虽然我是个日本兵，但我知道我是中国人。"

一切都明白了，世界上没有无缘无故的恨，也没有无缘无故的爱，小林健二放了她，是因为她先有恩于他。这一切都说得通了。她心里突然一动，如果他愿意帮忙，她可以洗清自己的冤屈。

她正想着，小林健二问她："朱姑娘，你这是要去哪里？"

朱燕子想了想，决定给他说实话，争取让他帮自己洗清内奸的嫌疑。这个机会多好，证人就在眼前，如果能让他去给高昌他们说清楚，她就可以昂首挺胸地做人了。朱燕子心里一酸，她忙忍着把泪水咽进肚里，让自己的口气尽量和缓，将他放了她以后，自己回到青龙山的遭遇一五一十地给他讲了，然后带着恳切的眼神看着他，说："我不会强求你们，但我还是想请你们去一趟青龙山，给我做个证，证明我没有撒谎。"

小林健二低头在院里来回走着，痛苦地思索着。有个日本兵凑过去，低声地说着什么。朱燕子竖起耳朵，仔细地听着。他好像是在建议不要去青龙山，一来青龙山是他们的敌人，万一对他们下手，他们毫无还手之力。二来如果让日本人知道了，性命也有危险。朱燕子心里一下子凉了，但将心比心，人家的担心也不是没有道理的。

她朝小林健二凄凉地笑了笑，说："你们如果不想去，我也不怪你们……其实我也无所谓，只要我自己清楚我是一个什么样的人就行，别人怎么看我，随他们便吧。"

小林健二咬着牙看了看她，又看了看身边的人，皱着眉头走了几个来回，把那些日本兵叫在一起，他们在激烈地争论着什么，还不时地回头看看朱燕子。最后，小林健二把手用力地往下一劈，似乎做出了某种决定。

他走过来对朱燕子说："朱姑娘，我还是决定先去青龙山，给你作个证。但我的人不会去的，他们在外边等着我。如果我能安全回来更好，如果回不来了，我让他们回去。"

朱燕子心里一热，泪水不争气地涌了出来，她忙用手擦了擦，说："这儿风真大……"

小林健二故作轻松地笑了笑，说："我知道被人冤枉、误解的滋味，我不想让你再受这样的委屈。"

朱燕子点了点头，喃喃地说："希望我们将来在战场上遇见了，不要成为敌人。"

小林健二说："我们也是身不由己，但你相信，我们也是中国人，我们约定，绝不再做伤害中国人的事情。"

将近傍晚时分，朱燕子带着小林健二他们来到了青龙山。她和小林健二商议后决定，其他人都先到老虎洞那边躲起来，她带小林健二上山，明天午后如果小林健二没有回来，他们就回稻城。几个日本兵还有点不愿意，小林健二很严肃地摆了摆手，说："就这么定了，我如果有难，谁也不许为我报仇，这完全是我自愿的。"

朱燕子忙说："你们放心，我绝对不会让小林先生出事的，我以我的性命担保。"

6

到了山上，却由不得朱燕子了。

当哨兵看到朱燕子带着一个日本兵上了山，大惊失色，惊慌之下竟鸣枪示警。高昌和谢让听到枪声大吃一惊，赶过来的时候，只见士兵举着枪围着两人。高昌正要叫人把两人绑起来，谢让摇了摇头，让他先不忙，问问情况再说。

士兵押着两人到了团部，朱燕子把小林健二介绍给高昌和谢让。高昌问她，是在哪里遇到小林健二的，就他一个人吗？朱燕子自然不能说，其他人在老虎洞等着，就只得说，她快到大元镇时，正好遇到小林健二，就把他带到山上来了，想让他为自己做个证。众人带着疑问的目光看着小林健二。小林健二证实确实是自己放了朱燕子。她不但有恩于他，他同时也是一个中国人，所以他只是做了一件自己应该做的事情。他并不想参与战争，他只是一个小学教师，被迫卷入战争，但他无心与同胞为敌。

高昌说："你既然说你是中国人，也不想为日本人卖命，那就反戈一击，加入我们热血团吧。"

小林健二摇了摇头，说："我从前也这样想过，但我不想打仗，我只想有朝一日回到台湾老家去。"

高昌的眼睛眯起来，嘴角边露出一丝嘲讽："这么说，你还准备继续当日本兵了？"

小林健二愣了愣，他看出来高昌对他有些不太友善，周围的人们也都用愤怒的目光瞪着他。他有些不解，他充满诚意地跟着朱燕子上山，他还曾经救过她，人们为什么还要这样看着他？

朱燕子从高昌的目光里发觉了事情的严重性，自己还是想简单了，以为把小林健二带上山，说清楚了，也就没事了。她忙站出来说："我以我的性命保证，小林先生确实和其他日本兵不一样，大家不要把他当作日本兵，他……他应该算是咱们的人。"

高昌看了她一眼，又看了看小林健二，问他："是吗？你愿意当我们热血团的卧底吗？"

朱燕子一愣，她没想到高昌居然提出了这个要求，她担心地看着小林健二，朝他使眼色，不管他愿意不愿意，先答应下来再说。谁知小林健二却摇了摇头，说："我不会当你们的卧底，一是这个风险太大了，我还想活着回到台湾老家去。二来，还有很多我的老乡也在日本军队里，我也不想伤害他们。"

高昌冷笑一声："你倒坦率……要我说，你就是一个不折不扣的日本兵。"

谢让也觉得有些意外，他悄悄地接近高昌，示意他到一边说话。

两人走到一边，谢让低低地说："高团长，我觉得这个小林健二是可信的，如果是假的，他怎么可能会有胆子上山呢？"

高昌说："就算他说的是真的，他确实放了朱燕子，我们也不能大意，万一他们有什么阴谋呢？"

谢让有些不解："会有什么阴谋？"

高昌说："我觉得有可能是日本人的一个圈套，故意让他放了朱燕子，取得我们的信任，实际上他们是来刺探情报的。朱燕子说她是在大元镇遇到他的，哪有这么巧的事情？再说了，朱燕子连国军军装都没换，她敢去大元镇吗？你不觉得可疑吗？我觉得更像是两人串通好的。"

谢让皱着眉头想了一会儿，朱燕子的说法确实可疑，但说到两人串通好的，谢让却不信。朱燕子也许有什么难言之隐吧。

高昌回过身来，命令士兵们把小林健二绑起来。小林健二吃惊地看着朱燕子，朱燕子冲上去问高昌："高团长，确实是他救了我，你为什么要绑他？"

高昌说："我相信他救了你，但这万一是敌人的圈套呢？"

高昌不顾朱燕子的哀求，让人把小林健二关了起来。朱燕子着急地看看高昌，又看看被绑走的小林健二，犹豫了一下，还是跟着小林健二走了。最重要的是先让小林健二的情绪稳定下来，她再想办法救他。

谢让忧心忡忡地问高昌，打算如何处置小林健二。高昌说，让谢地审问他，如果他死不承认，那就把他毙了，反正是个又臭又硬的日本兵，杀了也就杀了。

谢让心里充满疑惑，他相信小林健二说的都是真的，但朱燕子的说法也确实可疑。他从高昌那里出来，又去找朱燕子，把她带到外面，看看四下无人，诚恳地对朱燕子说："燕子，你是什么样的人，我很清楚，我一直都相信你。你如果也相信我，你告诉我，你到底如何找到小林健二的？"

朱燕子愣了一下，她咬着嘴唇看着谢让，谢让很认真地看着她。她的脸有些红了，说："谢副团长，我并不是有意欺骗你们，但我确实也有苦衷……我对你说了，你不要告诉别人好吗？"

谢让点了点头，说："你说说看。"

朱燕子把遇到小林健二的经过说了一遍，然后一脸忧伤地说："我和小林先生考虑到，他们那个小队的人都出现在青龙山的话，会引起很多不必要的麻烦，大家对日本人都有刻骨仇恨，万一控制不住，双方打起来就麻烦了，所以，我和他商量后，让他的手下先在外面等着。"

谢让长长地松了口气，原来是这么回事，这就说得通了。他问朱燕子："那些日本兵现在在哪里？"

朱燕子冲着他摇了摇头："我不能告诉你。谢副团长，请你相信我，他们真的不是坏人。"

谢让朝她笑了笑，说："燕子，你别紧张，我不会为难他们的，只是随口一问，你不愿意说也就算了。我只是担心，小林健二被团长关起来了，他的部下见他没有回来，万一出现误会就麻烦了。"

朱燕子一脸忧愁："小林健二与他们约定明天中午会合，如果到时他没有回去，就让他们自己先回去。但我担心，他们见不到他，可能不肯回去，说不定还真会到青龙山找咱们的麻烦……谢副团长，你说，我要不要去给高团长说实话，求他放了小林健二？"

谢让沉思了一会儿，摇了摇头，说："我觉得还是先不要告诉高团长，高团长恨不得杀了所有的日本兵，他听说有一个小队的日本兵在附近，肯定会派人去把他们消灭了。"

朱燕子的泪水要出来了："谢副团长，你说怎么办啊？小林健二是被我带上山的，本来是为我作证的，这下好了，不但没有替我洗清嫌疑，反而让高团长更怀疑我了，还把他关起来了……我今天晚上要去偷偷把他放了。"

谢让说："燕子，你千万不要蛮干，高团长一直怀疑你，他暗中必定派人在盯着你。"

谢让想了一会儿，说："燕子，我相信你说的。今天晚上我想个法子把小林健二放了，让他带着他的手下赶紧离开青龙山。他们走了，我再带你去给高团长说清楚，我想，高团长也会理解的。"

朱燕子想了想，也只能这么办了。

当天晚上，谢让来到关押小林健二的地方，正好是谢天带着一个兵在看守。谢让对他们说，高团长让他前来带小林健二审问。谢天有些疑惑地看着他，他忙朝谢天使了个眼色。谢天一下子明白了。那个士兵打开门，要押着小林健二走。谢让朝他摆了摆手，说："你去休息吧，把他交给我就行了。"士兵还有些犹豫，谢天过来亲热地搂住他，说："难得清闲，兄弟，咱们喝两杯去。"士兵受宠若惊，带着征询的目光看谢让，谢让笑了笑，说："去吧去吧，只是不要喝多了。"

谢让带着小林健二出了山谷，指了指青龙山出去的大路，让小林健二赶紧走。

小林健二有些疑惑地看着谢让。谢让说："我是受朱燕子的托付，她让我放了你。我相信她说的一切，我也相信你，你赶紧走吧。"

小林健二这才释然，向谢让道了谢，赶往老虎洞，带了手下，安全地离开了青龙山。

第二天一大早，谢让带着朱燕子找到高昌，朱燕子把自己遇到小林健二的经过详细讲了一遍，高昌接着又听说谢让已经把小林健二放了，他带着自己的手下已经离开了青龙山。他不由得长叹一口气，埋怨谢让道："朱燕子迷糊，你一个副团长也迷糊吗？我把小林健二关起来，一是可以当诱饵，咱们设伏，把前来解救他的日军一网打尽。二来，即使大元镇的日军不来解救他，说不定也能把真正的内奸钓出来。你如果早告诉我，原来不止他一个人，还有一个小队，我派人把他们全抓起来，这筹码就更大了！多么好的一个战机，就这样白白浪费了！"

谢让吃惊地看着他，说："小林健二帮了朱姑娘，还自愿上山为她作证，这是大仁大义的表现，我们怎么能恩将仇报抓他们呢？"

高昌不满地瞪他一眼："我只是拿他们当诱饵。"

朱燕子的表情突然变了，她痛苦地看着谢让说："谢副团长，还不如按高团长说的来……"

高昌和谢让都感到意外，不解地看着她。

朱燕子说："我确实迷糊了，我真笨，我太笨了，你们想想，咱们青龙山有日本人的内奸，小林健二来到咱们青龙山这事儿，日本人要是知道了，他就危险了。"

高昌和谢让都吃了一惊，这确实是个问题。两人商量后决定，这些天里，严禁所有人员出山，安排谢地暗中调查内奸。朱燕子在旁边说："我经历的事情最多，也知道得最多，我也参加吧。"

谢让看了看高昌，高昌点了点头。他突然想起，小林健二是个日本兵，又是台湾人，中国话也说得好，樱井兆太郎会不会和他也有接触？如果有接触，他会不会知道谁是内奸？

高昌把自己的想法对两人说了。朱燕子想了一会儿，摇了摇头，说："我觉得他不知道，他要是知道的话，我忘了，他应该也会想起来，但我央求他跟我到青龙山来，他一路上都没提这事儿。看来他是不知道的。"

两人有点失望，这个狡猾的老狐狸，安排的内奸到底是谁？

兄弟阅墙

1

出了青龙山，高豪杰问胡克利："咱们到哪里去?"

胡克利想去卧虎山。他告诉高豪杰，卧虎山的土匪头子叫钻山豹，是他的拜把子兄弟，他们有三四百人呢!

高豪杰皱了皱眉头，说："我听说过他们，他们和咱们不是一路人，他们不但不打鬼子，还对老百姓烧杀抢掠，无恶不作，据说就因为和鬼子眉来眼去，鬼子也就睁只眼闭只眼。"

胡克利脸色一沉，摆弄着手里的枪，说："咱们去了，他要是和咱们一起打鬼子，那就好说，如果他不愿意，咱们就把他干掉，把他的队伍吞吃了。"

高豪杰回头看了看稀稀拉拉的队伍，说："他们有三四百人，咱这五六十人，能把他们吞了吗? 弄不好，他会把咱们收拾了，把咱的队伍吞了。"

胡克利不以为然地说："咱们到了山上，和他见了面，我试探他一下，如果话不投机，我掷杯为号，你就干掉他，其他兄弟收拾其他小头头们，收拾掉他们，那些小喽啰就不是问题了。"

高豪杰想了想，也只能这么干了。

胡克利看看他，又嘿嘿地笑了，回头看看身边跟着的大小土匪，说："兄弟们注意点，要是钻山豹不听话，咱们干掉他时，谁不听话都杀了，但他的老婆却不能杀，都给我注意点。"

其他土匪都不怀好意地嘿嘿笑着，说："那是那是。"

高豪杰问他："为什么不杀她？"

胡克利说："他的小老婆叫韩辛仪，原本是稻城市长的女儿，他把她绑架到山上，本来是想敲诈一笔赎金，不想这个市长却不识相，带着保安队来剿匪。他让我去帮他，我们就前后夹击，把保安队打得落花流水，俘虏了不少人，保安队队长李牧原就是那次降了我，市长也被打死了。韩辛仪就死心塌地地做了他的小老婆。这女人美是美，但也是一个心狠手辣的主儿，她给钻山豹开的条件是，当老婆可以，却不能当小，要当大。钻山豹答应了。她又说，大老婆在她面次晃着，她难受。钻山豹说，那好办，我把她送回老家。韩辛仪却不答应，让钻山豹把她弄死。我这个拜把子兄弟什么都好，就是好色，看到漂亮女人就腿软，还真的把他的大老婆弄死了。你说说这个女人狠不狠？"

高豪杰摇了摇头说："她既然是这样一个人，你为啥还如此待见她？为啥还要留她？"

胡克利哈哈一笑，啧啧嘴，说："这叫萝卜白菜各有所爱，我就喜欢这样的主儿，就像朝天椒，越辣越有味。本来嘛，朱燕子这妞也够味，就是不识相，到了热血团当了国军，就翻脸不认人了。"

他拍了拍高豪杰的肩膀，说："兄弟啊，其实咱俩的品位是一样的，你不是也喜欢像朱燕子这样的朝天椒吗？"

高豪杰的脸红了，说："我那时不懂事儿……我们不说这个了，我不想再提到她了。"

胡克利笑道："好好好，不提她了。我真想不通，这些娘儿们为啥都喜欢谢天这个小白脸。我觉得这家伙有毛病，周樱那娘们儿弱不禁风，林黛玉一样，我看到都想吐，还被日本人玩过，他还喜欢她，这口味够重的。"

提起谢天，高豪杰心里就涌上一股重重的醋味，散发着愤怒与怨恨。这个名字如此刺耳。他装作没有听见，扭头去看路两边的风景，风吹着树枝哗哗地响，阳光从树枝中穿过，照耀着他，像千万支箭射来，他打了一个冷战……

队伍刚上大路，在前面带人搜索的赵慈江赶过来，惊慌地报告说，发现大队日军和伪军开来了。

胡克利吃了一惊，忙带人上了山，在树丛中隐蔽起来。没过多大功夫，大队日军和伪军过来了，浩浩荡荡，足有一两千人。他们是往大元镇的方向去的。

高豪杰纳闷地看着胡克利说："日本人去大元镇干什么？"

胡克利伸了个懒腰，说："管他呢，咱们还是赶紧去卧虎山吧，我肚子都叫起来了，到了那里先好好吃一顿喝一顿。你们国军规矩真多啊，喝酒都管，像和尚一样。真想不通，像你这样，年纪轻轻，为啥不当土匪，要当国军呢？"

高豪杰没接他的话，一脸忧虑："我怀疑他们是要去打青龙山的。"

胡克利一脸奸笑："让他们去打吧，狗咬狗，不管谁把谁咬死，都和咱们没关系。"

高豪杰摇了摇头，对胡克利说："胡大哥，现在这个时候，咱们还是把个人恩怨放在一边，都是打鬼子的，眼看他们要遭殃，咱们却在一边看热闹，良心上过不去。我看，咱们还是去给他们说一声，及早做好准备。"

赵慈江点了点头说："我同意二当家说的，他们虽然是兵，咱们是匪，但现在毕竟都是中国人，中国人岂能不帮中国人？"

胡克利瞪他一眼，吼道："你啥时候变成好人了？"

说归说，但他看高豪杰坚决的样子，又看了看其他土匪，其他人也眼巴巴地看着他，那眼神明显是赞成高豪杰说的。胡克利摆了摆手，说："也罢，他们不义，咱们不能不仁。咱先说好，帮了他们这个忙，咱们还是要走的。我胡克利就不相信，离开他们就打不了鬼子。"

高豪杰心里其实也很矛盾，按照他的真实想法，他是再也不想看到青龙山的人了，除了周樱对他好些，那里的一草一木都让他感到伤心，但想到父亲也在青龙山，虽然心里恨他，可毕竟是他的父亲。父亲那样对自己，自己却不能见死不救。父亲真正理解过他吗？

他突然被自己感动得想流泪，想哭。

2

胡克利带着队伍专门走小路，想早点赶回青龙山。他们越过大元镇，刚走了一半路程，正好遇到小林健二带着手下离开青龙山。双方正好碰到一起，双方都大吃一惊。走在前面的钱二胖的枪先响，他枪一响，其他土匪的枪也响了。小林健二带的日本兵慌乱地开着枪，拼命后退。双方各自占领了一个小山包。

小林健二到青龙山的时候，胡克利和高豪杰已经出走，他们不知道小林健二。小林健二却能猜出这是青龙山的队伍。

小林健二让部下停止射击，大声地喊："青龙山的兄弟们，我们是台湾人，不是日本人，中国人不打中国人，借个道，我们回大元镇，咱们井水不犯河水。"

听到小林健二的声音，胡克利愣了愣，扭头去看高豪杰，说："这个小日本的中国话说得这么好。"

高豪杰感到疑惑："日军里怎么会有台湾人？"

胡克利拿眼瞪他："台湾在日本哪里？"

高豪杰苦笑一下，说："台湾就是台湾，本来是中国的，1895年甲午战争后割让给了日本。"

胡克利撇了撇嘴："那不就得了，都四五十年了，这些家伙早就卖国求荣了，什么中国人不打中国人？就是骗咱们出来，然后把咱们干掉。"

高豪杰还有点犹豫，赵慈江凑过来说："我觉得老大说的有道理，他们是从青龙山方向过来的，鬼子大部队又准备来攻打青龙山，这帮家伙中国话说得这么好，肯定是过来侦察青龙山的。如果让他们回去了，他们带着鬼子来打青龙山，那麻烦就大了。他们人不多，还都是三八大盖，咱们有五六十人，干脆来个冲锋，把他们干掉，把三八大盖抢过来算啦。"

胡克利决定按赵慈江说的干。高豪杰觉得赵慈江说的也有道理，如果是这样的话，无论如何不能让这帮日军回到大元镇。他朝他们点了点头。

他们怎么也没有想到，小林健二的小队其实还配有两挺机枪。小林健二喊完话，对方一阵沉默，他以为他们听进去了。哪知道，对方却突然冲出来，叫喊着杀了过来。眼看就要冲到跟前了，他不得不下令赶紧反击。机枪、步枪一起开火，胡克利的土匪哪里招架得住。胡克利冲到前面，一下子被打中了，他倒在地上，冲着赵慈江叫道："老子中弹了，快来救我。"

赵慈江愣了愣，回头就跑，没死没伤的土匪一看鬼子的火力够猛，也都跑了。倒是高豪杰，趴在地上挪到胡克利跟前，要把他拖走，哪知，自己身上也中了弹。小林健二见土匪们散了，忙下令停止射击。

他来到胡克利和高豪杰跟前，两人看着他，他的指挥刀在太阳下亮光闪闪。两人心想完了，鬼子杀人不眨眼，今天就要死在这里了。胡克利倒也不怕死，支撑着身子坐起来，笑嘻嘻地看着小林健二，说："你们杀了爷，爷等不及二十年，爷二十天后就又成了一条好汉，继续杀你们这些王八蛋鬼子！"奇怪的是，这个鬼子像个神经病，不但没有生气，反而还显得有点苦恼，他叹了口气，把指挥刀收起，让两个鬼子扔下两个救护包，看了看两人，摇了摇头，带着一帮鬼子走了。

两人目瞪口呆地看着他走了，然后扭头你看我，我看你，都想不通这个鬼子是怎么回事。

胡克利有些懊悔，说："高兄弟，你说，这个鬼子说的，中国人不杀中国人，会不会是真的？"

高豪杰也是一团乱麻："我也不知道，这事儿真是怪了……"

正说着，赵慈江鬼头鬼脑地从一个土坎后探出了头，见鬼子走了，忙招呼其他土匪过来。胡克利从地上抓起一块石头扔过去，大声叫道："你算啥东西？见了鬼子比兔子跑得还快。"

赵慈江点头哈腰地说："老大息怒，反正打不过，我们这是保存有生力量，准备出其不意杀他一个回马枪再来救您。"

他说着，吆喝着让钱二胖他们用救护包给两人包扎伤口。胡克利对他倒也知根知底，懒得与他计较。众人搀扶着两人，急急地向青龙山赶去。

高昌和谢让看到他们突然回来，两人又受了伤，大吃一惊，一问，原来是和小林健二交手。谢让觉得痛心，双方本来是可以避免交火的，再一听，日军要前来围剿青龙山，顿时觉得事态严重。谢让的意思是，日军这次看来是下了血本，应该避其锋芒，赶快转移。高昌却想依托青龙山的有利地形，和日军硬拼硬地打一仗，尽可能地消灭日军有生力量。他不无讽刺地对谢让说："你和共产党接触多了，是不是也学会他们那一套了，打不过就跑？再跑，咱们不是也成游而不击了吗？"谢让说："我不大懂军事，但我知道，最好的战术就是打死敌人保存自己。敌强我弱，我觉得我们有必要学习共产党的游击战术。灭敌八百，自损一千，这赔钱的买卖我们做不起啊。"洪桥也在旁边支持谢让，就连最好战的胡克利，因为刚刚吃了败仗，损失了五六个兄弟，自己和高豪杰还受了伤，连一个小鬼子都没伤着，也不好意思叫嚷着打了。几个大队长也赞成暂时避开日军锋芒，尽快转移。高昌心有不甘，但也不得不面对现实，下令准备转移。

胡克利和高豪杰被送到医院，舒林儿和周樱察看了一下两人的伤势，胡克利的相对较轻，高豪杰的较重，腿上还有弹片要取出。舒林儿觉得自己的技术比周樱更好，正要主动提出自己负责高豪杰，周樱把她拉到一边，对她说："林儿，我来负责高大队长，你负责胡克利吧。他对我有意见，怕是不配合我。"

舒林儿想想也是，忙答应了。胡克利果然不大好伺候，骂骂咧咧地不肯配合，舒林儿把伤口清洗包扎完，本来还要让胡克利再住院观察一段时间，可胡克利却不干，说那像娘儿们坐月子一样，他一个大男人，才不要这样呢。他从床上爬起来，赵慈江和钱二胖赶紧来搀扶着他，两人摇摇晃晃地走了。

高豪杰的算是一个大手术了，要把弹片从腿上取出来，问题是，青龙山又没有麻醉药。高豪杰看着周樱一脸着急，就笑着安慰她说："周姑娘，没事，你就大胆地做吧，我好歹也是一个军人，这点疼还是能忍受的。"

周樱想想只能这样了，忙找来一条干净毛巾，仔细叠好，递给了高豪杰。高豪杰迟疑地问她："要毛巾干什么？"

周樱娇嗔地瞪他一眼，说："手术很疼的，你咬着它啊，要不，我给你找块木头咬着？"

她的笑带着亲昵，甚至还有点撒娇的意味，高豪杰心里一凛，忙收敛心神，乖乖地接过毛巾，死死地咬着。整个手术过程虽说只有十多分钟，但两人皆是满头大汗。高豪杰是疼的，周樱是小心谨慎，过度紧张。好在还算顺利，取出了弹片。

周樱把他嘴里咬着的毛巾取出来，很敬佩地看着他，说："高大队长，你很坚强，居然连哼一声都没有，像个男人。"她说着，随手拿起毛巾给他擦脸上的汗。高豪杰的脸腾地红了，心里不由想，她要是朱燕子该有多好啊！

周樱很自然地给他擦完脸上的汗，坐在床边问他："还疼不疼？"

高豪杰老老实实地点了点头："当然疼，不过，我能受得了。"

周樱摇了摇头，说："高大队长，我参加过战地救护，你是我见到的最坚强的男人，不叫不喊……"

高豪杰诚恳地说："周姑娘，谢谢你，但你不要叫我高大队长了，我现在已经不是大队长了，你可以直接叫我的名字，或者叫我高大哥也行。"

周樱很爽快："好，高大哥，我这儿反正也没啥事儿，就陪你说话吧，分散一下你的注意力，这样你就不觉得疼了。你给我说说你是如何受伤的吧。"

高豪杰就把他们离开青龙山准备去卧虎山，半路遇到日军，然后在回来的路上又遇到小林健二他们的整个过程详细地给她说了，不知不觉中，伤口果然不怎么疼了。

周樱的眉头紧紧地皱了起来，好像在自言自语："怎么日本军队里还有台湾人呢？这些人真可怕，明明是中国人，还当了鬼子。"

高豪杰倒很理解："也不能怪他们，毕竟是清政府把台湾割让给日本的，都四五十年了，差不多一代人的时间了。不过，这个小队长倒很难得，还很清醒地意识到自己是中国人。听说他还到青龙山给朱燕子作证了，上次就是他放的朱燕子。"

周樱的眼睛瞪大了："还有这事儿？真的是他放的朱燕子？"

高豪杰点了点头，说："周姑娘，看来你还真是错怪了朱姑娘，她所说的一切都是真的。"

周樱的脸微微红了，喃喃地说："都怪我，鬼迷心窍了。有空我得找朱姑娘道歉。"

高豪杰笑着安慰她："那倒不必，你也是为了热血团好，朱姑娘想来也是会理解你的。"

周樱的眼睛有些红了，她定定地看着高豪杰，充满感激地说："谢谢你，高大哥，你对我真好。"

高豪杰刚要再说什么，外面传来激烈的枪炮声，震得房子抖了几抖。几个兵急急跑来，告诉他们说，日军开始进攻青龙山了，团长让他们来帮助医院赶紧撤退。周樱和舒林儿立刻指挥几个兵把珍贵的医药器材带上，又叫上两个兵抬着高豪杰撤退。

3

要撤退，自然得有掩护部队。谢天主动要求带领第五大队掩护部队撤退。老百姓听到枪炮声，乱成一团，吵着嚷着也要跟着部队走。热血团带着老百姓，自然就慢了很多。第五大队苦苦支撑，一直等到整个部队走远了，谢天这才带着部队边打边退。

热血团预定的集结地点是张家庄，快要到张家庄时，突然看到"王记布行"的王老板急匆匆地从村里出来了，看到谢天他们，他的神色有些慌张，回头又往村里赶去。谢天不禁起疑，跑上前去，叫住了王老板："王老板，你不是要出去吗？怎么又回去呢？"

王老板赶紧停下来，点头哈腰地说："谢大队长，我想出去进些货，突然想起身上没带钱，所以赶紧回去拿钱。"

谢天的眉头皱了起来，部队正在转移，张家庄也只是一个集结地点，随时可能开拔，他这时要出去进什么货？分明是临时找的借口，再看他神色慌张，谢天努了一下嘴，让几个兵上去搜身。士兵们上上下下搜了一番，却什么也没搜出来。王老板叫了起来："谢大队长，你这是干啥哩？我一个平民百姓，啥也不懂……"

谢天仍然不放心，让几个兵押着他，要去搜他和伙计带的行李。

走到村口，正好遇到周樱，她正带着几个护士在井边洗着绷带。看到谢天他们押着王老板，周樱吃惊地问谢天："谢大哥，怎么把王老板抓起来了？"

谢天只是起疑，但他到底有没有问题，他也说不清，只得含含糊糊地回她一句："我有点事儿要问问他。"

周樱看看垂头丧气的王老板，又看看谢天，摇了摇头，说："你不说就算了，反正和我们也没关系。"说完，就不再理他们，招呼护士赶紧洗涤绷带。

谢天带着王老板到了"王记布行"的宿舍点一看，心里就更起疑了。部队人多，每家每户都挤满了人，偏偏就王老板他们住的这一家只有布行的几个伙计和他们背来的布匹。王老板也看出他的疑虑了，就讪讪地笑着说："我失眠，有个风吹草动就睡不着觉，所以就把这整个院子临时租下来了。"

谢天也不理他，招呼手下的兵们立即搜查布行的伙计和他们带来的家伙什。伙计们虽然一脸惊讶，但也配合，几个人都没什么问题，他们背的那些布匹也没什么问题。王老板看着谢天，讨好地说："谢大队长，您看看，我确实没一点问题吧，我真的就是想出去进些货。"

谢天眯着眼睛盯着他，虽然没搜出什么，但这家伙实在是太可疑了。他想了一会儿，让几个兵押着王老板出了院子，然后他严厉地对几个伙计说："实话给你们说吧，我怀疑你们老板和日本鬼子有勾结，你们都在他身边，有什么情况老实交代，如果让我查出来，那就按共犯处理。"

几个伙计惶恐地你看我，我看你，纷纷表示和自己无关，自己只是王老板雇来的，根本就不知道王老板原来勾结日本人。

谢天仔细地观察他们，他们的样子也不像撒谎的，他也有点疑惑了，难道自己怀疑错了？他皱着眉头，详细地盘问王老板的底细。几个伙计都是大元镇本地人，他们说，王老板不是本地人，是热血团来到大元镇两个月前才来的，他到底是哪里人，他们也不清楚。

除了这些，再也没有有价值的内容了。谢天有些失望，还有些不甘，他用严厉的目光一一扫视着伙计，让他们仔细想想，还有什么遗漏没有。

还是一片沉默。谢天摇了摇头，连伙计都不清楚这个王老板的底细，那他绝对是有问题的，他很有可能是偷偷溜出来向日军报告热血团的集结地。谢天果断决定，先把王老板关起来再说。说干就干，他不顾王老板的一再抗议，让人把他捆起来，关在了一间屋里，外面又派了四个哨兵荷枪实弹地守着。

忙完这一切，谢天赶紧出来，打听了团部所在的地方，慌慌地赶过去。他先汇报了阻击日军的情况，接着又把遇到王老板的事儿说了。

高昌一惊，说道："这个王老板确实可疑，他在大元镇时，可以以进货为名往返于稻城，到了青龙山，他也可以以此为借口出去，谁也不会怀疑。"

谢让点了点头说："他很有可能是日军的线人，负责把内奸的情报传递给日本人，也许我们可以从这里突破，顺藤摸瓜找到那个内奸。"

他们决定立即审问王老板。三人出来，急急地赶往关押王老板的那个院子，但还没有赶到，一个哨兵慌慌地跑来报告，刚才他们听到屋里一声巨响，赶紧打开门，王老板已经撞墙自尽了。

三人急急赶去，只见王老板躺在地上，整个脑袋鲜血淋漓，还在往外冒着血。谢天把手指放在他鼻子前探了探，摇了摇头，他连一点气息都没有了。

事情显而易见，王老板是为保护那个内奸而自尽的。

三人一下子沉重起来，这个人肯为这个内奸而自尽，可见这个内奸隐藏得有多么深。这个内奸到底是谁？他就这么重要吗？谢天恨恨地踢了一脚王老板的死尸，说："这个狗汉奸，竟然为了日本人连命都不要了。"

谢让皱着眉头绕着尸体转了两圈，摇了摇头，说："这个王老板很可能不是中国人，是日本人。"

高昌和谢天吃了一惊，一齐去看谢让。谢让说："我虽然和王老板接触不多，但也听过他说话，他的中国话虽然流利，但还是觉得怪怪的，当时也没有多想，现在看来，他的口音似乎和樱井兆太郎有些相似。他很有可能是日本人。"

高昌不由点了点头："汉奸也只是在乱世中生存，他们把命看得很重，就是被咱们发现了，也不可能自尽的，而是会想方设法地争取保命，有的还能为我所用。从这点来说，这个王老板确实不像汉奸，更像一个日本人。"

这就更可惜了，他自尽了，寻找内奸的线索也中断了。

谢天心里很郁闷，归根结底，还是自己大意了，如果不把王老板关起来，而是立即押到团部审问，也许他就没机会自尽了。

4

谢天回到住处，朱燕子和谢地正在那里等他。两人正是为王老板的事情而来。朱燕子说："谢大哥，我知道你喜欢周樱，但有一句话我还得对你说，我觉得周樱的内奸嫌疑最大。在大元镇时，她就和王老板走得最近，两人经常见面。"

谢天的脑袋有点疼。又来了，这个朱燕子，看似豪爽，实际上也是斤斤计较，对上次周樱怀疑她是内奸的事还在耿耿于怀，她肯定是借机报复。女人真是麻烦。谢天的口气有些不好听："医院经常需要布匹做绷带，周樱到他那里采购也是正常的，她又不知道他是日本人的奸细，走得近又有什么？"

谢地说："大元镇的布行有好几家，周姑娘为什么总是到王老板那里买？我觉得还是应该在脑袋里打个问号，留心一点……"

谢天瞪了谢地一眼，他和朱燕子肯定是串通好的。他一个大男人就不会用自己的脑袋好好想一想吗？朱燕子纯属是小女人的小肚鸡肠，他凑什么热闹？

谢天不耐烦地说："你们不要捕风捉影，听风就是雨，搞得人心惶惶。"

朱燕子舔了舔嘴唇，说："谢大哥，我听你说过，周樱父母是南京金陵大学医学院的，前来北京求职，到天津生病去世了，她一个人到了北京。这事儿也只是她说的，是不是真的，我们都没调查过。她会日语，和日本人沟通起来也很方便。再说了，她被日本人抓起来，把她送到慰安所，她却能轻易跑出来，这也不能不让人怀疑。"

谢天心如刀绞，周樱受了那么多的罪，她竟然认定她是日本人的奸细！还有比这更伤人的吗？和周樱相处这么多年，她是什么样的人，他们比他还要清楚吗？他脸涨得通红，恼怒地瞪了朱燕子一眼："和你比起来，我觉得你从日本人那里跑出来更容易，我是不是因此也可以说你就是日本人派来的奸细？"

朱燕子愣了愣，泪水在眼中打着旋儿，她的声音里带着哭腔："谢大哥，你不能这样说我，小林健二已经给我作过证了。"

谢地不满地说："我们正在说周樱，你怎么扯到朱姑娘身上了？"

谢天却没理他，瞪着朱燕子哼了一声："小林健二本身就是日本鬼子，谁知道会不会是你们安排好的双簧呢？"

朱燕子再也忍不住，哇的一声哭了出来，她捂着嘴跑走了。

谢地愤怒地瞪着谢天，吼道："你怎么这样对待朱姑娘？"

谢天冷笑一声："她既然可以这样对待周姑娘，我为什么就不能这样对待她？"

两人谁也不肯让步，你一言我一语地吵了起来。

朱燕子边走边哭，越想越气，再一抬头，看到医院就在不远处，她一咬牙，擦掉眼泪，怒气冲冲地闯进医院。周樱正在整理病床，看到朱燕子，笑哈哈地问她："朱姑娘，有什么事儿？"

朱燕子瞪着她叫道："你说，你是不是日本人派来的奸细？"

周樱愣了一下，继而扶着桌子笑了起来："朱姑娘，我知道你喜欢谢大哥，但你再喜欢，总不能因此就诬蔑我是日本人的奸细吧。"

朱燕子愤怒地叫道："你闭嘴，我只问你，你是不是日本人的奸细？你是不是早已经叛变了？"

周樱脸色不变，仍旧笑眯眯的："朱姑娘，你是不是因为没办法让谢大哥喜欢上你，只有拿我做文章，把我说成是日本人的奸细，让他们把我抓起来枪毙了，你就能得到谢大哥了？"

朱燕子气得浑身颤抖，脸色通红，她忽地掏出手枪，对准了周樱："周樱，我是认真的，你不要给我瞎扯。王老板是汉奸，在大元镇，只有你和他走得最近，你说，你是不是通过王老板把情报传递给日本人的？"

周樱仍旧面不改色，满脸嘲讽："朱姑娘，啥叫走得近？到王老板那里买了些布就叫走得近了？那到他那里买布的人多了去了，你怎么不问他们去？"

正在这时，舒林儿进来了，一看这架势，大吃一惊："朱姑娘，你这是干什么？快把枪收起来。"

朱燕子回头瞪她一眼："没你的事儿，你到一边去。"

舒林儿想拉开两人，但看着朱燕子拿着枪虎视眈眈，丝毫没有放松的迹象，心里害怕，忙慌慌地返身出去找人。

周樱一脸挑衅："朱姑娘，我看你不要再有非分之想了，谢大哥喜欢的人是我，不是你。我告诉你吧，即使我是日本人的奸细，你也得不到谢大哥，他根本就没把你放在心上。"

朱燕子气极，跨上一步，举起巴掌，一个耳光扇在了周樱的脸上。周樱惊叫一声，捂住了脸。朱燕子的眼中几乎要喷出火来，拿枪顶在她的头上："你说，你到底是不是日本人的奸细？"

周樱歪着头看着她，恨恨地说："你拿着枪顶着我的脑袋，我就是说我是日本人的奸细，可谁会信你呢？"

朱燕子愣了愣，一时不知道如何回应。

周樱一脸嘲笑："我说我是日本人的奸细了，你开枪啊，你有本事开枪啊。"

朱燕子尖叫一声："好，我就开枪打死你，为热血团除去一个祸害，大不了我一命偿一命！"

她的手指正要扣动扳机，舒林儿叫来了谢天、谢地。谢天一个箭步冲上来，抓住朱燕子的手往上一抬，枪响了，子弹击在屋顶，落下一片尘土。

谢天忍无可忍，一个耳光扇在了朱燕子的脸上："胡闹，你疯了？"

朱燕子惊愕地看着他，喃喃地说："你打我，你打我！"

谢地过来，瞪了一眼谢天，拉过了朱燕子，低低地说："燕子，咱们走，咱们走……"

两人走了，周樱扑在谢天的怀里，呜呜地哭了起来："她非要说我是日本人的奸细，她还打我……"

谢天心疼地抚着她的肩膀，喃喃地说："我知道，我知道，樱儿，你放心，我一定会好好保护你，以后谁也不能欺负你！"

安置好朱燕子，谢地来到谢天的房间，静静地坐在那里等着他。一直到傍晚时，谢天才回来。谢天心里有气，看到他就像没有看到一样。谢地站起来，尽量让自己的声音平静一些："你怎么能打朱姑娘呢？朱姑娘怀疑周樱，尽管做得过激，但那也是为了热血团好。"

谢天眯着眼睛问他："你也怀疑周樱是内奸？"

谢地迎着他的目光，坚定地说："我和朱姑娘的看法一样，周樱的嫌疑最大，一是她来历不明，二是她从日本人那里逃出来疑点重重，三来她与王老板关系亲密，王老板自尽，想来也是为了保护她。"

谢天逼上一步，咄咄逼人地瞪着谢地："那你告诉我，如果她是内奸，目前最有价值的情报就是小林健二放了朱姑娘，对日本人有了二心，那小林健二为什么还没事儿？"

谢地说："她和王老板还没有机会把这个情报传递出去。"

谢天冷笑一声："小林健二没事，这不是明摆着，他就是与朱燕子串通好了，两人演了一场双簧戏。要说嫌疑，朱燕子的嫌疑最大。她反咬周樱一口，让我们把注意力放在周樱身上好掩护自己，也只有傻瓜才会信她。"

谢地的脸涨得通红，手不自觉地攥成拳头："朱姑娘死里逃生，受了那么多罪，你怎么还咬定她是内奸？我不许你这样诬蔑她！"

谢天恨恨地说："我就这样说她了，怎么了？你是不是喜欢她了？我告诉你，你再喜欢她都用，她被土匪玩过，又被日本人糟蹋过，还好意思说人家周姑娘……"

他还没有说完，谢地扑上前来，抱着他摔在地上。谢天没有提防，被谢地摔在地上，一时有些发蒙，待他反应过来，心里充满了愤怒，他和朱燕子串通好诬蔑周樱是内奸，朱燕子上门挑衅，还动手打了周樱，还把枪顶在了周樱的脑袋上，幸亏自己去得及时，要不然，周樱早就死在她手上了。谢地现在又找上他了，这两个人真是疯了。他从地上爬起来，抱着谢地厮打，两兄弟扭成一团……

敌我难分

1

出了王老板这事儿，大家都觉得张家庄也不安全了，部队继续向西转移。

刚走出张家庄没多久，谢地找到朱燕子，让她监视周樱。朱燕子惊讶地看着他，他低低地说："我想了又想，你说得对，周樱确实嫌疑很大。"朱燕子忙点了点头，刚要走，谢地叫住了她："你小心点谢天，他处处都在维护着周樱，别让他发现了。"

朱燕子有些难过，说："谢大哥也不知道是怎么回事，他连咱们的一句话都听不进去。"

谢地苦笑了一下，说："陷入爱情的人不都是这样吗？"

朱燕子愣了愣，继而在心里叹了口气，能有一个像谢天这样的男人爱着她，周樱还是幸福的，如果她要不是内奸，那该有多好啊！

朱燕子虽然很小心，尽力地避开谢天，但还是被他发现了。部队停下来休息，周樱说要到旁边一个山坡上采草药，朱燕子正躲在树后观察她，她的肩上突然被人拍了一下，她扭头一看，正是满脸怒气的谢天。朱燕子的脸腾地红了，一时不知道说什么好了。谢天瞪着眼睛问她："是不是谢地让你跟踪周姑娘的？"

朱燕子倔强地抬了一下头，说："和谢地没关系，是我自己怀疑周樱。"

谢天哼了一声，愤怒地说："你去给谢地捎个信，我如果再看到你们两个跟踪周姑娘，别怪我不客气了！"

朱燕子只得找到谢地，把谢天的话给他讲了。谢地充满苦恼地摇了摇头，说："燕子，既然咱们没办法监视周樱，那咱们就离开大部队向后警戒，以防有人留下线索，让日军追上大部队。"

朱燕子觉得他说的有道理，两人找到谢让。谢地讲了自己的担心，谢让立即找来高昌，两人商量了一下，决定让谢地和朱燕子骑着马往后侦察，如果发现日军尾随，立即赶回报告。

两人立即骑着马出发了。

就在热血团出发的当天，小林健二和他带领的小队被日本人抓了。不用说，他们与热血团接触的事情已经被日本人知道了。小林健二也没隐瞒，也无法隐瞒，日本人安插在热血团的奸细已经把他们的所作所为详细传递过来了。日本人决定把小林健二小队全部枪决。

他们却忘了，别的小队还有台湾人，其中四五个还是小林健二的老乡，当天晚上，几个人摸到关押小林健二的监牢，把看押的两个日本兵勒死，神不知鬼不觉地潜出了稻城。

小林健二和手下商量了一下，也只能投奔热血团了。

第二天早上，当樱井兆太郎得知小林健二小队叛逃后，立即派出高井中佐，让他带领一个中队追击，格杀勿论。

高井中佐分析，小林健二肯定是去投奔热血团了。他们直扑张家庄，到了那里，热血团已经转移。还好，日军与安插在热血团的奸细早有约定，如果失去联系，就在热血团转移的路线上用玉米粒做记号。他们沿着玉米粒很快就有了热血团的线索。倒是小林健二小队犹如无头苍蝇，连热血团的影子都没看到。

高井中佐立功心切，一路猛追，却不知道谢地和朱燕子早就发现他们了，两人急忙骑马追上大部队，报告了谢让和高昌。

高昌急道："部队立即轻装前进，甩掉这股日军。"

谢让却摇了摇头说："谢地说，这股日军也就百十人，我们现在在暗处，他们在明处，咱们可以找个险要的地方设伏，打他个措手不及。"

高昌掏出地图，两人凑上去一看，发现前面不远处有一处峡谷，正是设伏的好地方。事不宜迟，部队立即行动，抢占了峡谷的制高点，就等着日军前来自投罗网。

高井中佐哪里知道，自己已经一头撞进了热血团的包围圈，激战半天，除了十几个鬼子逃跑了，其余全歼，就连高井中佐也被俘虏了。

傍晚时分，热血团赶到了李冈镇。高昌想要继续前进，谢让却觉得部队已经很疲乏了，需要休息。高昌忧心忡忡地说："这里离八路军的乌龙山很近，咱们是疲惫之师，他们是以逸待劳，谁知他们操的什么心？万一袭击咱们就糟糕了。再加上咱和日军打了一仗，暴露了行踪，我怕夜长梦多，还是立即转移比较稳妥。"

谢让却不以为然："八路军和咱们都是抗日的，可以放心。正是因为离八路军近，想必日军也有所忌惮，反而比较安全。部队已经很累了，需要休息。今晚就在这里宿营，让兄弟们好好歇一歇。"

胡克利也吵着要休息，其他人默不作声，想来也是支持谢让的，高昌只得同意了。

第二天一大早，部队正要出发，突然响起了枪声，不一会儿，哨兵赶来报告，日军大部队赶来了，把李冈镇四面包围了。

热血团试着想打出去，日军火力猛烈，热血团且战且退，阵地不断丢失，包围圈越来越小。

高昌等人正在研究如何突围，一个士兵跑来报告，日军点名让谢让出来谈判。

高昌冲谢让摇了摇头，说："这是日军的诡计，小心他们的狙击手。"

谢让皱着眉头沉思了一会儿，说："部队一时也没办法突围，我去看看小鬼子葫芦里到底装的是什么药。"

谢让出来，却发现江一郎拿着喇叭在那里喊话："谢局长，我是你的老部下，你听我一句话，皇军已经把你们包围了，你们如果继续顽抗下去，只有死路一条。你们如果投降了，皇军说了，保证你们生命无虞……"

谢天从一名士兵手里拿过一支步枪，对谢让说："这个狗汉奸，我把他干掉吧。"

谢让摇了摇头，说："他虽是汉奸，但两军交战，不斩来使。敌人要和咱们谈，咱们就和他们周旋一会儿，也正好趁这个机会让弟兄们整理装备，抓紧时间休息，准备再战。"

谢让让士兵拿来一个喇叭，大声喊道："江一郎，你是中国人，不但不帮中国人，还帮鬼子来打我们，你能心安吗？"

江一郎回道："谢局长，生在乱世，各为其主，这话咱们就不要说了，还是说说你们投降的事情吧。我以我的性命担保，你们投降了，皇军保证你们的安全，愿意回家的回家，你愿意跟着皇军干，我立即让出位置，让你来当皇协军司令……"

谢让冷笑一声，说："江一郎，热血团就是打得剩下最后一个人也绝不会投降，告诉你的皇军主子，就不要痴心妄想了……"

江一郎跳下战壕，好像是请示日军指挥官去了。过了好大一会儿，樱井兆太郎出来了，大声喊道："谢副团长，我很敬佩你们的勇气。我愿意给你们留一条活路，你们只要交出高井中佐，我们就让出一条路，让你们走。"

谢让回头看了看高昌，高昌冲他摇了摇头，日军不可信。

谢让大声喊道："你们先撤走军队，我们在半路放了高井中佐。"

樱井兆太郎却不同意，执意让热血团先放了高井中佐，然后日军再撤走。

谢让说："我们如果放了高井中佐，你们不但不撤走，反而进攻我们怎么办？我们如何相信你们？"

樱井兆太郎说："那就没办法了，你们只能相信我们。"

谢让说："那我们就没法谈了，废话少说，有本事你们就来打吧。"

樱井兆太郎却也没有马上发起进攻，战场上陷入一片沉寂。谢让和高昌紧张地研究着，如果和日军硬拼，最后肯定是全军覆没。最好的办法还是坚持到天黑突围出去。最后两人决定向四面派出人员侦察，看看哪个方向比较薄弱，方便晚上行动。

人员派出了，两人坐在临时充当团部的一间商铺里，正在焦急等待，忽然四面枪声大作，日军又开始进攻了。两人抓起枪，高昌负责南口防御，谢让负责北口，两人赶往阵地，指挥士兵们还击。

日军的机枪像水泼一样，压制得热血团抬不起头，伤亡越来越大。谢地爬到楼顶，仔细地寻找着日军的机枪手，瞄准击发，一枪毙命。他得手后，立即转移。刚下一层楼，日军的迫击炮弹落下来，把楼顶炸了一个大坑，泥土和石块纷纷地落了下来。朱燕子关切地赶过去，把他拉了出来，问他："你没事吧？"

谢地正要说话，突然听到头顶传来嗖嗖声，他忙抱着朱燕子卧倒在地，二人打了几个滚，滚到一个弹坑里，一发迫击炮弹在他们刚才站的地方爆炸了。

日军突然停止了进攻，谢让正在疑惑着，樱井兆太郎的声音又响起来了："谢让，我知道你就在那里，你伸出头来看看。"

谢天忙按住了父亲，摇了摇头："这肯定是鬼子的诡计，说不定他们安排了狙击手正在瞄准你呢！"

谢让正在犹豫着，又听到樱井兆太郎的声音："谢让，你们还不投降吗？你们再不投降，我就把这些人给杀了。"

谢让心里一惊，伸出头去，只见对面大街上，七八个被俘的热血团士兵五花大绑，其中还有一个是派出去探路的赵参谋。

樱井兆太郎躲在一堵墙后，大声说："谢让，你不心疼自己的命，也得考虑考虑你手下兄弟的命吧。我给你十秒钟，你们如果再不投降，我就把他们杀了。"

谢让正在考虑如何回复，喇叭里传来了樱井兆太郎的声音，他在倒计时："十，九，八……"

当倒计时到一时，他看见谢让他们还没什么动静，就挥了一下手，隐蔽在一堵断墙后的日军机枪响了，七八个热血团的士兵倒在了血泊中。

一股热血冲上了脑门，谢让回头冲谢天吼道："去把高井中佐押来！"

谢天很快把高井中佐押来了，谢让把他推了出去，然后大声地说："你们不是想让我们投降吗？这就是给你们的回答！"

他手一扬，一声枪响，高井中佐一头栽倒在了地上。

高昌听说谢让枪杀了高井中佐，大吃一惊，赶到北口，质问谢让："谁让你把他枪毙了？"

谢让脸上的肌肉抽搐着："他们枪杀了我们七八个兄弟，我们就要以血还血，以牙还牙！"

高昌痛心道："谢副团长，你一向都很冷静，现在却怎么如此冲动？你糊涂啊，把高井中佐留着，一来是个筹码，二来还要审讯他，问出鬼子安插在热血团的奸细到底是谁。"

谢让愣了愣，脸腾地红了，自己确实太冲动了。作为一个警察局长，办了那么多的案子，每个案子都那么复杂，他早已经养成了谨慎、细心的习惯，比谁都理性，现在怎么了？樱井兆太郎看来就是要激怒他，人在愤怒的情况下很容易失控，做出错误判断。他深深地吸了口气，充满羞愧地对高昌说："高团长，你说得对，我被樱井牵着鼻子走了……"

高昌叹了口气，事已至此，退无可退，内奸未除，又遇强敌包围，看来，热血团命该如此。这样也好，人固有一死，死在抗战的战场上，也算死得其所。

他拍了拍谢让的肩膀，笑了笑，说："谢副团长，你也不要感到内疚，咱们能一起战死在这里，也算是缘分，如果有来生，我还要和你一起杀鬼子！"

谢让心头一热，紧紧地握住了高昌的手，重重地点了点头。能与高昌这样的铁血军人共同浴血杀敌，此生足矣。

2

双方激战到天黑，热血团被压制到镇公所的院子里。日军感到天黑进攻不便，慢慢地停止了。双方在黑暗中虎视眈眈，枕戈待旦，准备天亮再好好厮杀。

对高昌和谢让来说，这是关键的一晚，他们必须在这个晚上找到办法突出重围，一旦等到天亮，日军发起进攻，那就只有以死相拼了。死倒不怕，但鬼子还没有被赶出中国，现在就死掉，多么不甘心啊！

屋里烟雾缭绕，每个人心情都很沉重，没人开口说话。能有什么办法呢？只有硬打出去，可日军的包围像个铁桶一般，能撑一天，已经很不容易了，要想打出去，根本就是不可能的。

一直到夜里十点多，众人还是一筹莫展。高昌站起来，悲壮地说："弟兄们，宁为玉碎，不为瓦全，我们就坚守在这里，与鬼子决一死战。"

　　谢让看着大家，说："我和高团长都抱有必死的决心。相信大家和我们一样。"

　　胡克利笑道："死就死吧，死前能拉几个鬼子垫背，也是一件快事，老子当了一辈子土匪，干了无数的坏事，没想到，死了死了，还能成为民族英雄，赚大了！"

　　谢让赞许地看了看胡克利，这个土匪虽然有时让人又气又恨，但也不失为一条汉子，关键时刻还是有民族大义的。

　　谢让沉声说道："大家一会儿就立即行动起来，把所有的炸药都收集起来，在镇公所所有房子里埋上炸药，到最后时刻，当鬼子占领整个大院时，我们就把整个镇公所引爆，让所有的鬼子陪葬……"

　　他话音刚落，周樱闯了进来，兴奋地叫道："高团长、谢副团长，我们有救了！"

　　众人循声望去，只见她的身后跟着四五个八路军，带头的正是八路军独立团团长何思运。高昌和谢让皆吃了一惊，他们并没有听到枪炮声，八路军如何进来的？他们难道是插上翅膀飞进来的？

　　何思运抢上两步，紧紧地握了握高昌的手，又握了握谢让的手，诚恳地说："高团长、谢副团长，你们和鬼子打了整整一天，给鬼子重大杀伤，辛苦啦！真不好意思，我们来晚了。"

　　高昌一脸疑惑，但要他与何思运很亲热地说话，他一时又抹不开面子。谢让看出高昌的窘迫，就忙上前问道："何团长，你们怎么来了？"

　　何思运说："你们和日军一打响，八路军安插在李冈镇的交通员就赶紧通知我们了，我们立即带着部队过来了，本想从外面往里面打，再和你们一起打出去，但日军兵力太多，搞不好我们也被包饺子了。所以我们决定还是进来带你们出去。"

　　谢让看了看他，充满疑惑地问："你们有什么法子能把我们带出去？"

　　何思运笑哈哈地说："我们早就在李冈镇挖有通向外面的地道，还想着有朝一日和鬼子打地道战呢，没想到，现在倒派上大用场了。可惜地道只挖到了镇里的李家棺材铺，那地方已经被日军占领了。我们只好从中午开始挖，一直到现在才挖到镇公所，正好是在医院，这不，出来就遇到了周姑娘，还把她吓了一跳呢！"

他回头看了看周樱，周樱忙冲着高昌和谢让使劲地点头："地底下突然冒出几个人，我还以为日本鬼子打进来了呢！"

高昌大喜："谢谢何团长了，事不宜迟，我们立即从地道里撤退吧。"

热血团在何思运的带领下，立即行动起来，神不知鬼不觉地进入地道，再从地道里钻出来时，已经身在李冈镇北面三四里外的一座山坡下。

按照何思运的意思，热血团经过一番苦战，人马疲惫不堪，最好跟着八路军一起到乌龙山去休整一段时间。谢让觉得何思运的建议合情合理，他充满期待地看着高昌。高昌却说："谢谢何团长伸出援手，让我们热血团死里逃生，但乌龙山离此地甚近，日军紧紧尾随着我们，怕到了乌龙山，又把日军引过去，免不了又是一番苦战，拖累了你们。"

这番话明显就是借口，谢让有些难堪，八路军处处帮助热血团，但高昌却对八路军有着根深蒂固的偏见，不相信人家。他有些歉意地对何思运说："谢谢何团长的好意，咱们就此别过，有缘再见。"

何思运沉思了一会儿，笑了笑说："也好，可日军盯上你们了，你们准备到哪里去呢？"

谢让苦笑一下，说："目前暂时还没有明确的地方，走一步看一步吧。"

何思运说："我听说吴师长的救国军目前正在五龙山活动，我建议你们还是去那里看看，毕竟人多好办事。"

高昌吃了一惊，脱口而出："吴师长还活着？"

何思运点了点头："对，他当时在玉米镇突围时，部队被日军打散了，幸亏附近有我们的一支队伍，掩护着吴师长撤退，他后来又收拢散兵，现在集结在五龙山。"

高昌和谢让互相交换了一下眼神，这个消息真是及时雨，热血团归建救国军，那是再好不过了。两人集结部队，把这个消息告诉了大家，果然群情激昂，嗷嗷叫着要立即出发，前去五龙山寻找救国军。

部队就要出发了，何思运又叫住两人，微笑着说："高团长、谢副团长，我还有一事相托，两位见到了吴师长，希望能替我们说说话，我们很盼望和救国军联合起来一起打鬼子，人多力量大，共同抗战，早日把鬼子赶出中国。"

高昌的眉头皱了起来，既没答应也没拒绝。谢让忙说："那当然，那当然，咱们都是中国人，目标一致。"

何思运握着谢让的手，重重地摇了摇，诚恳地说："谢团长说得对，国共两党无论有什么分歧，但在抗日的民族大义面前，都是小事，最重要的是把我们共同的敌人打败。"

他又转向高昌，还想再说些什么，高昌把头扭向了一边。何思运尴尬地笑了笑，说："那好，时间也不早了，鬼子很快就会发现你们突围出来了，你们快走吧。你们放心，我们会在这里监视鬼子，如果他们追过来了，我们就阻击一阵。"

谢让心里涌出一阵暖流，不由自主地举起手，给何思运敬了个礼："谢谢你，何团长！"

3

热血团上了路，高昌沉默不语，大步流星地走着。谢让心里有点不安，刚才和何思运在一起，自己过于热情，高昌是不是不高兴了？可人家救了热血团，又不求任何回报，还在那里帮助掩护部队撤退，无论如何，都应该表达谢意的。

他小跑几步，追上高昌，低低地说："高团长，我看这个八路军的何团长人还真不错，有大义，能担当。"

高昌哼了一声，不满地嘟哝了一句："共产党都是笑里藏刀。"

谢让却不同意："我在警察局和那些共产党打过交道，咱私下里说，他们都是硬汉子……"

高昌警惕地看他一眼，说："谢副团长，你可不能被那些共产党迷惑了啊。"

谢让笑道："我才不管什么党不党的，只要是打鬼子的，我觉得都是好样的。"

高昌说："反正咱们不能和共产党搅和在一起，他们打他们的，咱们打咱们的，大路朝天，各走一边。"

谢让想再劝劝他，但看他那样子，不是一时半会儿能劝回来的，也就不再说话了。

部队经过一夜急行军，傍晚来到一个镇子，镇子静悄悄的，没有一点动静。高昌有些疑惑，正要派人去看看，胡克利大大咧咧地说："怕什么？咱们早就把小鬼子甩掉了，怎么可能哪里都是小鬼子？你们也都是被吓坏了。你们这叫……叫什么？"

赵慈江忙接了上去："草木皆兵。"

胡克利说："对对对，草木皆兵。你们怕，我们不怕，我带着我的部队先去给你们探探路。"

他回头招呼了那四五十个土匪，呼啦啦地向镇内冲去。还没到镇子跟前，突然枪声大作，胡克利慌乱指挥还击，狼狈不堪。

高昌果断命令，洪桥带领第三大队前去支援，帮助胡克利小队撤退，然后就地阻击日军，掩护热血团转移。

一直到半夜时分，洪桥带领的第三大队才赶回来。战斗最激烈的时候，双方进行了白刃格斗。清点了一下人数，谢让大吃一惊，谢地不见了！

洪桥的脸都白了："在肉搏战时我还看到谢地了，他一连捅倒了两个鬼子呢！"

朱燕子着急地说："我们赶紧带部队回去看看吧。"

高昌和谢让几乎同时摇头，热血团一路血战，早已疲惫不堪，如果再遭遇日军，后果不堪设想。

高昌说："这样吧，就让谢天、朱燕子、胡克利他们三个回去看看，看看能不能找到谢地。如果找不到，尽快赶往五龙山，我们在那里等你们。"

胡克利本来不愿意，赵慈江察言观色，凑上来讨好地说："老大，这里有诈，他们是想支走你，把咱们的队伍吞并了。"

他不说这话还好，一说这话，胡克利反而生气了，在他脑袋上打了一巴掌："你把别人都想得和你一样坏了！"

胡克利跟着谢天、朱燕子往回赶，热血团继续向五龙山方向前进。

快到天亮时，看见离镇子也不远了，胡克利吵着太累了，要休息一会儿，谢天和朱燕子心急火燎，但也不便发作，只好随他一起坐下休息。三人找出干粮，正在啃着，头顶突然响起一声吼叫："什么人？"

三人一惊，抓起枪站起来，只见五六米外的一座山坡上站着一二十人，都穿着伪军的服装。谢天眼前一黑，完了，怪自己大意，竟然忘了安排一个人担任警戒。

三人正在惶惑间，从伪军里出来一个人，这人眯着眼睛看了三人一会儿，说："谢天，你怎么也在这里？"

谢天一愣，再一细看，却是江一郎。江一郎在北平时是父亲的搭档，两家关系不错，来往紧密，江一郎经常到谢家来，一到谢家就逗谢天、谢地兄弟俩。谢天心里一动，他虽然投降了日军，但毕竟是中国人，但愿他还有点良心，放他们一马。谢天说："江叔叔，真巧啊，我们会在这里遇到。"

他再看其他伪军，却也认出几个原来是警察局的，他们的表情有些羞愧，枪口不自觉地垂了下来。其他伪军虽然还端着枪对着他们，但江一郎却回头摆了摆手，让他们收起了枪，然后回头问谢天："你来这里干什么？"

谢天忙说："昨晚在这里和鬼子打了一仗，我弟弟他们掩护部队撤退，一直没回来。江叔叔，你看到谢地没有？"

江一郎摇了摇头说："我还真没见到他。谢地很聪明，想必不会有什么事儿。"

胡克利有点不耐烦了，叫道："别在这里婆婆妈妈了，他就是一个狗汉奸，咱们水火不容，大不了就是一死，打吧。"

几个伪军脸上出现了愠怒，把枪口对准了胡克利。

谢天直直地盯着江一郎，问他："江叔叔，今天落在你们手里，也算我们倒霉，你准备如何处置我们？咱们真的要刀枪相见吗？"

江一郎苦笑一下，说："大侄子，你把你江叔叔想成什么人了？我们在北平被日军包围了，又没有援军，只有死路一条，投降日军也是迫不得已。我们虽然投降日军了，但也不至于真的要拿同胞开刀。何况是你？你们走吧。"

谢天愣了愣，低低地说："江叔叔，既然这样，你们为什么不反水跟着我们一起抗日呢？"

江一郎摇了摇头说："哪里有那么容易？我们可以一走了之，但我们的家眷还在北平，他们怎么办？"

谢天还想再劝劝他，胡克利却说："既然话说到这份上，那咱们就走吧，反正谢地兄弟也找不着了，赶紧去追大部队吧。"

谢天看了看朱燕子，朱燕子冲他点了点头。看这个伪军江一郎还有点良心，他要是说没见到谢地，那谢地肯定就没有落到日军手里，想来应该也没什么事儿。现在最重要的是赶紧脱离敌人，免得夜长梦多。

谢天向江一郎道了谢，刚要准备走，江一郎又说："你们是要去五龙山吧？我劝你们还是不要去了，前几天日本军队刚去扫荡过这里，救国军已经转移了。"

谢天一愣，问道："救国军转移到哪里去了？"

江一郎皱着眉头想了一会儿，说："具体我也不大清楚，但好像是向青杠树那边去了。"

谢天等人正要走，江一郎又叫住了他，脸色有些泛红，喃喃地说："大侄子，我今天把你们放走了，希望将来你们也能给我们弟兄作个证，我们并不是汉奸。"

胡克利正要再骂两句，谢天忙使个眼色制止了他，朗声说道："那当然，江叔叔，我一定会给你们作证的，也希望你们将来有朝一日能掉转枪口，加入抗日队伍中来。"

谢天心里既苦闷又高兴，苦闷的是，弟弟仍然下落不明，高兴的是，意外地遇到了江一郎，他还良心未泯，回去告诉父亲，父亲也会高兴的，将来有机会，一定能把他拉回到抗日队伍里来！

三人商量了一下，决定直接去青杠树。想来热血团到了五龙山，发现救国军已经转移，也会直接去青杠树吧。

第二天午时，三人终于赶到青杠树，热血团果然已经赶来，救国军当然也在这里。两支部队会合一起，皆大欢喜，救国军杀猪宰羊，好好地庆贺了一番。

4

一切安置下来，第三天，吴念人把高昌、谢让找来，两人落座后，吴念人笑眯眯地说："两位能带领几百名兄弟坚持到现在，实属不易。从前你们是打游击，现在大家聚在一起，就要形成拳头，狠狠打击日军。"

谢让心里也很激动，救国军有两千来人，全部是清一色的国军军装，看上去甚是威武，他们的武器也不错，除了装备的都是汉阳造，还有三八大盖、卡宾枪，机枪和迫击炮也不少。再加上热血团的六七百人，虽说还不能去打大城市，但对付一个大队的日本鬼子应该不成问题。

吴念人又说："我已经向重庆戴老板请示了，过段时间，还会有军火运来，到时把热血团装备起来。"

谢让与高昌对视一眼，都喜出望外，赶紧向吴念人表示感谢。

吴念人沉思了一会儿，说："我考虑了一下，热血团人员成分复杂，有原来二十九军的，还有北平警察和国军战俘，另外一部分还是土匪，你们在外面时间长了，难免有游击习气。我们是正规军，就要有正规军的样子。我的意见是，把热血团解散，人员分别编入救国军中，这样，也有利于改造。你们看怎么样？"

谢让大吃一惊，说："吴军长，热血团经过无数次战斗，好不容易才磨合成目前这个样子，大家彼此相熟，打起仗来得心应手，如果把他们解散了，分到各个部队去，他们还要重新适应，我怕反而影响了战斗力。"

高昌却反对谢让的意见，他说："军人以服从命令为天职，我听军长的安排。"

吴念人微笑地看着谢让，说："谢副团长，你放心，热血团虽然解散了，但你的职务不会变的，我会安排你一个新职务，绝对不会低于现在的职务。"

谢让的脸涨得通红，吴念人显然误会他了，以为他反对解散热血团是怕自己没了职务。他仿佛受了侮辱，不由提高了声音："吴军长、高团长，我谢让只是一个小小的警察局长，之所以当热血团的副团长，也只是在危急时刻协助高团长，我一心只考虑如何打鬼子，从来没有计较过职务。只要有利于打鬼子，别说是这个副团长，哪怕让我当一个普通的士兵，我也愿意。我所说的都是从大局出发，为了让热血团更好地打鬼子。"

吴念人尴尬地笑了笑，说："谢副团长，你不要激动。高团长昨天也给我说过了，你在热血团这段时间，确实帮了大忙，也完全适合成为一名指挥官，救国军也需要像你这样的人才。"

高昌看了看谢让，低低地说："谢副团长，热血团只是一个临时番号，我们现在归建了，就要听从命令。我完全同意改编。"

谢让气呼呼地说："我服从命令，但我保留意见。"

吴念人把手往桌子上一拍，如释重负，说："好，那就这样决定了，热血团番号取消，人员打乱，分散编入其他团。"

高昌和谢让的手下还好说，虽然心里不情愿，但毕竟都是正规军队和警察出身，知道服从命令，胡克利手下那四五十个土匪却不干了，当救国军的一位上校宣布要解散热血团改编时，胡克利带头叫了起来："老子不干，你们凭什么要把我的人弄走？"他一吵，那二十来人也闹着不干了。上校哪里见过这阵势？当即火上心头，命令救国军上前包围了胡克利小队。胡克利小队一看，也掏出枪来，双方对峙在一起。但他们哪里是救国军的对手？最后还是被缴了械，上校关了起来。

当高昌和谢让赶去时，木已成舟，两人请求吴念人把胡克利小队放出来。吴念人却严厉地说："持枪哗变，如果在平时，是要枪毙的！把他们关上一段时间再说。"

谢让说："把热血团解散改编，大家一时转不来弯，有误会也实属正常，希望军长能够体谅一下。"

吴念人不喜欢听这话，他瞪着谢让，严肃地说："谢副团长，军队和警察不一样，慈不掌兵，也就是因为你们这样软弱，才让这帮土匪到现在还这么嚣张，一点当兵的样子都没有。到了这里，就是一个军人了，正好借这个机会教教他们如何才像一个军人。"

谢让还想再说什么，高昌示意他不要再说了。谢让想想，再争执下去，徒劳无益不说，还有可能与吴念人伤了和气，只得忍住了。

关了半个月，胡克利小队被放了出来，胡克利尽管还不服，但也无可奈何，整个队伍被打散分到救国军各个部队了。

这天下午，吴念人、高昌、谢让等人正在开会，商量着如何和日军干一仗，突然有个军官进来报告，一队日本兵来了，说是要见高昌和谢让。几个人赶忙出来一看，正是小林健二带的部队。

吴念人立即命令救国军把小林健二的日军拿下。救国军冲上去，黑洞洞的枪口对准了他们，小林健二带的日军也拔出枪来。朱燕子见势头不对，冲谢天使了个眼色，谢天会意，两人带着几十个原热血团的部下冲在两支队伍中间，组成人墙，把双方隔开。

高昌忙对吴念人解释："军长，他们不是日本人，是台湾人，看样子是来投奔咱们的。"

谢让赶紧上前，问了小林健二，听小林健二说了原委，也赶紧过来，把小林健二被日军抓住，又被老乡救出，然后他带领部下和老乡叛逃日军的经过说了。吴念人还有点疑惑，低低地说："万一这是日军用的苦肉计呢？"

高昌和谢让几乎同时摇头，说："这不可能。"

吴念人半信半疑，但还是让救国军把枪放下了。小林健二也赶紧让部下收起了枪。

吴念人仍旧心事重重："日本鬼子太狡猾了，我们不能不防。"

谢让说："吴军长，我相信小林健二是真正来投奔我们的，他们既会中国话，又会日本话，还在日本军队待了那么多年，对日本军队相当熟悉，有了他们的帮助，救国军对日作战必定如虎添翼。"

高昌说："吴军长，你还是先接触一下这个小林健二，了解一下再说。"

小林健二跟了众人来到军部，又把自己的经历细细地讲了一遍，然后诚恳地看着吴念人，说："军长，我们都是中国人，从前做了错事，好在现在迷途知返，请军长放心，我们一定会好好打鬼子。"

吴念人带着审视，问他："小林健二，你那些部下可靠吗？"

小林健二脸红了一下，说："我不叫小林健二，我的名字叫林国雄。我那些部下都是我的同乡。虽然我们曾是日本军队的一员，但日军从来没拿正眼看过我们，兄弟们也早就不堪凌辱。他们绝对可靠。"

吴念人走了几个来回，停了下来，盯着小林健二，问他："如果真像你说的那样，你肯定熟悉日军情况，你能告诉我，附近有什么有价值的日军的目标？"

小林健二想了一会儿，说："离这里五十多里的周家岗镇北边约三里有个山洞，是日军的物资中转站，存放的全是军火，甚至还有坦克，但守卫的兵力并不是很多，大概只有一个中队。"

高昌和谢让交换了一下眼神，如果这个情报属实，那么，救国军近三千人对付日军一个中队绰绰有余，不但能消灭一个中队的鬼子，还能用日军的军火装备自给，至于坦克，开不走，可以炸掉。他们充满期待地看着吴念人。

吴念人看看谢让和高昌，又看了看小林健二，说："你能把日军的这个军火库的位置画出来吗？"

小林健二点了点头，拿过纸和笔立即画了起来。

小林健二走后，吴念人问高昌和谢让："你们觉得他可靠不可靠？"

谢让说："我觉得小林健二还是值得相信的。"

高昌说："我们可以先派人去侦察一下，看看情况再做决定。"

吴念人点了点头，三人商量了一下，决定派谢天、高豪杰和朱燕子一起前去。

谢天、高豪杰和朱燕子收拾停当，正要出发，吴念人过来了，检查了三人随身携带的装备，关切地说："你们去医院拿些救护包吧。"

三人应了一声，到了医院，正好遇到周樱，周樱看三人全副武装，惊讶地问他们："你们要去哪里？"

朱燕子抢先说："我们执行秘密任务。"

周樱被朱燕子抢白了一顿，落个没趣，脸腾地红了，委屈地看着谢天，泪水在眼中打着旋儿。

谢天瞪了一眼朱燕子，柔声对周樱说："小林健二说周家岗镇那边有个日军的军火库，我们去侦察一下。"

朱燕子气极，顾不得周樱就在跟前，大声质问谢天："这么大一个行动，你怎么能随便就说呢？"

高豪杰眼看两人要吵起来，忙过来打圆场："周姑娘又不是外人，人家是谢大队长的未婚妻，关心这事也是正常的。"

周樱看了看气呼呼的朱燕子，又看了看高豪杰，低低地说："谢谢你，高大哥，都怪我多嘴，不应该问的。朱姑娘，你别放在心上，我以后再也不问了。"

谢天狠狠地瞪着朱燕子，恼怒地说："朱姑娘，你以后不要这么任性了，好不好？"

朱燕子的脸涨得通红，冲着谢天叫道："你们都对，就我错了，好不好？"她狠狠地跺了一下脚，冲出了医院。

周樱给两人拿来了三个救护包，又给谢天整了整衣领，关切地说："谢大哥，你要多保重，一定要平安回来。"

谢天点了点头，安慰她说："樱儿，你放心，没事的。"

两人出了医院，小跑一阵，追上了朱燕子，无论高豪杰如何插科打诨，朱燕子还是气呼呼的，不理两人。朱燕子心里确实难过，在她看来，周樱的嫌疑最大，无奈，谢天是说啥也听不进去，唯一相信她的谢地如今却下落不明。想到这里，她不由长长地叹了口气。

三人还算顺利，赶到小林健二所说的周家岗镇北约三里的那座山，果然有一个山洞，三人伏在一个土坡后，拿着望远镜侦察了好大一会儿，进进出出的日军并不是很多。谢让掏出纸和笔，一边观察一边把日军的军营、地堡、火力点都画了下来。画完以后，三人迅速撤退。

回到青杠树，已是傍晚时分。三人向吴念人、高昌和谢让汇报了情况，吴念人大喜，立即把救国军连长以上的军官召集起来，就着谢让画的日军防御图，仔细地进行了任务区分，决定明天进行准备，后天出发攻打周家岗镇日军军火库。

5

第二天凌晨，吴念人让人把小林健二和洪桥找来，吴念人开门见山地对小林健二说："我是粗人，没有那么多弯弯肠子，咱们打开天窗说亮话，你们到了这里，我还是有点疑虑，明天我们就决定攻打周家岗镇的军火库。如果顺利打下来了，那说明你提供的情报是对的，你们没有任何问题。如果出了差错，那我就得重新考虑你们投奔救国军的动机了。在此之前，你们不参加救国军的行动，就待在青杠树，洪桥大队长和一个营的救国军也留下来，暂时委屈你们一下，听从洪大队长的安排。"

他已经说得很清楚了，等于变相地把小林健二所带的日军全部软禁了。

高昌和谢让皆有点担心，怕小林健二接受不了，没想到，小林健二倒是理解，诚恳地点了点头，说："我理解吴军长的顾虑，我完全接受，绝不给你们增添任何麻烦。"

高昌和谢让互相看了一眼，不由得对这个小林健二刮目相看，他确实是一个识大体顾大局的人。

救国军出发了。天亮的时候，军队绕过周家岗镇，来到了北面那座小山前，部队就地隐蔽，在谢天、朱燕子的带领下，吴念人和高昌、谢让到山坡前仔细观察了一下，并无任何异样。吴念人把营长们召集起来，简单地部署了一下，按照前天晚上的安排，各个连队迅速就位，一个小时后发起攻击。

各个部队就位后，吴念人耐心地看着表，一个小时即将过去了。谢让举起望远镜观察了一会儿，只见刚才还在山洞前进进出出的日军突然不见了，他有点疑惑地扭头对吴念人说："吴军长，你看，日军突然都不见了，会不会有诈？"

吴念人吃了一惊，忙举起望远镜看了看，眉头紧紧地皱了起来。

谢让忧心忡忡地说："可能情况有变，我们是不是撤回去？"

吴念人看了看他，又看了看高昌。高昌摇了摇头，说："小林健二应该没问题，谢天他们前天也来侦察过了，我看，也许是日军正巧进去部署任务什么的吧。"

胡克利看了一下表，有些不耐烦："管它有变没变，咱们以不变应万变，反正已经大老远来了，打吧。"

吴念人看了看表，一个小时正好到了。他终于下了决心："发信号，打！"

三颗信号弹升上半空，救国军一跃而起，向日军军火库发起攻击。

刚开始一切顺利，日军毫无动静，正当救国军快要接近时，地堡里、山洞四周突然冒出了更多的日军，机枪吼叫着，迫击炮弹不停地落下来，组成了一道严密的火网，冲在前面的救国军士兵猝不及防，纷纷倒下，后面的慌乱卧倒，被日军压得抬不起头。

吴念人举着望远镜的手微微发抖，他不停地移动着望远镜观察日军的火力点，日军的火力虽猛，但兵力似乎并不是很多，确实也就一个中队的样子。这仗还是有把握打赢的，只是偷袭变成了强攻。

吴念人扭头冲高昌和谢让吼道："日军就这一个中队，命令兄弟们强攻，一定把它这股日军消灭了！"

高昌和谢让应了一声，刚从地上爬起来，背后突然响起激烈的枪声，更多的日军从背后杀来了。

吴念人眼前一黑，这是日军布下的陷阱！

吴念人立即命令进攻军火库的部队后队变前队，前队变后队，向背后的日军猛攻，杀出一条血路突围。他大声吼道："上刺刀，猛打猛冲，不惜一切代价突围出去！"

他说完，夺过身边一个士兵的卡宾枪，带头冲锋。在吴念人的带领下，救国军猛打猛冲，终于撕开一条口子，突出了重围。

看看已经甩掉了日军，吴念人气极："他妈的，上了小林健二这个小鬼子的当了，这个狗日的，我要把它毙了！"

谢让舔了一下嘴唇，低低地说："军长，我觉得小林健二情报无误，谢天他们也侦察过了，会不会是有人走漏了消息？"

吴念人狠狠地瞪了他一眼："你们这是引狼入室，我就是相信你们的话，才造成了这么大的损失，事到如今，你还好意思为他说话？"

谢让还要再说什么，高昌偷偷地扯了扯他的胳膊，朝他摇了摇头。

看看吴念人大踏步地走了，谢让悲痛地看着高昌，喃喃地说："高团长，你如何看？你觉得这是小林健二使的诈吗？"

高昌摇了摇头说："不是小林健二的问题，前天谢天他们也来侦察过，他的情报没问题，但问题还是出在咱们热血团。"

谢让愣了一下，不解地问他："这和咱们热血团有什么关系？"

高昌沉重地说："你别忘了，咱们热备团里有内奸，到现在还没有一点头绪，肯定是这个内奸泄漏了消息。"

谢让的脸色大变："这人会是谁呢？事先知道消息的也就是连长以上军官，应该能查出来。"

高昌苦笑了一下："连长们知道了，也就等于所有人都知道了，连长们肯定会回去进行动员部署，怎么可能不走漏消息呢？归根结底，还是咱们两个大意了。"

谢让的心情愈发沉重："这么说，小林健二他们是无辜的，吴军长却认定他是假投降，回去就要枪毙他们，这可怎么办？"

高昌长长地叹了口气："走一步说一步吧，吴军长正在火头上，谁的话也听不进去，回去以后咱们再相机行事。"

部队离青杠事还有五六里，只见洪桥带领着那个营匆匆忙忙地赶过来。吴念人一看，脑袋嗡地响了一下，冲上前吼道："你怎么在这里？小林健二他们呢？"

洪桥愣在那里："朱燕子刚才回来对我们说，部队打了胜仗，缴获的军火太多了，运不完，让我带队赶紧去接应你们……"

吴念人打断了他："什么打了胜仗？这是小林健二这个狗日的小鬼子设的陷阱！朱燕子为什么要对你这么说？"

洪桥跺了一下脚，叫道："完了，朱燕子肯定把小林健二他们放了，小林健二救过她。"

谢让和高昌也明白了，以朱燕子的聪明劲，她很快就想到了吴军长肯定不再信任小林健二了，部队撤回来时，自己抄了近路，赶回青杠树，骗过洪桥，把小林健二放了。

果然，部队回到青杠树，只见朱燕子站在路口，见到吴念人，笑嘻嘻地说："吴军长，我以我的性命担保，这事儿绝对不是小林健二的阴谋，是我们部队有内奸，我们才中了鬼子的圈套。"

吴念人吼道："你把小林健二他们放了？"

朱燕子说："对，我把他们放了，我不会眼睁睁地看着你们把他们杀了，他们是好人。"

吴念人眼中几乎要喷出火来："我看你就是内奸！"他吼着让人立即把朱燕子抓起来。

谢让和高昌赶紧过去，他们再三保证朱燕子不可能是内奸。吴念人严厉地盯着两人："朱燕子的事情我全知道，她被日军俘虏了，然后自己又莫名其妙地逃了出来，说是这个小林健二把她放了，并且小林健二为这事还专门到你们青龙山为她作证。现在事实已经很清楚了，小林健二根本就是一个地地道道的日本鬼子，以假投降的名义取得我们的信任，然后设下陷阱，企图把救国军一网打尽。那朱燕子显然也已经叛变了，配合小林健二演了这场戏。你们难道不会用自己的脑子想一想吗？"

高昌急道："朱燕子如果是内奸，那她放走了小林健二，为什么自己不跟着他走，而等着我们来抓她？有这么蠢的内奸吗？"

吴念人恨恨道："敌人狡猾就狡猾在这里，表面上理直气壮若无其事，妄想让我们继续信任她。你们怎么这么糊涂？"

谢让说："吴军长，你不相信朱燕子，也该相信高团长和我吧，我们两个以性命担保，小林健二、朱燕子绝对没事。"

吴念人不耐烦地摆了摆手："你们不要再说了，我已经决定了，立即组织军事法庭审判朱燕子。"

谢让和高昌面面相觑，一时也没了办法。

分道扬镳

1

救国军还没顾得上喘口气，派出去侦察的谢天和高豪杰回来报告，日军正在周家岗镇集结，准备大规模扫荡青杠树。

气氛一下子凝重起来。这次攻打军火库得不偿失，损失惨重不说，还暴露了救国军的实力，一时成了日军的眼中钉，必除之而后快。

吴念人立即召开作战会议，研究下一步行动。谢让建议把救国军拉进山区，保存实力，等风头过了，再出来与日军作战。

几个参谋也频频点头，他们俯身在地图上，寻找可以转移的山区。

高昌却不同意："我不赞成谢副团长的意见，我们是堂堂的国民革命军，哪里能见到日军就跑？抗战是场你死我活的战争，靠游击战根本就赶不走日军。我们就应该与日军面对面地战斗，不能学八路军，游而不击，保存实力。"

高豪杰却支持谢让："我觉得谢副团长的意见是对的，敌强我弱，打得赢咱就打，打不赢咱就跑，这也不是要躲着日军，而是要避其锋芒，等待有利时机再出击。"

谢天也赞成高豪杰说的。

吴念人趴在那里盯着地图看，一直都没有吭声。过了好大一会儿，这才抬起头，用威严的目光一一扫视众人，说："日军一直龟缩在城镇，筑有坚固工事，我们没有攻坚能力。现在他们主动出来找我们打，我们也求之不得，正好狠狠教训他们一下。你们看这里。"

吴念人用手中的笔指了指地图上一个小圆点："这里有国军暂编第五军赵国元军长带领的一个军，和我们救国军不一样，他们可是一个齐装满员上万人的正规军。我们可以与他们联系，让他们在野猪沟设伏。我们边打边撤，把日军引向野猪沟，赵军长带领的国军从两侧出击，再把日军退路封掉，我们就回头攻击日军，把口袋口扎上，这股日军就插翅难飞！"

众人凑到地图去看，野猪沟正位于青杠树与暂编第五军军部之间，是一条狭长的峡谷，地形确实有利于设伏。

谢让也觉得吴念人的想法不错，就不再坚持转移到山区。接下来就是派谁去向赵军长联系的问题。

谢让说："吴军长、高团长你们要组织部队行军作战，还是我去吧，如果去的人级别太低，赵军长可能也不大重视，我去了正合适。"

吴念人和高昌同意后，谢让立即出发。一百多里的路，谢让用两天时间就赶到了，赵军长见了他，细细地询问了救国军有多少人，装备如何，战斗力怎么样。谢让一一回答了。赵军长是个将近五十岁的中将，虽在敌后，人却保养得很好，红光满面，身子也有些发福了。看来他们的日子还不错。赵军长心情很好，又带着他参观了军营，他们的武器装备也很好，每个班都有一挺轻机枪，迫击炮也有不少。谢让越看越兴奋，这样一支强大的军队如果埋伏在野猪沟，够日军喝一壶了。

赵军长也很爽快，答应两天后把部队开拔到野猪沟设伏，让吴军长放心，到时一定好好地教训一下小鬼子。

谢让有些焦急，说："赵军长，日军随时都有可能进攻救国军，还是尽快把部队开到野猪沟吧。"

赵军长为难地说："我们这是上万人的部队行动，总得有个准备时间吧。你们救国军不是有电台吗？这样吧，你回去以后，给吴军长说一下，我们用电台联系，协同发起攻击。"

话说到这份上，谢让也无话可说了。他没敢再多停留，立即赶回青杠树。

还没到青杠树，就遇到了救国军。救国军已经与日军接上火了，且战且退，因为在等谢让的消息，所以没敢让日军长驱直入，而是步步为营地抵挡，这仗就打得很艰难，战斗激烈，人员伤亡也不小。

等谢让把赵军长的意思说了，吴念人急了："什么？他们还要等两天才开到野猪沟？多等一天，我们救国军的伤亡就越大，能不能让赵军长提前一天？"

谢让忙把赵军长交代给他的电台频率说了，让吴念人亲自和赵军长联系。

在激烈的枪炮声中，吴念人呼叫了半天，这才把赵军长呼出来，好说歹说，赵军长终于同意提前一天行动，双方约定第二天午时把日军引诱到野猪沟。

救国军且战且退，第二天早上，退到离野猪沟还有五六里路时，日军的进攻更猛烈了，但救国军却退无可退，如果再退就到了野猪沟，而赵军长的国军还没到，那一切就都泡汤了。吴念人只得硬着头皮指挥部队阻击日军。

日军至少是一个联队的规模，一波一波地冲锋，火力猛烈，打得人抬不起头，救国军经过殊死搏斗，坚持到午时，看看差不多了，这才慢慢向野猪沟的方向撤退。

2

出了野猪沟，按照原定计划，救国军立即停下构筑工事，等日军赶来，救国军迎头痛击，埋伏在峡谷两侧的赵军长的部队一部分部队堵住日军退路，其余部队出击，瓮中捉鳖。

战斗按照原定计划打响了。日军虽在峡谷中，兵力展不开，却也不怕，机枪扫射，掷弹筒、迫击炮黑压压地砸下来，仍然压制得救国军无法动弹。等了半天，峡谷两侧却毫无动静。

眼看伤亡越来越大，谢让急了："吴军长，你快联络赵军长，让他们赶快出击啊！"

吴念人立即用电台呼叫赵军长，好不容易联系上了，赵军长却说，他们本来已经出发了，走到半路，接到重庆来电，有新的任务，不得不又撤回驻地。

吴念人气得想骂娘，吼道："你们不来打了，为什么不早告诉我们?"

赵军长的口气很无辜："我们一直在呼叫你们，想必是在山区，一直呼叫不到你们。这样吧，你们也不要打了，向我们靠拢。重庆方面也说了，让你们归我们指挥，一起执行新的任务。"

吴念人把赵军长的意思说了，高昌和谢让面面相觑，这么好的一次歼敌机会，就这样白白溜走了，虽然不甘心，却也无可奈何，依靠救国军想打下这一仗，无论如何都是不可能的。

吴念人让报务员立即向重庆军统发报，询问是否像赵军长说的那样，要把救国军置于赵军长的指挥之下。

事到如今，只能赶紧想办法脱离日军了。谢让果断对吴念人说："吴军长，把我们热血团的人留下来担任阻击，你和高团长带领部队赶紧撤退。"

高昌接上来说："我也留下来，和谢副团长一起带领热血团掩护大部队撤退。"

吴念人愣了一下，心里有些感动，不安地说："高团长、谢副团长，你们能顶住吗?"

高昌和谢让忙点头："请吴军长放心，我们至少能顶一个小时，等大部队安全了，我们就迅速脱离日军。"

吴念人说："好，那就辛苦二位了，我们向赵军长靠拢，你们脱离日军后，也迅速赶往赵军长的驻地。"

吴念人带领救国军撤退了，谢让和高昌商量了一下，一部分兵力阻击敌人，另一部分兵力在路上埋上密密麻麻的地雷。

一切准备停当，看看一个小时差不多了，谢让和高昌带领部队绕过地雷，迅速撤退。

日军赶到峡口，刚一抬脚就踩上了地雷，不得不停了下来，派出工兵扫雷。

热血团顺利地赶到了赵军长的驻地。

赵军长和吴念人正在作战室等着他们。谢让和高昌进去，坐在吴念人的身边。吴念人紧紧地皱着眉头，脸色很不好看，而赵军长则红光满面，喜形于色。

吴念人向赵军长介绍了高昌和谢让。赵军长点了点头说："好，很好，我与

220

谢副团长已经见过面了，我也是久闻高团长大名。按照重庆命令，救国军编入我们军，以后咱们就是一家人了，欢迎，热烈欢迎啊！"

高昌低低地问吴念人："这是怎么回事？"

吴念人郁郁地说："军统回电了，让我们取消救国军的番号，接收赵军长的改编。"

谢让心里一动，觉得这是好事，军队壮大了，上万人的部队，就是打稻城，也是有可能的。他精神一振，把腰挺得更直了，心潮澎湃地看着赵军长，刚才因赵军长爽约没去野猪沟设伏产生的不快全抛到爪哇国了。

赵军长说："吴军长请放心，救国军的番号虽然取消了，但我绝不会亏待兄弟们。救国军缩编为师，吴兄虽然名为师长，但部队扩编，那就是扎扎实实的一个师的实力。高团长仍然为团长，谢副团长将提升一级，为上校团长。"

谢让感到好笑，都什么时候了，还想着职务。他笑了笑，说："职务大小无所谓，只要能更好地打鬼子，当啥都行。"

赵军长笑道："谢团长说得非常好。重庆方面让咱们两支队伍整编在一起，就是要让咱们形成一个拳头，打大仗打恶仗。我们先完成整编，接着就执行重庆命令，准备打一场大仗。"

谢让和高昌互相看了一眼，要打大仗了？是打稻城？还是打周家岗镇或者是大元镇？无论打哪里，都可以狠狠地教训一下小鬼子。总是被小鬼子赶得团团转，现在终于可以扬眉吐气一次啦！

赵军长接下来的话却让两人大吃一惊："大家都知道，乌龙山的八路军游而不击，趁我们在前方打仗，他们在后方偷偷摸摸地发展武装，现在已经有两三千人的规模了。虽说现在国共联合抗战，但大家心里都要清楚，国共迟早都有一战。我们要趁他们还没成气候前就把他们消灭掉。等他们羽翼丰满了，那时再下手就晚了。重庆命令我们，必须把乌龙山的八路军干干净净彻底地消灭掉。"

本来因为改编而闷闷不乐的吴念人突然眼睛发光，腰一下子挺了起来："坚决执行委员长的命令！乌龙山的土八路早就应该被消灭掉了。"

谢让犹豫了一下，还是站了起来："我不同意。外敌未除，我们却兄弟相残，这是亲者痛、仇者快的事情。抗战大局面前，我们再也不能内耗了。再说，八路军是真心抗日的，我们遭遇了好几次险情，都是八路军及时赶到解围，我们才死里逃生。这一点，高团长可以作证。"

高昌点了点头说："谢团长说的是实话，共产党虽然可恨，但乌龙山的八路军确实帮了我们很多忙，我看他们是真心打鬼子的……"

吴念人严厉地瞪他一眼，吼道："谢团长是警察，没在军队待过，有情可原。高团长，你是我的老部下，怎么也这么糊涂了？我们与共产党之间不是你死就是我活，他们比鬼子更可恶，更狡猾。我完全同意赵军长的意见，救国军坚决执行蒋委员长的命令！"

谢让还是心有不甘，说："你们说是蒋委员长的命令，可有电令？我不相信蒋委员长会发布这样的命令。"

赵军长的眼睛眯了起来："谢让，你是不是受了共产党的蛊惑，被他们赤化了？"

谢让愤怒地说："如果说共产党一心打鬼子，对，那我就是受他们的蛊惑了。在我眼里，我们的敌人只有日本鬼子，没有其他人。大敌当前，同胞相残，这无论如何都说不过去。我坚决不执行这样的命令！"

赵军长的脸阴沉下来："你是一名国民革命军的军人吗？"

谢让说："我是一名军人，但我是一名只打鬼子的军人，绝不会把枪口对准自己的同胞。我们兵强马壮，不去打鬼子，却掉转枪口打自己的同胞，这是人神共愤的事情，任何一个热血军人都不会做这样的事情！我劝赵军长、吴师长也好自为之。"

赵军长狠狠地说道："你拒绝这个命令？"

谢让一字一顿地说："如果是打鬼子，我宁死不辞，如果是打同胞，我拒绝！"

赵军长愤怒地吼道："你不但拒绝命令，而且私通共匪，来人，把他给我关起来，军法审判！"

高昌颤抖了一下，嘴唇动了动，想说什么，但看到吴念人正狠狠地瞪着他，只得把要说的话压了下去。

几个国军士兵冲进来，把谢让押走了。

整个会场一片沉闷。赵军长拍了一下桌子，斩钉截铁地说："就这么定了，明天就军法审判谢让，两天时间完成整编，然后就开向乌龙山，一个八路军都不能放过，全部消灭。"

3

谢让被关在一座用石头砌成的屋子里，只有一扇小小的窗户，上面是钢筋，门口站了两个国军士兵。他坐在冰冷的地面，凉气从地底升上来，他全身冰冷，怎么也没想到，赵军长爽约没到野猪沟设伏，白白地浪费了一次歼敌良机，却是为了筹划消灭乌龙山八路军的事儿。他的眼前闪出八路军团长何思运的脸，又想起在小店镇，八路军出手相救，想和热血团联合抗战，高昌并不领情，他们却不计前嫌，在李冈镇又挖地道救出热血团，而国军却要集中力量消灭他们！

如果赵军长率部开进乌龙山，以何团长两三千人左右的队伍，肯定要遭受重大损失。当务之急，必须尽快通知八路军转移。日本鬼子已经吞并了大半个中国，再也不能发生手足相残的事情了。

他站起来，踮脚摇了摇铁窗，钢筋纹丝不动。他只得硬着头皮隔着门对站在门口的两个士兵说："你们能不能帮我叫一下我儿子谢天？我有事儿要对他说。"

士兵看他一眼，冷冷地说："赵军长交代过了，禁止任何人探视。"

无论谢让如何恳求，两人都不为所动，后来干脆把脸扭向一边，不再理他了。

谢让忧心如焚，可一时也没了办法。他颓丧地坐在地上，一筹莫展。

一直到半夜时分，谢让还是睡不着。门外突然响起一阵轻微的惊叫，接着就听到有人倒地的声音。谢让赶紧跳起来，冲到门口。门开了，高昌带着谢天、高豪杰来了，地上躺着两个士兵。

高昌低低地说："快走，我们赶紧离开这里。"

谢让困惑地看着他，还不明白这是怎么一回事。高昌是吴念人的手下，当初也很反感共产党，他居然会来救自己？

高昌见他还有些迟疑，忙说："我考虑了一下午，你说的对，日本鬼子是我们最大的敌人，绝不能再骨肉相残了。我已经安排周天池和洪桥他们把热血团带出去了，他们在外面等着咱们，咱们赶紧走吧。"

谢让点了点头，四人趁着夜色的掩护，悄悄地溜了出去。周天池和洪桥正带着热血团在路边等着他们，谢让和高昌简单地商量了一下，谢让的意思是，热血团势单力薄，只能小敲小闹，最好是到乌龙山去，和何思运的八路军会合。

高昌脸上露出为难之色，低低地说："谢副团长，我绝对不会与八路军作战，把枪口对准同胞，但如果要让我带着队伍投奔八路军，我又是做不到的，我毕竟是名国民革命军人，一时转不过来这个弯。"

谢让见他说得诚恳，也就不再勉强，沉思了一会儿，说："这样吧，我们派一个人去给乌龙山何团长报个信，让他们尽快转移，避开赵军长他们，以免发生中国人自相残杀的悲剧。我们其他人还回青龙山，你看如何？"

高昌点了点头，说："这样好，咱们远离国共之争，两不相帮，咱打咱的鬼子，让他们折腾去吧。"

两人达成一致后，决定派谢天连夜赶去乌龙山，前去告知何思运的八路军，赵军长的国军准备攻打他们，让他们赶快转移。

部署完这一切，队伍正要出发，谢让突然有些不安，朱燕子还被救国军扣押着，准备军法审判。他忙叫住高昌，想法再去把朱燕子带出来。

高昌这才想起这事儿，连连拍打自己的脑门，直呼大意了。他当下立即让洪桥带领一个班沿原路返回，尽量不要伤人，把朱燕子救出来后，立即追赶大部队。

洪桥应了一声，立即带领一个班出发了。

快到天亮时，洪桥带着朱燕子追上了热血团。谢让和高昌还怕赵军长他们发现了追赶上来，顾不得休息，继续强行军，一直到中午时分，人马疲惫不堪，看看山沟里有座寺庙，附近还有一个村庄，谢让建议部队到庙里休息一下，高豪杰带人到村里筹些粮，让大家吃顿饱饭再出发。高昌同意了。

到了庙里，大家哄的一声散了，或倚墙，或躺在地上，不一会儿就发出了呼呼鼾声。谢让也长长地松了口气，终于脱离险境了。

4

吃过午饭，大家很快就又东倒西歪地躺下来休息。高昌建议立即出发，一来要防赵军长，二来还要对付日军，这里人生地不熟，应该尽快赶回青龙山。

胡克利不满地说："要回你们回吧，我们累了，走不了。"

谢让为难地看了看大家，对高昌说："兄弟们确实很辛苦，要不，就休息一下，明天早上再出发吧。"

高昌用征询的目光看看其他人，其他人也是连连点头，高昌只得同意。

第二天早上，哨兵的枪声惊醒了大家。

哨兵也有些累，正在打瞌睡，突然听到动静，忙睁开眼睛，他看到一队日军正从大路上开来，眼看就要到庙里来了，报告已经来不及了，只得果断开枪报警。

高昌和谢让忙带领热血团的士兵占领有利地形，阻击日军。日军经过最初的忙乱，很快就觉察出对方的兵力与火力都不占优势，立即发动进攻。掷弹筒和迫击炮弹像冰雹一样砸下来，很快就把整个庙炸成了废墟，士兵们只得趴在废墟上与敌人作战。

伤亡越来越多，高昌与谢让急于让部队脱离日军，无奈日军步步紧逼，死死缠斗，哪里能脱身？

日军用猛烈的火力掩护，步兵在地上匍匐前进，越来越近，高昌无奈只得下令，全体士兵上刺刀，准备与日军肉搏。正在这里，突然从背后的山坡上传来激烈的枪声，他们扭头去看，是小林健二带领手下那二十来名士兵来了，他们一阵手榴弹，把快爬到阵地上的日军打退了。

小林健二冲过来，急急地对高昌和谢让说："高团长、谢副团长，你们赶紧撤退，我们来掩护。"

高昌迟疑道："那你们怎么办？"

小林健二说："没事，我们很了解他们的作战方式，你们放心好了。"

再拖下去也不是办法，高昌和谢让只得赶紧招呼热血团撤退。

热血团立即转移，一路狂奔，约莫跑出了十多里，身后的枪声越来越稀，慢慢地沉寂下去。每个人心里都沉甸甸的。面对数倍日军，小林健二他们能否脱险？就连胡克利也一脸忧心忡忡，恨恨地朝地上吐口唾沫，说道："这个小林健二还是条汉子！"

到了午时，部队隐蔽在一座山上的树林里。小林健二他们怎么样了？是安全脱险了，还是全军覆没？这个问题沉甸甸的，压得人喘不过气来。朱燕子坐在一边发呆，周天池过来了，安慰她说："朱姑娘，你放心，小林健二他们应该没事的，他们熟悉、了解鬼子，会想出办法脱险的。"

朱燕子摇了摇头说："鬼子比他们多上百倍，要想脱险，谈何容易。"

周天池一时无语，其实所有人都能想到，小林健二他们处境不妙，很可能全军覆没了，但没人忍心说出来。

朱燕子咬了咬牙，猛地站起来，来到高昌、谢让跟前，低低地说："高团长、谢副团长，我想去看看他们。"

谢让本来并不抽烟，这会儿给高昌要了一支烟，大口大口地抽着，把自己笼罩在浓浓的烟雾中。他点了点头，嘶哑着喉咙说："你让周天池再带几个人，你们回去看看吧……一定要注意安全。"

朱燕子和周天池带领七八个士兵回到了那个破庙，眼前的情景让他们大吃一惊，小林健二带领的二十来名部下全部阵亡，有的抱着鬼子拉响了身上的手榴弹，被炸得血肉模糊，有的手里攥着石头，有的还咬着鬼子的耳朵……他们找到了小林健二，他身上至少被鬼子刺了三四刀，他的眼睛瞪得大大的，愤怒地盯着天空……

朱燕子腿一软，不由跪在地上号啕大哭。

周天池带着士兵默默地把小林健二等人的尸骨收拢到一起，挖了一个坑，埋了起来。朱燕子用刺刀削出一块木牌，上面写了一行大字："抗日烈士林国雄诸同胞之墓。"

周天池带领全体士兵脱下军帽默哀，然后把手里的步枪对着天空，鸣枪致敬。

永别了，亲爱的同胞！

女土匪

1

热血团回到青龙山不久,谢天也从乌龙山回来了,他告诉高昌和谢让,何思运团长得到赵军长要进攻乌龙山的消息后,立即进行了动员,部队安全转移了。何团长还让他转告高昌和谢让,请他们放心,都是中国人,赵军长他们不义,但他们不能不仁,能避开就避开,绝不会报复赵军长他们。同时也欢迎热血团随时和八路军联络,一起联合对日作战。

谢让感慨万千,和赵军长他们相比,何团长他们的心胸多么宽广。高昌一时也陷入沉默,若有所思。谢让趁热打铁地说:"高团长,何团长也说过,以后有机会咱们联合八路军,狠狠地打击一下小鬼子吧。"

高昌迟疑了一下,虽然没说什么,但最后还是点了一下头。谢让心中大喜,这和从前相比,已经是很大进步了。

最让人高兴的是,谢天还带来一个消息,他在八路军那里,意外地见到了谢地。原来,谢地受伤逃出来后,半路遇到八路军,八路军把他带到乌龙山,经过精心救护,他很快恢复了。在八路军待了一段时间后,他决定就待在那里参加八路军。谢天也曾劝他回到热血团来,谢地说,不用了,反正到哪里都是打鬼子,自己已经适应，也喜欢上了八路军，何团长也很信任他，任命他为侦察连连长。

谢天说完，有些担忧地看了看高昌。他知道父亲对八路军已经有了好感，谢地留在那里，他也放心，但高昌就不一样了，一直对共产党存在偏见，会不会因此而生气呢？谢让也有这样的担心。出乎他们的意料，高昌听完，反而长长地松了口气，连连说道："这就好，这就好，谢地没事就好，他喜欢八路军就待在八路军吧，只要是打鬼子，到哪里都一样。"

谢让心里也不由得暗暗高兴，高昌变了，变得更好，更有人情味了。

2

部队休整，除了训练，也没什么事儿。谢让有时不免会想起江一郎，昔日在警察局，亲如兄弟，做梦也没想到，他居然会投降日军。但让他更没想到的是，他居然还会放了谢天等人。看来，他并不是死心塌地做汉奸的。他心里一动，要不要找人潜入稻城，劝说他带领伪军反正，加入热血团呢？

谢让把自己的想法对高昌说了，高昌也有点心动，如果伪军能反正，不但能打击日军，而且能壮大热血团，何乐而不为？

两人商量了一下，决定派胡克利和谢天一起到稻城，劝说江一郎反正，把队伍拉出来，加入热血团。

两人进了稻城，胡克利找到李牧原，李牧原有些为难，说江一郎现在已经升任伪军团长了，是日本人的红人，怕是很难策反。胡克利有些生气了，骂骂咧咧地说："你是怎么回事？我又没问你难不难，我只是想让你帮个忙，把我们带到他那里，你啰唆个屁呀！"

李牧原只得找了两套保安队的军装，让两人换上，又和伪军团部联系了，然后带着他俩进去了。

江一郎见到他们，大吃一惊，赶紧掩上门，愣愣地看着李牧原，结结巴巴地问他："李、李队长，这是怎么回事？"

胡克利抢上一步，恶狠狠地瞪着他，说："李牧原是我们热血团的人，今天就跟你交底了，如果他有个三长两短，我杀你全家！"

江一郎惊愕地看看他，又看看谢天，问道："这位是？"

谢天忙说:"江叔叔你放心,这是我们热血团的胡克利大队长。"

胡克利却把眼一瞪说:"什么大队长,早被撤了,我就是一个小兵。"

谢天把自己的来历说了,江一郎痛苦地皱着眉头思索了半天,抬起头来,低低地说:"大侄子,实不相瞒,我爱人这几天就要从北平来稻城了,我可以一走了之,可她一个妇道人家怎么办?再说,北平还有我的双亲,我的岳父岳母,我如果反正了,日军找他们麻烦怎么办?我不能不考虑啊!"

胡克利不满地说:"大丈夫要做就做大事,都像你这样前怕狼后怕虎,那什么事儿都干不成了。你就说实话吧,你这不是怕死,就是卖国求荣⋯⋯"

谢天忙制止了他:"胡大队长,你说话也不要这么难听,我了解江叔叔,他还是很爱国的。"

江一郎充满感激地看他一眼,说:"你们回去给高团长、谢副团长说一声,我江一郎虽然当了伪军,是卖国贼,国人皆曰可杀,但我江一郎还有一颗中国心,绝不会做卖友求荣的事情。我和我的部下绝不会向同胞开枪,万一在战场上相遇,我们就朝天空放枪。"

谢天还是心有不甘,说:"江叔叔,你还是好好考虑一下吧。"

江一郎痛苦地摇了摇头:"你们也要体谅我的难处,我上有老下有小⋯⋯"

谢天还想再说什么,站在旁边的李牧原有些着急,说:"胡大队长、谢大队长,咱们赶紧走吧,鬼子很忌惮我们保安队和江团长的部队有来往,怕中国人串通一起背后捣鬼,咱们待的时间长了会引起日军注意的。"

谢天一惊,忙看了看江一郎,江一郎点了点头。

谢天和胡克利跟着李牧原出来,胡克利愤愤不平地说:"什么上有老下有小,我看他就是一个贪生怕死的胆小鬼,刚才咱们就应该把他给干掉。"

谢天不满地瞪了他一眼:"他有自己的苦衷,但他没忘自己还是中国人已经很难得了,也许,以后时机成熟了,他自然会走到咱们这一边的。"

胡克利虽然不服,但也没再吭声。

两人回到青龙山,报告了高昌和谢让,谢让难免感到失望。高昌安慰他说,江一郎能够记得自己还是中国人,答应不与热血团为敌,已经很难得了。谢让心里这才好受一些,他们没有想到的是,没过几天,倒是江一郎主动派人上山,说要反正。

原来，谢天他们走后的第二天，江一郎的爱人胡秀梅来到了稻城。初到稻城，新鲜得不得了，吵着要到街上去。偏偏那天江一郎被叫到日军司令部开会，没人陪她，她就自己上街了。

她在一个丝绸店挑选丝绸时，进来四五个日本兵，看到胡秀梅有几分姿色，围着她兴奋地嗷嗷叫。胡秀梅想夺门而出，不料却被日本兵堵在了丝绸店里。丝绸店的老板一看，赶快溜之大吉。几个日本兵关上门，把胡秀梅按在地上强奸了。

江一郎回到家里，没有见到她，上楼一看，她已经上吊自杀了，桌子上留了一封遗书，把事情经过说了一遍。江一郎悲痛欲绝，抱着妻子的尸体痛哭了半天，然后起身洗了洗脸，好像什么也没发生一样，让部下找来一辆马车，把妻子的尸体拉到城外葬了。

从妻子自杀的那一刻起，江一郎就决定反正了，但他不会直接把队伍拉到青龙山，而是等待时机给日军一个致命打击。他派心腹到了青龙山，给高昌和谢让传递的就是这个讯息。

谢让立即把江一郎写来的信烧掉了，严肃地对高昌、谢天说道："咱们热血团里的内奸还没有抓到，这事儿只有咱们三个知道，绝对不能泄漏。"

两人赶紧点头称是。

高昌说："当务之急是赶紧找出那个内奸，这是一颗定时炸弹，不把他挖出来，咱们热血团就没法子放开手脚打击鬼子。"

谢让走了几个来回，说："这个内奸很狡猾，咱们前几次调查都不了了之，这次咱们就不要让像谢天、高豪杰这样的人来调查了，咱们找一个比较可靠又不太引人注意的人来暗中调查，你们看怎么样？"

高昌沉思了一会儿，说："你们看周天池怎么样？他是黄埔军校出身，做事稳重，心思缜密，又不太引人注意，别人不会提防他的。"

谢让和谢天也觉得周天池最合适，事情就这样定下来了。

3

周天池首先是从朱燕子那里开始调查的，他倒不是怀疑朱燕子。自从小林健二带队与日军激战，最后全军覆没以后，热血团没人再怀疑朱燕子是内奸了，明摆着的，确实是小林健二放了她，小林健二也用自己的死证明了他与日军的彻底决裂。

周天池是来向朱燕子请教的。

周天池本来并不知道朱燕子怀疑周樱的事情。但高昌和谢让安排他来秘密调查后，谢让送他出来时，把他拉到一边，悄悄地告诉他，朱燕子一直怀疑周樱有可能是内奸。

周天池惊讶地问他，这怎么可能呢？听说周樱从军前一直和你们住在一起，还是谢天的恋人，她没有理由叛变。

谢让忧心忡忡地说，高昌就认为朱燕子这是吃醋，他本来也是这么认为的，但经过这么多事儿，他不能不认真考虑朱燕子的怀疑。在内奸没有被抓到之前，每个人都值得怀疑。包括我，你也不要相信，要相信自己，要独立调查，一定要把内奸抓出来。

谢让还再三叮嘱他，他如果调查周樱，一定不要让她知道，也不能让谢天知道，以免节外生枝。

周天池回去以后，再三思忖谢让所说的话，越想越觉得周樱确实可疑，那么，就从周樱这里开始调查吧。

他把自己的意思对朱燕子说了，朱燕子痛苦地摇了摇头，说："周樱肯定是内奸，但却没有一个人相信我，你相信我吗？"

周天池摇了摇头，庄重地说："朱姑娘，在找到真正的内奸之前，我不相信任何一个人，你说周樱是内奸，她确实有嫌疑，但你想过没有，胡克利有没有嫌疑？他在青龙山经营多年，在大元镇有眼线，在稻城有眼线，传递情况更为方便，热血团军纪甚严，他处处受限制，也有动机投靠日本人，我从前就一直觉得他的嫌疑最大。"

朱燕子仔细想想，周天池说的也不无道理。周天池问她，为什么要怀疑周樱呢？朱燕子把自己的理由又说了一遍，无外乎就是周樱会日语，还有她和谢天被俘时，被日本送进了慰安所，却又奇迹般地逃了出来，很有可能是日本人安排好的。

周天池说："可高团长、谢副团长他们也去做了调查，确实能证实周樱被日本人关到过慰安所里。"

朱燕子冷笑了一声，说："这就是最可疑的，因为他们要让周樱成为奸细，就必须把所有的一切做周全。但你想想，周樱如果没有叛变，她日语那么好，还是个女的，这样的人才到哪里去找？鬼子可能把她送到慰安所吗？说句不好听的话，随便找个女人都可以充任慰安妇，但要找一个会说日语的中国女人，那就难了。反正我觉得把周樱送到慰安所去的这件事本身就很可疑。"

周天池不得不承认朱燕子说的有道理，但再有道理，也只是她的推测，甚至不乏臆断的成分。但在眼下并无其他线索的情况下，也只能先调查周樱了，哪怕把她排除了也是好的。

周天池很快就发现，周樱没事就往山上跑。青龙山被日军封锁，最困难的就是医药，周樱这是到山上找草药的。这个理由合情合理，毫无破绽，但周天池不得不防，他决定跟踪周樱。

跟踪了四五天，周天池也没发现什么不对劲的地方。

这天，周天池看周樱和舒林儿在河边清洗绷带，就回到屋里，细细地审视着周樱这几天在野外采药的路线，他心里突然一动，把每天的路线画在一张纸上，他发现周樱每天都要经过老虎洞。他不由得皱起了眉头，老虎洞难道有什么秘密？

说干就干，周天池立即起身去了老虎洞。老虎洞却也平常，还是和从前没什么两样，除了那座石头垒的床，周围空无一物。周天池细细地察看了一遍，没有发现什么可疑之处。他摇了摇头，也许周樱就是途中休息一下吧。

4

胡克利是一刻也闲不住的，青龙山没什么事儿，他就想到稻城去转转，一来打打牙祭，换换口味，二来时间来得及的话，再到"怡春院"会一下"小桃红"。

他本来还想叫上赵慈江，但一想到高昌、谢让早就规定，没有团部的批准，任何人不许出山，多一事儿不如少一事，他就没再叫赵慈江，独自一人出了山。刚到山口，胡克利遇到一个货郎，这个货郎腿有些残疾，走路一瘸一拐的，再加上他姓姚，大家都叫他姚瘸子。上次热血团从青龙山转移，姚瘸子本来也想跟着热血团，大伙还嘲笑他，说他一个瘸子，如何能追得上部队？他没办法，就蹲在地上捂着脸哭了半天。好在日军来"扫荡"，也没找他什么事儿。热血团一回来，驻地做生意的又多了起来，他也重操旧业，挑一个货担走乡串户。胡克利过去，在货担上拨拉了半天，拿了一个糖人含在嘴里就要走，姚瘸子急了，拉着他的胳膊说："胡大队长，你还没给我钱呢？"

胡克利瞪了他一眼，说："就这一个糖人，你还要什么钱？按照老子从前的脾气，把你这个货担抢了，你连个屁都不敢放！"

姚瘸子哭丧着脸说："胡大队长，我这是小本生意，你就可怜可怜我吧。"

胡克利不耐烦地甩掉他的胳膊，说："老子身上带的都是大钱，哪里有这小钱？好好好，你去找二当家赵慈江去要钱吧。"

胡克利到了大元镇，雇了一辆马车前去稻城。车夫是个二十来岁的小伙子，人很健谈，一路上问长问短："老板是做生意的吧？"

胡克利说："那当然，你看我这派头，那生意做得大啦。"

小伙子又问："老板是做什么生意的？"

胡克利又给他胡诌："啥生意都做，布匹药品食品，啥生意赚钱做啥生意，我还在稻城开了几家妓院呢！"

小伙子羡慕地说："老板真厉害，生意做得这么大，这兵荒马乱的，到大元镇来干什么呢？"

胡克利大言不惭地说："富贵险中求，这不，大元镇驻上了皇军，还有皇协军，我如果在这里开家妓院，那钱不就是哗哗地来了嘛。"

胡克利想了想，如果真的在大元镇开家妓院，自己当大掌柜，赵慈江当二掌柜，那四五十个喽啰当打手，说不定还真能发财。他越想越高兴，不由得嘿嘿笑了起来，正笑着，马车突然停了下来，他伸出头刚要问那人，怎么马车停下来了？还没来得及开口，一个麻袋兜头盖下来，把他的脑袋套了进去。接着，又有人上来把他的双手双脚捆了，扔在马车上，左右两边都坐上了人，其中一个声音阴森森的，说："别乱动，你敢乱动乱叫就打死你。"胡克利的腰上已经被顶上了一支短枪。他叫苦不迭，遇到的是什么人？八成是鬼子或者伪军。完了，这下算是完了。

马车曲里拐弯行驶了约莫两个钟头，终于停了下来，他被人从车上拽了下来，接着就听到那个小伙子的声音："老大，要发财了，今天绑了一个大老板。"

套在头上的麻袋拿开了，胡克利睁开眼，看到自己站在一座房子前，那里坐着一个女人，腰里插着两把枪，目光凶狠地盯着他。他愣了愣，以为是自己看花眼了，眨了眨眼，再仔细地看了看，不由得叫了出来："这不是弟妹吗？"

那个女人愣了一下，继而大声地笑了起来："原来是胡老大！真好玩，怎么居然把你绑上来了？"

这个女人不是别人，是卧虎山土匪头子钻山豹的压寨夫人韩辛仪。

胡克利看看四周，印象中站在她身后的四个男人是卧虎山的四大金刚，他们从前可是形影不离地跟着钻山豹的。胡克利有些纳闷："弟妹，怎么不见钻山豹大哥了？"

韩辛仪朝地上吐了一口唾沫："我呸，狗屁大哥，要不是我拦着，他早就把你们青龙山给吞并了。"

胡克利嘿嘿地笑了笑，他早知道钻山豹有这个念头，他未尝没有把卧虎山吞并的念头，只是还没等实施，日本鬼子打过来了，后来遇到了热血团，这事儿就耽搁下来了。这下好了，误打误撞，今天被他们绑过来了，说服他们加入热血团，再加上自己原先的部下，看看高昌和谢让还敢看不起自己。

胡克利说："弟妹，我说正经的，你们把我绑上山来，不知者不为罪，但钻山豹大哥总该出来和我见下面吧，好久不见了，还真想念呢！"

韩辛仪撇了一下嘴，说："看来你和钻山豹的感情蛮深的嘛，你真要见他？"

胡克利有些纳闷，说："好不容易来一趟，当然要见见他了。"

韩辛仪伸出手，旁边一个土匪递给她一把匕首，她把匕首扔给了胡克利，说："念我们曾是老相识，你就自己动手吧。"

胡克利愣住了："这是什么意思？"

韩辛仪笑道："你不是想见你的钻山豹大哥吗？他现在在阎王殿里，你就自裁吧。"

胡克利拿起匕首，看了一会儿，嘿嘿地笑了："那就好那就好，钻山豹死了，我就放心啦。以后咱们两家就不分彼此，我愿意带着青龙山的兄弟投奔弟妹，不，投奔韩老大，供您驱使，做牛做马。"

韩辛仪皱起了眉头："你们不是加入什么热血团了吗？"

胡克利心里叫苦不迭，她既然知道他已经加入热血团了，那她肯定也知道他的部下也只剩下四五十人了，自己被撤职的事情，说不定她也知道。他的脸不由微微一红，说："确实加入热血团了，但他们那也是乌合之众，我随时都可以把队伍拉过来。"

韩辛仪摇了摇头，眯着眼睛问他："你知道不知道我为什么把钻山豹杀了？"

胡克利猜也猜得出来，韩辛仪原本是稻城市长的女儿，被钻山豹绑到了山上，她虽然被迫当了他的老婆，但这口气如何咽得下去？她又是一个心狠手辣的人，一上山就让钻山豹杀了大老婆，自己取而代之。但钻山豹毕竟是把她绑到山上的，她羽翼丰满，自然也要报复钻山豹，把他杀了也情有原，钻山豹确实不是个东西。自己当土匪，还讲究个盗亦有道，但钻山豹可是什么事儿都干，像贩毒，贩卖小孩、妇女这些事儿，他胡克利是绝对不会干的，钻山豹却乐此不疲。

胡克利却装糊涂："弟妹为何要杀他？"

韩辛仪笑了笑，说："他把我绑到山上，强行占有我，我这是报仇。这只是其一。其二，日本鬼子来了，我劝他与你们青龙山联合打鬼子，他不但不听，反而要下山投靠日本人。我就是因为这二两才把他杀了。"

胡克利心中一凛，忙收起一脸玩世不恭，正色道："原来是这么回事。别说是弟妹，就是换了我，我也会把他杀了。咱们虽然是土匪，但咱不是狗。人还是要有底线的。弟妹能杀了他，说明心里还有大义，我敬佩弟妹。"

韩辛仪脸色缓和多了，说道："你也不要叫我弟妹了，因为钻山豹你才叫我弟妹，他死了，这弟妹也就不必叫了，你可以和别人一样叫我韩老大。"

胡克利赶忙称是。

韩辛仪问他："我听手下说你要去稻城，你去稻城干什么？"

胡克利眼睛一转，忙说："热血团安排我去稻城侦察鬼子的动向，看看有没有机会收拾他们一家伙。"

他心里突然一动，为什么不说服韩辛仪加入热血团呢？一来大家都是土匪，有共同语言；二来，他确实佩服这个女人，敢杀自己丈夫的女人，他胡克利还没遇到呢！朱燕子不行，周樱就更不行了，和韩辛仪比，她们简直就是麻绳穿豆腐，根本就提不起来嘛！

胡克利说："老大，人多力量大，你既然也想打鬼子，干脆和我们一起加入热血团吧。虽然他们狗屁军纪啥的挺麻烦，但打鬼子却是不含糊的。"

韩辛仪倒也豪爽，说道："我们其实也筹划多日了，实不相瞒，八路军也来和我们谈过，我们正在犹豫着，到底是加入八路军，还是到热血团去。"

胡克利急道："当然去热血团，八路军都是一帮土包子，成不了气候的，热血团毕竟还是政府军，将来抗战胜利了，排座座分果果，说不定咱们还可以捞个将军什么的当当呢！"

韩辛仪笑了："没想过当将军，不过，我也觉得加入热血团比较好，毕竟是正规军，军装也比八路军的好看。"

胡克利喜出望外，连声说道："那当然，那当然。"

韩辛仪说干就干，当天下午，她带着一百多人的队伍，绕开大元镇，到了青龙山。高昌和谢让自然心中大喜，征求韩辛仪的意见，把他们编为了第六大队，大队长自然是韩辛仪。高昌本来想让朱燕子去当副大队长，谁想韩辛仪却一口回绝了，说："我就要胡克利当我的副大队长，他也当过土匪，我们对脾气，遇事好商量，再说，朱燕子也是个女的，女人和女人在一起，难免争风吃醋，麻烦事儿一大堆。胡克利正合适，男女搭配，干活不累。"

高昌和谢让哭笑不得，却也不能驳了她的面子，只得同意让胡克利带着他那五十来名部下加入了第六大队。

最高兴的当然是胡克利，他倾其所有，借欢迎韩辛仪为名，在青龙山大摆宴席。人逢喜事精神爽，高昌和谢让也同意了，正好也借此机会和土匪们联络一下感情，让他们尽快地适应热血团。

当天晚上，整个青龙山灯火通明，大块吃肉，大碗喝酒。胡克利坐在韩辛仪的身边，喝得醉醺醺的，酒醉壮人胆，他眯着眼睛看着她，结结巴巴地说："妹子，你知道不知道，我第一次看到你就喜欢上你了……"

韩辛仪也有点醉意，脸庞红彤彤的，举起一碗酒，说："胡老大，你就别瞎说了，应该是妹子佩服你，放着土匪不当，在热血团当个小萝卜头，一心打鬼子，是条汉子，干了！"说完，一仰脖子把一碗酒一饮而尽。

胡克利也忙干了，醉眼蒙眬地看着韩辛仪，越看越觉得她漂亮，不由得又开始胡言乱语："妹子，我给你说实话吧，前段时间我都已经带着队伍走到半路了，准备到你们卧虎山去，联合打鬼子事小，我就想着，到了卧虎山，我得想法子把钻山豹弄死了，把你霸占过来……"

赵慈江赶紧过来打圆场："老大，您喝多了……"

胡克利一把把他推到一边，叫道："什么喝多了，我可清醒着呢，我就是喜欢辛仪，人漂亮，又心狠手辣，和我一样，都不是个东西……"

韩辛仪却也不生气，反而咯咯地笑了起来。

5

整个宴会热闹非凡，但有一个人闷闷不乐，那就是周樱，他低着头，一杯接一杯地喝着闷酒。谢天很快就注意到了，挤过来坐在她身边，低低地问她："樱儿，你怎么了？"

周樱抬头看了看他，人还没说话，泪水就先出来了，却摇了摇头，勉强地笑了笑，说："没事，谢大哥，没什么事儿。"

谢天当然不信，继续追问。周樱擦了一下泪水，低低地说："谢大哥，我给你说了，你谁也不要说，就当没听到，好吗？"

谢天忙点了点头，关切地问她："你快给我说说，到底是怎么回事？谁欺负你了？"

周樱说："你知道不知道，咱们热血团的周天池正在悄悄地调查内奸这事儿？"

谢天心中一惊，他当然知道这事儿，这事儿绝对保密，只有他和高昌、谢让知道，周樱如何知道了？

他赶紧摇了摇头，故作惊讶："还有这事儿？我怎么不知道？"

周樱似乎也感到有点意外，脸上有点失望，说："我以为你知道……看来这是高团长、谢副团长安排的。"

谢天想了想，说："也许吧，他们可能怕打草惊蛇，这个内奸太狡猾了。"

周樱悲愤交加："他们怀疑我是内奸，在偷偷地调查我……"

谢天只知道高昌、谢让安排周天池暗中调查，周天池到底在调查谁，调查到哪一步了，他却不知道。这事儿要绝密，自己自然也不好去打听，但如果在调查周樱，这确实出乎谢天的意料。他有点不相信地看着周樱，说："这怎么可能呢？"

周樱说："我原本也觉得不可能，但我发现周天池确实在调查我，我每天上山采草药，他都在跟踪我。朱燕子怀疑我是内奸，我也理解，但高团长，还有谢伯伯也怀疑我是内奸，你说，这多让人寒心啊！"

谢天忙安慰他："高团长，还有我父亲并没有怀疑你，我估计他们就是让周天池自己调查，至于周天池调查谁，他们也不会干涉吧。我觉得这很正常，没有找到内奸之前，咱们热血团每一个人都值得怀疑，就是调查我，我觉得也是应该的。"

周樱愣了愣，皱着眉头，审视地看着谢天，问他："谢大哥，你刚才说你不知道这事儿，但我觉得你知道，你是不是也不相信我？"

谢天的脸腾地红了，支支吾吾地说："樱儿，咱身正不怕影子斜，他调查就让他调查好了，查来查去，你也没什么事儿，也正好让朱燕子他们闭嘴，何乐而不为呢？照我看，这是好事儿。"

周樱痛苦地摇了摇头："谢大哥，我本来还指望你能替我说句公道话……你知道不知道被人冤枉的滋味？"

谢天感到头疼，他觉得女人真是麻烦，自己已经给她说得够清楚了，她怎么还想不开呢？他趁着去给韩辛仪敬酒表示欢迎，就势坐在了那里。过了一会儿，谢天偷偷地瞄了一眼，发现周樱不在了，他长长地松了口气，和女人是没法讲道理的，让她一个人静静，也许就想通了。

周樱回到房间，越想越伤心，不由趴在床边的桌子上呜呜地哭了起来。高豪杰喝得有点多，摇摇晃晃地到医院找厕所，上了厕所，又蹲在地上吐了一番，然后摇摇晃晃地往回走，经过周樱的房间，本来也没在意，刚走了两步，听到有人似乎在哭，忙又退回来，伸着脖子一看，看到周樱哭得肩膀抽搐着。他觉得奇怪，就进了房间，问她："周姑娘，你怎么了？"

周樱吓了一跳，扭过身来，发现是高豪杰，忙擦了眼泪，说："没事儿，没事儿……"

高豪杰说："是不是谢天欺负你了？刚才我还发现你俩好像在斗嘴……"

周樱恼怒地打断了他："你别提他，我不想听到他的名字！"

高豪杰愣了一下，想走，又觉得不合适，头又晕乎乎的，只得顺势坐在她床上，问她："周姑娘，到底是什么事儿，你给我说说，我看看能不能帮你。"

周樱又要去抹泪，高豪杰忙伸进口袋，把自己的手帕递给了她。周樱犹豫了一下，还是接过去了，擦完眼泪，抬起头，直直地看着高豪杰，问他："高大队长，你知道吗？周天池在暗中调查谁是内奸。"

高豪杰笑了笑，不以为然地说："我还真不知道，不过，我也不想知道，反正没咱们的事儿。"

周樱痛苦地摇了摇头："是没你的事儿，但有我的事儿，你父亲，还有谢副团长都怀疑我是内奸，让周天池偷偷调查我呢！"

高豪杰吃了一惊："还有这事儿？"

周樱的眼泪又涌了出来："我骗你干吗？周天池一直在偷偷地跟踪我呢！他以为他神不知鬼不觉的，我其实早就知道了。我刚才问谢天，谢天还想瞒着我。"

高豪杰皱起了眉头："这帮家伙到底想干什么？他们调查你干吗？谢天是怎么回事？换了我，早就找他们拼命了！"

周樱定定地看着他，问他："高大哥，你真的会为我拼命吗？"

高豪杰的酒劲涌上脑袋，他把胸膛拍得啪啪响："那当然，你要是我的女人，他们要是敢欺负你，我就找他们拼命！"

周樱的眼睛红了，喃喃地说："高大哥，你人真好，在青龙山，也只有你对我这么好了。"

高豪杰的豪气又上来了："周姑娘，你这么好的姑娘，对热血团掏心掏肺，他们根本就不应该怀疑你，你等着，我去找他们要个说法去……"

说完，他站起来，摇摇晃晃地就要出去。周樱忙站起来拉住了他："高大哥，你千万不能去，他们是在秘密调查，虽说你是为我出头的，但这样一闹，搞得大家都知道了，我反而没法做人了。"

高豪杰摸了摸脑袋说："你说的也是，那咋办呢？这事儿还真难办……"

周樱仰着脸看着他，说："高大哥，他们怀疑我，我也不怪他们，但被人冤枉的滋味实在不好受，我怕我一个人撑不住，你能不能帮我渡过这个难关？"

高豪杰很干脆地说："那当然，我一直都在你身边，你有啥憋屈了，就给我说说。"

周樱喃喃地说："高大哥，你人真好。我不想被人白白冤枉了，我只想知道，他们调查到哪一步了。高大哥要是知道了，我希望能告诉我一声，让我心里有个数……"

高豪杰点了点头："我会把这事儿放在心上的，你放心，我会帮你的。"

周樱目光闪闪地看着他，她喝了不少酒，脸色绯红，眼神迷离，高豪杰呆呆地看着她，酒劲涌上脑袋，不由双手抱住她，疯狂地亲吻她。周樱刚开始还推他，低低地叫着："高大哥，不要这样，不要这样……"与其说是拒绝，不如说是诱惑，她的声音很低，又柔软、飘忽不定，甚至还有点亲昵，惹得高豪杰更是不可自抑，腾出两只手撕扯她的衣服。少女白皙的肌肤露了出来，高豪杰像个疯子一样把她推倒在床上，扑了上去……

在疯狂的动作中，高豪杰梦呓般不停地叫着，叫的却是朱燕子的名字。

周樱瞪着大大的眼睛盯着屋顶，大颗大颗的泪珠涌了出来。

高豪杰从周樱身上爬起来时，脑袋彻底清醒了。他满脸通红地看着周樱，突然伸出手扇自己的脸："对不起，周姑娘，我不是人，我不是人！"

周樱伸出手拦住他，淡淡地说："我不怪你，咱们都喝多了。"

高豪杰吃惊地看着她，有点不敢相信自己的耳朵："你不怪我？"

周樱摇了摇头："我为什么要怪你？你说我要是你的女人，他们要是敢欺负我，你就找他们拼命。虽然说的是醉话，但我想，这也应该是你的真心话。"

高豪杰忙一个劲地点头："是真心话，是真心话。周姑娘，你放心，我一定会好好保护你的。"

周樱眼神迷离地看着他，喃喃地说："那好，我已经是你的女人了，希望你能说话算话。"

高豪杰赶紧点头："周姑娘，你放心，大丈夫一言既出，驷马难追……"

他还没有说完，周樱扑过来，咬着他的耳朵，声音像猫一样软软地说："高大哥，你真好。"

她紧紧地抱着高豪杰，喃喃地说："刚才是咱们喝醉了，不算数，你想要我，我就真正地把身子给你……"

高豪杰感觉自己又醉了，他伏在周樱的身上，就像游在无边的温柔的大海之中，一浪又一浪，享受着无法言说的奇妙与舒适。一个浪尖上闪烁着阳光的浪头就要过来了，就在他要冲上浪尖时，他听到身下的女人在他耳边喃喃地说："你去把周天池杀了……"

那天晚上，欢迎酒宴将近凌晨才结束，人们散去，刚刚进入梦乡时，突然又被更大的嘈杂声惊醒，周天池住的房子失火了。当人们赶去时，屋梁发出噼里啪啦的声音，房子猛然倒塌了。

第二天早上，高豪杰头疼欲裂地从睡梦中醒来时，仔细回想了昨晚的事情，他觉得一切都不真实，像个梦一样。一定是自己喝多了，做了一个梦。在那个梦里，他醉醺醺地从周樱的床上下来，提着医院里的一小桶酒精，摇摇晃晃地到了周天池住的房子前，把他的房子锁上了，把酒精泼在门口，划了一根火柴……

他摇了摇头，多么荒唐的梦啊！他起身，洗了把脸，摇摇晃晃地出了门，不经意地看了眼周天池住的那间房子，一下子呆在那里，那间房子已经被烧成了一堆灰烬……

挺身队

1

不知情的人都认为周天池在宴席上喝多了酒，才不小心引发了火灾。而高昌和谢让却知道，周天池正在秘密调查内奸，他的死亡绝对不是偶然。但他们将此事全权委托周天池调查，为了让他放开手脚，二人从不过问。这调查刚开始，周天池却死掉了，这绝对不可能是意外，很有可能是他的调查已经非常接近那个内奸了。但他调查的到底是谁？知道周天池正在秘密调查的，除了两人，只有谢天了。他们立即把谢天叫来，首先问他，有没有向别人提过周天池在秘密调查？

谢天犹豫了一下，说："我当然知道这件事情事关重大，没有对别人提过。"

两人再问，知道不知道周天池正在调查谁？

谢天立即摇头："他刚刚开始调查，我没问过他。"

高昌和谢让互相看了一眼，那只有一个可能，周天池已经锁定了嫌疑人，那人也感觉到了，所以先下手为强杀死了周天池。此人心狠手辣，居然把房子也烧了，不留下一点痕迹。

高昌沉思了一会儿，对谢让说："内奸一日不除，一日不得安宁，这事儿还得继续调查下去，我看，就让谢天做这件事儿吧。"

谢让摇了摇头，说："谢天不合适。朱燕子一直怀疑周樱，我们虽然相信周樱不是内奸，但在找到内奸之前，谁也不能排除嫌疑。而谢天和周樱正在恋爱中，谢天最好回避一下。"

谢天的眉头痛苦地皱在一起，他很清楚，周天池正在调查周樱，周樱绝对不会是内奸，但周天池的死亡确实蹊跷。周樱真的和周天池之死没有关系吗？肯定没有。她一个弱女子，怎么可能做出杀人放火的事情来？内奸一定另有其人。他正在发呆，高昌问他："谢天，你觉得让谁调查比较好？"

谢天忙说："我觉得还是让朱燕子调查最好，热血团里最没嫌疑的估计就是她了。"

谢让摇了摇头，说："我不赞成让朱燕子调查，这个内奸非同寻常，他连周天池都杀了，何况朱燕子只是一个女孩子，这太危险了。"

高昌点了点头，他走了几个来回，猛地停了下来，问他们："我想让高豪杰接着调查，你们看怎么样？"

想想也没有其他合适人选了，两人也觉得只有高豪杰才能让人放心。

从团部出来以后，谢天径直去了医院，他看到周樱，低低地说："你出来一下，我有话问你。"

周樱却不愿意："你有什么事儿就在这里说吧。"

谢天有些恼怒："这里不方便，你跟我出来一趟。"

周樱看他眼神凌厉，心里一凛，忙跟着他出来了。两人离开热血团驻地，来到一座山坡下，看看四周无人，谢天严厉地盯着她，单刀直入地问："周樱，你给我说实话，是不是你放火烧了周天池的房子？"

周樱吃惊地看着他，呼吸急促，胸脯剧烈起伏，她拼命抑制着愤怒的心情，故作轻松地说："谢大队长，你怀疑我是内奸吗？"

谢天点了点头，咄咄逼人地瞪着他："你昨天晚上给我说过，说周天池正在调查你，怎么这么巧，昨天晚上周天池就被人害了？"

周樱再也忍不住了，大颗大颗的泪珠涌了出来："好啊好啊，别人怀疑我也就算了，你也怀疑我！我是内奸，怎么着？你把我杀了呀，你杀我吧！"

谢天愣了愣，目光里有了些惶惑，他不安地扭动了一下身子，声音缓和了一些："你不要这样使小性子，这是一件大事，必须得慎重对待。你知道，我爱你，我总得搞清这事儿和你有没有关系，有就是有，没有就是没有，你得给我说实话。"

谢天说得这么诚恳，周樱也不好意思再使小性子了，她咬着嘴唇，楚楚动人地看着他，低低地说："谢大哥，你想想，我如果是内奸，我昨天晚上会对你说那些话吗？那不是引火烧身吗？我那么傻，还能做内奸吗？再说，周天池并不是在调查我，也许我只是疑神疑鬼。你想啊，如果他在秘密调查，他怎么可能会让我发现呢？是的，是的，肯定是我多想了，他可能不是在调查我，只是凑巧而已。"

谢天心里一动，也许就是她的幻觉。想想吧，她被俘过，还被日军送到慰安所，出来了，还被朱燕子怀疑为内奸，如果周天池真的在跟踪调查她，别说是一个女人，就是一个男人，也受不了这些。在她平静的外表下，蕴藏着多少悲伤啊，这得多么坚韧的神经，才能承受如此重压？

他不由感到一阵心疼，伸开双臂把她揽过来，喃喃地说："樱儿，真是委屈你了，别哭，有我在你身边，我一定会好好保护你……"

周樱伏在他怀中，哭声反而更大，委屈、伤心，还有对谢天的感激之情，兼而有之。

他们都没有发觉，就在不远处的一丛灌木后，高豪杰痛苦地看着这一切……

两人缠绵了一阵，谢天拥着周樱说："咱们回去吧。"

周樱摇了摇头，说："谢大哥，我心里很乱，我想一个人静静。"

谢天点了点头说："也好，发生这么多事儿，确实让人心里不好受……你早点回来。"

谢天走了，周樱坐在一块石头上，呆呆地看着群山，一脸忧伤。她那么专注，高豪杰到了她身后，她还没有发觉。高豪杰猛地扑上来，把她拉到灌木丛里，像一头野兽一样疯狂地吻着她。周樱使劲地挣扎着，慌乱地叫道："不要，不要这样……别人会发现的！"

高豪杰瞪着血红的眼睛，恨恨地说："周樱，我恨你！"

周樱的泪水又出来了，她伸出手，抚摸着高豪杰的脸，喃喃地说："高大哥，你不要这样说，你这样说，我心里很疼。"

高豪杰愣了愣，说："你心里还有我吗？"

周樱点了点头："高大哥，我心里当然有你……"

高豪杰愤怒地说："那你刚才为什么还那么对谢天？他有什么好？他有我对你好吗？"

周樱呜呜地哭出声来："高大哥，我是喜欢你，可我也喜欢谢大哥，你别逼我，连我也不知道自己是怎么回事，我恨死我自己了……"

高豪杰放开了她，蹲在地上，痛苦地揪着自己的头发，喃喃地说："周樱，你不能再这样了，你知道，我爱你……"

周樱也蹲了下来，抚摸着他的肩膀，低低地说："高大哥，我知道，我知道，你给我点时间，好不好？"

她的声音温柔，像河水在歌唱。

高豪杰痛苦地看着她，问她："周姑娘，我问你，你到底是不是内奸？"

周樱吃惊地瞪大了眼睛："高大哥，你怎么会说这样的话？"

高豪杰说："那你昨晚为什么让我杀了周天池？"

周樱的眼泪又出来了："高大哥，昨天晚上咱们两个都喝多了，都醉了，咱们做了不该做的事儿，但我不后悔，我喜欢你，爱你。但是，高大哥，杀周天池这事，你别提了，我是鬼迷心窍。我太累了，太累了，为了抗战，我付出了这么多，但他们却怀疑我是内奸，我气不过，再说，我们都喝多了，一时糊涂。高大哥，这事儿你知我知，只有咱们两个知道，我已经后悔死了，恨不得自己死掉……"

高豪杰紧紧地搂住了她，吻着她的泪水，喃喃地说："樱儿，你别说了，别说了，我理解你，我理解你……"

周樱喃喃地说："高大哥，我害怕，你一定要保护我……"

高豪杰不停地点头："不怕，樱儿不怕，以后不会有人欺负你了，我爸和谢副团长让我接着调查谁是内奸，你放心，以后再也没有这样的事儿。"

周樱瞪大了眼睛："他们让你调查？你怀疑谁是内奸呢？"

高豪杰不假思索地说："我怀疑胡克利是内奸，他本来就是土匪出身，有爹就是娘，哪里有道义可言？他心里要是有民族有国家，还会做土匪吗？你等着吧，我一定会把他揪出来。"

周樱咬着嘴唇想了一会儿，点了点头："我也怀疑他。高大哥，你可得小心了，他手下的喽啰多，还是一个心狠手辣的家伙，你要保护好自己。"

她软软地依在高豪杰怀中，浑身散发着少女的清香，高豪杰闭上眼睛，陶醉在这令人窒息的，美好而又危险的爱情中。

2

江一郎派人来到青龙山，告诉高昌和谢让，他奉日军命令带着伪军进驻了大元镇，大元镇只有日军一个中队，正好里应外合把日军消灭掉，他带领部队反正。

高昌和谢让大喜，双方约定后天中午，热血团攻打大元镇，发起进攻时，江一郎的部队趁机反正，配合热血团消灭这个中队的日军。

高豪杰忙对高昌说："作战部署时不要让胡克利参加，以免消息泄露。"

高昌奇怪地问他："你怀疑他是内奸？"

高豪杰点了点头："我细细地调查过每一个人，只有胡克利嫌疑最大。"

谢天摇了摇头："我不同意高大队长的意见，胡克利如果是内奸，他早就配合日军把热血团消灭了，这样的机会很多。我觉得他不会是内奸。"

高豪杰有点不快地看了他一眼，说："日军好不容易安插进一个内奸，你以为他们只是为了一个热血团？说不定人家根本就不把热血团放在眼里，他们只是以热血团为跳板，目标是救国军，是赵军长的大部队。这样看来，咱们离开吴师长，离开赵军长还是对的。"

谢让想了一会儿，说："高大队长说的也有道理，我们务必得小心，任何人都不能相信，我建议后天攻打大元镇时，在出发前再宣布此事，这样，这个内奸不管是谁，他都无法把情报传递出去。"

高昌、谢天、高豪杰忙点了点头，只能这样了。

高豪杰闷闷不乐地到了医院，看到只有周樱一个人在救护所里忙着，就顺势拐了进去，坐在凳子上，一声不吭地看周樱忙着。周樱娇嗔地瞪他一眼，说：

"高大哥，你怎么耷拉着脸?"

高豪杰突然说:"樱儿，咱们两个去找谢天，把事情挑明了吧。"

周樱大吃一惊，停下手中的活计，说:"你千万不要这样，谢天会杀了你的。"

高豪杰撇了下嘴，不屑地说:"他杀了我? 他有这个本事吗? 真动起手来，还不知道谁输谁赢呢!"

周樱问他:"怎么了? 谢天惹你生气了?"

高豪杰愤愤不平地说:"我怀疑胡克利是内奸，他反而替胡克利说话，说他不可能是内奸。这不是存心和我对着干吗?"

周樱叹了口气:"谢天就是有点书呆子气，人家把他卖了，他还帮着人家数钱呢! 我真担心他，他太相信胡克利了。高大哥，你们有什么事儿，一定要瞒着胡克利，千万不要让他知道了。"

高豪杰得意扬扬地点了点头:"那当然，我们后天就去攻打大元镇，这事儿就对胡克利瞒得死死的。"

周樱忙捂住了他的嘴:"高大哥，你也不要告诉我，万一出什么事儿，你们又要怀疑我了。"

高豪杰一把把她拉在怀里，笑嘻嘻地说:"我怀疑谁也不会怀疑你，我就告诉你，我们攻打大元镇时，江一郎要带着他的部队反正，我们里应外合，这个中队的鬼子是手到擒来了……"

周樱捂住了耳朵:"讨厌，我不听，我不听。"

高豪杰看着她的样子，愈发觉得她可爱，忍不住低头吻她。周樱也紧紧地抱着他，两人忘我地拥吻在一起。正在这时，门突然被推开了，舒林儿闯了进来，看到两人抱在一起，大吃一惊，张开嘴巴愣在那里。高豪杰和周樱赶忙分开。舒林儿反应过来了，脸腾地红了，慌慌地摆着手说:"对不起，对不起……"声音里因为慌张竟带着哭腔，她慌慌地转身跑掉了。

舒林儿确实感到震惊，人人都知道，周樱是谢天的女朋友，她看上去那么纯洁，现在却和高豪杰抱在一起，这到底是怎么回事? 她感到惴惴不安，这事儿要不要告诉谢天? 应该告诉他，他不能蒙在鼓里。不能告诉他，他要是知道了，一气之下，会做出什么事儿呢？她一时心乱如麻，坐卧不宁。

同样坐卧不宁的还有周樱，她焦急地看着高豪杰说："怎么办，怎么办？"

高豪杰倒不以为然，笑了笑说："这样也好，省得咱们再去找谢天说了。"

周樱几乎要哭了，她使劲地摇了摇头，说："高大哥，你千万不要这样想，我心里有你，但也有谢天，你们两个我谁都不愿意伤害……"

高豪杰恼怒地说："我理解不了你，你总得选一个吧。"

周樱痛苦地看着他，说："高大哥，你给我一点时间，给我一点时间好不好，我的心已经乱成一团了，但愿……但愿舒林儿谁也不会说……"

高豪杰心里充满了苦恼，周樱所说的，他一点都不懂，在他看来，事情就是这么简单，周樱已经把身子都给他了，那么，她就应该爱他一个人，为什么心里还放不下谢天呢？谢天有什么好？婆婆妈妈的，一点都不爽快，他哪一点值得周樱去爱？自己哪一点比不上他？嫉妒把他折磨得满脸通红，他恨恨地说："总有一天，我要收拾了这个兔崽子！"

周樱吃惊地瞪着他，叫道："高大哥，你千万不要有这个念头……"

高豪杰悲痛欲绝，周樱的每句话、每个动作都在折磨着他，再多待一秒钟，他就觉得自己要疯了。这个不可理喻的女人。他转过身，像逃命似的慌慌地走了。

他只想一个人好好静静。

3

到了和江一郎约好攻打大元镇的日子，热血团准备出发了。队伍集结起来以后，高昌这才宣布，准备攻打大元镇。

高豪杰盯着胡克利，果然，胡克利一脸意外，高昌话音刚落，他就吵起来了："怎么突然想起去打大元镇了？那里有多少日军你们知道吗？这大白天的，咱们大摇大摆地去打人家，人家枪炮都是烧火棍吗？都站在路两边放着鞭炮欢迎咱们吗？"

韩辛仪也站了出来："胡老大说的对，哪里有像你们这样打仗的？我们绑架个人，也要花几天工夫踩点，把所有情况摸熟了才动手呢！"

高豪杰冷眼旁观，在他看来，就是因为情报传递不出去了，胡克利才会这么使劲反对。这个韩辛仪也是很可疑的。她把队伍拉到青龙山，说不定就是和胡克利商量好的，将来好与日军里应外合消灭热血团呢！

第六大队一看两个老大都反对，也嗷嗷地叫着不去打了。

高昌有些恼火，但又发作不得，只得伸出手向下压了压，让他们安静下来，然后说："大家请放心，咱们当然不会打无把握之仗，大元镇只有一个中队的日军，另外还有一个团的伪军，已经联系好了，伪军准备在咱们攻打大元镇时反正，里应外合，一举歼灭日军。为了收到突袭的效果，所以到现在才给大家说明，希望大家能够体谅。"

胡克利点了点头，说："这才像话嘛，我说呢，高老大、谢老大也不至于这么糊涂。弟兄们，大家准备好了，枪声一响，死命给我冲吧，专打鬼子，别打那些二鬼子，都给我记住没有？"

第六大队的土匪们一齐吼道："记住啦！"

在高豪杰看来，这都是胡克利装的，哼，装得倒蛮像的。他就装吧，再狡猾的狐狸也斗不过聪明的猎手，总有露出狐狸尾巴的那一天。咱走着瞧。

热血团开进了大元镇外围，高昌给各个大队部署了作战方向，正要打响，突然从镇子里开出一支队伍，足足有百十人。高昌一惊，再一细看，这队人既不是日军，也不是伪军，而是穿着黑色衣服的保安队。胡克利也看出来了，保安队长是他安插在稻城的李牧原，他怎么出现在这里了？

李牧原急急地赶过来，说："情况有变，大元镇不能打了。"

原来，就在上午十一时，日军这个中队突然接到稻城日军司令部的电话，说是日军华北方面军司令要到稻城检阅部队，全部急行军赶回稻城去了。江一郎本来想通知热血团，已经来不及了。

胡克利奇怪地问他："那你来这里干什么？你要反正吗？"

李牧原笑了笑，说："对，我们要反正了，鬼子让我们在小店镇守一个军火库，只有一个小队的鬼子和我们在一起，上个月，鬼子让我们到稻城拉粮食，我就通知了八路军的何团长，趁机把鬼子的军火库端了。鬼子现在已经怀疑我了，现在趁鬼子不在，我正好把队伍拉出来。"

　　胡克利上前拍了拍他的肩，说："这样也好，把你的队伍编到第六大队，咱们又是一伙啦！"

　　李牧原摇了摇头，说："我受江团长之托，来给你们报个信，然后我就带着队伍去乌龙山了。"

　　胡克利瞪大了眼睛："什么？你要去投八路军？"

　　李牧原点了点头，不卑不亢地说："对，我们去投八路军。"

　　胡克利忽地掏出手枪，顶在了李牧原的脑袋上："你敢去投八路军？你是我的人，我让你死你就得死！"

　　李牧原带的保安队大惊，都一齐端枪对准了胡克利，第六大队一看，也把枪对准了保安队。李牧原神色不变，淡淡地说："胡大队长，你可能还没想明白，我早已经不是土匪了，我也不是你的人，我在半年前已经加入共产党了，我是共产党的人了，去投八路军也是天经地义的，和你没有任何关系。"

　　高豪杰紧张地看着这一切，他的手放在了手枪上，在他看来，胡克利看到保安队要投奔八路军，狗急跳墙了。如果他要来硬的，他就一枪把他毙了。

　　胡克利愤怒地瞪着李牧原，脸部肌肉抽搐，嘴唇颤抖着，却说不出话来。谢让赶紧过去，拉住了胡克利的手，让他把枪放下。李牧原回过头去，对自己的部下说："弟兄们，胡大队长有点误会，没什么事，大家把枪放下吧。"

　　谢让也冲着第六大队说："都是中国人，中国人不打中国人，把枪放下。"

　　第六大队的人却没人把枪放下，他们看看胡克利，又看看韩辛仪，韩辛仪瞪了他们一眼，吼了一声："你们耳朵聋了吗？没听到谢老大说什么吗？"回过头来，她却又冲着李牧原吐了口唾沫："这狗日的八路军，打鬼子不行，挖墙脚倒很厉害。"

　　谢让对胡克利说："胡大队长，人各有志，不要勉强。这也是好事，不管是参加八路军还是热血团，只要是去打鬼子，大家仍然是兄弟。"

　　胡克利虽然还是不满，嘴上骂骂咧咧，但也无可奈何。

　　谢让又回头对李牧原表示感谢。李牧原冲着他和高昌点了点头，说："高团长，谢副团长，江团长交给我的任务我已经完成了，咱们就此别过，如果有缘，希望将来有机会能一起联合打鬼子。"

胡克利嘟哝了一句："跟了共产党，嘴巴也顺溜了嘛，一套一套的。"

李牧原却也不计较，冲他笑了笑，摇了摇头，带着队伍走了。

4

热血团来时群情激昂，人人都想着如何好好打一仗，谁知却扑了个空，回去的路上，像霜打的茄子，个个蔫巴巴的。倒是第六大队的那些土匪，野惯了，不好好走路，大呼小叫地唱着酸曲，看到路边树上有只鸟什么的，还要再追上一阵。

胡克利心里烦闷，也想找件事儿发泄一下，正好草丛里窜出一只野兔，他立即带着一二十名部下大呼小叫地追了上去。兔子在前面奔跑着，他们在后面追着，冷不防闯进一个山坳，兔子不见了，却见三四十个八路军或坐或躺在地上，正在吃着干粮。看到胡克利他们，八路军跳了起来，纷纷去找枪。

胡克利看到八路军，一下子又想起了李牧原，心里有气，大声骂道："你们这群狗日的，到老子地盘上来撒野，是不是想找死？"

他话音刚落，一声枪响，身边的赵慈江惨叫一声，倒在了地上。胡克利眼睛里几乎要喷出火来了，哇哇叫道："好啊好啊，老子还没说打呢，你们倒先打了，弟兄们，给我打，给我狠狠地打！"

土匪们赶紧伏在地上，噼里啪啦地向那些八路军开枪，那些八路军毕竟是正规军，他们很有秩序地卧倒还击，很快又干掉了几个土匪。土匪慌乱了，爬起来向后跑。胡克利大声地喊着，根本没什么用。他看着赵慈江抱着腿在那里挣扎，大声地惨叫，犹豫了一下，一边向那些八路军开枪，一边慢慢地向赵慈江爬去。他拖着赵慈江艰难地向后爬着，赵慈江冲着他叫："老大，你不要管我了，你自己赶紧跑吧。"

胡克利吼道："你不仁，难道要我不义？老子正忙着呢，闭上你的狗嘴！"

那些八路军站了起来，向这边冲来。胡克利心里一阵难过，看来，今天要死在这里了。反正死了，那就多拉一个垫背吧。他放下赵慈江，眯起眼睛，瞄准冲在最前面的一个八路军，一声枪响，那个八路军仰面倒了下去。

背后突然响起激烈的枪声，胡克利回头一看，高昌和谢让带着部队赶上来了。那些八路军只得边打边撤。那个被胡克利击倒的八路军好像还没死，有个八路军是个干部模样，举着手枪向他射击，好像要把他打死。胡克利瞪着眼睛看着，这也太狠了吧？要把伤员都打死吗？这就是八路军平常所说的宁死不当俘虏？我呸，简直是禽兽，不，禽兽不如！

胡克利瞄准那个八路军干部开了一枪，击中了他的胳膊，那人只得慌慌地逃走了。

土匪们把那个受伤的八路军拖了过来，叫着要把他干掉。

胡克利撇了撇嘴："咱们虽然是土匪，但咱盗亦有道，不杀俘虏，何况还是一个受了伤的俘虏，哪像那帮畜生，连自己人都要杀掉。"

谢让打量着战场，充满疑惑："他们是八路军吗？怎么会主动向我们开火？"

高昌哼了一声，说："咱们是国军，他们打的就是咱们。"

谢让还想说什么，这时正好听到胡克利的话，他走过来问胡克利："你刚才说什么？什么意思？"

胡克利呸地朝地上吐了一口唾沫，说："我刚才亲眼看到的，他们有个八路军干部看带不走他，拿着枪，要把这小子干掉呢。"

谢让皱着眉头看着那个八路军伤员，他恨恨地盯着他们，吐了一口唾沫，大声叫道："你们这些狗日的国民党，要杀要剐，随你们的便！"

高昌眯着眼睛问他："你们口口声声说国共联合，为什么要主动向我们开枪？"

那人的胸口汩汩地冒着血沫子，呼呼地喘着气，艰难地说："做梦去吧，我们共产党会和你们联合？打的就是你们这帮祸国殃民的国民党王八蛋！"

谢让心里的疑问更大了，同样是八路军，这人的口气怎么和何思运差别那么大？他皱着眉头看着他，这人伤势看来不轻。不管怎么说，还是先把他的伤治好再说吧。他忙叫来周樱，让她给这人处理一下伤口。周樱跪在地上，细细地给他包扎着。谢让把高昌拉到一边，低低地说："高团长，我觉得这事儿有蹊跷。"

高昌疑惑地看着他："有什么蹊跷？这事儿不是明摆着的吗？他们先开火袭击咱们的。我就知道，共产党不可信。"

谢让摇了摇头说："这不是八路军的作风。我怀疑他们是假八路军。"

高昌愣了一下："你说他们是日本鬼子假扮的？可他中国话说得那么流利。他们和小林健二一样是台湾人？可也不对啊，他的口音和小林健二的大不一样。难道他是汉奸？"

谢让说："我也不知道他们到底是什么人，但我觉得怎么都不像是八路军。我们把他带回去，好好治疗，等他好了，再慢慢审问。"

高昌点了点头："希望不是八路军。如果真是八路军，那我们也不客气了。"

周樱让人砍了些灌木，做成担架，寸步不离地跟着这个伤员。

朱燕子看了看那个伤员，又看了看谢让，欲言又止。谢让也注意到了，他故意放慢脚步，落到了后面。果然，朱燕子跟了过来，低低地说："谢副团长，我总觉得这人不像是八路军。"

谢让心中一动，用目光鼓励她继续说下去。

朱燕子说："别说是八路军了，就是咱们自己，包括胡克利的土匪，都不会杀自己的伤员。除非他们怕这个伤员暴露了什么才要杀人灭口。最重要的是，我突然想起，小林健二曾经告诉我，那个叫樱井兆太郎的日本人招募了一大批台湾人，还有日军队伍中中国话说得好的，说要成立一个什么挺身队，要训练成八路军或者国军，然后打进八路军或者国军的地盘浑水摸鱼。我想，我想，这支八路军队伍会不会就是他说的什么挺身队？"

谢让心中一凛，这事儿还是第一次听说，如果是真的，这樱井兆太郎就太狡猾了。他眼前浮现出樱井兆太郎的模样，他说的中国话足能以假乱真，如果扮成中国人，没人能分辨出来。他脸色严峻地看着朱燕子，说："燕子，你提供的情况太重要了，你不要告诉任何人，我和高团长商量一下，看看怎么办。"

朱燕子忙点了点头。

谢让急急地找到高昌，把朱燕子所说的详详细细地对高昌讲了，高昌大吃一惊，连叫小鬼子太可怕了。两人立即叫来高豪杰，嘱咐他要寸步不离这个俘虏，一定要把他治好，好好审问，弄个水落石出。

5

回到青龙山，周樱招呼那些兵把这个俘虏抬到了救护所。高豪杰也跟了过去。经过一路颠簸，俘虏已经晕了过去。周樱带着舒林儿，紧张地给他清洗伤口，上药，忙了好大一阵儿，才重新包扎好。舒林儿看高豪杰还待在这里，表情极不自然，慌慌地找了一个借口出去了。周樱抬起胳膊擦了一把汗，奇怪地看着高豪杰，问他："你怎么还在这里？你又不是医生，什么忙也帮不上，待在这里干吗？"

周樱的声音里含有娇嗔，在她看来，他这是依恋她，想方设法地要和她多待一会儿。想到这里，她心里甜甜的，看看四周无人，踮起脚，飞快地在他脸上亲了一下。

高豪杰心里美滋滋的，脸笑成了一朵花。

周樱娇嗔地瞪他一眼，说："你还不满足吗？还不走？你快走吧，别人看到了不好。"

她说着，就过来推他走。高豪杰却死死地钉在那里，笑呵呵地说："从前是偷偷摸摸的，这次咱可以正大光明地在一起了，谁也管不着。"

周樱瞪他一眼，却开起了玩笑："口气倒真大，算了吧，要是让你爸撞见了，还那了得？朱燕子被俘过，也不知道有没有被日军糟蹋，你爸都不想让你和她在一起。人人都知道我进了日军慰安所，身子早就不干净了……"

说到这里，周樱不由得又流下了泪水。

高豪杰忙用手环抱着她，说："樱儿，你放心，就是我爸和谢副团长让我守在这里的，二十四小时寸步不离，这个家伙一醒就去叫他们。"

周樱回头看了一眼俘虏，吃惊地说："为什么？这个八路军这么重要吗？"

高豪杰说："我爸和谢副团长他们怀疑刚才那些人不是八路军，是鬼子的什么挺身队，专门找些会说中国话的，打扮成八路军或者国军混进来，一是挑起国共矛盾，让我们自相残杀，二来搜集情报，为鬼子扫荡做准备。鬼子可真毒辣。要是真的，估计八路军也蒙在鼓里。等他醒来，好好审审，一切就明了了。"

周樱也吃惊不小，看了看那个伤员，点了点头："你放心，我一定会把他救活的。"

正说着，朱燕子突然闯了进来，拉过来一张凳子，坐在了伤员的跟前，挑衅地瞪着周樱。

高豪杰奇怪地看着她："你这是干什么？"

朱燕子哼了一声，说："我不放心，我得守着他，他啥时醒了，我啥时走。"

周樱愣了一下，看了看她，又去看高豪杰，一脸委屈，鼻子抽了抽，几乎要哭了。

高豪杰很生气地站起来，走到朱燕子跟前："你这是什么意思？你不放心我吗？我能把这个伤员吃了吗？"

朱燕子撇了一下嘴："对，我是不放心你，有些人真是傻到没药可救了，被人卖了还在帮人数钱呢，恐怕自己死了都不知道怎么死的……"

高豪杰再傻，他也听出来了，朱燕子这是在讽刺他。这话曾是他说谢天的，现在朱燕子用在了他身上，他立即火冒三丈。再想起从前，自己掏心掏肺地对她好，她却不领情，害得他被人戳脊梁骨，人前人后抬不起头。她是什么意思？还不是看不得他对周樱好嘛，看不得周樱把她的风头压下去嘛。他越想越气，手指着门口，吼道："你出去！你在这里，我反而不放心你，别以为别人不知道你操的啥心！"

朱燕子头昂得更高了："我操的是什么心？"

高豪杰恨声道："懒得理你！你给我出去！"

朱燕子的倔劲也上来了："我偏不出去，你能怎么着我？"

周樱见了，反而上来劝高豪杰："高大队长，朱姑娘不放心，想在这里待着，就让她在这里待着吧。"

朱燕子却不领情，斜了她一眼，哼了一声。这一声彻底地激怒了高豪杰，这个女人就是如此无情，别人关心她，她却当驴肝肺。他再也忍不住了，把她架起来就往外拖。

朱燕子没料到他会这样，脸涨得通红，使劲地挣扎着，大声地叫道："你放开我，你放开我！"

她哪里能拗过五大三粗的高豪杰，被他架着跌跌撞撞地推到了门外。朱燕子不甘心，返身又要冲回来，高豪杰急了，干脆又冲上去，拖着她往外面拉，准备把她拖得远远的，实在不行，就把她绑在树上。

周樱见两人出去了，长长地松了口气，她掩上门，飞快地跑到那个俘虏跟前，拿起一个枕头，紧紧地捂在他的脸上，俘虏使劲地挣扎着，腿抽搐了两下，无声无息了。她忙拿开枕头，用手指使劲地戳他胸口的绷带，鲜血涌了出来。高豪杰回来的时候，周樱正手忙脚乱地拿着绷带捂着俘虏的伤口，着急地叫他："高大哥，你快过来帮帮我，他突然大出血，怎么也止不住，这可怎么办？怎么办？"

高豪杰吓了一跳，忙过来用手捂住伤口。周樱腾出手来，伸出手指在俘虏鼻子下面探了探，哭丧着脸摇了摇头："高大哥，没用了，他已经死了……"

高昌和谢让听说俘虏死了，慌忙赶过来，细细察看了俘虏的伤口，又看了看周樱。周樱伤心地说："我也不知道怎么回事儿，他就突然大出血了，我和高大哥忙了半天，也没能帮他止住血。他伤得太重了，我们又没有好的药品……主要还是怪我，要是唐大姐还活着就好了，就不会发生这样的事儿了。"

她说着，不由得难过地哭了起来。

谢让听她提到唐力，也不由得一阵伤感，他拍了拍周樱的肩膀，安慰她说："周姑娘，这不怪你，你已经尽力了。"

周樱感激地看着他，喃喃地说："谢叔叔，都是我不好，你批评我吧……"

俘虏死了，线索断了，他到底是八路军，还是朱燕子说的什么挺身队，也成了一个谜，虽然有些遗憾，但也只能面对现实了。谢让又安慰了半天周樱，见她情绪好了点，这才和高昌、高豪杰一起出来了。

看着离医院有段距离了，高昌扭过头来，低低地问高豪杰："你一直都守在那里没有离开吗？"

高豪杰愣了一下，说："中间我离开了一下，朱燕子来捣乱，我把她赶走了，也就那么一眨眼的工夫。怎么，你们怀疑俘虏是周樱弄死的？"

他见高昌和谢让没有吭声，好像受到了莫大的侮辱，挥了一下手，大声地说："周姑娘已经够尽力了，我还帮着她按着伤口，那人的血像喷泉一样，根本就止不住。"

谢让看了看高昌，说："高团长，高大队长守在那里，已经尽力了，你就别怪他了。"

高昌摇了摇头，说："我并没有怪他，我只是觉得有些疑惑，明明好好的，怎么说死就死了？"

高豪杰愤慨地说："什么好好的？胡克利那一枪打在了他的胸口，当时他就奄奄一息了，能活到现在已经是个奇迹了。"

高昌不再吭声了，只是眉头皱得越来越紧了。

等高豪杰走了以后，高昌对谢让说："朱燕子为什么去医院？我想和她谈谈。"

谢让苦笑了一下，她还不是怀疑周樱是内奸吗？

朱燕子来了，当她听说那个俘虏已经死了，不由得气得浑身哆嗦："我早就知道，周樱这个叛徒一定会想法把他弄死，那人根本就不是八路军，就是鬼子的挺身队，这是那个叫啥子樱井兆太郎的秘密武器，她当然怕咱们知道了。"

谢让忍不住说道："朱姑娘，你不要这么武断，这可是人命关天的事情，你空口无凭说周姑娘是叛徒，是要负责任的。"

朱燕子气得跺脚："我没证据，但我知道她就是叛徒，你们就是不信我。好，你们不信我，我总会找到证据的，让你们看看，到底谁是内奸！"

朱燕子走了，谢让苦笑了一下，对高昌说："朱姑娘太固执了。"

高昌却摇了摇头，说："在没有找到真正的内奸之前，每个人都是可疑的，包括你我，也包括周姑娘。"

谢让暗自摇头，觉得高昌有点危言耸听了。

他觉得当务之急是尽快和八路军的何团长联系一下，一来问问他，主动攻击热血团的部队会不会是他的手下，二来如果不是他们八路军干的，也让他们提高警惕，鬼子可能真有挺身队部队，伪装成八路军或者国军。

高昌却不以为然，说："就是他们八路军干的，他也不会承认的。"

谢让说："我觉得是八路军的可能性不大。我们国军相对强大，八路军不会在这个节骨眼上主动挑事的。你要是不放心，咱们就私下里联系一下谢地，他虽然参加了八路军，但毕竟在咱们热血团干过，何况我还是他的父亲，谢天是他的哥哥，他总会说实话的。"

高昌想了想，也只能这样了。高昌当下就找了洪桥，让他扮成一个走乡串户的货郎前去乌龙山，借机找到谢地，把这个情报传递给他。

永不分离

1

洪桥很快就回来了，他是带着谢地回来的。谢地听他说了以后，感觉情况严重，立即带他去见了何思运。何思运感到震惊，为了以防万一，不但在自己的独立团进行了调查，又询问了周围其他八路军部队，确认那支队伍绝对不是八路军。很显然，他们就是樱井兆太郎所组建的什么挺身队。何思运深感事情的严重性，他让谢地跟着洪桥到热血团来，一来解释，二来多待一段时间，如果热血团再遇到挺身队，以帮助他们进行甄别。

谢让长长地松了口气，终于证实那支队伍不是八路军，那就好了。

谢地又回到了热血团，最高兴的就是朱燕子。

朱燕子把谢地离开热血团后发生的事情都给他讲了，特别讲了自己对周樱的怀疑。谢地听了，紧紧地皱着眉头，低低地说："燕子，我完全相信你的判断，很有可能，周樱在被俘后已经叛变了。"

朱燕子欣喜地看着他，说："谢大哥，只有你无条件地完全地相信我，你真好。别人还以为我是因为谢天吃周樱的醋呢！"

谢地笑了笑，问她："燕子，假如周樱没有内奸嫌疑，你难道不吃她的醋吗?"

朱燕子瞪了他一眼:"你说的是什么鬼话? 我只是尊敬谢天,可没有其他想法,现在更没有啦!"

谢地笑道:"那就是从前有啦。"

朱燕子皱着眉头看他,他扑哧地笑了。她看出来他是在逗她,不由得叫了一声"好啊",冲上去用小拳头捶打着他的胸口:"你坏,你坏!"

谢地伸出手,一把把她揽在了怀里,朱燕子的脸腾地红了,她想挣出来,可浑身没有一点力气,软软地倒在了他怀里……

朱燕子仰起脸,问谢地:"谢大哥,你在八路军那边怎么样?"

谢地的眼睛里一下子闪出光来,说:"八路军那里官兵平等,大家吃穿都一样,人人都想着打鬼子,朝气蓬勃,我觉得中国的未来可能真的靠他们了。"

朱燕子一脸神往:"谢大哥,我也想参加八路军,和你在一起。"

谢地犹豫着摇了摇头,说:"你暂时还待在热血团吧,如果现在离开,我怕热血团对八路军会有意见,觉得八路军在慢慢吞并他们。现在这个时候很敏感,国共合作其实很脆弱。"

朱燕子点了点头:"我不懂政治,但我听你的,你说什么时间加入八路军,我就什么时间加入。"

谢地说:"这个事儿可以放一放,将来有机会的。当务之急,咱们要把热血团里的这个内奸抓出来。"

朱燕子恨恨地说:"就是周樱,百分百是她。"

谢地苦笑了一下:"我也觉得她很可疑,但没有证据,我们也没办法抓她。你给谢天说过你的怀疑没有?"

朱燕子说:"你知道,我从前给他说过,他说什么也不信,这次这件事儿我就没再和他说了,但想必他也知道我仍在怀疑周樱。"

谢地觉得谢天的态度很重要,有必要和他谈一谈。再说了,如果真的找到了周樱是内奸的证据,他也得有点心理准备才好。他告别朱燕子,找到谢天,把朱燕子给他说的都告诉了谢天,特别是日军那个挺身队员之死,周樱非常可疑。他说完后,紧张地看着谢天。谢天痛苦地皱着眉头,沉思了半天,点了点头:"我从前一直不相信朱姑娘说的，但这件事太诡异了，偏偏高豪杰出去那么一会儿，那个挺身队员就死了。这里面可能有鬼。"

谢地问他："你有没有问过高豪杰？"

谢天尴尬地笑了一下，说："我当然问过他，他很生气，就像当初朱姑娘给我说她怀疑周樱时，我也很生气。这段时间，高豪杰和周樱走得很近，他维护她也是很正常的。"

谢地想了一会儿，说："我们现在一点头绪都没有，我们找不出来这个内奸，但我们可以利用内奸。"

谢天问他："如何利用？"

谢地说："咱们可以和咱爸、高团长商量一下，就说热血团要攻打小店镇，真正的计划是热血团伴攻，牵制住日军，八路军从另外一个方向动手，把日军设在小店镇的军火库炸了。"

谢天说："你的意思是说，热血团只是诱饵，让内奸把情报送给日军，调动日军对付热血团，真正进攻的是八路军？"

谢地点了点头说："对，就是这样。"

谢天觉得这个主意不错，他们对高昌、谢让讲了这个主意，两人也觉得可以试试。高昌还有点担心："八路军同意吗？"

谢地很肯定地说："八路军那边没问题，只要是打鬼子，上刀山下火海，八路军都愿意。"

四个人趴在地图前，区分了进攻路线。一切安排妥当，谢地立即动身，秘密赶回乌龙山。

看着谢让送谢地出去了，高昌犹豫了一下，低低地对谢天说："谢天，有件事你得有思想准备，朱燕子怀疑是周樱故意杀死了那个俘虏，虽说没什么证据，但这件事确实很蹊跷。"

谢天点了点头，痛苦地说："谢地也给我说过……也许，也许我错怪朱姑娘了。"

高昌沉重地说："希望朱姑娘怀疑错了。不过，我还是想让你暗中盯着周樱，她如果没事当然更好。不过，这主要看你的意见，我只是一个建议。"

谢天低低地说："高团长，我明白你的意思，不用说你，我也会注意的。如果周樱是内奸，我绝不会偏袒。"

高昌拍了拍他的肩膀，长长地叹了口气。

2

谢地很快就从乌龙山回来了，何思运团长很高兴，愿意和热血团配合打好这一仗。双方约定后天准时行动，先由热血团由东面进攻小店镇，日军调动后，八路军从西边出击，速战速决，把日军军火库炸掉后立即撤出战斗。

热血团进行了动员，当然，高昌和谢让只字未提八路军参战。

周樱刚挎着篮子从医院出来，迎面撞到谢天。谢天笑着迎上来，亲热地问她："樱儿，你要到哪里去?"

周樱白了他一眼说，要打大仗了，医院的药品不够，她得上山采些草药。谢天立刻殷勤地说，要和她一起去。

周樱娇嗔地瞪他一眼，说："你不是很忙吗? 好多天都见不到你的影子，怎么现在倒有空了?"

谢天不好意思地搔了搔头，说："前些天确实很忙，反正后天就要打小店镇了，大家的任务就是吃饱睡足，还真没我什么事了，正好陪陪你嘛。"

说着，他嬉皮笑脸地凑过来要搂住她。周樱把手里的篮子往他怀里一推，说："那就走吧，你正好给我拎着篮子。"

两人到了山里，周樱一一教他，哪些是草药，有什么功用。谢天像个乖乖的学生一样，认真地听着，不时地点头。两人边走边找着草药，不知不觉到了老虎洞前。看看太阳快到头顶了，周樱站起身来，擦了一把汗，说："你在这里等一下，我去一趟老虎洞。"

谢天忙说："还真有点累了，走，咱们去歇歇。"

周樱跺了一下脚，恼怒地说："你进去干吗啊? 人家身上来了，要进去换药棉。"

谢天脸红了一下，但很快就嬉皮笑脸地说："我不信，你带药棉了吗?"

周樱从口袋里掏出一块药棉，在他脸前晃了晃："你看看，这是什么?"

谢天笑道:"连这你都准备好了?"

周樱打了他一下,娇嗔地说:"人家身上来得多嘛,不得不提前做准备。"

谢天只得讪讪地笑着说:"好吧,好吧,你去吧,我在外面给你把风。"

周樱看了看四周,很认真地说:"你可得给我看好啦,要让人撞见,羞死人了。"

谢天说:"那当然,除了我,谁也不能看你。"

周樱笑嘻嘻地打了他一下,飞快地钻进了老虎洞。谢天看了看老虎洞,心里扑通扑通地跳,他觉得周樱的举动有些奇怪,按说,她和他已经有了男女之实,不应该这么害羞了,随便找个地方就换了。她为什么要背着他到老虎洞去换呢?自己要不要突然跑过去看看?

他正在胡思乱想,周樱出来了,满面潮红地看他一眼,很满意地说:"谢大哥,你还真是一个好男人,没有偷看。"

谢天撇下嘴,说:"我啥没看过?为啥偏偏要这时候看你?"

周樱扬起手做出又要打他的样子,说了一声:"贫嘴!"

谢天忙趔了下肩膀闪开了,两人笑嘻嘻地下了山。两人表面云淡风轻,实际上心里都早已经翻江倒海了。谢天觉得周樱进老虎洞的举动不同寻常,一定有不可告人的目的,自己得找个机会脱身,赶紧回来进洞看看。周樱心里在想,谢天从前一见她,只要四下没人,就要过来吻她,还有说不完的甜言蜜语,今天倒好,虽说还是嬉皮笑脸,但没有碰她的身子一下,哪怕她明显地在挑逗他,他也躲开了。本来以为自己进了老虎洞,他会偷偷地跟进来,等了半天,他还是老老实实地待在外面。他这是怎么回事?难道他知道了自己和高豪杰的私情?不,不可能知道的,如果他知道,肯定会直接兴师问罪的,不找她,也会找高豪杰。不管哪种情况,有一点她是清楚,谢天已经不像从前那样爱她了。她不由得打了一个寒战,难道他怀疑自己是内奸?

两人各怀心事地回到了医院,谢天把她揽过去,周樱的心扑通扑通地跳,以为他要吻他,谁知他只是在她额头上蜻蜓点水般地亲了一下,笑嘻嘻地说:"忙了一上午,你也累了,好好休息一下吧。"

周樱忙点了点头,心里愈加沉重,如果连谢天都怀疑自己是内奸,那么,高昌和谢让肯定也怀疑了。她故作镇静地走进医院，关上了门，却立即溜到窗前，仔细地看着谢天。谢天走了几步，回过头来看看这边，周樱赶紧闪到一边。等她再凑到窗前时，谢天已经不见踪影了。

她愣愣地站在那里发呆，最后咬咬牙，从床铺下面抽出一把手枪，塞进腰里，若无其事地出了门。

周樱离开了热血团的驻地，看看四周无人，加快脚步向老虎洞跑去。跑到半山腰，她果然看见谢天正猫着腰返回老虎洞。周樱痛苦地摇了摇头，这个男人，已经在怀疑她了。

谢天赶到老虎洞，借着外面的光线，看了看四周，四周光秃秃的，能藏匿东西的也就是那张用石头垒的床铺了。他蹲下来，细细地查看每一块石头，终于在一个缝隙间发现了一个纸条。他忙把纸条抽了出来，展开一看，画的正是热血团进攻小店镇的路线图，上面还注有时间。谢天眼前一黑，那字迹正是周樱的。虽然他也开始怀疑她了，但他一直抱着侥幸心理，希望这不是真的。然而，他错了，朱燕子一直都是对的。天啊，如果那时就相信朱燕子，热血团也不会遭受那么大的损失了。真想不到这个女人，看上去那么清纯、善良，实际上却是一个比毒蛇还要毒的内奸！

她肯定是那次被俘时叛变的。这可恶的战争。

他正在那里胡思乱想，身后突然响起一声冷冰冰的声音："把手举起来！"紧接着，一支冰冷的枪顶在了他的脑袋上。谢天的脑袋嗡地响了一下，这人不是周樱，是个男人，声音这么熟，却一时又想不起到底是谁。他慢慢地举起手，那人把他手里的纸条抢了过去。那人又伸出手，把他腰里的手枪拔了出来，扔在了一边。谢天倒吸一口冷气，这人是个老手。他会是谁呢？

就在那人低头要看那张纸条时，谢天猛地转身，用肘部狠狠地撞在那人的胸口上，那人唉哟一声倒在地上，手枪摔在了一边，谢天立即扑过去，和那人打了一个照面，谢天不由大吃一惊，此人却是经常出现在青龙山的货郎姚瘸子。姚瘸子看上去一点也不柔弱，他一个翻身，又把谢天按在了地上，双手死死地掐着谢天的脖子。谢天艰难地喘着气，手在地上摸着，他摸到了一块石头，朝姚瘸子的头上砸去。姚瘸子手一松，软软地滚到一边。谢天立即跳起来，从地上捡起手枪，又把另一只手枪用脚踢到一边。他用枪指着姚瘸子，大声地叫道："老实点，你给我站起来！"

姚瘸子举着手站了起来。他的脸有些扭曲变形，看上去怪怪的，好像敷了一层油彩，刚才打斗中，蹭掉了一些。谢天心里一动，从口袋里扯出手绢，递给姚瘸子，努了努嘴："把脸擦干净。"姚瘸子愣了一下，有些不情愿。谢天的枪口往上抬了抬。姚瘸子只得用手绢擦了脸，他的脸上果然敷了一层油彩。当他的真实面目露出来以后，谢天不由大吃一惊，这不是藤野严八郎吗？谢天眯起了眼睛："怎么是你？"

藤野严八郎充满嘲讽地笑了一下，说："你现在才知道是我？哼，我和谢让打过几次照面了，他都没认出我来。"

谢天哼了一声，说："你没想到也会有今天吧？"

谢天押着他出了老虎洞，这家伙原来一点都不瘸。

刚走了两步，谢天忽然觉得脑后响起一阵风，正要回头，脑袋被重重一击，身子不由往旁边一歪。袭击他的人正是周樱。谢天大惊，正要开枪示警，藤野严八郎扭过身，抓住他的胳膊，往膝盖上一磕，只听咔嚓一声，谢天感到一阵钻心疼痛，胳膊软软地垂了下来，手枪掉在了地上。

周樱像换了一个人，动作利索地用膝盖压着谢天的身子，用枪顶着他的脑袋。

谢天恨恨地瞪着她："你要开枪吗？"

周樱充满嘲讽地看着他，说："你真是聪明反被聪明误，你既然怀疑我了，怎么就不想想我会不会也怀疑你已经怀疑我了？"

谢天恨声道："算我瞎了眼，你真是一个狠毒的女人！"

周樱愣了一下，摇了摇头，问他："你什么时间开始怀疑我的？"

谢天呸地吐了她一下："我早就怀疑你了，你从日军那里逃出来我就开始怀疑你了……"

周樱笑了："你那时就怀疑我了？你以为我是笨蛋啊？你们这些男人啊，个个都蠢得不可救药，除了一个朱燕子，我还真没碰到一个稍微聪明的人呢。"她的语气里竟然还带着一丝遗憾。

藤野严八郎从身上抽出一把匕首凑了过来，说："我把他宰了吧。"

周樱却恨恨地瞪他一眼，吼道："去把绳子拿来。"

藤野严八郎还有点犹豫："留着他也是一个祸害……"

周樱不耐烦了："混蛋！哪里有那么多废话？"

谢天吃惊地瞪着她，她怎么这样和藤野严八郎说话？难道她的官职比藤野严八郎还大吗？他可是樱井兆太郎的副官啊！

谢天不由感到一阵寒意，叫道："你到底是什么人？"

周樱似乎有些苦恼，狠狠地瞪他一眼，突然把手枪塞进他嘴里，大声吼道："你怎么也那么多废话？你信不信我一枪崩了你？"

鲜血从口腔里涌了出来，她用的力气真大，谢天感觉自己的牙齿也被磕掉了。谢天不由感到眼前一黑，这个女人太狠了，她要杀了自己吗？

藤野严八郎拿着绳子来了，在周樱的指挥下，把谢天的双手双脚捆了起来，谢天张嘴要大叫，周樱从口袋里掏出药棉，塞进了他嘴里，然后拍拍他的脸，嘻嘻地笑着说："你不是愚蠢，你只是太相信我了，就连我说我身上来了，你居然都信了。唉，谢天啊谢天，你让我感谢你，还是恨你呢？"

藤野严八郎又凑了过来："咱们把他宰了吧。"

就连谢天也没想到，周樱突然转身，一个耳光啪地扇在了他脸上："混蛋！我刚才说的话你没听到吗？"

奇怪的是，藤野严八郎不但不生气，反而一个劲地点头哈腰："是，是，是。"

谢天吃惊地瞪着她，这真是个神秘的女人。她到底是什么人？如果她只是被俘叛变了，成了日本人的帮凶，但也不至于让日本人对她言听计从吧。

周樱转过身来，伏在谢天的胸口，抚摸着他的脸，声音像鸟一样柔软："谢大哥，我最后再喊你一声谢大哥吧，谢谢你这些年来对我的照顾，你也不要生气，其实，其实我也爱过你，只不过，咱们是在战争中，都是身不由己……"

她说着，声音里竟带着悲伤，眼中流出了泪水，滴在谢天的脸上，顺过他的嘴唇流了下来，那些泪水很苦很咸。谢天一阵恍惚，他突然觉得自己似乎并不是很恨这个女人，甚至还有点可怜她，还有点心疼她。是的，她没骗他，她爱过他，他也爱过她……他竭力地忍着，但还是没有忍住，泪水缓缓地涌出了眼眶……

周樱摇了摇头，说："谢大哥，我不会杀你的，不过，也就是这次不会杀你，咱们下次再见了，我就是不杀你，你也会杀我的……咱们就此别过，如果老天有眼，以后就不要让我们再见面了……"

她俯下身子，突然在谢天脸上亲了一下，泪水滴在谢天的泪水上，像刀子一样刺疼。她站起身来，面无表情地对藤野严八郎说："走吧。"

他们走了，声音愈来愈远，谢天静静地躺在那里，看着湛蓝的天空，巨大的空虚淹没了他，周樱，这个女人，她到底是什么人呢？

3

当高昌、谢让等人发现谢天失踪后，高昌第一反应就是立即让洪桥去医院找周樱，洪桥赶到医院，哪里还有周樱的影子。他急吼吼地问舒林儿："周樱呢？"

舒林儿的声音竟带着哭腔："她一大早就出去了，说是去采草药，谢大队长也跟着去了。"

她被吓坏了，在她看来，肯定是谢天知道了周樱和高豪杰的私情，谁知道谢天在盛怒之下会做出什么事儿呢？天啊，但愿他不会杀了周樱。她正要告诉洪桥，洪桥却已急急地跑去向高昌和谢让报告了。

高昌心中大惊，会不会是周樱发现了什么？

高昌立即集结部队，一部分向大元镇方向追击，一部分上山搜索，如果发现周樱，立即把她带回来，如若反抗，格杀勿论。除了谢让、谢地和朱燕子心里有数，其他人都大吃一惊，谢天不见了，为什么要找的是周樱，而且还要格杀勿论？最吃惊的要数高豪杰了，愣愣地看着父亲，完全懵了。

高昌吼道："发现谢天，当然也要带回来。"

他顿了顿，又加了一句："一定要找到谢天和周樱，活要见人，死要见尸。"

众人这才发现了事情的严重性。胡克利左右看看，嘟哝了一句："找啥找啊，要么他俩私奔了，要么在山上野合，不要坏了人家的好事儿。"

韩辛仪听到了，瞪他一眼："你没听出来吗？这可不是儿戏，你贫嘴也不挑个时候！"

胡克利不好意思地看看她，竟乖乖地闭上了嘴巴。

大家在各个队长的带领下，分成两拨，一拨上山，一拨向大元镇方向追击。高豪杰终于醒过来了，他瞪着眼睛问高昌："为什么这么对待周樱？她怎么了？"

高昌说："她有可能是内奸。"

高豪杰愣了一下，脸涨得通红，挥舞着胳膊叫道："怎么可能？周樱好好的，怎么就成内奸了？你们让我调查内奸，我连内奸的影子还没见着呢，咋就成周樱了？"

高昌看着六神无主的谢让，心里也着急，顾不得高豪杰的情绪，没好气地说："她是不是内奸，找到就知道了，你赶紧跟着部队出去找找。"

高豪杰还想再说什么，却见高昌紧紧地跟着谢让，低声地说着什么，就满脸愤慨地哼了一声，转身走了。高豪杰心里确实很难受，他难受的倒不是父亲说周樱是内奸，她怎么可能是内奸呢？他是一点都不相信的。他生气的是她和谢天一起失踪了，特别是胡克利说的话，像猫在他心上挠了一样，每挠一下都是一条血道子。"找到她了，我一定要问问她，为什么要和谢天单独出去，他们出去到底干什么了？"他想。

最着急的是谢让。如果周樱是内奸的话，谢天没有防备，很有可能被暗算了。高昌安慰他说："谢副团长，你别急，谢天是个大男人，她周樱再狡猾再狠毒，毕竟是个女流之辈，根本不是谢天的对手……我倒担心，会不会是她把谢天诳到大元镇或者稻城了？"

谢让摇了摇头说："周樱到底是不是内奸，现在还没定论。我倒担心他俩遇到了鬼子的挺身队什么的，被他俩识破，挺身队下了毒手，或者把他俩绑架了。"

高昌一愣，这个可能不是没有。如果是这样的话，自己怀疑周樱是内奸，也太不应该了。天啊，但愿他俩没事。

一直到傍晚时，胡克利带着手下搜到老虎洞，赵慈江尿急，钻进旁边的树林里解决，撒得正欢，看到旁边的树丛在动，下面还有一个黑乎乎的影子，他"妈呀"地叫了一声窜了出来。韩辛仪奇怪地问他："你一个大男人，怎么像个女人一样？"

赵慈江提着裤子，慌慌地说："那边有头野猪。"

胡克利兴奋地叫道："哇，今晚可以打牙祭了。"

他拽过身边一个部下的长枪跑了过去。赵慈江指着那丛树丛叫道："快看快看，还在动呢，快开枪，快开枪。"

胡克利把枪栓一拉，举起枪瞄准一下，就要开枪，韩辛仪把他推到了一边，瞪了他一眼："你长的是狗脑子还是猪脑子？这么大的动静，要是野猪，不早跑了？"

胡克利被骂了，不但不生气，好像还很享受，嘿嘿地笑着说："就是呀，难道是头受伤的野猪？"

众人拨开树丛，看到的却是被捆起来丢在那里的谢天，他冲着众人呜呜地叫着。胡克利呸地朝地上吐了一口唾沫："妈的，我还想着晚上烤野猪吃呢。"

韩辛仪瞪他一眼："还不快去帮忙？"

胡克利乖乖地上去给谢天松了绑，把堵在嘴里的药棉取了出来。谢天一下子跳起来，夺过胡克利手里的长枪就要向外冲，韩辛仪拉住了他："你要干什么去？"

谢天叫道："快去追周樱和藤野严八郎，她是内奸！"

胡克利叫道："什么藤野严八郎？"

谢天说："就是姚瘸子。"

胡克利更迷糊了："这和姚瘸子有什么关系？"

谢天急道："姚瘸子其实不是姚瘸子，是日本特务藤野严八郎化装的。"

韩辛仪拉住了他："你刚才说什么？周姑娘是内奸？你开什么玩笑？"

谢天叫道："我就是被他们捆着扔在这里的！"

胡克利惊奇地看着他，说："看不出来，这个姚瘸子真厉害，居然把你的牙齿都打掉了。"

谢天用袖子擦了一下嘴巴，呸地吐了口带血的浓痰，愤怒地说："什么姚瘸子？这是周樱干的。"

韩辛仪惊奇地瞪大了眼睛："是周樱把你的牙齿打掉的？乖乖，周姑娘那么厉害？她怎么打的，你快说说，你快说说。"

谢天哭笑不得，急道："你们赶紧去追他们啊，你们往大元镇方向去了。"

韩辛仪还是拉着他不放："你放心，咱们有弟兄往大元镇方向去追了，再说了，看样子时间也不短了，他们要是跑，也早就跑掉了，你急也没用，还是给我们说说，真的是周姑娘把你的牙齿打掉的？她真的那么厉害吗？"

谢天没好气地瞪她一眼，说："姚瘸子也不是瘸子，那是装的，他是日本特务，周樱也不是像你平常见的那样柔弱……"

谢天颓丧地坐在地上，抱在头喃喃地说："怪我，都怪我……"

韩辛仪俯下身，拍了拍他的肩膀，说："谢大队长，你别难过了，不怪你，怎么能怪你呢？要怪只能怪大家，谁能看出周姑娘是内奸呢，现在想想，我平常根本就没拿正眼看过她，还觉得她手无缚鸡之力呢！"

她咂了咂嘴，一脸遗憾："我要是早知道了，我也会会她，和她比画比画。唉，怪我，都怪我……"

她最后那两句，完全是模仿谢天的声音，胡克利等人忍不住笑了起来。谢天愤怒地瞪了他们一脸，站起身来，怒气冲冲地往回走。

韩辛仪伸手作势要拉他："唉，谢大哥，你等等我们，咱们一起走啊！"她嘴上虽是这么说的，表情却是充满欢乐，看看谢天怒气冲冲的背影，回头冲着胡克利乐："这个谢天，怎么像个娘儿们一样？给他开个玩笑，他就生气了。"

胡克利讨好地说："他和咱们不是一路人，开不起玩笑，咱俩才是天造地设的一双，臭味相投、狼狈为奸。"

韩辛仪撇了撇嘴："听你这话的意思，分明是在勾引我嘛！"

胡克利竟然有点害羞了，挠了挠头，嘿嘿地笑着说："老大不愧是女中豪杰，还是被你看出来了。你将来也只能嫁给我了，咱俩是乌鸦落在猪背上，谁也不嫌谁黑。"

韩辛仪上上下下地看了他一遍，嘴巴撇得更夸张了："就你啊，你可真是猪，我可不是乌鸦，我是凤凰呢！"

胡克利还不甘心："那你是黑凤凰落在猪背上。"

韩辛仪打了他一下，说："好了好了，咱就别在这儿贫嘴了，赶紧下山吧，这下有热闹看啦。"

说着，她竟像一个小姑娘一样蹦蹦跳跳地走了。

4

前去大元镇方向追击的队伍回来了，自然也没能找到周樱。

回到团部，谢天把上午和周樱一起到山上采草药，最后被藤野严八郎与周樱袭击的整个过程讲了一遍。事情很清楚了，周樱是内奸，原本是"王记布行"的王老板和她接头，王老板死后，藤野严八郎化装成姚瘸子以货郎为掩护，接替王老板和她接头。

一切都很清楚了，这个周樱太狡猾了，竟然隐藏这么久这么深。没有人怀疑谢天所讲的，何况周樱本来还是谢天的恋人。但高豪杰却有点怀疑，按照谢天所说的，周樱把他的牙齿都打掉了，这有可能吗？她那么柔弱，怎么突然变得比一个男人还能干？还有姚瘸子，明明是个瘸子，怎么一下子就成了个健壮男人了？这里面肯定有问题。但到底是什么问题，高豪杰一时又想不明白。

他躺在床上辗转反侧，周樱笑意盈盈的脸在眼前晃着，她怎么可能是内奸呢？如果说她是内奸，那么，她怎么可能会像谢天说的那样，把他制服后，反而要留他一条性命呢？谢天又不是一个小兵，他是一个大队长，是热血团灵魂人物之一谢让的大儿子，把他干掉了，对热血团是一大打击。她反正暴露了，怎么可能让谢天活下来呢？再说，她一个弱女子，就是想让谢天活下来（虽然这基本是不可能的），但藤野严八郎和谢天又没什么交情，他会同意吗？周樱只是一个内奸，再怎么着，也不可能比日本人藤野严八郎的职务更高吧？藤野严八郎肯乖乖地听她的话？

高豪杰觉得谢天的话不可信，这里面一定有隐情。

他再也无法睡下去了，他悄悄地起床，穿了一套便衣，把短枪塞进腰里，想了想，又放了下来，然后蹑手蹑脚地出了门，借着墙角阴影的掩护，躲过哨兵，溜了出去。快到天明的时候，他来到了大元镇。他本来想到伪军那里去找江一郎，通过他打听一下，可曾见到周樱和姚瘸子？他到了门口，门口站岗的不是伪军，而是日军。他心里咯噔一下，再看看四周，平常在街上游荡的伪军一个影子都没有。他心里顿时明白了，江一郎和他的部下很可能已经被日军控制起来了。

这么说，周樱真是内奸？

高豪杰决定去一趟稻城，他要亲自找到周樱，问问她，她作为一个中国人，为什么要叛变？更重要的是，他要亲耳听她说说，她到底有没有爱过他。这个被爱情燃烧着的男人就这样踏上了前往稻城的道路。

快到午时，高豪杰终于赶到稻城了。他在路上已经想好了，到了稻城，他就找胡克利的眼线茶社的吴老板，让他想想办法，看看能不能帮他混进日军驻地。他踏进茶社，一个伙计热情地迎上来，问他："客官，您是吃饭还是喝茶？"

高豪杰瞄了瞄四周，除了埋头吃饭或者聊天的茶客，并没有什么异常，他低低地说："我要找你们吴老板。"

伙计说："您是？"

高豪杰说："你就告诉他，我是他老家的侄子，你就说我姓胡。"

伙计皱起了眉头："我们老板老家好像没什么姓胡的亲戚呀。"

高豪杰急了："你啰唆什么？我让你去叫吴老板，你就赶紧去给我叫啊！"

伙计的脸却沉了下来："哦，我想起来，客官姓胡，想必就是吴老板的老板胡克利的手下吧。"

高豪杰一愣，转身就要往外冲，周围的食客与茶客哗啦一声都站了起来，门口早就堵上了两个人，周围一片黑洞洞的枪口对准了他。

那个伙计伸手搜了搜他的身子。高豪杰倒也不慌，缓缓地举起手，笑了笑，说："不用搜了，我什么武器也没带。也好，省得我再去找了，麻烦你们把我带到周樱周姑娘那里去吧。"

几个食客过来，扭着他的胳膊，把他押到了停在外面的一辆三轮车上，车夫也不吭声，拉起他就走。高豪杰暗自惭愧，看来，这一切都是日本人安排好的，自己稀里糊涂地就闯上门来了。他回头看了看，那个伙计又懒洋洋地靠在柜台上，那些食客和茶客又恢复了本来模样，好像什么事儿都没有发生。高豪杰心里暗暗叫苦，看来，周樱把她知道的一切都出卖给日本人了，日本人这是守株待兔。但愿，但愿青龙山也会警觉起来，再也不要派人下山了。

那帮人把高豪杰押到了日军的军营，不一会儿，一个日军大佐出来了。高豪杰定睛一看，这不是樱井兆太郎吗？

　　樱井倒很客气，伸手让座："高大队长，好久不见，今天终于见面了。让您受委屈了，您坐您坐。"

　　高豪杰摇了摇头，说："我不是来找你的，我是来找周樱的。咱就直接说了吧，你如果想让我投降什么的，就别费心了，我绝对不会投降。"

　　樱井笑了笑，说："高大队长，我没这个意思，我和令尊还是老朋友，咱们也见过几面，叙叙旧总还可以吧。"

　　高豪杰冷笑一声："我和你没什么可以谈的。"

　　樱井摇了摇头，说："年轻人，话不要说得这么绝对。我虽是日本人，但我在中国生活的年岁比你的岁数还要大，我走过的地方比你走的地方还要多，说句大言不惭的话，无论是对中国文化的了解，还是对中国时局的了解，你都不如我。我对中国的感情也不比你少，甚至更多。"

　　高豪杰恨声道："你还好意思给我谈对中国的感情？你们对中国的感情就是来烧杀抢掠的吗？有这样的感情吗？"

　　樱井说："你这样说，是因为你对这场战争根本就不了解。我们要建立的是大东亚共荣圈，亚洲是亚洲人的亚洲，我们要把亚洲从欧美列强的压迫下解放出来，让全亚洲人民共享大日本帝国的经济与现代化成就。无奈，你们的蒋委员长却冥顽不灵，执意要与大日本帝国为敌。"

　　高豪杰眯着眼睛说："强盗说得再好听，也终究是强盗。中国人的事情自然由中国人决定，用不着你们操心。你们真要是为我们好，那就赶紧滚出中国。你们如果执意要待在这里，那我们拼尽最后一个人也要把你们赶出去。"

　　樱井仍旧没有生气，笑道："年轻人勇气可嘉，这正是我们建设大东亚共荣圈需要的……"

　　高豪杰打断了他："你少给我来这一套，我和你没什么可说的，我就是来找周樱的。你们如果要杀我，那就杀吧，如果想让我见一下周樱再杀了，我自然也是感激不尽。除此之外，我别无他求。"

　　樱井兆太郎沉思了一会儿，点了点头，说："好，那你就见见周姑娘再说吧。听说，你把周姑娘照顾得挺好的，我在这里先谢谢你了。"

　　高豪杰听到这话又好气又好笑，还有点愤怒，如果他早知道周樱是内奸，他还会对她好吗？他的身子突然颤抖了一下，他有点迷茫：我要是知道她是内奸，我会杀了她，还是放了她？

他感到有点头晕，迷迷糊糊地被一个日本兵带着上了楼，领进了一个房间。有个日军军官模样的人正站在窗前，望着窗外发呆。高豪杰愣了愣，说："我要找周樱。"

那人扭过头来，笑嘻嘻地看着他，声音软软的："高大哥，你难道连我都认不出来了？"

正是周樱。她穿着一身日军军装，亭亭玉立，风情万千地看着她。高豪杰呆呆地看着她，她从前穿着一身国军的军装，美丽大方，现在穿着日军军装，仍然那么好看。他不由得嚅动了一下喉结，痛苦地呻吟了一声。

周樱收起笑脸，对那个日本兵说："你先下去吧。"

那个日本兵低头恭敬地"哈依"地应了一声，虽然出去了，但却站在门口。周樱走到门口，声音更加严厉："你不用待在这里了，走吧。"

那个日本兵犹豫了一下，但还是慌慌地低头"哈依"一声，急急地走了。周樱把门关上，扭过头来，又是一脸笑容。

高豪杰吃惊地看着她，她如果是个内奸，就是为日本人立下了汗马功劳，但也不至于派头这样大。还有谢天所说的，她把藤野严八郎指挥得团团转，这么说，她不仅仅是个内奸，还是个级别很高的内奸？但这怎么可能呢？她是在"七七"事变后和谢天一起被俘后叛变的，日本人怎么可能会给她很高的级别呢？即使像江一郎那样的伪军团长，也不敢对日军这样随意指使。

高豪杰也问了谢天问的那句话："你到底是什么人？"

周樱调皮地笑了笑，说："我是你的樱儿啊。"

高豪杰摇了摇头，说："我不是这个意思，我是说，我是说……"他竟一时有点口吃了，不知道用什么词形容才好。

周樱摇了摇头，脸上又出现了那种自以为是的嘲讽的笑容，她走到靠在窗前的办公桌前，拿了一支烟点上，徐徐地吐出一个烟圈。高豪杰愣住了，他从来没有见过她抽烟，但她此时却像一个老手一样，那么随意就吐出了一个烟圈。而像胡克利这样的老烟枪，天天练习吐烟圈，到现在还吐不出一个完整的烟圈呢！

高豪杰逼上一步，直直地盯着她的眼睛，问她："你到底是什么人？"

周樱没接这个问题，却眯着眼睛看着他，问他："高大哥，你告诉我，你爱过我吗？"

高豪杰痛苦地皱着眉头，点了点头说："我爱过你。"

周樱紧追一步："那你现在知道了，我就是你们要找的那个内奸，那你还爱我吗？"

高豪杰的声音颤抖了，他不假思索地说："爱。"

周樱脸上的肌肉抽搐了一下，声音有些低了："我想你也是爱我的，不然，你也不会冒着生命危险来找我了。高大哥，我问你一句话，如果我让你为了我，投降日本人，你愿意吗？"

高豪杰心如刀绞，脸上却不动声色："我是爱你，一直都爱，但我不知道你到底是谁。"这句话确是他的心里话，再想想自己确实掏心掏肺地爱着她，实际上却对她一无所知，不由悲从中来，眼睛红了。

周樱显然也被感动了，她低低地说："高大哥，你别难过，我那时有我的难处，你也是知道的。我那时要是告诉你，你即使要保护我，不杀我，你自己的生命也会有危险的。"

不管她说的是真是假，倒也有道理，就当它是真的吧！高豪杰点了点头，声音有些哽咽："你别说了，我明白，我明白。"

周樱说："你其实也不用难过，我并不像你想象的那样是卖国求荣的汉奸、叛徒，相反，我和你们一样爱国爱民族，甚至牺牲自己的性命也在所不惜。从这方面来说，你爱过的周姑娘还是一个冰清玉洁的人。只不过，她爱的国家是日本，她爱的民族是大和民族，因为她就是日本人。"

高豪杰如被雷电击中，整个人都傻了，他不敢相信自己的耳朵，呆呆地看着她，喃喃地说："你明明是中国人啊，你怎么可能是日本人呢？"

周樱摇了摇头说："我不骗你，我确实是日本人，我的日本名字叫樱井里沙，樱井兆太郎是我父亲。我是在东北出生的，也是在东北长大的，从这方面说，我确实也算是中国人，但我仍是日本的血统，在这场战争中，我当然要为我们大日本帝国服务。"

她原来是樱井兆太郎的女儿！一切都明白了，她父亲是金陵医学院的教授什么的，全是假的。她也根本不是什么协和医院的护士，她原本就是一个地地道道的日本特务。

她走过来，站在高豪杰的跟前，声音像从前那样柔软多情："高大哥，你知道，我对你也是真心的。我父亲也答应了，你如果加入我们，把热血团拉过来，改编成皇协军，扩充成旅，你当旅长，我们就能一直在一起，永不分离。等战争结束了，我们可以去东京，也可以留在中国生活。"

她居然认为他们能打赢这场战争！这多么可笑。

高豪杰脸上露出了笑容，他伸出双臂，喃喃地说："樱儿，我要永远和你在一起，永远都不分开，你走到哪里，我也跟到哪里。"

周樱的眼睛放出光来，她瞪大眼睛看着他："高大哥，你说的是真的吗？"

高豪杰收起笑容，庄重地点了点头："我说的是心里话，如果有半句假话，天打五雷轰。"

周樱眼睛里似乎有泪水在闪烁，她身子一拧，扑到了他怀里。高豪杰紧紧地抱着她，大颗大颗的泪水流了出来。周樱抬起头，奇怪地问他："高大哥，你怎么哭了？"

高豪杰凄惨地笑了一下："周姑娘，我们走吧，永不分离……"

周樱发觉不对劲，她使劲地挣扎着，哪里挣脱得开？她艰难地仰头大声地叫着："来人啊，快来人！"高豪杰死死地箍着她向窗外扑去，一声巨响，两人摔在楼下的水泥地板上，鲜血四溅，像朵怒放的鲜花……

稻城之战

1

第二天一大早，热血团开会时，人都到齐了，偏偏少了高豪杰。高昌让洪桥去叫他，房间里却空无一人。高昌大惊，立即派人四处寻找，哪里还有他的影子？

高豪杰去了哪里？

舒林儿站在医院前的空地上，看到洪桥满头大汗，行色匆匆，犹豫了一下，喊道："洪大队长，我想告诉你件事儿。"

洪桥赶紧停下，问他："舒护士，你有什么事儿？"

舒林儿的脸先红了，吞吞吐吐地说："洪大队长，我想……我想高大队长也许是找周姑娘去了……"

洪桥吃了一惊，问她："高大队长找她干吗？她不是内奸吗？"

舒林儿说："有天我去救护室拿东西，正好……正好撞见他们两个抱在一起……"

洪桥愣了一下："你说的是真的吗？"

舒林儿的脸更红了："我亲眼所见……我一直不敢对别人说，周姑娘不是和谢大队长好吗？我也想不通，她怎么，怎么又和高大队长好上了……"

洪桥紧紧地皱着眉头，低低地说："舒护士，你说的情况很重要，我去和高团长、谢副团长说一下。这事儿你谁也不要提，特别是谢大队长，他心情本来就不好。"

舒林儿慌慌地点头："我知道，我知道……洪大队长，这些天发生这么多事儿，我慌得很……"

洪桥看着她一脸茫然无助的样子，心里不由一动，朝她笑了笑，说："舒姑娘，你就把我当作一个大哥哥，有什么事儿你就找我。"

舒林儿害羞地点了点头，说："洪大哥，你人真好……"

洪桥赶紧回到团部，看看谢天也在，嘴巴张了张，还是把话咽下去了。高昌看他好像有什么话要说，忙问他："你有什么线索没有？"

洪桥看了看谢天，有些为难："没……没什么线索。"

谢天看出他有话不想当着自己的面说，就赶紧说："我再带人出去找找。"

谢天走后，洪桥把刚才从舒林儿那里听到的话给高昌和谢让说了。谢让大吃一惊，有点不相信："周樱虽然是内奸，但她也是在被俘的情况下被迫投降了鬼子，平时她还算是一个本分的姑娘，怎么可能会这样呢？"

高昌痛苦地摇了摇头，说："舒林儿不会撒谎的。周樱既然能做叛徒，就说明她早就没有了是非观念。人一旦没了信念，什么事儿都做得出来。她能多拉一个人下水当然要多拉一个。"

高昌的脸上浮现出痛苦的表情："这个逆子，总是感情用事，上了周樱的贼船。他到现在还不死心，肯定是去稻城找她去了。"

谢让说："情况还不明了，高大队长也不一定是去稻城了……"

高昌打断了他："他是我的儿子，我最了解他。"

他焦急地走了几个来回，突然停下来，看着谢让，坚定地说："我们必须攻打稻城。胡克利设在稻城的眼线，包括江一郎，周樱都清楚，我们如果去晚了，损失就大了。"

谢让吃了一惊，忙说："高团长，你冷静一下，这些情况周樱早就知道，肯定已经传递给了鬼子，现在去了也于事无补。高大队长吉人自有天相，他即使去稻城找她，如果他们有感情的话，想必周樱也不会为难他。他不是就没杀谢天吗？"

高昌急道："怕的就是这个，如果他们真有感情，高豪杰要是一时糊涂，听了她的话，也投降了日本人呢？不行，我们一定要攻打稻城。"

谢让寸步不让："我不同意。热血团力量单薄，去攻打稻城纯属以卵击石，自寻死路。我们不能这样干。"

洪桥也劝道："高团长，谢副团长说的有道理，这事儿得从长计议。"

高昌怒道："我是团长，这里的事情我说了算，我说打就得打。"

谢让见高昌正在盛怒之中，如果再劝，不但于事无补，可能还会适得其反。他沉思了一会儿，说："如果高团长执意要打稻城，单凭热血团是不行的，我建议联合八路军一起智取。"

洪桥眼睛一亮，点了点头："我同意谢副团长的意见，如果加上八路军，咱们再想个好计策，说不定还真能把稻城打下来。"

如果八路军同意，那把握就更大了。高昌急于攻打稻城，把高豪杰救出来，他立即让洪桥把各大队长召集来，研究联合八路军攻打稻城的事宜。谢地听了，立刻表示赞成。他还讲，何团长正有此意，这段时间，日军扫荡八路军太行山根据地，稻城日军兵力只有一个大队，正好可以趁虚而入。

大家听了都很振奋，韩辛仪却慢悠悠地说："咱们打稻城可以，但如果要联合八路军，我不同意。"

谢让疑惑地看着她："韩大队长有什么意见？"

胡克利不耐烦地说："韩老大说不同意就是不同意，还要啥意见？"

韩辛仪瞪了他一眼，他缩了缩肩，不吭声了。韩辛仪说："共产党是好话说尽，坏事做绝，他们口口声声说抗战，说自己是民族的大救星，就是瞎咧咧。他们在乎的只是地盘和政权，偶尔打下小鬼子，也是小敲小闹，实际上是保存实力。他们不破坏抗战就算好的了。我算看透了，他们这是准备将来和国民党争夺天下呢！你说呢，高团长？"

高昌没有吭声，眉头皱得更紧了。很显然，韩辛仪的话也正是他担心的，虽然八路军独立团帮助过他们几次，但归根结底，共产党还是靠不住的。可眼下如果没有八路军的帮忙，还真没法去打稻城。

洪桥困惑地看了看韩辛仪，问她："韩大队长，你怎么对八路军的成见那么大？这其中是不是有误会？"

韩辛仪给他翻了一个白眼，愤愤不平地说："狗屁误会！他们派人到山上劝我们接受改编，加入八路军，我不同意，他们就拉走了我二十多个部下。他们这哪里是抗日？分明是不择手段地扩充队伍，躲在山里保存实力嘛！"

谢地愤怒地看着韩辛仪，说："韩大队长，你不要血口喷人，你那二十多个部下就是看不惯你们土匪不分是非，主动投奔我们八路军的。再说，我们八路军什么时候怕过小鬼子？我们什么时候破坏过抗战？倒是你们的救国军，还有赵军长，时不时地搞些小动作，故意搞摩擦，恨不得早日把我们消灭了。"

谢让严厉地瞪了谢地一眼，说："热血团从来没有和八路军过不去过，你不要在这里说这些话，我们就事论事，好好想想如何打稻城。我的意见还是要联合八路军一起来打，靠我们单打独斗是不现实的。"

韩辛仪说："如果你们坚持要和八路军一起打，我们第六大队就退出来。"

胡克利叫道："你们要一意孤行，咱尿不到一壶，我和韩老大就拉队伍回卧虎山，你们打你们的鬼子，我们打我们的，咱井水不犯河水。"

他又瞪着谢地说："我看着你穿的那身八路军的狗皮就烦，咱眼不见心不烦。"

谢让终于忍不住了，使劲地拍了一下桌子，吼道："够了！大敌当前，就不会想想如何枪口一致对外？还满脑子的窝里斗。你们如果不想打鬼子，你们走就是了，谁也不拦你们。"

韩辛仪冷笑一声，说："好，这可是你谢副团长说的，胡克利，走，这里不欢迎咱们。"

两人起身就要走，高昌伸出手拦住了他们，说："韩大队长、胡大队长，还有谢副团长，你们不要意气用事，咱们虽然有分歧，但目标一致，就是要好好打鬼子。大家坐下来好好谈。"

韩辛仪虽然一脸不情愿，但最后还是坐了下来，胡克利一看，也赶紧挨着她坐下。

　　高昌沉思了一会儿，说："这样吧，咱们还是要和八路军联合起来打这一仗，但咱们就不再一起打了，兵分两路，热血团一部分攻打大元镇，另一部分埋伏在稻城与大元镇之间，等稻城的日军前来支援时，打他们个埋伏。八路军乘虚而入攻打稻城。你们觉得怎么样？"

　　众人想了想，都觉得这个主意不错。韩辛仪也点了点头说："只要不和八路军待在一起，你们说咋打就咋打。"

　　高昌部署完毕，就要散会，胡克利突然指着谢地说："他也是八路军，最好滚回他们的乌龙山，别在我们韩老大的眼皮底下晃来晃去。"

　　谢地气得浑身哆嗦，正要冲出来理论，高昌伸手制止了他，说："我正好有话要对谢地讲。刚才的计划只是我们的想法，谢地还得回乌龙山向八路军何团长汇报一下，如果他们同意，咱们就这样打，如果不同意，就咱们热血团这一支部队也要打。"

　　韩辛仪和胡克利这才不吭声了。两人出去以后，谢让看着高昌，恨恨地说："他们欺人太甚，不顾大局，哪里有半点军人的样子？"

　　高昌摆了摆手，淡淡地说："他们毕竟是土匪出身，只要真心打鬼子，我们就不要奢望太多了。"

　　谢让担忧地看着高昌，说："高团长，你变了很多，你从前可是对部队要求很严的，我们虽不是正规军，但你一直是按正规军要求大家的。"

　　高昌一脸疲惫，摇了摇头，说："谢副团长，打了这么长时间的小鬼子，我已经很累了，我真怕我支撑不下去了……"

　　谢让吃了一惊，忙说："高团长，你千万不要有这种想法，全团上下都在看着你呢，你可是热血团的主心骨。你放心，咱们这一仗出其不意，日军没什么防备，咱们一定能把高大队长救出来的。"

　　高昌勉强地笑了笑，说："但愿如此吧。"

2

　　谢地回到乌龙山，见到何思运团长，把高昌和谢让攻打稻城的计划说了，何思运也觉得这个计划好。热血团是想救出高豪杰，八路军可以借此吸引日军回援，减轻日军扫荡太行山根据地的压力，可谓一箭双雕，双方一拍即合。

何思运当天赶到青龙山，细细地和高昌等人进行了分工。具体部署是，韩辛仪和胡克利带着第六大队攻打大元镇，谢让带领第一、第二、第三大队埋伏在稻城到大元镇的必经之路上，准备攻打援军。高昌挂念高豪杰，主动要求带领第四、第五大队前去配合八路军攻打稻城。

预定攻打稻城的时间到了。这一天，在通往大元镇的路上，一帮人吹吹打打，抬着一顶花轿。队伍前面是一个胸戴大红花的年轻男人，此人正是谢天，坐在花轿里的新娘是朱燕子扮的。到了大元镇路口，守在那里的伪军要检查花轿，掀开轿帘一看，里面坐着的新娘戴着红盖头，那个伪军还要嬉皮笑脸地去掀朱燕子头上的红盖头，扮成送亲的胡克利忙上前塞给他一包烟，说："老总，抽包喜烟吧。"

那个伪军一看，忙接了过去，挥着手对其他伪军吆喝："放行，放行。"

进了大元镇，一个大队的伪军和一个小队的日军驻在镇公所。迎亲队伍经过镇公所时，门口站岗的两个哨兵拦住了，向他们讨要喜糖。胡克利说："好，我这就给你掏。"说着伸进腰里拔出短枪，"砰砰"两枪把两个伪军撂倒了。枪声一响，迎亲的队伍立马从聘礼担子里、花轿里抽出长短枪，杀向镇公所。驻扎在镇公所里的伪军毫无提防，被撂倒几个后，立即举手投降。一个小队的日军分别驻在南北两个路口的碉堡里，也被韩辛仪带领的队伍干掉了。

胡克利押着伪军大队长进了队部，把电话机拿过来，放在他面前："你赶紧给稻城的鬼子打电话，就说热血团正在攻打大元镇，一个小队的鬼子已经被报销了，你们被压缩在镇公所，快顶不住了，让他们赶紧救援。"

伪军大队长自然不敢怠慢，摇通电话，带着哭腔请求日军赶紧前来援救。

打完这个电话，伪军大队长擦了擦额头上的汗，结结巴巴地说："长官，咱们都是中国人，中国人不打中国人……"

胡克利朝他脑袋上拍了一巴掌："你说得好听，那干吗还当二鬼子？"

伪军大队长哭丧着脸说："我们也没办法啊，国军跑了，我们要活命，只得忍辱负重、卧薪尝胆。"

谢天咦了一声："你小子还挺会用词嘛！"

伪军大队长忙讨好地嘿嘿地笑:"谢谢长官夸奖。我们其实也早就想反正了,我们团长前几天被日军抓走了,这个小队的鬼子在监视我们,我们也没法子啊!"

韩辛仪在一旁不耐烦地说:"好了好了,废话少说,让他整好他的队伍带到青龙山去,咱们去谢老大那里去打鬼子。"

谢天愣了一下,说:"团里给咱们的任务就是打下大元镇,让伪军求救,没让咱们去谢副团长那里去啊。"

胡克利瞪了他一眼:"韩老大说咋办就咋办,你哪里有那么多废话?你不服咋的?这是我们的第六大队,又不是你的第五大队,你啰唆个啥?"

韩辛仪见谢天有些恼怒,不满地瞪了胡克利一眼,说:"你也少咋呼了。谢大队长,是这样的,咱们这一仗打得太稀里糊涂啦,就收拾了一个小队的鬼子,没劲。我考虑着,日军万一整个大队都出来了,足足有五六百人呢,谢大队长的三个大队也够呛,所以咱们一来去帮帮他,二来也过过打鬼子的瘾。你说行不行?"

韩辛仪的态度难得这么好,谢天也不好说什么了,他有点为难:"就是这两三百名伪军如何办?"

那个伪军大队长立马接上来了:"把枪给我们,我们和你们一起去打鬼子。你们放心,我们也想把我们江团长救出来。"

胡克利拍了一下他的脑袋:"你想得倒美,万一你在战场上又反水呢?"

伪军大队长立即赌咒:"谁要是再反水谁不是娘养的!"

韩辛仪说:"算了算了,把他们的三八大盖和咱们的破枪换换,把枪上的枪机取下,让他们背着,再抽出二十来名兄弟把他们押回青龙山就是了。谅他们也不敢反抗。"

谢天想想,也只能这样了,只好同意了。

韩辛仪立即带领第六大队向稻城方向急行军。

这仗也多亏了韩辛仪。日军驻在稻城的大队虽然没有倾巢而出,但派出了两个中队,乘着二十多辆卡车向大元镇方向驶来。进入谢让他们的伏击圈后,谢让一声令下,分别把前后两辆汽车炸瘫了,其他汽车被堵在中间,进退两难。日军虽然被突然袭击,但训练有素,经过最初的慌乱,很快就跳下汽车,或卧倒在地，或借着汽车的掩护向热血团还击。日军的火力比热血团的强大，很快，迫击炮、掷弹筒也响了。谢让急了，本来想速战速决，谁知就要僵持下去了。他果断命令部队冲上去，和日军近身肉搏，这样，日军的重火器就失去了作用。

热血团呐喊着冲上公路，和日军搅在一起，展开了一场白刃战。战场上一片喊杀声、刺刀撞击声、惨叫声。日军拼刺刀还是要强过热血团，三八大盖也占尽优势，干掉一个日军可能要牺牲三四个士兵。谢让红了眼，手里的驳壳枪连连击发，干掉几个鬼子后，没有子弹了，只得扔了驳壳枪，拣起一支步枪，闷头和日军厮杀。眼看着日军就要占上风了，韩辛仪带领的第六大队赶来了。第六大队本来就是土匪，打家劫舍多带短枪，所以短枪多，即使人人换了一支伪军的三八大盖，但腰里还掖着一把短枪。谢天一看热血团正在和鬼子肉搏，他急忙大声叫道："弟兄们，把长枪背在身上，拿出短枪，把鬼子一个不留地干掉！"

第六大队的士兵边跑边把手上的长枪背在身上，掏出短枪，冲进混战的人群里，见到日军就是一枪。第一、第二、第三大队一见，群情振奋，一鼓作气向日军猛冲猛打。日军见势不妙，纷纷向稻城方向溃逃。

土匪毕竟是土匪，尽管韩辛仪一再叫着快追鬼子，他们还是停了下来，把鬼子的皮鞋脱下，把自己的破鞋扔了，把皮鞋穿上。还有的在找鬼子的短枪、指挥刀，翻鬼子的口袋，看见钱啦、钢笔啦、手表啦，都赶紧装进自己的口袋里。第一、第二、第三大队一看，也跟着去抢鬼子的武器，特别是机枪、迫击炮和掷弹筒，两个不同的大队的士兵抢到同一挺机枪了，都不放手，甚至大打出手。谢让急得团团转，训斥完这个，那边又吵闹起来。他无奈地看了看稻城的方向，有高昌的两个大队，还有八路军的一个两三千人的团，但愿这股溃逃回去的日军不会给他们带来什么麻烦。

攻打稻城的部队也很顺利。八路军和高昌的两个大队早就埋伏在了稻城外边，看着日军增援大元镇的部队出发了，汽车声音刚一消失，谢地就带着化装成卖菜的、卖柴的八路军挑着担子、推着车到了城门口。城门口站岗的日军一见突然出现这么多人，立即端着枪让他们站住。谢地抽出短枪，大喊一声："打！"八路军从担子里抽出步枪，一阵枪响，四个鬼子倒在了血泊中。推着小车的八路军点燃了藏在木柴下面的炸药包，猛地推向城门口的两个碉堡。谢地忙大喊一声：

"卧倒！"

刚卧倒在地上，两声巨响，碉堡被炸塌了半边。何思运和高昌分别带着部队，呐喊着冲进了稻城。

樱井兆太郎正黯然神伤地坐在大厅里，面前的桌子上放着女儿樱井里沙的骨灰盒。樱井里沙是他最疼爱的女儿，也最像他。他还有两个女儿，那两个女儿却对舞枪弄棒丝毫不感兴趣，刚一懂事，就吵着回日本。他只好让老婆把她们带回了日本。只有樱井里沙从小就跟着他，他喜欢中国文化，她也喜欢。他喜欢扮成中国人到菜市场、饭店等地和中国人聊天，她也喜欢。父女两个在东北，不知情的，根本就不知道他们是日本人。最难得的是，樱井里沙也喜欢冒险，对他从事的特务工作充满兴趣。他也有意培养她往这方面发展，在她十五六岁时还专门送她回到日本学习了两年相关业务，回到他身边以后，她已经是名高超的间谍了。她被派往上海、南京，几年下来，搜集到了很多重要情报，还发展了几个政府高官做了日本间谍。日军策划在北平挑起事端，他急需人手，就把她调回了北平，本来想以谢天为跳板打入二十九军，不想二十九军很快被打败，她执意要跟着谢天打进热血团。她本意是要在谢天与高豪杰之间周旋，挑起两个男人之间的矛盾，进而瓦解高昌与谢让。眼看就要成功了，不想功亏一篑，只得匆忙撤离。

樱井兆太郎觉得他是了解高豪杰的，根据女儿提供的情报，高豪杰也是最容易被她掌控的。在他看来，高豪杰独自追到稻城来，一来说明他蠢不可及，二来也说明他确实被女儿所俘虏。他本来想借高豪杰要挟高昌，哪曾想到，这个愚不可及的家伙竟与女儿同归于尽。这一点，怕是连女儿自己也没有想到。早知道，抓到这个家伙就把他毙了。还是怪自己太大意了。

他正在自怨自艾，稻城突然响起了枪声，再仔细一听，更多的竟是汉阳造、老套筒的声音。他眼前一黑，顿觉不妙，他早已经知道大元镇被袭击，稻城把一个大队的日军派出了三分之二，眼下只剩下一百来人守城。现在看来，攻打大元镇只是幌子，热血团的目标是稻城。他不禁打了一个寒战。他刚站起来，一个挺身队员急急地赶来报告，那个中队的日军快顶不住了，敌人有好几千人。

樱井兆太郎吃了一惊："他们怎么有那么多人？是不是其他的国军也来了？"

那个挺身队员报告说："除了热血团的人，还有八路军。特务长，敌人是从南门打来的，北门还没发现敌人，你快走吧。"

樱井兆太郎竖起耳朵听了一会儿，在疾风骤雨般的枪炮声中，隐隐约约传来了中国军队的喊杀声。他立即抱起女儿的骨灰盒，带着挺身队准备从北门逃走。刚走出没多远，遇到了那股溃逃的日军。他立即命令带队的日军中队长掩护挺身队撤退。

那个中队长还有点犹豫，说："我们要坚守稻城。"

樱井兆太郎厉声呵斥道："混蛋！我现在是官阶最高的，你必须听我的。我们挺身队都是百里挑一的精英，他们要是有个万一，你能负起责任吗？"

那个日军中队长黑着脸，指挥部下保护挺身队一起撤退。

稻城的枪声越来越稀薄，慢慢地沉寂了。樱井兆太郎站在一个土坡上，望着稻城的方向，眼睛里闪出狠毒的光芒。他在心里暗暗发誓，一定要彻底铲除热血团，一个都不留，为女儿报仇！

3

消灭了鬼子，谢让带着部队打扫战场，高昌带着一二十个部下赶到挺身队的驻地寻找高豪杰。找了半天，连个日本人的人影也没找到。好不容易找到一个戴着眼镜的中国人，他哆嗦着身子说，他原本是稻城中学的一个老师，被日军抓来教挺身队说中国话，除了这个，他没有干过一件对不起中国人的事儿。

高昌抓着他的衣领吼道："你知道不知道前几天日军抓到一个年轻人，把他关到哪里了？"

那个老师忙说："知道，知道，日军确实抓了一个年轻人，不过……不过……他已经死了。"

高昌的眼睛红了："他怎么死了？你亲眼看到了吗？"

那个老师连忙摆手："没……没……我没看到，我只是听那些挺身队员说的，说那个年轻人是热血团的，他是来找樱井兆太郎的女儿的，说是她的男朋友。不知道怎么回事，他就抱着她女儿跳楼了。"

高昌愣了一下："你胡说！樱井兆太郎怎么会有女儿？"

那个老师忙说："我也不知道怎么回事，我在这里待这么长时间，也不知道他有个女儿。就是那个年轻人抱着他的女儿跳楼后，我才听到那些挺身队员说，她女儿有个中国名字叫周樱，打进了你们热血团当特务。好像前几天被你们发现了，她就带着另一个化装成货郎的挺身队长官藤野严八郎回来了。"

高昌呆在那里，周樱根本就不是中国人，而是一个地地道道的日本人，是樱井兆太郎的女儿！天啊，这个女人是多么可怕，居然混在热血团这么多年，瞒过了所有人。还有那个姚瘸子，也不是什么汉奸，而是樱井兆太郎的副官藤野严八郎。这个挺身队太可怕了。

他放开了那个老师，低低地说："那你知道不知道那个年轻人的尸体在哪里？"

那个老师摇了摇头，说："我听说……我听说那个年轻人当时还有口气，樱井兆太郎让人把他拖去喂狼狗了……"

高昌眼前一黑，身子摇摇晃晃地要倒下去，洪桥赶紧上前扶住了他。他定了定神，直直地看着洪桥，喃喃地说："洪大队长，你带几个兄弟，找到那些狼狗，把它们全杀了……"

洪桥立即叫来几个士兵，押着那个老师，找到了挺身队的监牢，那里果然有一处狗舍，里面还关着十多条狼狗，它们看到洪桥，凶猛地狂叫着。洪桥从士兵手里夺过一挺机枪，愤怒地扫射过去……

幸运的是，江一郎还没来得及被挺身队处死。稻城的伪军已被日军缴械，关在军营里。有了江一郎，把他们武装起来，又是一支队伍。这算是不幸中的万幸了。

4

热血团在稻城休整了两天。第三天里，何思运忍不住了，找到高昌和谢让，建议部队立即撤回青龙山。他甚至试探着提出来，热血团加入八路军，拧成一股绳合力打鬼子。他话还没说完，就被高昌顶回去了，两军在一起配合打打仗还可以，至于要把热血团改编成八路军，那就不要想了，热血团要改编，也应该改编到国军那里去。

何思运哈哈地笑了笑，说："也好，高团长、谢副团长都是抗日英雄，到哪里都是打鬼子。咱们虽然各为其主，但在打鬼子的目标上我们是一致的，即使不能成为一家，但我还是希望咱们以后还能像这次一样多多配合，打几场像样的大仗。"

高昌的口气也缓和下来，说："这一点没任何问题，还有一点也请何团长放心，我们虽然是属于国军的，但我们只打鬼子，不会打自己的同胞。"

能得到高昌这样的承诺，何思运已经很满意了。他关切地建议，日军遭受重大损失，一定会回来报复，部队已经休整两天了，应该立即撤出稻城，利用青龙山的有利地形与日军周旋。

韩辛仪这时正好闯进来，身后跟着影子一样的胡克利。韩辛仪听到何思运的话，撇了撇嘴："我就知道你们这些共产党不老实，怎么样，现在把手伸向热血团了吧？我们的事儿用你管吗？"

胡克利也嚷嚷道："你管好你们自己的土八路就行，真是咸吃萝卜淡操心。"

谢让怕何思运难堪，忙说："何团长也是一片好意，稻城确实不是久留之地，咱们还是商量一下，尽快撤回青龙山，修好工事，准备应对日军的扫荡。"

韩辛仪坐下来，跷起二郎腿，慢悠悠地说："急什么呢？弟兄们钻了一辈子山沟，好不容易来到了大城市，让他们开开心心地待几天，有什么大不了的？连个鬼子的影子都没见着，就吓得要跑，这种事儿也只有共产党做得出来，咱们热血团可不是这样的孬种。"

何思运笑了笑，摇了摇头，却也没有理会，转向高昌和谢让，说："高团长、谢副团长，刚才韩大队长、胡大队长也说了，你们热血团的事情我就不再插话了，那我就此别过，我们八路军今天就离开稻城回乌龙山了。如果有需要，随时派人联络。"

高昌和谢让忙点头说好，把他送到了门外。

何思运回到八路军驻地，安排好部队转移事宜，把谢地叫来，开门见山地说："谢地，我们要回乌龙山了，我想把你留下来了，你看怎么样？"

谢地沉默了一会儿，说："热血团里的韩辛仪与胡克利对八路军成见很大，他们都反对我待在热血团，但我服从命令，再大的困难也能克服。"

何思运点了点头，说："热血团虽然鱼龙混杂，但他们的抗日决心最坚决，是一支爱国军队，你就作为桥梁，热血团有什么困难，需要八路军帮助的，你要及时联络我们。另外，你要好好团结他们，影响他们，特别是韩辛仪和胡克利的第六大队，争取让他们早日成为合格的军人。"

何思运压低了声音："我对你父亲很了解，他没任何问题。就是高团长好像对我们还有点偏见，你要多做解释工作。如果有可能，最好能引导他们加入八路军。"

谢地犹豫了一下，说："朱燕子想加入八路军。"

何思运笑着说："她是想加入八路军，还是想和你在一起?"

谢地的脸红了，急道："不是，不是，她就是想加入八路军。"

何思运摇了摇头，笑道："看把你急的，这是好事啊。不过，我建议她还是和你一起留在热血团，热血团多一个倾向于八路军的，就对我们越有利。"

谢地点了点头："团长，我听你的。"

谢地刚出来，就遇到了朱燕子，她满脸大汗，一副焦急的样子。谢地忙拉住她："你有什么事儿?"

朱燕子叫道："我就是找你的，你快把我带走吧，我也要参加你们八路军。"

谢地看看四周无人，不由坏笑着问她："燕子，你心情这么迫切，到底是想加入八路军，还是因为想和我在一起?"

朱燕子的脸红红的，用小拳头打着他的胸脯："你坏，你坏! 人家是给你说正经的嘛。"

谢地收起脸上的笑容，说："刚才何团长给我说了，让我继续留在热血团，作为八路军与热血团的桥梁。燕子，你暂时也和我一起留在热血团吧。我觉得热血团更需要我们。"

朱燕子咬了咬嘴唇，低低地说："嗯，我听你的，你到哪里我就到哪里。"

两个人情不自禁地拥在一起。这美好的爱。

5

第四天里，日军果然大举进犯稻城。对方是一个联队的兵力，热血团自然只能撤退。

　　快到大元镇时，路过一座山，看看已是午时，部队正要停下来埋锅造饭，山上突然响起一片枪声，出现了黑压压的日军，机枪、迫击炮、掷弹筒像瓢泼大雨。热血团猝不及防，纷纷中弹。

　　江一郎焦急地对高昌和谢让说："你们快撤，我和我的兄弟们掩护。"

　　谢让着急地说："你们和我们一起撤。"

　　江一郎苦笑了一下，说："我们曾经做过错事，就让我们借这个机会做个补偿吧。"

　　日军的炮火越来越猛烈，不能再拖下去了，谢让只得和高昌一起指挥部队边打边撤。

　　江一郎带着部下与日军激战，战至最后，子弹打光了。日军就要冲上来了，江一郎大声地喊道："弟兄们，上刺刀，和鬼子拼了！"

　　阵地上响起一片咔嚓声，江一郎带着部下，端着上了刺刀的步枪向日军冲去。人越来越少，慢慢地只剩下了江一郎一个人，当他又刺倒一个日军时，日军的几把刺刀捅进了他的身体，他慢慢地倒了下去，但他脸上是微笑的……

爱无边

1

部队进行了休整，把在大元镇俘虏的伪军分散编入各个大队，每天进行训练，倒也没什么事儿。

这样过了两个月，一个八路军交通员突然出现在了热血团。原来，日军调动了稻城、小店镇、大元镇等兵力要围剿乌龙山八路军根据地。他受何思运的委托，前来联络热血团，准备在半路伏击日军。

何思运的建议是，在进攻乌龙山的必经之路太子山那边，左右都是山坡，山下是一条公路，八路军和热血团埋伏在两座山坡上伏击日军。

高昌和谢让细细地看了地图，都觉得这个方案切实可行。

热血团按照约定时间出发了。经过一个岔路口时，一条是通往太子山，一边是通向大元镇，高昌却突然命令部队向大元镇进发。谢让愕然："咱们不是和何团长说好要去太子山伏击日军吗？"

高昌面无表情地说："重庆来了命令，让我们编入赵军长的暂编第五军，番号是暂编独立第一团。既然我们归赵军长指挥，我自然要把这次作战计划汇报给他。他命令我们趁日军围剿乌龙山，后方空虚，攻占大元镇。"

谢让叫道:"你怎么现在才给我说?"

高昌说:"我本来想早点告诉你,但你倾向于与八路军联合作战,再说,赵军长的意思也是借此机会让日军与八路军交战,互相消耗。"

谢让急道:"如果我们眼睁睁地看着鬼子攻打八路军而不施以援手,我们会成为历史罪人的!"

高昌不高兴地看他一眼,说:"谢副团长,你话也不要说得这么绝对。现在是抗战,抗战结束后,国共如果爆发战争,共产党还是我们的敌人。"

谢让痛苦地说:"就说将来共产党是我们的敌人,但他们现在不是,他们现在是在打鬼子,说好的我们联合行动,我们失信于八路军,让他们单打独斗,陷他们于不利环境,这不是落井下石吗?"

高昌不耐烦地说:"谢副团长,攻占大元镇,这是赵军长的命令。"

胡克利正好路过,站着听了一会儿,斜着眼睛看着谢让,说:"谢副团长,你怎么总是向着八路军?你是不是和共产党有勾结?"

谢让愤怒地叫道:"如果是勾结起来打鬼子,你们就说我是勾结共产党吧。"

高昌痛苦地皱着眉头看着谢让,说:"谢副团长,你不要意气用事,咱们攻打大元镇,同样是打鬼子……"

整个队伍浩浩荡荡地向大元镇开去,谢让心里明白,木已成舟,不可能再改变了。他只得退了一步:"那好吧,我服从命令,但我们至少应该派人去通知一下八路军吧。"

高昌点了点头,说:"你如果想派人去通知,那你就派吧,我没什么意见。"

谢让找来谢地,把高昌所讲的给他详细讲了一遍,谢地大惊,说:"看这时间,怕是来不及了,我赶紧赶到太子山去通知何团长。"

朱燕子忙道:"谢大哥,你不要去,这个什么赵军长又把手伸向热血团了,谁知道他操的是什么心?你留在这里,我去。"

谢地想了想,觉得她说的也有道理,情不自禁地拉着她的手,说:"燕子,你路上一定要小心。"

朱燕子坚定地点了点头。

何思运带领着八路军埋伏在山坡上,对面应该埋伏着热血团。他举着望远镜仔细地察看着，对面没一点动静，也看不到一个人影。他的脸上浮出笑容，热血团的战斗素质越来越高了，伪装得连一点动静都看不出来。政委却有点怀疑："老何，你说说，会不会热血团要我们，根本就没来？"

何思运自信地摇了摇头说："高团长对咱们是有点偏见，另外，那个韩大队长，还有胡克利，对咱们也有意见，但热血团里有谢让，再加上谢天、谢地、洪桥等人，即使高团长有什么小动作，他们也不会同意的。你放心，他们肯定会来的，说不定早就来了。"

到了午后，远处腾起了大片大片烟尘，八路军感觉身下的地皮也在微微颤动。大批的日本鬼子过来了。看着鬼子全部进了伏击圈，何思运大喊一声："打！"机枪、步枪、手榴弹向鬼子头上砸去。百忙之中，何思运看了看对面的山头，那里却仍然毫无动静。何思运眼前一黑，看来，政委说对了，热血团没有来。

鬼子在最初的忙乱之后，很快组织反击。这仗本来靠突然袭击取胜，趁鬼子没有反应过来，左右夹击，杀他们一个措手不及。这下好了，突然袭击变成了被动防御。鬼子的炮弹在阵地上爆炸，伤亡越来越大。政委急了，冲着何思运大喊："团长，这仗不能这样打了，快撤退吧。"

何思运痛苦地看了看对面的山头，摇了摇头说："再等等，万一是热血团来晚了呢？咱们走了，热血团被鬼子缠上了怎么办？我们不能失信于人！"

政委焦急地说："他们这时候没来，那就肯定不来了……这些王八蛋，根本就靠不住！"

在何思运的坚持下，八路军寸步不退，死死地阻击着敌人。

鬼子慢慢地占了上风，战士们被炮火压制得抬不起头。正在这时，朱燕子来了，她找到何思运，大声叫道："何团长，谢副团长派我来通知你们，热血团来不了了，你们快撤吧。"

何思运只得组织部队边打边撤。等到脱离了日军，他这才有空问朱燕子："明明说好了，热血团为什么又不来了？"

朱燕子说："热血团现在被改编为暂编独立一团，归赵军长指挥，赵军长不让我们和你们一起作战，让我们趁机攻占大元镇。"

何思运痛苦地皱起了眉头，赵军长是搞国共摩擦的老手，热血团若被他控制，怕是将来要给八路军带来麻烦了。

朱燕子的脸有些红，喃喃地说："何团长，真对不起了。谢副团长一再要求过来和你们一起打仗，无奈高团长不接受他的意见。"

何思运勉强地笑了笑，说："谢谢你了，朱姑娘，你辛苦了。你回去了，代我向高团长、谢副团长问好，这次没打好，我们以后还有的是机会。"

朱燕子愣了愣，按说，热血团失信于八路军，何团长应该大发脾气才是，他不但没有生气，反而还要向高团长他们问好。这是多么宽广的胸怀啊！

朱燕子敬了个军礼，转身就要走，何思运又叫住了她，低低地说："你见了谢地，告诉他要注意安全，如果情况不对，要及时回到八路军来。什么事情都不要强求，顺势而为。"

朱燕子忙点了点头。何团长如此关心谢地，她心里暖暖的。她在心里说："你放心吧，何团长，我会用我的生命保护谢地的，他不会有事儿的，永远都不会有事的！"

2

热血团赶到大元镇，大元镇除了镇公所门口站了几个伪军，连日军的一个影子都没有。逮住这几个伪军一问，他们才知道鬼子全被调走攻打八路军去了。

谢让心里很不好受，朱燕子还没有回来，八路军到底打得怎么样？损失大不大？想想何思运三番五次地带着八路军帮助热血团，而他们需要热血团了，热血团却给他们挖了一个坑，这是恩将仇报啊！最重要的是，人家八路军这是在打鬼子，热血团的行为说轻了，是不义，说严重了，是在帮助敌人。

他正在胡思乱想，洪桥跑来报告："谢副团长，你快去看看吧，胡克利带着第六大队在镇公所抢劫呢。"

谢让大吃一惊，赶忙跟着洪桥赶过去，只见胡克利把镇公所所有职员集合在一起，正让手下搜身，把职员身上的金戒指、银圆、手表什么的没收了。还有几个兵手里拿着也不知道从哪里抢来的项链和闹钟什么的。

谢让火冒三丈，冲到胡克利面前吼道："住手！你在干什么？"

胡克利斜他一眼，说："你说我在干什么？我在处理这些汉奸啊！我只是没收他们的财产，没有枪毙他们就是好的。"

谢让吼道："谁让你这么干的？你们是国民革命军，不是土匪！"

胡克利把玩着手里捏着的手表，撇了撇嘴："老子就是因为是国民革命军才这么干的，要不是这个啥子革命军，老子就直接把他们崩了，把他们的老婆和闺女们抢到山上去了……"

谢让忍无可忍，突然一个耳光扇在了他脸上。胡克利猝不及防，被打个正着。他叫了起来："你居然敢打老子？"他扔下手表，扑了过来，抱住谢让摔在了地上。第六大队的士兵把两人围在中间，拍着手嗷嗷叫好。洪桥赶过来要把两人拉开，哪里能拉得开？谢让翻了个身，又把胡克利压在了身下。但没过一会儿，胡克利又把他压在了身下。两人在地上翻滚成了一团。

洪桥赶紧跑出去找到了高昌，高昌赶过来，叫着让两人住手，但谁也不听他的。高昌拔出手枪，朝着天空开了一枪，两人这才分开了。两人身上都挂了彩，不是嘴巴出血了，就是脸破了。

胡克利狠狠地朝地上吐了一口唾沫："妈的，居然在太岁头上动土，简直找死！"

高昌愤怒地吼道："谢让是你的长官，你目无军纪，殴打长官，完全够得上执行军法了。"

胡克利凑上来一步，叫道："你执行啊，你有本事你执行啊！你先问问第六大队的弟兄们同意不同意。"

第六大队的士兵或蹲或坐，或抱着膀子嘿嘿地笑着，甚至还带着嘲讽看着高昌和谢让。

高昌回头冲着洪桥叫道："来人，把他给我抓起来，关他五天禁闭。"

洪桥带着两个兵扑上去，把胡克利带走了。还好，第六大队的士兵虽然满脸恼怒，但看着高昌愤怒的目光，没人敢动。

高昌把谢让扶到房间，用毛巾蘸了水，要给他擦脸上的血迹。谢让忙接了过去，笑了笑说："我来吧，我还没那么娇贵。"

高昌愤怒地说："老谢，这帮土匪实在不可救药，就是一帮害群之马，干脆把他们赶走算了。"

谢让愣了一下，看看高昌，沉默了一会儿，说："老高，你不要太冲动了，这帮土匪虽然疯狂，却也是打鬼子的好手。他们真心抗日，也有与鬼子血拼到底的决心，这是最难得的。"

高昌还是气呼呼的："你看看这个胡克利，他居然连你都打，眼里还有没有军纪了？"

谢让自嘲地摇了摇头，说："这件事儿我也有责任，我太急了，不应该当着他部下的面先动手给他一耳光。换了我，我的面子也是挂不住的，怕是反应比他更激烈。"

高昌又好气又好笑："你看你看，你还为他说好话呢！我要是晚去一步，这是要出人命的。"

两人在这边说着，那边韩辛仪从街上回来了，听了第六大队的士兵一讲，觉得好玩，便问："他们两个真打起来了？"

士兵七嘴八舌地说："打起来了，打起来了，咱们胡老大可不是吃素的，说啥也不能白挨他那一耳光。"

韩辛仪饶有兴趣地看着他们："他俩到底谁吃亏了？"

这个就说不清了，有的说谢让吃亏了，有的说胡老大吃亏了。韩辛仪听烦了，摆了摆手，说："算了，算了，我还是自己去问吧。"

韩辛仪到了禁闭室，看守的兵是洪桥的手下，不想让韩辛仪进去。韩辛仪急了，一把把他拨到了一边，说："去去去，到一边去，老娘急了，白刀子进，红刀子出，一刀结果了你。"

那个兵一听，虽然气呼呼地噘着嘴，却也乖乖地让开了。

韩辛仪开口就问胡克利："你和谢让打架，你们谁打赢了？"

胡克利硬了硬脖子，说："当然是我打赢了。"

韩辛仪绷着的脸这才绽开笑容："那就好，你没吃亏就好，你要是吃亏了，老娘去替你揍他一顿。"

胡克利笑呵呵地说："韩老大，你对我这么好，是不是喜欢上我了？"

韩辛仪"呸"的一声，说："我喜欢你？得了吧，咱都是土匪，你要是吃亏了，就太丢咱们土匪的人了。"

胡克利说："我能文能武，咋会吃亏呢？你放心，这一辈子你跟着我，谁也欺负不了你。"

韩辛仪撇下嘴："你管好你自己就行啦，看你这德性，都关起来了，嘴巴还硬。"

胡克利有些不好意思，说："辛仪，我看这热血团也没啥意思，规矩太多，一点都不爽快。咱俩还是把队伍拉到卧虎山吧，吃香喝辣的，有事没事咱就到稻城打打鬼子，闲下来了咱就清泉濯足，花下晒裈，背山起楼，烧琴煮鹤，对花啜茶，松下喝道，你说好不好？"

韩辛仪的眉头皱了起来："你从哪里弄来的这些文绉绉的词？"

胡克利得意地说："谢天读书时，我从他那里听到的，怎么样，我能文能武吧。"

韩辛仪抿着嘴笑："你知道这是什么意思吗？"

胡克利说："不就是在小溪里洗脚，在花下面晒裤子，在山脚下盖座楼，用琴煮鹤吃，赏花饮茶，树下喝酒聊天，多文雅呀！"

韩辛仪忍不住放声大笑，笑得揉着肚子喘气："笑死我了，笑死我了，你太好玩了。"

胡克利瞪着眼睛看她："你笑什么？我说错了吗？"

韩辛仪说："这是宋朝一个叫胡仔的人在他的书《苕溪渔隐丛纂集》中引用《西清诗话》的文章，说是唐朝李商隐写了一本叫《义山杂纂》的书，里面记载的都是他的所见所闻所想。其中有一条说的是大煞风景的事情，就是你说的这几种：用清冽的泉水洗臭脚；在漂亮的花丛下面晒内裤；在山的背面盖房子；把琴劈了当柴火煮仙鹤吃；赏花时没有酒，只能喝茶，既闻不到花香，也品不到茶味；在清静幽雅的松林里漫步，忽然官老爷前呼后拥呼喝而过。你说说，这些事哪件文雅？想想都让人扫兴。"

胡克利的脸腾地红了，他不好意思地挠挠头，说："还是你有文化，我是大老粗……辛仪，咱们还是带着队伍回卧虎山吧，我给你当跟班都行，打仗时我冲在前面，你在后面指挥，不打仗了，你就教我学文化吧。"

韩辛仪摇了摇头，很认真地说："我却觉得热血团蛮好的，是正规军，高昌和谢让其实也不错，没有那些当官的臭毛病，我看他们顺眼。再说了，咱在热血团，人多力量大，能好好地跟鬼子干仗。要是回卧虎山，就咱们这百十号人，也只能偷偷摸摸、小敲小闹地打鬼子，不过瘾。我劝你还是老老实实在这里待着吧，高昌和谢让其实已经待你不薄了，你自己也不要总把自己当土匪，有些坏毛病也该改改了。就像你抢镇公所那些职员的手表、戒指啥的，那是一个军人干的事儿吗？"

胡克利把脖子硬了硬，说："我还不是想着弄好表、好戒指、好项链给你嘛！"

韩辛仪愣了一下，直直地看着他，脸突然红了一下，狠狠地朝他呸了一下："我才不要你的东西呢，哼。"

说完，她急急地转身就走，胡克利急得大声地叫："韩老大，韩老大，你干吗要走呢？我说的可都是实话！"

韩辛仪好像没有听见一样，脚步愈来愈快，眼中已经是泪花闪闪。

3

日军一个中队又开进了大元镇。樱井兆太郎的挺身队也随即跟来，他发誓要剿灭热血团，为女儿樱井里沙报仇。当热血团得知樱井兆太郎驻在了大元镇时，也磨刀霍霍，准备攻打大元镇。谢让想起樱井兆太郎当年在北平的嚣张跋扈，新仇旧恨涌在一起，也主张攻打大元镇。特别是胡克利，他设在稻城的眼线由于樱井里沙的原因，被樱井兆太郎一网打尽，全部处决了。这个仇当然要报。

热血团正在准备着，乌龙山的八路军派来一位交通员，说是根据地下党的情报，日军准备集中重兵围剿青龙山，让他们暂时放弃青龙山，向乌龙山靠拢。

胡克利一听就急了："有什么重兵？大元镇才只有鬼子一个中队，这么好的一个机会，不打可惜。还有，青龙山是咱们的老窝，怎么能放弃？我看八成是八路军的阴谋，他们眼红咱们的地盘，这是调虎离山，他们好来抢占青龙山。"

谢地气极，说："你不要诬蔑八路军，我们八路军都是为了热血团好，一切都是为了更好地打鬼子。"

　　胡克利哼了一声："什么打鬼子？你们一切都是为了挖墙脚，不但挖了韩老大的墙角，还把我的手下李牧原也挖走了，你们还不够狠吗？"

　　谢地还要说什么，高昌眼一瞪，吼道："都少说两句行不行？大敌当前，不好好想想如何对付敌人，自己先窝里斗，像话吗？"

　　两人这才气呼呼地不吭声了。

　　高昌带着询问的眼神问谢让："谢副团长，你如何看？"

　　谢让说："我是相信何团长的，他既然让咱们放弃青龙山，说明这一次鬼子是下了血本，志在必得，咱们应该好好考虑一下。"

　　高昌皱着眉头，捏着额头，痛苦地思索着。谢让有些奇怪，事情明摆着的，有什么可想的呢？高昌有些为难地说："谢副团长，实不瞒你，我对八路军还是有点疑惑的，胡大队长的话虽然不中听，但我们也不能不做防备。你可能还不知道，重庆方面的方针很清楚，我们既要抗日，同时也要防共。何团长肯定也早已经知道了，赵军长那边已经有所动作。山雨欲来风满楼啊！我怕就怕在何团长可能会先发制人，把我们热血团解决了，然后再腾出手来对付赵军长他们。"

　　谢让摇了摇头说："以我对八路军和何团长的了解，我觉得他不会这样做。"

　　高昌说："将心比心，如果换了我在何团长的位置上，我就会这么做。他即使先发制人，我也理解他。"

　　韩辛仪冷笑一声，说："那很简单，我们就先发制人以毒攻毒，将计就计去乌龙山，然后把他们解决了。"

　　胡克利看了一眼谢地，有些着急地对韩辛仪说："咱们身边就站着一个八路军，你这话只能私下里说啊！"

　　韩辛仪看了看谢地，又看了看谢让，不以为然地说："打仗总要死人的，心不狠不行，无毒不丈夫，只要和八路军撕破脸皮了，我相信谢副团长也会大义灭亲，他不忍下手的话，我可以代劳。"

　　她就这么当着谢地的面大大咧咧地说着，谢让愣愣地看着她，不知道她是说真的还是开玩笑的。坐在一边的朱燕子忍无可忍，腾地站起来，大声吼道："你这个女人，心太狠了！"

　　韩辛仪却看着她妩媚地笑了："哦，我倒把你给忘了，怎么了？还没拜堂哩，就知道护着自己的男人了?"

朱燕子的脸腾地红了:"你,你,你……"下面却不知道说什么好了。

高昌忙摆了摆手说:"韩大队长只是开个玩笑。我相信八路军的情报是真的,但他们建议咱们放弃青龙山,到乌龙山去,我觉得这万万不可。"

除了谢让、谢天、谢地、朱燕子、洪桥等人,其他人都频频点头。

谢让只得退了一步,说:"这样吧,咱们兵分两路,我和高团长各带一路,一路人马坚守青龙山,一路人马在外围埋伏,如果日军真来攻击,咱们就前后夹击,即使无法歼灭日军,但也可以互相照应,见机行事。"

看看也没其他更好的法子了,高昌只得同意了。最后决定,高昌带领第一、第二、第三大队守在青龙山,谢让带余下的三个大队埋伏在外围,如果日军前来进犯,就相机攻击日军侧后,尽可能消灭日军。

散会后,谢地小跑几步追上了谢让,说:"我总是有点不放心,日军这次是重兵来犯,这样的打法虽然暂时给日军造成困扰,但日军一旦反扑,后果不堪设想。"

谢让心情有些沉重:"高团长既然这么决定了,我们就想想如何尽可能地多杀伤敌人,保存自己吧。"

谢地说:"我想立即赶回乌龙山,向何团长汇报一下。"

谢让点了点头说:"这样最好,如果何团长能来支援,那就可以把损失降低到最低。如果何团长他们不来,也怪不得他,他已经仁至义尽了。你代我向何团长问好,很惭愧,我没能让热血团采纳八路军的建议。"

谢地饭也顾不得吃,立即动身前去乌龙山。

到了乌龙山,何思运听了谢地讲的,大吃一惊,看了看地图,又走了几个来回,果断地说:"我们独立团必须立即向青龙山出动帮助热血团,希望现在还来得及。"

日军的进攻之快超出了所有人的想象,他们全力进攻青龙山。日军炮火轰击后发起冲锋,高昌带领的三个大队借助险要地形拼命抵抗,打退了日军一次又一次的进攻。

眼看青龙山就要顶不住了,谢让立即带领部队向日军侧后发起攻击。日军似乎早有准备，立即兵分两路，一路继续向青龙山进攻，一路向谢让反扑过来。

胡克利本来时刻关注着韩辛仪，唯恐她有个闪失。可打着打着就忘了，他一见这么多日军涌上来了，他的劲头上来，扭头对寸步不离的赵慈江说："你带几个人跟着韩老大，千万不要让她有个什么闪失，她要是身上少了一根毫毛，我就要你脑袋。"

赵慈江有些为难："老大，我的使命就是跟在你身边，保护好你。"

胡克利一脚踹了过去："保护我有个屁用！保护好韩老大就是保护我，她是我的命。"

赵慈江忙点头哈腰："好好好，我去我去，老大，你也要保护好自己啊！"

胡克利拿着步枪，打了一会儿，觉得不过瘾，就把机枪手的机枪夺过来，抱着机枪朝鬼子射击着，嘴里还大声地骂着。

青龙山险象环生，一部分日军冲上了阵地，高昌只得命令部队边打边撤。

谢让的情况更严重。他们出现在日军侧后，只能依靠丘陵、土坎掩护，部队伤亡越来越大。谢让举起望远镜，看看高昌他们撤得差不多了，就命令部队立即撤退。

哪里能撤得下来？日军咬得紧紧的，根本就无法摆脱。部队很快就被日军包围了，眼看包围圈越来越小，日军侧翼突然响起嘹亮的冲锋号声。谢让心中大喜，八路军来了！

在八路军的掩护下，谢让很快带着部队突出重围，向卧虎山方向撤退。

何思运看看谢让带领的部队安全了，就立即命令部队交叉掩护撤退。

眼看就要到卧虎山了，谢让停下来清点部队。胡克利懵了，韩辛仪不见了！

他一脚朝赵慈江踹去："我再三交代，让你带几个人跟着韩老大，韩老大现在在哪里？"

赵慈江喃喃地说："我一直跟着韩老大，可打着打着，我就找不到她了。"

胡克利拽过一挺机枪就往回走，洪桥赶紧拉着他："胡大队长，你现在不要回去，鬼子说不定还没走，太危险了。"

胡克利把洪桥的手一下子甩掉了："别拦我，就是危险我才回去找我们韩老大，不危险我还回去个屁啊！"

谢让一看，忙过来对赵慈江说："你立即带个小队跟着胡大队长回去，能找到韩大队长更好，如果找不到，也立即赶回来，尽量避免和鬼子交火。"

赵慈江点了点头，带了一个小队紧紧地跟上了胡克利。

谢让又让舒林儿带上急救箱跟着一起去，舒林儿刚要走，洪桥赶上来了，对谢让说："谢副团长，我也跟着去吧。胡大队长脾气急躁，万一遇到鬼子了，我也能帮帮他。"

舒林儿自然知道他其实是不放心她，心里感激，却也不敢看他。

一行人向青龙山赶去，一路上不断遇到战死的士兵的尸体，胡克利都细细地察看了，看见不是韩辛仪，这才长长地松了口气。

终于赶到了战场，日军已经不见踪影。胡克利和赵慈江等人细细地察看着。胡克利正蹲下来察看一个脸朝下的死尸，就听到不远处有一处微弱的声音："你在那里干啥？老娘在这里呢。"

正是韩辛仪的声音。胡克利急忙奔过去，只见韩辛仪肚子上中了一枪，手捂着那里，手上全是血。她脸色苍白，声音游若细丝。胡克利的眼睛一下子红了，扶着她靠在胸前，着急地问她："仪儿，你怎么样？"

韩辛仪苍白的脸上浮现出红晕，她伸出一根手指晃着，艰难地说："你叫我什么？仪儿？真肉麻。你是不是喜欢上我了？"

胡克利把脸贴在了她脸上，泪水流了出来："仪儿，你要好好活着，你要是活不了了，老子也不活了……"

韩辛仪喘着气，笑道："别腻歪了，老娘活得好好的呢！"

正说着，舒林儿赶了过来，她拿出酒精，要给韩辛仪清洗伤口。她轻轻地对韩辛仪说："韩大队长，有点疼，你要忍住。"

韩辛仪咬着牙，低低地说："舒姑娘，你放心好了，我受得了……谢谢你了。"

在洪桥和胡克利的帮助下，舒林儿很快给韩辛仪清洗了伤口，仔细地包扎了。胡克利弯下腰，要背着韩辛仪走。韩辛仪刚趴在他背上，挤压着了伤口，不由得"唉哟"一声。胡克利忙把她放下来，扶着她坐下来。赵慈江凑过来，讨好地说："老大，我让弟兄们砍些树枝做个担架吧。"

胡克利骂道："你笨得像猪，有我在，做什么担架？"

他弯腰把韩辛仪抱了起来，韩辛仪倒是很配合，搂住了他的脖子。赵慈江不好意思地挠了挠头说："我是猪，我就是一个猪脑袋。"

舒林儿看着两人，眼神里不由闪过一丝羡慕，还夹杂着落寞。她看了看洪桥，喃喃地说："胡大队长其实也算是一个有情有义的人……韩姐真幸福。"

洪桥低低地说："我也会这样对你的……"

说完，他脸腾地红了，突然加快了脚步，大声地说："弟兄们，赶快走啦。"

舒林儿看着他的背影，不由得抿嘴笑了。这个男人，看上去胆子很大，其实还是个腼腆的大男孩。

爱与阴谋

1

吴念人带领国军暂编第一师突然赶到了卧虎山，大概有五六千人的样子，人人穿着整齐的军装，清一色的汉阳造，甚是雄壮。

热血团的人站在一旁看着，个个都是羡慕的眼神，和人家比比，自己的队伍有穿着烂军装的，有着黑色警服的，还有乱七八糟的土匪，看上去就像一支叫花子队伍。

吴念人把高昌、谢让等人召集起来，说是按照赵军长的命令，热血团作为暂编第一团编入师里。谢让沉默了一会儿，说："吴师长，我们可以改编为国军，但我们只打日本人，不打中国人。"

他的意思很明显，热血团不会和八路军为敌的。

吴念人的脸沉了下来："我们身为军人，一切都要服从命令，打谁不打谁，我们只能听上面的。"

谢让还要说什么，韩辛仪有点不耐烦了："我们第六大队坚决支持改编为国军，改编为国军了，名正言顺，理直气壮，说起来也有面子。"

胡克利赶紧响应："请吴师长放心，我们第六大队坚决服从上级命令，再也不会像土匪那样了，您指哪俺们就打哪，上刀山下火海，眉头都不皱一下。"

吴念人和谢让都去看高昌，高昌的态度至关重要。高昌内心还是偏向改编为国军的，自己毕竟是一名真正的军人，不像谢让，只是被动卷入了这场战争。另外，他比谢让看得更清楚，吴念人是带着五六千人的部队来的，如果不答应，他必定会来硬的，到那时，热血团就保不住了，只会被遣散编入其他部队。

他点了点头说："我服从吴师长的命令。"他看了一眼谢让，又说："我们热血团本来就属于国军，这也就等于归建了。"

谢让见大势已去，自己再反对也没有什么用，只得默默地接受了这个现实。

散会后，吴念人让高昌留下来，拍了拍他的肩膀，说："老高，你是一名真正的国民革命军军人，我也一直都很看重你。热血团目前鱼龙混杂，你的担子很重啊！"

高昌忙说："请师长放心，热血团虽然成分复杂，但大家打鬼子的决心很坚定。"

吴念人说："老高，我给你交个底吧，我这次来，不仅仅是为了打鬼子，另一个使命就是防共。你别误会，这不是私人恩怨，是重庆的要求。现在八路军在敌后大力发展武装，力量已经很可怕了。一山不容二虎，将来抗战胜利了，共产党会乖乖地把军队交出来吗？怕是这一仗是避免不了。既然是这样，那就不如先下手为强，趁早除了这个心头大患。"

高昌有些犹豫，说："吴师长，乌龙山的八路军还是真心打鬼子的，大敌当前，我们骨肉相残，这是亲者痛，仇者快的事情啊……"

吴念人打断了他："我们又不是现在就要打他们，而是要防备他们。另外，你要注意谢让，他被共产党蛊惑，思想赤化，已经走上了危险的边缘，你要注意拉他一把，别让他再往下滑了。"

高昌心里大惊，忙诚恳地说："吴师长，我和谢副团长共事这么多年，我很了解他，他是可以放心的。"

吴念人说："这样就好，我是说万一有了什么事儿，我希望你能记住你是一名国民革命军军人，要站稳立场，该做什么，不该做什么，你心里应该清楚。"

高昌沉重地点了点头，心口突然有些疼。

他告别吴念人后，找到谢让，说："谢副团长，你知道吴师长对共产党的态度，我看谢地还是暂时离开这里吧。"

谢让想了想，心里明白这是高昌的好意，忙点了点头。

谢地也觉察出了危险，感觉周围总有人在盯着他。他听了谢让的话后，当天晚上就离开了卧虎山，回到了乌龙山。

2

热血团全部换上了国军的服装，整个部队看上去清爽多了。刚开始几天，大家都很新鲜，但过几天，都觉得没劲。正规军规矩多，除了严格的军纪，每天还要练队列，走来走去。

特别是第六大队，他们哪里见过这阵势？整个队伍稀稀拉拉，个个无精打采，前来训练他们的教官气急败坏，大声地斥责他们，甚至骂他们是猪脑袋，连简单的队列都走不好。他们找到韩辛仪、胡克利诉苦，说这没意思，走路谁不会，还天天练这个，走得再好，和打小鬼子有什么关系？

韩辛仪也早就看不下去了，找到教官，质问他："你练这个干什么？是人就会走路，哪里有这么多名堂？"

教官耐心地给她解释："韩大队长，走队列是军人的基本素养，你别小看这个训练，这实际上也是在培养官兵的命令意识。"

韩辛仪还要再说什么，见高昌来了，忙大声地说："好好好，长官辛苦了，希望长官早日把我们的第六大队训练成一支响当当的正规军。"

说完，她忙转身走了。胡克利跟在她身后，低低地说："韩老大，你不是天不怕地不怕，怎么怕起高昌来了？"

韩辛仪白了她一眼："我怕他干吗？我就是不想听他在那里像个唠叨的老太婆一样给我讲大道理，那比走队列更让人受不了。"

胡克利深有同感地点了点头，说："你说得是，高昌啥都好，就是太唠叨。"

韩辛仪看了看他，很认真地说："在这山上都快闷死了，要不，咱们去大元镇杀鬼子去？"

胡克利愣了愣，回头看了看正在训练的部队，说："他们都在训练，咱们把他们带出去不好吧。"

韩辛仪撇下嘴，说："算了算了，不和你说了，真没劲。"

韩辛仪回到房间，胡克利也要跟过去，她立即制止了："胡大队长，我困得不得了，要睡觉了，你自己一个人玩去吧。"

胡克利只得讪讪地走了。韩辛仪见他走远了，立即掩上门，把身上的军装脱下，换了一身村姑的衣服，又把两把手枪插进腰里，悄悄地拉开门看了看，看看周围没人，立即翻过窗户向山下溜去。要下山就得过哨卡，哨兵奇怪地打量着她，问她："韩大队长，你怎么这身打扮？"

韩辛仪说："高团长命令我立即去大元镇一趟，侦察小鬼子的动向。"

哨兵一听，赶快让开了，讨好地说："韩大队长，你可要注意安全啊！"

韩辛仪点了点头，等过了哨卡，看不到哨兵了，立即加大脚步，向大元镇赶去。

胡克利转悠到了中午，到了吃饭的时候，看看韩辛仪的座位一直空着，他有点纳闷，问赵慈江："韩老大呢？"

赵慈江说："你都不知道，我怎么知道？"

胡克利觉得不对劲，饭也顾不得吃了，赶到韩辛仪房前，推开门一看，屋里空荡荡的。他脑袋嗡地响了一下，懊恼地拍了拍脑袋，韩辛仪上午给他说要到大元镇去杀鬼子，不是说要带第六大队去，而是叫他和她一起去。自己真是笨得像猪。

他忙跑回自己的房间，换上一身便装，带上短枪，飞奔下山。到了哨卡，哨兵奇怪地看着他，问他："胡大队长，你怎么这身打扮？"

胡克利说："高团长命令我立即去大元镇一趟，侦察小鬼子的动向。"

哨兵一听，赶快让开了，讨好地说："韩大队长，你可要注意安全啊。"

胡克利走了两步，回头问哨兵："你见过韩大队长没有？"

哨兵说："见啦，她和你一样，也是高团长命令她立即去大元镇一趟，侦察小鬼子的动向。"

胡克利心下着急，撒开脚丫子奔跑起来。

韩辛仪到了大元镇，逛了几家店铺，又到一个茶社听了一上午说书人讲的

《三国演义》。中午时，她到了一家饭店，吃了一大碗自己最爱吃的牛肉面。吃完饭后，她转悠着到了日军在大元镇设的慰安所，贴着墙瞄了瞄，看到一大群日军排着整齐的队伍来了，个个一脸急不可待的样子。韩辛仪觉得在这里杀几个鬼子没什么问题，鬼子来慰安所是不带武器的，只要把慰安所门口两个站岗的干掉，其他鬼子也只能当靶子了。她抽出两支短枪，推弹上膛，猛地冲出来，一枪一个，撂倒了门口的两个日军哨兵。那些正排着队准备进慰安所的鬼子炸开了锅，抱头鼠窜。韩辛仪一枪一个，撂倒了七八个后，大街上响起了尖利的哨子声，全副武装的日军赶过来了。韩辛仪只得边打边撤。那些日军紧紧追赶，子弹擦着她的耳朵飞过，击在墙上，火花四闪。

韩辛仪跑过两条大街，还是没能甩掉鬼子，更要命的是，对面也出现了鬼子。她只得闪身进了临街一个大院门前，借着墙壁的掩护向日军射击。正在这里，院门哗的一声开了，有人拽着她的胳膊把她拉了进去。她回头一看，惊喜地叫起来："你这个死货，不是不来了吗？"

胡克利叫道："你又没说清，我哪里知道你是来找死的呢？快走吧。"

他说着，拉着她到了墙边，那里正竖着一个梯子，他把韩辛仪扶上梯子，跟着翻过院墙，跳进另外一家院子，接连跳过几家院子，来到一条小巷，小巷的尽头就是镇子外面，两人一阵狂奔，终于出了镇子。

回到了青龙山，高昌正在怒气冲冲地等着他们。看到韩辛仪，他恼怒地说："你现在是一名真正的军人了，怎么连一点纪律观念都没有？谁让你下山的？谁让你去打鬼子的？"

韩辛仪自知理亏，吞吞吐吐地说："整天待在这山上，搞啥子队列，都快把人闷死了。"

胡克利跨上一步，瞪着高昌说："是我带韩老大去的。我就是看不惯你们，一大群男人像娘儿们一样，走来走去的，有什么意思？当兵就应该去杀鬼子。韩老大没做错，她一个人就杀了十多个鬼子呢！"

韩辛仪瞪他一眼，说："好汉做事好汉当，是我自己想去的。"

高昌怒道："你们还有理了？我们是军队，不是土匪！"

高昌喝令立即把两人关起来，听候吴师长的处罚。

第二天，吴师长却让人把两人放了。他让人把两人带到自己的房间，笑眯眯地看着他们，说："听说你们两个大闹大元镇，还杀了十多个鬼子？"

胡克利忙说："主要是我们韩老大杀的，我只是帮她逃出来了。"

吴念人笑道："好，你们两个确实是抗日英雄。论功应该奖赏你们，但你们偷偷下山，目无军纪，当罚。坐了一天禁闭，也算罚了。"

胡克利喜不自胜："不用关我们了？"

吴念人点了点头："干吗还要关你们？只不过，以后可不能再犯了。你们毕竟是堂堂正正的国民革命军军人了，又身为长官，要带好部队，自己就要以身作则。"

韩辛仪、胡克利忙连连称是。

吴念人顿了一下，又说："听说你们不喜欢八路军？"

韩辛仪撇下嘴，愤愤不平地说："岂止不喜欢？他们打着抗日的旗号，说要收编我们，我们不同意，就把我们的人给拉走了。"

胡克利说："就是，我安排我的部下在稻城保安队当队长，一百来人的队伍，他们说拉走就拉走了，事先也不打个招呼，这不是欺人太甚了吗？我们和他们势不两立。"

吴念人点了点头，说："你们能这样想就对了，八路军打着抗日的旗号，背地里却是偷偷摸摸地拉队伍、抢地盘，是国家大患。我们迟早要与共产党开战。你们两个也要有点思想准备。"

胡克利大大咧咧地说："还准备个啥？你说啥时打，我们就啥时打，这一点毫不含糊。"

韩辛仪说："我早就看不惯他们了，您放心，吴师长，我们听您的。"

吴念人朝两人点了点头，以示赞许："我最放心的就是你们第六大队，但你们热血团有些人受到共产党的蛊惑，像你们的谢副团长，还有谢天、洪桥、朱燕子，就很让我担心。时间长了，怕是你们高团长也要受到影响。"

韩辛仪说："他们敢投共，我们就和他们撕破脸皮。"

胡克利说："我听韩老大的，她说啥就是啥。"

吴念人盯着两人，说："热血团很让人担心，但有两位在，我就放心了，你们要盯好谢让、谢天和洪桥、朱燕子，如果发现他们想把队伍拉到共产党那边，你们及时报告我，如果来不及就先斩后奏。"

胡克利笑哈哈地说："如果是高团长呢？"

吴念人的眼睛眯了起来，狠狠地说："如果高团长想投敌，也是同样的下场。"

从吴念人房间出来，韩辛仪和胡克利的心情都是天高气爽，有吴师长撑腰，又有什么可怕的呢？

3

日军强征了稻城周围的老百姓，忙了几个月，在小店镇建造了一个飞机场。二十多架日军的战斗机飞了过来。

吴念人听了洪桥的汇报，召集高昌、谢让等人开会，准备把日军的飞机场打下来，至少要把这二十多架飞机炸了。

吴念人的意思是，谢让带领第二大队，也就是主要由警察组成的部队完成这个任务。

洪桥有些吃惊："师长，根据我们的侦察，日军至少有一个大队守卫机场，再加上外围的，应该不下一个联队的兵力。谢副团长他们只去一个大队，怕是很难完成这个任务。"

高昌也充满疑惑地看着吴念人。

吴念人指着地图，严肃地说："谢副团长去攻打飞机场，只是我们这个作战计划的一个小小环节，我们这是在下一盘很大的棋，重点不是打飞机场，而是要打援。谢副团长带领第二大队一打响，稻城的日军肯定会前去增援，我们就在半途伏击日军援军。"

高昌沉思了一会儿，说："那么，谢副团长他们实际上是诱饵，是佯攻，也就是说，吸引住鬼子的注意力就行，而不必要真的强攻飞机场……"

吴念人打断了他："我们既然要打日军的援军，那谢副团长带领的第二大队就要弄假成真，全力攻打飞机场，这样才能吸引日军来援，如果只是在外围小敲小闹，鬼子是不会上当的。"

高昌有点为难地看看谢让，谢让正在紧张地思考着，吴念人的这个作战计划确实不错，如果稻城的鬼子上当，吴念人倾全师兵力攻击，说不定能重创日军。想到这里，他站起来，大声地说："第二大队坚决服从命令！"

吴念人冲着谢让赞许地点了点头："谢副团长有这个决心就好，就这么定了，大家准备执行吧。"

散会以后，高昌小跑几步追上谢让，低低地说："谢副团长，鬼子守卫飞机场的兵力雄厚，你们一个大队进攻，我觉得不妥……"

谢让说："只要能打鬼子，再艰难的任务我们也要想法完成。"

高昌忧心忡忡："我还是觉得吴师长的安排有些欠妥，依我看，攻打飞机场至少需要咱们一个团的兵力才行。"

谢让笑了笑，安慰他说："高团长，这是一次大规模作战，你正好带着咱们热血团跟着大部队好好打一仗，对部队也是一个锻炼。"

高昌看了看他，说："老谢，你也要注意安全，如果实在不行，还是要保存实力，不要做无谓的牺牲。"

谢让点了点头："老高，你放心好了，我会见机行事的。"

谢让带队出发后，吴念人也带着部队按计划赶到了小店镇与稻城的必经之路，他们埋伏在山上，听着小店镇方向传来激烈的枪炮声，静静地等待着。高昌坐卧不宁，一会儿就要站起来，往稻城方向看看，再往小店镇的方向看看。小店镇方向的枪炮声愈来愈密，火光映红了半个天空，稻城方向却没有一点动静。高昌焦急地对吴念人说："吴师长，稻城的日军也许不会出来了，咱们要不要分出一部分兵力去支援谢副团长他们？"

吴念人摇了摇头说："咱们这次主要就是打援军，要沉住气，再等等。"

再等等，小店镇方向的枪炮声慢慢地稀下来了，稻城方向的大路上还见不到日军的一兵一卒。高昌急了："吴师长，大部队还埋伏在这里，我带着我们热血团的兄弟去救援谢副团长吧。"

吴念人严厉地瞪他一眼，说："高团长，你是一个军人，难道还不知道服从命令吗？你们走了，稻城的鬼子来了咋办？"

高昌只得退下去了。小店镇方向的枪炮声慢慢沉寂了。高昌心急如焚，谢让他们怎么样了？有没有炸毁日军飞机？能不能安全脱离战场？

一直到太阳要下山了，稻城的日军仍然没有出动。吴念人只得无可奈何地决定收兵。高昌着急地说："吴师长，我带热血团向小店镇方向推进，去接应一下谢副团长他们。"

吴念人痛苦地摇了摇头："稻城的日军没有出动，小店镇方向的枪炮声也停止了，谢副团长他们很可能失利了，所以稻城的日军也就不用来救援了。你们去了又能怎么样？"

高昌舔了舔嘴唇，不甘心地说："那至少让洪桥带些兄弟去看看吧。"

吴念人有些不耐烦了，说："你自己看着办吧。"

高昌立即叫来洪桥，让他带一个排，另外再带上舒林儿，准备好足够的急救包，向小店镇方向搜索前进，任务就是接应谢让他们，千万不能让鬼子发现。如果找不到谢让他们，也要及时赶回卧虎山。

高昌彻夜难眠，一直等到天快亮时，洪桥等人才一脸疲惫地回到了卧虎山。他告诉高昌，他们到了飞机场外围，日军戒备森严，根本就进不去。附近村庄的老百姓讲，前来攻打飞机场的国军打得很英勇，一度打到了飞机场边，但大批日军赶来，最后把他们都消灭了。

高昌眼前一黑，他强自支撑着，追问洪桥："那些村民可曾见到谢副团长等人的尸体？"

洪桥摇了摇头说："我再三询问那些村民，他们也不知道，只是一个劲地说，他们看着国军打进去了，但却一直没见到他们再出来，想必都已经战死了。"

舒林儿看了看高昌，喃喃地说："高团长，我们还没有见到谢副团长等人的尸体，说不定，说不定他们吉人自有天相，万一逃出来了呢？"

洪桥愤愤不平地说："让谢副团长带一个大队强攻鬼子重兵把守的飞机场，这不是分明让谢副团长他们去送死吗？"

高昌心里一动，却严厉地瞪了洪桥一眼："你不要乱说。"

洪桥忙闭上了嘴巴，但满脸愤愤不平之色。

高昌痛苦地说："洪大队长，只要有一丝希望，我们就不能放弃，这段时间里，你继续带人在小店镇周围寻找谢副团长他们。"

洪桥应了一声，吃过早饭，立即带着舒林儿等人出发了。

谢让确实还活着。他们被日军包围后，谢让果断指挥第二大队突围，撕开一道口子后，第二大队边打边撤，但鬼子始终紧紧咬着，无法摆脱，最后只剩下二十来人。众人且战且退，到了一处悬崖边，下面是一条河流。鬼子越来越近了，众人的子弹也打光了。

谢天一脸决绝地看着父亲，说："咱们就和鬼子拼了吧。"

谢让痛苦地摇了摇头，说："留着青山在，不怕没柴烧，能跑几个就是几个吧。"

唯一的办法只有跳崖了。在谢让的带领下，大家跳下了悬崖。河流湍急，胁裹着他们向下流冲去，有的被河水冲着，脑袋撞在石头上，当场死亡。谢让挣扎着向岸边游着，无奈河水太急，他身不由己地撞到一块石头上，晕了过去……

一直到第二天上午，谢让才缓缓醒来，他睁开眼睛，发现自己躺在河边，一半身子还浸在水里，他蠕动着想从水里爬出来，浑身剧痛，他不由得呻吟了一声。他艰难地打量四周，周围还躺着第二大队的几个人，但都毫无动静。他焦急地到处察看，终于在不远处看到了谢天，他的身子被岸边一棵倒下的大树挡住了，一动不动地倚在那里。谢让喊了他几声，他也一声不吭。谢让心里猛地一紧，拖着腿艰难地向他身边爬去。

正在这时，他突然听到不远处传来了脚步声。他心中大惊，鬼子在搜山吗？他看了看四周，身边没有任何武器。他只得抓住一块石头，如果鬼子来了，那就同归于尽。

那人的脚步更近了。谢让痛苦地闭上了眼睛。那人却突然大声地叫了起来："快来，快来，谢副团长他们在这里！"

那人正是洪桥的手下。听到叫声，洪桥和舒林儿赶忙跑过来，两人挽着谢让坐了起来，谢让指了指谢天和那些躺在岸边的兄弟，急急地说："我没事，看看他们……"

舒林儿急急地跑过去，把手指放在谢天的鼻子下面探了探，欣喜地叫道："还在呼吸，谢大队长还活着。"

谢让心中感到一阵轻松，脑袋不由一歪，竟晕了过去。

　　等到谢让醒来时，他已经身在热血团的救护所里，高昌趴在他的床边睡着了。显然，他一直等在这里。舒林儿忙赶过来，轻轻地把他扶了起来。他急急地问道："舒姑娘，我们第二大队还有多少人活着？"

　　舒林儿沉重地说："我们只找回二十多人，活着的也就只有十一人了。"

　　谢让心里感到一阵钻心疼痛，每个人都是跟随他多年的兄弟，每个人都像亲人一样。他不由呻吟一声，捂住了胸口，眼中涌出了大颗大颗的泪珠……

与子同袍

1

经过将近两个月的休养，谢让、谢天和第二大队的幸存者的伤势基本好了。这天，他正坐在救护所的大院里晒太阳，一个士兵匆匆跑来，通知他到师部开会。

谢让到了师部，只见吴念人和几个团长都在，旁边还有钱参谋，他显然负了很重的伤，脸色苍白，胸前的鲜血已经结成了黑色的痂。

钱参谋一开口，谢让就大吃一惊。钱参谋说，他们被八路军袭击了。

暂编第一师的给养是由军部提供的。这天，钱参谋带了一个排，奉命到军部领了军饷。他们押送着军饷过了乌龙山没多远，迎面过来一支八路军队伍，约莫三四十人。两军相向而行，这个班的国军也没当回事，国共合作抗战，遇到八路军也是很正常的。双方打了招呼，那个八路军干部饶有兴趣地问他们："你们车上放的是什么？"车上的银圆用帆布包扎得结结实实，带队的钱参谋犹豫了一下，说："带的是子弹。"

那个八路军干部有些惊讶："就带这一车子弹？这也太少了吧？"

钱参谋无奈地笑了笑，说："现在经常和鬼子打仗，弹药消耗大，军部的子弹也很紧张，没办法。"

那个八路军干部若有所思地点了点头，说："说的也是。好好打鬼子啊，兄弟们，多打仗，不够的就缴鬼子的。没有枪，没有炮，自有敌人给我们造。"

最后两句是八路军中非常流行的《游击队歌》中的歌词，钱参谋自然知道，他笑了笑，说："那当然，子弹虽然少，但一颗子弹消灭一个敌人。"

最后一句也是《游击队歌》中的歌词，双方顿觉亲切，笑着交错而行。刚走了几步，那个八路军干部突然大喊一声："卧倒，开枪！"

钱参谋一愣，扭过头来，只见那三四十个八路军动作利索地卧倒在地，对着他们噼里啪啦地开了枪。钱参谋刚要指挥部队反击，突然觉得胸口一热，一场剧痛，他低头一看，鲜血汩汩地流了出来。他眼前一黑，重重地摔倒在地。

钱参谋醒来时，已是满天繁星，地上横七竖八地躺满国军的尸体，满满一车作为军饷的银圆早已经不见了。他挣扎着掏出急救包，草草地包扎了一下伤口，忍着剧痛，拄着步枪一一检查，除了他死里逃生，一个排的国军全部阵亡了。钱参谋咬着牙，用了四五个小时，踉踉跄跄走了五六里路，终于找到了一个小村庄。老乡一看是个受伤的国军，赶紧给他找些吃的，在他的要求下，又找了一辆牛车，把他送回了卧虎山。

吴念人听了钱参谋的讲述，一拳砸在了桌子上："狐狸尾巴还是露出来了，共产党终于下手了！"

谢让忙说："吴师长，我觉得很可能是误会，八路军不可能抢友军的军饷，更不可能主动袭击我们。"

吴念人的眼睛眯了起来："怎么不可能？他们的新四军叛变后，蒋委员长就停止给他们发放军饷，他们没吃的没穿的，看到咱们的军饷当然眼红。"

谢让摇了摇头："八路军的力量还很弱，能避免和国军冲突，他们就尽可能地避免，怎么还会主动挑起事端？我觉得这件事很蹊跷。我怀疑这是日军的阴谋。樱井兆太郎训练了一支挺身队，专门冒充八路军或者国军，一是为了刺探情报，二来是为挑起国共矛盾，好让我们自相残杀。我觉得这件事儿肯定是樱井兆太郎的挺身队干的。"

高昌也忙接上说："谢副团长说得有道理。我们和挺身队交过手，这些人都是由精通中国话的日本兵扮的，一时还真是难以区分。他们打进我们热血团的内奸周樱，还有和她接头的姚瘸子，都是挺身队的，也都是日本人，但在长达几年的时间里，我们都认为他们是中国人。如果他们扮成八路军，别说钱参谋，就是换了我，也未必能识破……"

吴念人打断了他的话："鬼子的挺身队有这么厉害吗？他们敢深入乌龙山吗？都是一些日本人，中国话说得再好，也不可能那么地道。钱参谋能分辨不出来吗？这绝对是八路军干的。"

谢让说："我们还没有证据，我觉得不能这么轻易地下结论。"

吴念人愤怒地指着钱参谋质问谢让："这样的一个大活人在你面前，你还要什么证据？钱参谋亲眼所见，还能有假？"

吴念人手下的几个团长也纷纷帮腔，个个咬定就是八路军干的，必须严惩八路军。

吴念人用手往下压了压，说："这件事不用讨论了，这必定是八路军干的。我命令全师立即出动，突袭乌龙山八路军根据地。如有通匪的，军法论处。"

谢让还要再说什么，高昌悄悄地向他摇了摇头。他是吴念人多年的部下，自然清楚吴念人的为人，他既然提到了"军法论处"，那就说明他杀心已起。谢让就不要在这个时候主动迎上去让他抓到把柄了。

吴念人也是害怕谢让等人泄露消息，开过会后，部队立即出发杀向乌龙山。

谢让万分着急，一直想找个机会给谢天或者朱燕子说，让他们偷偷地抄近路赶到乌龙山给八路军报个信，奈何吴念人早就安排了两个参谋寸步不离地跟着他。他不时地东张西望，连朱燕子的影子都看不到，倒是几次看到了谢天，却没有上前说话的机会。谢让是一万个不相信这事儿是八路军干的，百分百是樱井兆太郎的挺身队干的。他心头突然掠过一丝不祥的预感：会不会吴念人也清楚这根本不是八路军干的，而是要借这个机会剿灭八路军？

他不禁打了一个寒战。

2

吴念人带领暂编第一师到了乌龙山，把指挥部设在一个山坳的村庄里，那间民房里还算亮堂，房东是个四十来岁的男人，正和一个小伙子铡着玉米秆，想必是给牲口做草料用的。他倒是配合，听说国军要在这里架设临时指挥所，就停下手里的活儿，带着儿子出了院子。一切收拾停当，吴念人立即命令部队包围了乌龙山。整个乌龙山静悄悄的，没一点动静。营连长们感到疑惑，你看我，我看你：山下动静这么大，八路军不可能连一点防备都没有吧？

他们赶紧派人报告吴念人，怀疑八路军会有什么阴谋，说不定正在山上埋伏，还是谨慎一点为好。吴念人听了，走了几个来回，撇了下嘴，说："这些土八路根本就是一群乌合之众，哪里会有什么防备？立即进攻！"

正在这时，一个军官进来报告，八路军派来谢地，要求前来谈判。

吴念人头也不回地说："他从哪里来的，还让他回到哪里去，不见。"

高昌忙说："吴师长，还是让他来一下吧，听听他如何说，至少还可以以此了解一下八路军的虚实。"

吴念人皱着眉头想了一会儿，只好叫人把谢地带来。

谢地赶过来，给众人敬了礼，不卑不亢地对吴念人说："吴师长，这完全是一个误会。贵军昨天遇袭的事情我们也已经知道了，何团长立即进行了调查，不但和我们乌龙山八路军无关，何团长还询问了周围百十里内所有八路军的部队，包括地方上的民兵，没有任何人袭击贵军。想必这是日军的阴谋，目的就是挑起国共矛盾，破坏抗日民族统一战线。何团长让我向您问好，并给您解释清楚，以免上了日军的当。"

吴念人的眼睛眯了起来："我们有人证，明明是你们八路军干的。你们不承认也没什么用了，今天你们要么顽抗到底死路一条，要么放下武器投降，接受国军改编，你自己选吧。"

谢地淡定地笑了一下，说："吴师长，虽然您现在包围了乌龙山，但八路军仍然不会开第一枪。明人不做暗事，何团长让我告诉您，我们所有路口都埋上了地雷，还设有陷阱，陷阱里铺着削尖的竹子，上面都涂有剧毒。我们这些本来是对付鬼子的，但如果您听不进我们的劝告，执意要进攻八路军，贵军将会遭到重大伤亡，这也是我们不愿意看到的。请何团长三思而后行，我们共同的敌人是日本人，应该携手抗战才是。"

谢让担心地看了看谢地，谢地朝他笑了笑，意思是让他放心。

高昌忧心忡忡，谢地是谢让的儿子，谢让不便多说，他必须得为谢地说两句了，以免吴师长发火动粗。高昌忙站出来说："吴军长，谢地本来就是咱们热血团的人，他说的话应该是可信的。咱们因为攻打八路军而遭受损失，确实是得不偿失。"

吴念人突然扭过头来，吼道："来人啊，把这个叛贼给我抓起来！"

几个士兵上前扭住了谢地。

谢让大惊，忽地站起来，质问吴念人："他只是代表八路军来谈判的，为什么要把他抓起来？"

吴念人瞪着他，冷冷地说："我抓的不是八路军的代表，是国军的叛贼。他从前是不是国军的？谢让，你身为国军高级军官，我没有追究你纵容儿子叛变，已经算是宽大了。你要好自为之。"

谢让还要再说什么，高昌忙拉住他，让他坐下。高昌说："吴师长，谢地原本的确是热血团的，但他是在战斗中负伤失踪的，八路军救了他，还给他治好了伤。眼下是国共合作抗战，他加入八路军也是为了打鬼子，这是情有可原的。再说，他现在确实是八路军的代表，两军交战，不斩来使，我们扣留他，于情于理都说不过去。"

吴念人哪里听得进去，吼着让人把谢地关了起来，声称打完这一仗回到卧虎山，立即对谢地进行军法审判。

吴念人命令部队立即进攻乌龙山，无论付出什么样的代价，都要把八路军消灭掉。

谢让强忍内心的悲愤，缓缓说道："吴师长，咱们先把谢地的事情放到一边，我真心建议暂时不要进攻乌龙山。八路军在这里经营多年，谢地刚才说的，我们也不能不认真考虑。如果真要进攻，我建议先派出小部分人试探一下，看情况再做打算。"

吴念人本来听不进谢让的话，但看看其他几个团长脸上都有赞许之色，只得命令先派了一个班，试探性进攻。

结果，这个班一踏进雷区，一声巨响，五六个人倒在了血泊中，剩下的人赶紧往回跑，又踏响了几颗地雷。一袋烟的工夫不到，一个班就报销了。

高昌劝道："吴师长，看来乌龙山防守森严，即使要攻打，也要从长计议。"

吴念人咆哮道："打，就是付出再大的伤亡，也要把乌龙山打下来。共产党迟早是国家的祸患，晚打不如早打。"

他正准备命令部队倾其全力攻击，突然门口响起一阵喧闹声，他把眉头皱了起来，一个参谋跑到门口看了看，回过头来说："房东说要进屋拿东西。"

吴念人不耐烦地说："让他进来拿了就走。"

房东带着那个小伙子进来了，径直就冲着吴念人过来了，吴念人还没反应过来，那人一把搂住他的脖子，一支短枪顶在了他的脑门上。那个小伙子一只手掏出了一支短枪，另一只手掏出一颗手榴弹，嘴巴咬着手榴弹的弦，虎视眈眈地盯着众人。

高昌瞪着那人，吼道："你们好大的胆子，居然敢劫持国军长官！"

那人嘿嘿地笑了笑："你们敢来打八路军，八路军劫持个你们的长官又有什么？"

高昌愣了一下："你们是八路军？"

那人笑了笑："你到门外去看看，然后回来再问我吧。"

高昌等人忙向门外张望，门口的两个士兵早已经举起了手，门外站着上百名老乡，个个端着长枪，甚至有的还端着机枪，黑洞洞的枪口对准了他们。

那人笑呵呵地说："要想人不知，除非己莫为。村里的老乡早已经转移到山上了，整个村庄的人都是八路军。实话告诉你们吧，我们何团长就在你们隔壁等着呢。"

正说着，门口响起一阵爽朗的笑声："吴师长，别来无恙？你们既然来了，为什么不打个招呼呢？让我们也做好欢迎你们的准备嘛。"

吴念人恨恨地看着一身老乡装扮的何思运，说："落到你们手上，要杀要剐，随你们的便。"

何思运惊讶地说："谁说要杀你了？吴师长大老远亲自跑到乌龙山来，我们欢迎还来不及呢，怎么会杀你们呢？咱们正好借这个机会谈谈联合抗战的事情。"

他回过头来，对那些举着枪对着吴念人的八路军说："大家把枪收起来吧，吴师长是友军，不是敌人。"

八路军收起了枪，那个扮成房东的八路也放开了吴念人，但他们都站在一边，虎视眈眈地盯着每个人。

何思运伸出手，诚恳地对吴念人说："吴师长，请坐。"

吴念人恼怒地说："你们共产党真是奸诈无比，居然在我的部队安插奸细。这是友军的举动吗？"

何思运摇了摇头，说："吴师长，您误会了，我们没有在你们部队安插一个同志，我们也从来没有想过要对付你们。这只是凑巧，假如今天来的不是你们，来的是鬼子，同样会出现这个情况。"

何思运看着众人一脸疑惑，犹豫了一下，说："虽然我们之间有些误会，但国共联合抗战，贵部也算是友军，不妨告诉你们，我们早就把周围村庄的老乡转移到了乌龙山，这些老乡都是我们八路军，闲时帮老乡种田，战时就拿起枪打仗。鬼子来了，山上山下一齐行动，他们是跑不了的。"

吴念人愣了愣，不得不承认，八路军确实高明。高昌和谢让同样是这样的感觉。他们关切地看着吴念人，现在师部被八路军包了饺子，人为刀俎，我为鱼肉，骑虎难下啊！

吴念人强打精神，低低地说："今天我大意了，愿赌服输，你们爱怎么处理就怎么处理吧。"

何思运笑道："吴师长并非大意，而是对我们有所误会。我已经派谢地向你们诚恳解释了，奈何吴师长听不进去。我不得不出面，再向吴师长解释一遍，经过我们调查，周围方圆百十里的共产党武装，包括民兵，都没有袭击贵部。那就只有两种可能。"

他突然停了下来，目光炯炯地盯着吴念人。

吴念人愣了一下，就连高昌和谢让也有点疑惑，不是说有可能是樱井兆太郎的挺身队吗？另外一种可能是什么？

何思运说："除了我们知道的樱井兆太郎的挺身队，还有一种可能就是，吴师长对我部误会甚深，为找借口攻打乌龙山，自导自演了这场苦肉计。"

吴念人的脸腾地红了，愤怒地拍了一下桌子："何团长，你这是血口喷人，我吴某人再不堪，也不会做出如此下作之事！"

何思运笑着说："当然，我相信吴师长不会做出这种事的。我只是提醒吴师长，你可以怀疑是我们八路军干的，我们也可以怀疑是你们自己干的。本来都是抗日的中国军队，如果连起码的信任都没有，我们还如何团结起来抗战？何年何月才能把鬼子赶走？吴师长，凡事都要慎重啊！"

除了谢让和高昌，周围其他几个团长脸上的表情也缓和多了，显然，他们也觉得何思运说得有道理。

吴念人脸上红一阵，白一阵，一时无法应对，只得闷闷地说："今日事已至此，多说无益，你们想怎么发落，就随你们吧。"

何思运说："吴师长不相信我们共产党，我们却相信吴师长是一心只想打鬼子的爱国军人，当然不会为难吴师长。我已经给吴师长解释清楚了，我们共同的敌人是鬼子，是樱井兆太郎的挺身队，想必吴师长也听进去了。既然误会解除了，我希望我们就此各自收兵，以后不要再发生类似误会。我们只提一个要求，就是把我们前来与吴师长沟通的谢地放了。"

吴念人有点不相信地看着他："就这样？"

何思运很肯定地说："就这样。"

吴念人回过头来，对身边的一个参谋说："去把谢地放了。"

等国军把谢地送来了，何思运站起身来，向吴念人伸出了手，说："吴师长，希望我们能够以此为契机，为国家，为民族，一起携手抗战，早日把鬼子赶出中国。"

吴念人犹豫了一下，伸出手握了握何思运的手。

扮成房东的那个八路军还有点犹豫，说："何团长，咱们就这样走了？他们要是背后捅咱刀子怎么办？"

何思运看了看他，又看了看吴念人，淡然地笑了笑，说："我相信吴师长不是那样的人。"

何思运说完，带着八路军大步地走了出去。站在吴念人身边的一个团长凑到他耳边，低低地说："师长，要不要借此机会，我们把他们一网打尽？"

高昌和谢让紧张地看着吴念人，吴念人痛苦地闭上了眼睛，过了好大一会儿才缓缓睁开，全身突然没了劲，颓丧地坐了下来，有气无力地摆了摆手："让他们走吧……通知部队，撤回卧虎山吧。"

那个团长还有点不甘心："这个机会这么好……"

吴念人不耐烦地打断了他："人家刚放了咱们，咱们就回头打人家，这事儿我不能做……以后再找机会吧。"

高昌和谢让互相看了一眼，都暗暗地松了口气。

3

过了两天，吴念人突然让人把高昌叫到了师部。

高昌到了以后，吴念人回头把门关上，笑呵呵地看着他，说："咱们师的孙参谋长可能过一段时间要调到军部去，我在考虑，你当了这么多年的团长了，是不是应该动一动了？"

高昌忙立正站好，啪地给他敬了一个军礼："感谢师座栽培！"

吴念人摆了摆手，说："老高啊，你也不要给我客气了，咱们共事这么多年，都知根知底。我倒是担心那个谢让，他的儿子谢当了八路军，谢天、洪桥、朱燕子也有赤化倾向。我担心长期下去，热血团迟早会被八路军拉走……"

高昌忙说："我了解谢副团长，他一心打鬼子，共产党联合打鬼子，他也愿意，但如果让他加入共产党，这倒未必。"

吴念人说："虽说是这样，但你也不能掉以轻心。共产党花言巧语，很会拉拢人，咱们要未雨绸缪啊！"

高昌点了点头："师长放心，我会注意的。"

高昌刚走，一个参谋进来报告吴念人，说是捉到一个汉奸，来人自称是皇协军老虎团的李参谋，团长丁汉臣派他前来送信，说是要反正。

说起来，吴念人对老虎团也不陌生，他们曾经配合二十九军参加了华北抗战，可惜后来投降了日军，被改编为皇协军。他们对团长丁汉臣自然也很熟悉。

李参谋告诉吴念人，老虎团在两个月前奉日军的命令来到稻城协防，半个月前进驻了月河镇。现在月河镇没有日军，他们丁团长想趁此机会脱离日军，将队伍拉到卧虎山来。他们请求国军明天午时派人前去月河镇老虎团驻地接洽谈判。

　　把李参谋送走后，吴念人叫来高昌，笑哈哈地看着他，把李参谋的来意说了，问他有什么想法。

　　高昌不安地说："这个老虎团当初打鬼子也是很坚决的，可惜后来投降了日军。据我所知，这些年来，他们一直在山西配合日军攻打八路军，也是相当卖力的，他们手上有同胞的鲜血。他们突然说要反正，我怕其中有诈，我们不能不小心。"

　　吴念人沉思了一会儿，说："他们确实扫荡过八路军，但还没有和国军正面作战过。太平洋战争爆发后，日军前途黯淡，这些皇协军见势不对，趁机反正也是有很大可能的。如果他们是真心的，到了嘴边的肥肉不吃白不吃。老虎团是日军树立的皇协军标杆部队，装备和日军一样，如果能反正过来，我们是如虎添翼啊！"

　　高昌说："我认识那个丁团长，那我去和他们接洽谈判吧。"

　　吴念人摇了摇头："我准备让谢副团长去。"

　　高昌有些疑惑："为什么让他去？他又不认识丁团长。"

　　吴念人说："你很快就要被任命为师参谋长了，他丁团长只是皇协军一个小小的团长，我们为何要派一个级别更高的人去和他谈？谢副团长去更合适。正因为他不认识这个丁团长，反而不会被感情所左右，更有利于判断这个丁团长是真心还是假意。"

　　高昌想了想，说："为了以防万一，谢副团长带着第二大队前去谈判，我带着热血团其他人到附近山上监视，如果丁团长有诈，我就接应谢副团长他们。"

　　吴念人犹豫了一会儿，点了点头，说："这样也好，但你记住，不到万不得已的时候，千万不要动刀动枪，都是中国人，自相残杀只会让亲者痛仇者快。"

　　高昌出了师部，暗自摇头：吴念人这时叮嘱他不要自相残杀，可他攻打八路军却又那么积极。八路军难道就不是中国人了吗？他叹了口气，心里沉甸甸的。

　　高昌找到谢让，再三叮嘱他要注意安全，如果势头不对，立马撤出来。

　　谢让笑道："老高，有你在旁边照应，不会有什么事儿的。"

　　按照计划，高昌带领热血团其他几个大队埋伏在月河镇东边的山上，谢让带领第二大队进了月河镇。

高昌举着望远镜，只见谢让进了月河镇，丁汉臣迎了过来，两人握了手，丁汉臣拉着谢让进了一间屋子，第二大队留在了外面。谢让刚进去，外面突然出现了大批的皇协军，他们立刻包围了第二大队，第二大队的士兵立即背靠背靠拢一起，拔枪对峙。高昌大吃一惊，正要指挥部队冲下山去，不料背后也出现了皇协军，黑洞洞的枪口对准了他们。带头的是老虎团的副团长，高昌也是认识的。他满脸春风地迎着高昌走过来，说："高团长，别来无恙啊？"

高昌冷冷地看着他，说："你们这是唱的哪一出？"

副团长哈哈笑道："事关重大，我们不能不防，倒不是防你们，而是防备日本人。"

高昌当然不信，哼了一声，说："你们既然不是防我们，为什么要包围谢副团长的第二大队，现在又对我们拔枪相向？"

副团长说："我们虽然防的是日本人，但我们团长也考虑到，我们脱离国军太久了，怕你们有误会，所以让我们等在这里，你们如果来了，就也请进镇里一起喝喝茶。"

高昌冷笑道："那你们也要缴我们的械吗？"

副团长摇了摇头说："丁团长交代了，都是国军兄弟，一家子，不缴枪。"

高昌说："那好，我就随你们走一趟，问问丁团长他到底想干什么，但我们热血团的兄弟们要留在这里。"

副团长面有难色："这样不好吧，我们丁团长说了，要带弟兄们一起到镇里休息休息。"

高昌没有理他，他把几个大队长叫到面前，说："如果两个小时内我没有回来，那就不要客气了，坚决把他们干掉。"他的声音并不低，为的就是让这个副团长听到。

副团长讪讪地笑着说："高团长过虑了，我们是真心反正的，以后咱都是国军了，一个锅里吃饭，绝对不会加害贵部。"

高昌哼了一声，大步向山下走去。副团长左右看看，犹豫了一下，招呼自己的手下："放下枪，放下枪，先下去再说。"

高昌进了镇里，到了老虎团团部，第二大队已经被缴械，被勒令抱头蹲在一个院子里。高昌皱了皱眉，刚要说什么，丁团长笑哈哈地迎了出来："哎呀，高团长，没想到您会亲自过来，我要是早知道，我就去迎接您了。"

高昌没有理他，进去一看，却没有谢让的影子。他扭过头来，瞪着丁团长喝道："我们谢副团长呢？"

丁团长收起了笑容，说："吴师长命令我把谢让扣起来秘密枪毙，把第二大队收编了，然后带着部队继续潜伏在鬼子这里，将来里应外合消灭更多的鬼子。"

高昌的眼睛眯起来了："你这里有命令吗？"

丁团长双手一摊，说："没有，这是他让李参谋捎来的口头命令。"

高昌摇了摇头，说："谢副团长一直和我在一起打鬼子，我不相信吴师长会下这样的命令。"

丁团长的脸上露出讥讽的笑容："吴师长说，谢让的儿子当了八路军，他已经被共产党赤化，迟早会出问题。共产党利用抗战机会发展武装，现在已经成为国家大患，对国家和民族的危害已经不亚于日本人了，先下手为强，后下手遭殃。吴师长也是在执行重庆的命令。"

高昌皱着眉头走了几个来回，经过丁团长的身边时，他突然用胳膊勒住丁团长的脖子，另一只手掏出手枪，顶在他的脑门上："你没有吴师长的命令，我怀疑你是串通日本人要杀害谢让，你把他放了！"

周围的人们大惊，纷纷拔出枪对准高昌。

丁团长艰难地喘息着，说："高团长，你我都是党国的人，要为党国着想，宁可错杀一千，不可放过一个……"

高昌冷笑道："这话用在你身上再合适不过，我现在就怀疑你是一个汉奸。少废话，赶紧把谢让放了！"

他用枪口又捣了捣丁团长的脑袋。丁团长只得冲着周围的人们叫道："去把谢让放了。"

高昌叫道："慢着，把第二大队的武器也还给他们，让他们走。"

丁团长几乎喘不过气来了，只得叫道："听他的，听他的，都听他的……"

谢让被放了出来，他看到高昌，吃了一惊。高昌朝他点了点头，又冲着丁团长说："对不起了丁团长，你得护送我们一程。"

谢让带领第二大队成警戒队形，高昌挟持丁团长出了月河镇，热血团从山上下来会合了，高昌这才放开了丁团长。

丁团长揉着被勒疼的脖子，恨恨地对高昌说："高团长，你会后悔的。"

高昌冷笑一声："丁团长，你到底是要做一个堂堂正正的中国人，还是做一个汉奸，你好好考虑考虑吧。今天放了你，下次再见到你，恐怕你就没有这么走运了。"

丁团长恨声道："我执行的都是吴师长的命令，你抗拒命令，回去看你如何向吴师长交代。"

高昌撇了撇嘴："那是我的事儿，用不着你操心，你还是好好想想自己的后路吧。"说完，带着热血团扬长而去。

终于远离了月河镇，谢让把高昌拉到一边，问他是怎么回事。

高昌心事重重，丁团长所说的，他将信将疑：也许丁团长说的都是真的，吴师长要除掉谢让，吞并第二大队，但也许是假的，丁团长以此为陷阱，用假反正引诱吴师长或者其他国军将领前来谈判，趁机扣押他们向鬼子邀功。他想了又想，觉得第一种可能性最大，如果丁团长要扣押国军将领，他完全有机会把自己也抓起来，但他并没有这样做。他不禁打了一个寒战，如果是这样的话，谢让待在卧虎山，性命就岌岌可危。但如果对谢让这么说了，谢让一气之下，难免会带着部队出走，这又是他高昌不愿意看到的。他只得含糊其词地说："丁团长可能假反正，好在咱们脱险了，下次要注意一点才是。"

谢让点了点头："这个丁团长太狡猾了，亏得吴师长细心，只派咱们来了，还让你在山上接应。如果吴师长轻信他了，亲自来了，后果真是不堪设想。"

高昌看了看他，他连一点怀疑的表情都没有。高昌的心里不由一阵心酸。这个谢让，人家已经把他当作异己，恨不得早日除掉，他还在巴心巴肺地为人家考虑。

回到卧虎山，高昌趁谢让不在，直截了当地问吴念人，是不是他给丁汉臣下了命令，让他杀了谢让，吞并第二大队？

吴念人叫道："他是这么给你说的？这个狗日的来了一个假反正，却嫁祸于人，想造成咱们的分裂，太可恶了。"

高昌皱起了眉头，他当然不信吴师长说的，但如果把自己心里想的说出来，那等于和吴念人摊牌了，他如果恼羞成怒，把他高昌也当共产党抓起来也不是没有可能。想到这里，高昌忙说："那就好，我也觉得这个丁团长很可疑。"

吴念人说："这绝对是日本人的诡计，小鬼子太阴险了！还好，有你高团长在，没出什么乱子。"

高昌出了师部，外面的阳光哗地照射过来，晃得他头晕，他不由得捂住脑袋，痛苦地呻吟了一声。

革命之路

1

盯上挺身队的不仅仅是八路军，暂编第一师也盯上他们了。有一点何思运没有说错，不管对八路军有多大的偏见，但吴念人确实是一个爱国军人，师里军饷被劫的事情，很显然是日军挺身队干的。这支队伍确实罪大恶极，务必早日除掉才是。说干就干，他立即叫来高昌和谢让研究消灭挺身队的事情。

高昌说："能有人打进挺身队最好。"

吴念人说："胡克利本来在稻城有很多眼线，可惜都被周樱出卖了。"

谢让心中一动，说："胡克利的眼线虽然没了，但韩辛仪从小在稻城长大，应该对稻城很熟悉，是不是派他们去稻城看看？"

吴念人沉思了一会儿，点了点头："这个办法不错，你们去给他俩说说，如果能找人打进挺身队最好。"

回到热血团，谢让找到两人，讲了吴念人的意思。

胡克利说："我也正想去一趟稻城呢。这个狗日的赵慈江，派他去稻城采购药品，都去五六天了，怎么还没回来？他肯定是在那里花天酒地。我找到了他，一定好好收拾他一顿。"

韩辛仪也很兴奋，叫道："太好啦，在这山上闷死了，我正想出去玩玩呢！"

谢让严肃地说："韩大队长、胡大队长，樱井兆太郎非常狡猾，挺身队里的日本人也是百里挑一的'中国通'，你们一定要谨慎，能找到人打进挺身队驻地更好，如果实在不行，也不要勉强。切记，安全第一。"

韩辛仪大大咧咧地说："你就放心吧，稻城我太熟了，闭着眼睛都可以把全城转个遍。"

两人换了便装，下了山。过了大元镇，胡克利用肩膀碰了碰韩辛仪，低低地说："老韩，咱们两个借这个机会跑了吧？"

韩辛仪拍了他一巴掌："你怎么叫我老韩？我老吗？"

胡克脸一脸无辜地看着她，说："在我们老家那里，小两口都是老韩老胡老赵地叫嘛。"

韩辛仪瞪了他一下："我呸，谁和你是小两口？"

说是这样说的，她脸上却是美滋滋的。

胡克利又讪笑着凑上去，说："老韩，我算看清了，你看看吴师长那个样子，很明显，国共尿不到一壶，他们打完鬼子后肯定要大打出手。他们争着当皇帝，咱们为啥要给他们当炮灰呢？咱还是早点跑吧，找一个没人的地方，就咱俩好好过日子。"

韩辛仪愣了愣，玩世不恭的表情慢慢消失了，她闷着头走了好大一会儿，抬头看了看胡克利，喃喃地说："你说的未尝没有道理……"

胡克利大喜过望："那咱们赶紧离开这里吧。"

韩辛仪瞪了他一眼："那也是打完鬼子以后的事儿，你现在急什么？"

胡克利的脸一下子垮了下来，舔舔嘴唇，说："那你同意和我在一起了？"

韩辛仪笑笑，说："那也得等打完鬼子再说，以后的事儿以后再说吧。"

两人说说笑笑进了稻城，挺身队的驻地还在老地方。韩辛仪带着胡克利偷偷地摸到旁边的一幢楼房，两人趴在楼顶，举着望远镜观察着。这里的能见度很好。他们观察了一会儿，没见到几个人，正要离开，突然看到一群穿着八路军军装的挺身队员押着一个穿着国军军装的士兵过来了，樱井兆太郎跟在后面。胡克利举着望远镜看了一会儿，低声惊叫道："那不是赵慈江吗？"

　　韩辛仪忙转过望远镜，仔细地看了一会儿，点了点头："就是赵慈江。他们把他带到这里干什么？"

　　胡克利看了看韩辛仪，喃喃地说："他不会是投降了挺身队吧？"

　　韩辛仪瞪他一眼："你就是个猪脑袋，你没看到，鬼子还绑着他呢！"

　　胡克利不服地说："我了解这小子，鬼子一用刑，他肯定要投降……他要是投降了，我抓到他，一定把的他皮剥了！"

　　韩辛仪不耐烦地碰了他一下："别说话了，快看看他们要干啥。"

　　挺身队押着赵慈江到了训练场，那里立着一排木桩，赵慈江被绑在一个木桩上，樱井兆太郎过去，在他的胸口心脏位置画了一个红色的圆圈。

　　韩辛仪的眉头皱了起来："这帮畜生，他们要把赵慈江枪毙了。"

　　胡克利嘿嘿地笑了笑，说："他们才不是杀他呢，杀他还画个圆圈干什么？这是假枪毙，吓他呢！你难道就没玩过假枪毙吗？鬼门关前走一趟，铁打的汉子也受不了。这个狗日的怕是不经吓。"

　　樱井兆太郎画完圆圈，回过头来，好像在给挺身队说着什么。挺身队员排好队，把步枪上的刺刀打开。赵慈江抬起头，满脸愤怒，好像在骂他们。

　　胡克利说："这小子嘴巴倒硬，怕是过一会儿就顶不住了。"

　　韩辛仪的脸色变了："小鬼子为什么要打开刺刀？恐怕不是假枪毙，小鬼子要动真格的了。"

　　胡克利脸色大变，瞪大眼睛看着，只见樱井兆太郎退到一边，一个挺身队员叫喊着冲上去，一刺刀捅到了赵慈江的胸前，却并没有捅到那个圆圈里。赵慈江惨叫着，继续骂着他们。

　　胡克利狠狠道："这帮狗日的太毒辣了，逼人投降也不能真的捅人家啊。"

　　韩辛仪奇怪地看了他一眼："你怎么还觉得他们是在逼他投降？"

　　胡克利说："那个圆圈的位置是心脏，他们避开那里，还不是为了不把他捅死，要让他投降吗？"

　　韩辛仪摇了摇头："我看小鬼子不是在逼他投降，而是在练习刺杀。避开心脏位置，是为了让他多活一会儿，让更多的人去捅。"

　　果然，这个小鬼子捅完一刀，接着又上来一个小鬼子再捅一刀。有一个家伙好像害怕了，哆嗦着不敢上去，樱井兆太郎上前给了他一个耳光，高声地斥骂着，那个家伙便跌跌撞撞地扑上去捅了一刀……

赵慈江刚开始还昂着头大声地叫骂着，慢慢地垂下脑袋，声音越来越低。胡克利放下望远镜，一拳砸在地上："小鬼子太狠了，居然拿活人练习刺杀。比咱们土匪还混蛋。老子现在手里要是有条枪，立马把樱井兆太郎这个狗日的崩了。"

赵慈江终于没了动静，显然已经死掉了。两个挺身队员上前把他像死狗一样拖走，扔进了附近一个坑里。

韩辛仪放下望远镜，愣愣地看了看胡克利，低低地说："这帮畜生必须尽快除掉，留着他们是个祸害。"

胡克利恨恨地说："咱们回去就让吴师长带部队来攻打稻城。"

韩辛仪摇了摇头："驻在稻城的日军至少有一个联队，别说是吴师长，就是赵军长来了，也未必能打得下来。"

胡克利愤怒地说："那这样就算完了？这也太便宜他们了。"

韩辛仪说："我倒有一个办法。他们总需要一些中国人为他们干活，或者打扫卫生，或者做饭洗衣，或者教他们说中国话，我打算混进去，找个机会给他们的饭菜里放老鼠药，把他们都毒死。"

胡克利撇下嘴，说："算了吧，你把人家都想成猪了。你没见过周樱和姚瘸子，他俩也是挺身队的，天天在我们眼皮底下晃来晃去，我们没一个人怀疑他们。人家就是这方面的专家，你混进去了，说不定一下子就被人家看出来了。再说了，你一个女人家，怎么混进去？"

韩辛仪说："这你不用操心，现在稻城的汉奸市长郭文明和我父亲熟，我也认识他，我让他把我介绍进去不就行了？"

胡克利摇了摇头，说："老韩，这太危险了，你千万不要这样做。"

韩辛仪笑了笑，说："老胡，你放心好了，姐是见过世面的人了，领着上百号的土匪，还把土匪头子都干掉了，心狠手辣着呢！"

胡克利听她叫自己"老胡"，不由心旌荡漾，一阵恍惚。

韩辛仪说："我听你的，等咱们把鬼子的这个挺身队干掉，我就跟你私奔了，咱们跑到一个没有鬼子，没有共产党，也没有国民党的地方，任他东西南北风，咱美美地过咱的美日子。"

说完，她猛地在胡克利的脸上亲了一下，站起身子就往楼下跑。胡克利忙起身去追，抓住了她的手，不放她走。韩辛仪瞪着他，说："老胡，我刚才已经把话说得那么清楚了，我保证这是最后一次，你就听我的，让我一个人去疯个够。玩儿完这一票，咱们就金盆洗手，远走高飞，让他们自个儿玩去吧。你如果还不让我去，我就把刚才的话收回去了。"

胡克利只得放开了手，眼睛却有点红了。韩辛仪却笑着拍了拍他的脸，说："乖，这才像个好孩子嘛。"

胡克利的声音有些哽咽："你一定要保护好自己，如果没机会下手，你就赶紧逃出来。"

韩辛仪点了点头，说："你就放心好了，我老韩决定干的事情，从来没有一件失手过，你就等着看热闹吧。"

2

韩辛仪在稻城汉奸市长郭文明的帮助下，还真混进了挺身队，干些洗衣、买菜的杂活儿，但还没等她动手，樱井兆太郎就把她认出来了。

原因很简单，樱井兆太郎曾经派出不少挺身队员，或扮成货郎或扮成农民，有的是盯着热血团，有的是盯着八路军，还有的是盯着卧虎山的土匪。很不巧的是，其中有一个还曾混进卧虎山当了三四个月的小土匪。他在院里遇到正在洗菜的韩辛仪，刚开始还不敢相信是她，偷偷观察了好长时间，终于确认这就是卧虎山的土匪老大。都知道现在热血团驻在卧虎山，韩辛仪也早就加入了热血团，她现在出现在挺身队，不用想，肯定是有所企图。

这人赶紧报告了樱井兆太郎，樱井兆太郎大吃一惊，没想到，自己训练特务混进抗日队伍去，对方居然也用了这一招，并且已经渗透进来了。如果不是被人偶然发现，那还了得？

藤野严八郎立即说："我立即带人把她抓起来。"

樱井兆太郎却摇了摇头："把她抓起来容易，但却是一种极大的浪费。她既然送上门来了，那咱就得利用她把吴念人的部队一网打尽。"

藤野严八郎不解："您的意思是？"

樱井兆太郎说："她打进咱们挺身队来，肯定是想探听情报，想把咱们挺身队一网打尽。咱们就反其道而行之，故意把咱们的行踪暴露给她，让她把情报传递出去。咱们挺身队在明处，暗处埋伏大部队，他们如果来攻打咱们，咱们就将计就计把他们收拾掉。"

藤野严八郎连连点头："此计甚妙，此计甚妙。"

韩辛仪一直在找机会，她准备在挺身队的饭菜中下毒，奈何挺身队根本就不让她进厨房，她只能干些洗菜、洗衣服的杂活儿。做饭的都是挺身队队员。

这天，她正在洗衣服，突然发现挺身队员们都换上了八路军军装，樱井兆太郎给他们训过话后就走了。

韩辛仪打听了半天，这才知道，挺身队要出去大概一周左右，前去八路军根据地乌龙山侦察。

她耐心地等到天黑，偷偷地溜到樱井兆太郎的办公室，翻找了半天，终于找到了挺身队的行动计划。她仔细地看了看，了解到，大概在大后天，挺身队将在王家庄宿营。

韩辛仪觉得，如果把这个情报及时送回卧虎山，热血团一千多人去攻打四五十人的挺身队，应该问题不大，这要比她待在这里找机会下毒更有把握。想到这里，她蹑手蹑脚地出来，避过挺身队的哨兵，从墙头翻了出去。

韩辛仪回到和胡克利约好的旅馆，叫上他，两人连夜赶回了卧虎山。吴念人听了她带来的情报，心中大喜，他看着韩辛仪，问她："情报确切吗？"

韩辛仪点了点头："情报绝对准确，我亲耳听到的，亲眼见到的。"

吴念人又问："挺身队大概有多少人，用的是什么武器？"

韩辛仪说："大概有四五十人吧，用的也都是八路军的装备，不怎么样。"

吴念人沉思了一会儿，说："这是一个好机会，我们一定要把挺身队消灭了，但我又有点担心鬼子是声东击西，万一他们来攻打卧虎山怎么办？我想让热血团去攻打，其他部队留守，以防鬼子前来偷袭。"

韩辛仪撇了撇嘴："杀鸡焉用牛刀？区区四五十个鬼子，整个团出去，就是打赢了脸上也不光彩，把这事儿交给我们第六大队吧，我们有将近两百号人，轻轻松松就把他们干掉了。"

吴念人看了看她，点了点头，说："这样也好，你先回去和胡大队长准备一下，我和高团长和谢副团长商量一下再说。务必将挺身队一网打尽，一个不留。"

韩辛仪点了点头，欢快地出去了。

站在旁边的孙参谋长伸头看看韩辛仪走远了，犹豫了一下，还是走上前来，低低地说："师长，咱们安插在稻城的特工不是传来消息说，挺身队只是一个幌子，还有大批日军埋伏在那里吗？热血团去了，不是以卵击石吗？再说，高团长不是咱的人吗？"

吴念人冷哼一声，说："从前是咱们的人，我看他现在紧紧地护着谢让，怕是已经和谢让一样走到危险的边缘了。他受谢让的影响太深，与国军离心离德。运气好，希望他能安全回来，运气不好，那也是他自找的。这个热血团几乎都成八路军了。正好借这个机会让他们狗咬狗吧。"

孙参谋长点了点头："还是师长聪明，一箭双雕、一石二鸟。"

吴念人低低地说："这也是赵军长的意思，热血团留着也是祸害，死在抗日战场上，也是他们最好的归宿了。你通知高昌和谢让来接受任务吧。"

高昌和谢让赶来，听了韩辛仪带回来的情报，谢让有些疑虑："情报可靠吗？"

吴念人点了点头："当然可靠。"

高昌已经急不可耐了："谢副团长，这个挺身队危害甚大，神龙见首不见尾，现在好不容易逮住他们了，机不可失，咱们这次坚决把他们消灭掉。"

谢让总觉得韩辛仪和胡克利是土匪出身，做什么事情难免粗枝大叶，但见高昌这么说，他也不好说什么了。他理解高昌，高豪杰追随周樱而去，死在了稻城，如果能借这个机会干掉樱井兆太郎，也算是为高豪杰报了仇。

吴念人简单地给他们部署了消灭挺身队的任务，命令他们明天一大早就出发，一鼓作气干掉挺身队。能活捉樱井兆太郎最好，如果活捉不了，那就当场击毙。

高昌和谢让走后，吴念人站在窗前，望着窗外沉默了一会儿，扭头对孙参谋长说："你立即找个可靠的人去联系八路军，就说我们军统得到情报，挺身队化装成八路军前去乌龙山侦察，明天就到王家庄了，让他们赶紧派人去打。"

孙参谋长有点纳闷："师长，干吗还要通知八路军去？热血团去了，八路军也去了，他们两家联手，说不定还真能将鬼子打败了，那热血团就更不好控制了。"

吴念人说："稻城的日军是倾巢而出，咱们整个师都不是他们的对手，乌龙山那股土八路就更不用说了，即使有热血团帮忙，也够他们喝一壶了。共产党迟早要和咱们大打出手，现在讲国共合作，咱们不方便下手，那就正好让鬼子把他们干掉。"

孙参谋长恍然大悟："我立即派人去乌龙山联系八路军。"

3

整个热血团都出动，韩辛仪是不高兴的，情报是她冒死得到的，也就那四五十名鬼子，武器也是土八路用的破枪，用得着出动整个热血团吗？还不是嫌他们第六大队都是土匪出身，不想让他们独吞这个功劳嘛！韩辛仪越想越气，就去找了胡克利。

胡克利一听也急了："这不行，这是咱第六大队的事儿，他们来插一脚干什么？好不容易逮住一个露脸的机会，他们要抢功，这不是欺负人吗？"

韩辛仪说："干脆一不做，二不休，咱们晚上就偷偷出发，正好天亮赶到王家庄，咱先下手为强。"

胡克利还有点犹豫："这不好吧，咱这身上还穿着国军这身狗皮，说起也是正规军了……"

韩辛仪讥笑道："一日为匪，终身都是匪，你还真拿这身狗皮当回事了。"

胡克利的脸红了红，讪讪地笑着说："那你说咋办就咋办。"

当天晚上，韩辛仪把卧虎山上的岗哨都安排成了第六大队的人，到了后半夜，看看人们都睡了，就和胡克利一起带着队伍悄悄出发了。

天亮时，第六大队赶到了王家庄，立即开打，没想到，枪一响，到处都是日军。

吴念人得到的情报没错，这确实是樱井兆太郎的计谋。他让韩辛仪把情报送回卧虎山，吴念人的暂编第一师前来进攻，正好一网打尽。

韩辛仪和吴克利哪里知道这些，二人带着第六大队的两百多人一下子闯进了王家庄，还没找到挺身队就被日军包围了。

当战斗打响时，樱井兆太郎侧耳一听，觉得不对劲，来的人并不多，火力也很弱。他派手下一打听，原来来的只有韩辛仪带来的第六大队，心里顿觉恼火，自己设想好天衣无缝的计划，本想抓条大鱼，结果却来了一群虾兵蟹将。

日军一开火，第六大队就乱了套，怎么见到这么多敌人？向外跑的，一个个被撂倒了，在韩辛仪和胡克利的叫喊与威胁下，剩下的人慢慢地拢到一起，占据了一个大院，在墙壁上打洞作枪眼，暂时挡住了日军的进攻。

韩辛仪数了数，两百多号人，这会儿只剩下五六十人了。她看看胡克利，笑道："老胡，看来咱俩今天要死在这里了。"

胡克利大大咧咧地说："死就死吧，老子当了这么多年土匪，这几年杀了不少鬼子，也赚了。"

韩辛仪幽幽地说："老胡，我对不起你……"

胡克利愣了一下，问她："你怎么对不起我？"

韩辛仪说："这个情报是我弄回来的，我被樱井这个鬼子耍了，把你也拖来当了替死鬼。"

胡克利哈哈笑道："原来是这个，咱俩能死在一块儿，感谢你还来不及呢，这是我胡克利的福分，自家人别说两家话。"

韩辛仪摇了摇头，说："老胡，都死到临头了，你还有心说笑，我是给你说正经的。真对不起兄弟们了。"

胡克利说："老韩，我也是给你说正经的，咱活着没走到一起，现在能一起上路倒也不错。也没啥对得起或者对不起兄弟们，咱既然放着土匪不当，偏偏要来打鬼子，那就做好了死的准备。这场战争啊，我看了，没有一个人能活下去，早死早托生，也算好事儿。"

韩辛仪盯着他，眼睛有点红了，喃喃地说："老胡，真对不住，我一直知道你的心意，我确实也喜欢你，可咱俩连手都没有摸过呢，现在就死了……想想，还是觉得对不起你。"

胡克利目光灼灼地看着她，说："老韩，有你这句话，我死而无憾了。"

韩辛仪扑到他怀里，紧紧地拥着他。他低下头，正要去吻她，钱二胖跑过来，大声喊道："韩大队长、胡大队长，鬼子又要进攻了。"

话音刚落，一发炮弹落下来，在钱二胖身边爆炸了，他重重地倒了下去。胡克利推开韩辛仪，跑过去抱起他，他的胸口汩汩地往外冒着血。他艰难地看着胡克利，喃喃地说："真窝囊，居然这么死了……"

胡克利眼睁睁地看着钱二胖死在了自己的怀里，悲愤填膺，大声喊道："弟兄们，给我狠狠地打，反正都是死，打死一个够本，打死两个赚啦!"

日军几发炮弹落下，又倒下了几人。韩辛仪和胡克利做好了必死的准备，谁知日军的炮火突然停了。韩辛仪忙让大家停止射击，倾耳听听，战场一片寂静。

胡克利皱起了眉头："鬼子葫芦里卖的是什么药?"

正在这时，突然喊起了樱井兆太郎的声音："韩大队长、胡大队长，你们今天是跑不掉了，顽抗下去只有死路一条。我一直都敬佩你们是好汉。皇军不是你们的敌人，是你们的朋友。我们共同的敌人是国军，想想他们剿匪时打死过你们多少兄弟，你们还要执迷不悟地和他们在一起吗? 你们如果停止无谓的抵挡，参加皇协军，我保证给你们一个团……"

韩辛仪笑哈哈地看着胡克利，说："你看怎么样? 给咱一个团，我当团长，你当副团长，行不行?"

胡克利摇了摇头，说："不行，还是我当团长，你也不要当啥子副团长了，你就安心当团长太太吧。"

韩辛仪笑道："我可是母老虎。"

胡克利说："我最喜欢的就是你这一点。"

樱井兆太郎的声音又响起来了："你们好好考虑一下，我给你们三分钟的时间，三分钟后你们如果还不答应，皇军将发起最后的进攻，一人不留。你们不为自己考虑，也想想你们的部下。"

胡克利看了看剩下的三四十名手下，沉声说道："感谢兄弟们跟了我这么多年，过去我照顾不到的地方，请兄弟们多多担当。你们也都听到了，是投降，还是和小鬼子拼到底，你们自己选吧，无论选什么，我胡克利都支持，绝不为难大家。"

第六大队的士兵你看我，我看你，带头的一个班长说："我们跟着老大走，老大说要拼到底，我们就算剩一口气也要和鬼子玩命。"

其他人也都高声喊道："听老大的，听老大的。"

胡克利说："好，那我们就和鬼子拼到底。弟兄们，检查一下枪支弹药，把死去的弟兄的弹药收集到一起，准备和鬼子干啦。"

大家都分头忙去了，韩辛仪把五六颗手榴弹捆在一起，放在了身边。胡克利皱起了眉头："这么多手榴弹，你能投过去吗？"

韩辛仪摇了摇头："我这是给我自己准备的。鬼子是如何对待中国女人的，你又不是不知道。我就是死了，也不能让他们俘虏。老胡，我如果受伤了，没法子拉响这手榴弹，你一定要给我一枪。"

胡克利点了点头，说："好，我会的，我不会让你落到鬼子的手上，真要那样，我先送你走，然后我跟上。"

三分钟时间很快到了，日军开始进攻，猛烈的弹雨倾泻过来，很快就把围墙炸开一个缺口。胡克利忙带了两个人赶到缺口堵击鬼子，正在这时，他突然听到远处传来密密麻麻的枪声。他回过头，冲着韩辛仪大喊："热血团来啦！"

韩辛仪也已经听到了，精神大振："弟兄们，给我顶住，热血团的兄弟们很快就打过来啦。"

来的确是热血团。

天一亮，高昌和谢让集合了队伍，这才发现第六大队不见了。吴念人愤怒地叫道："真是狗改不了吃屎，这帮家伙肯定是逃跑了。"

高昌和谢让却不觉得，他们认为是韩辛仪与胡克利提前出发前去王家庄了，想单独把挺身队打下来立个头功。

两人立即带着队伍往王家庄赶去，没想到还是晚了一步，离王家庄还很远，就听到了稠密的枪炮声。高昌和谢让立即让部队轻装前进。到了王家庄的外围，情况已经明了，这是樱井兆太郎布下的陷阱。

高昌的眉头皱了起来："老谢，听这枪炮声，鬼子至少有上千人，咱们热血团兵力单薄，怎么办？"

谢让说:"第六大队已经被包围了,咱们赶紧派人回去给吴师长送信,让他把全师带来增援,咱们先打进去救援第六大队。"

高昌立即派朱燕子赶回卧虎山向吴念人求援。

热血团出其不意地杀了出来,日军猝不及防,慌忙后退,热血团突入了庄内,但日军立刻明白了过来,立即调整部署,狙击热血团。猛烈的炮火袭来,热血团被日军压得死死的,虽拼命往里打,却再也难以突破,寸步难行。高昌和谢让只得立即让部队借着房屋掩护,尽可能地拖住鬼子,等待吴念人的援军。一切只能听天由命,但愿第六大队能顶到暂编第一师的到来。

最高兴的要数樱井兆太郎了,本来以为只能干掉一个小小的第六大队,没想到热血团又自己跑进来送死了。

日军加紧向第六大队进攻。

第六大队听到热血团来了,群情激昂,在韩辛仪和胡克利的带领下,杀了出来,哪知日军丝毫未乱,一阵弹雨,第六大队死的死,伤的伤。韩辛仪正要指挥部下撤回大院,突然觉得大腿一麻,一头栽倒在地上。胡克利看到了,顾不得枪林弹雨,飞奔过来,撕下衣服上的一块布,给她包扎起来。刚包扎完,他正要拖着韩辛仪退回去,几颗子弹飞来,他身中数弹,摇摇晃晃地倒了下去。

韩辛仪忍着剧痛,爬到他跟前,摇着他大喊:"老胡,你怎么样了?"

胡克利脸色惨白,故作若无其事地说:"没事儿,老子还能打。"说着,就要强撑着站起来,胳膊一软,又倒了下去。韩辛仪着急地抬起头来,想找人帮忙,但身边哪里还有活人的影子?她只得趴在地上,拖着受伤的腿,拽着胡克利退回到大院里。她靠在墙上,把那捆手榴弹移到身边,把胡克利的脑袋放在腿上。日军慢慢地围拢上来,刺刀上闪着寒光。

韩辛仪低下头,笑眯眯地看着胡克利,说:"老胡,看来咱们今天真得一起走啦!"

胡克利喘了一口气,用尽全身力气,嘶哑着喉咙吼道:"好啊,狗日的小鬼子,跟着老子一起走啊……"

日军到了身边,韩辛仪猛地拉响了手榴弹……

4

一声巨响过后，第六大队方向的枪炮声停止了。高昌与谢让沉重地对望了一眼，很显然，第六大队已经全军覆没了。

更多的日军来了，把热血团慢慢地压缩在几个大院里，情况越来越危急。

高昌急了，朝谢让吼道："谢副团长，把第一大队留下来，我带着他们阻击敌人，掩护你们撤退！"

谢让摇了摇头，说："高团长，看来樱井兆太郎谋划已久，倾其所有了，怕是很难突围了。也好，很久没有这么痛快地打鬼子了，今天就和他们好好干一仗。"

高昌痛苦地叫道："老谢，你听我的，赶紧带部队撤退，给热血团留点种子……你们不要回卧虎山，直接去乌龙山去找八路军。"

谢让以为自己听错了，惊愕地问他："你说什么？"

高昌苦笑了一下，说："老谢啊，你真笨啊，吴念人让你去和那个丁汉臣谈判，实际上就是要借他的手杀了你，还有这次，看来我们也是中了他的圈套，他这是要借日本人消灭咱们的热血团啊！"

谢让瞪大了眼睛："为什么？他凭什么要这样做？"

高昌说："还不是怀疑你被共产党赤化了嘛，他觉得咱们热血团和共产党走得太近了……"

谢让愣了愣，苦笑了一下，说："也好，那咱们就做好战死的准备，希望用咱们的牺牲换来吴师长的觉悟。"

高昌点了点头："老谢，好兄弟……咱们来生还做兄弟，一起打鬼子！"

谢让说："朱姑娘回去报信了，但愿看在打鬼子的伤上，吴师长能带部队赶来。"

高昌摇了摇头："吴师长不会来了……"

谢让叹了口气，也许高昌说的是对的。也许吴念人本来就知道这是日本人的陷阱，故意派他们来送死的。外敌未除，内乱已起，这样下去，这抗日战争何时才是个头？

两人抱定必死决心，指挥热血团抗击越来越近的日军，一直坚持到午后，眼看弹药就要用尽，高昌沉着命令大家上刺刀，准备和鬼子肉搏。正在这时，日军背后突然响起了喊杀声。高昌和谢让有些疑惑，难道是吴念人派来了援军？

来的不是吴念人的援军，而是八路军。何思运得到暂编第一师孙参谋长派人送来的信后，赶紧和政委、参谋长等人研究。谢地是热血团过来的，熟悉情况，当然也被叫来参加。

政委认为不能去，赵国元和吴念人一直把八路军视为眼中钉肉中刺，做梦都想找个机会把八路军干掉，这可能是他们设的一个陷阱，说不定王家庄连个鬼子的影子都没有，反而埋伏着国军。

谢地也支持政委的意见，如果樱井兆太郎带着挺身队出现在王家庄，情报确凿的话，吴念人为什么不带人去把他们消灭了，反而要通知八路军呢？挺身队再厉害，也不过是四五十个会说中国话的日本兵而已。这里面一定有阴谋。要么是国军埋伏在那里，要么是日军埋伏在那里。

参谋长也觉得这是一个坑，不能往里跳。

何思运认真地听着，一会儿紧紧地皱起眉头，一会儿又站起来来回走动。他最后停了下来，说："我决定还是去一趟。吴念人竟然敢派人来通知我们，我们为什么就不敢去一趟？谅他也没那么大的胆子敢公开攻击我们。我判断，樱井兆太郎的挺身队肯定在王家庄，但同时必定埋伏着大量日军。吴念人很有可能是假鬼子之手来消灭我们。"

谢地点了点头："那我们不理他们就是了。"

何思运摇了摇头："樱井兆太郎的挺身队危害太大，一般人都分辨不出来，留着他们是个祸害。好不容易捕捉到他们了，那就不要放过他们。"

政委有些担心："如果真有日军大部队埋伏在王家庄，咱们能行吗？"

何思运盯着地图看了一会儿，说："日军能调动的部队也就只有稻城的一个联队，但他们还要分散兵力守卫稻城、大元镇、月河镇等，能调动的部队多说也就一千来人。我们如果把所有的八路军与县独立团、民兵集结起来，应该能够歼灭这股鬼子。"

众人听了，在心里大致估摸了一下，这样至少能集结近万人，虽然装备不行，但要干掉一千人左右的鬼子，似乎也不是问题。事情就这样定下来了。

何思运一边带领部队赶往王家庄，一边派出骑兵通信员通知各地的县独立团、民兵一起参战。

赶到王家庄，何思运一看日军在围攻热血团，顾不得再等其他部队，立即杀了进去。

八路军来得正好，日军不得不分出兵力对付他们。

谢让听着激昂的号声，看着高昌苦笑了一声："来救我们的还是共产党。"

高昌的眼睛有点湿润："八路军是真正抗战的。"

有八路军前来接应，热血团在高昌和谢让的带领下，愈战愈勇。

樱井兆太郎刚开始还很得意，消灭了第六大队，又包围了热血团，现在八路军也送上门来了，这一仗看来收获不小。他急忙让日军指挥官把冲进来的八路军也包围了。日军指挥官也得意扬扬，立即分出一部分兵力来围攻八路军。却没料到，这边刚挡住八路军，身后又杀出了另外一支八路军。八路军越聚越多，四周都是喊杀声。附近八路军的县独立团、民兵都陆续赶来投入了战斗。

战场形势很快发生逆转，日军被慢慢压缩到一起，先后被消灭，最后只剩下挺身队还在一处院落里顽抗。

何思运调来几门迫击炮，打了十几发，整个院落成了一片废墟。

热血团和八路军冲过去，硝烟慢慢散去，只见樱井兆太郎和藤野严八郎半倚在墙角，两人衣服破烂，浑身是血。他们各拿一支步枪，那步枪不是对准围上来的八路军，而是指着各自的脑袋。何思运皱着眉头，说："樱井，你们放下武器吧，八路军优待俘虏……"樱井兆太郎充满嘲讽地朝他笑了笑，然后扭头看着藤野严八郎，点了点头，两人的枪几乎同时响了……

5

收拾完鬼子，正在打扫战场，何思运看到了高昌，离得远远地就伸出了手，高昌忙迎上去，两双大手紧紧地握在了一起。谢让看着这一切，欣慰地笑了。

高昌红着脸说："何团长，惭愧惭愧，这次又被你们施以援手……"

何思运握着他的手使劲地摇着，诚恳地说："别客气，咱们都是抗日队伍，自然要并肩作战。"

两人简单地说了一会儿，何思运要清点部队，先行告辞了。

高昌和谢让带着部队掩埋战死的兄弟，清点缴获的武器，忙完这一切，太阳也快要落山了。正在这时，大路上出现了一个小小的人影，骑着战马，远远地赶来了。走近一看，正是朱燕子。高昌和谢让忙迎了上去，朱燕子喘着粗气给他们汇报，她赶到卧虎山，见到了吴念人，报告了王家庄的战况，吴念人却借口日军兵力强大，为了避免遭受更大损失，拒绝派出援军。

朱燕子愤愤不平地说："我看这个吴师长，是巴不得咱们热血团被鬼子消灭了，真不知道他要干什么。"

谢让看了看高昌，摇了摇头，说："要想打鬼子，看来只能参加八路军了。"

朱燕子忙说："我也觉得，咱们热血团只有参加八路军才有前途。高团长，你说呢？"

高昌正要说什么，何思运带着谢地赶来了，朱燕子赶紧过去，上下打量着他，两人眼中都闪着激动的泪花。高昌过去，和何思运低声地说着什么。

谢地看着朱燕子，兴奋地说："燕子，你参加八路军吧！"

朱燕子使劲地点了点头："谢伯伯刚才说了，要想打鬼子，也只能参加八路军了。"

谢地朝父亲看了看，谢让冲他点了点头。谢让决心已定，高昌如果不同意，哪怕他一个人也要参加八路军。

谢地高兴地跳了起来："太好了，太好了，大家都是八路军啦！"

何思运听到了，上前紧紧握住谢让的手，说："欢迎，欢迎，我们八路军欢迎一切抗战志士。"

谢让看了看高昌，眼神中充满恋恋不舍，强作欢颜，笑着说："老高，咱们就此别过，希望以后还有机会并肩杀敌。"

高昌奇怪地看着他，问他："老谢，谁要和你就此别过？"

何思运笑道："老谢，高团长刚才决定了，热血团从此就是八路军了。"

谢让疑惑地看着高昌："老高，这是真的吗？"

高昌哈哈笑道："只许你当八路军，就不许我当了？"

谢让笑了，何思运笑了，谢天、谢地、朱燕子笑了，所有人都笑了，整个大地回荡着他们爽朗的笑声，向天空冲去，越来越远，越来越响亮……

尾声

故事到这里还没讲完。谢让和高昌后来都成了八路军团长，他们先后参加了抗日战争、解放战争、抗美援朝战争。高昌在第五次战役中带领部队狙击美军，不幸牺牲。

1954年春天，当志愿军回到国内后，谢地和朱燕子结婚了。这是一个集体婚礼，同时结婚的还有洪桥和舒林儿，谢天和师部医院的一个护士。他们结婚的当天晚上，谢让做了一个重大决定，这年年底全家一起打了复员报告，他们不要政府安排，自愿复员成为农民。这是共产党员的高风亮节。他们被部队表彰后戴着大红花复员了。

谢让家在北京，组织安排他们复员到了京郊的大兴县。可以肯定的是，大兴县从来没有接收过一个叫谢让或者叫谢天、谢地、朱燕子的志愿军军官。"文革"过后，洪桥和舒林儿曾经千里迢迢赶到大兴县，但他们在所有档案里都没有找到这家人的任何记载，他们像水消失在了水里。

事情很简单，谢让一家根本就没有到大兴县报到。

这是谢让的想法。他告诉谢天、谢地和朱燕子，他曾经是国民党的警察分局局长，谢天、谢地当过国军，而朱燕子当过土匪，又当过国军，他们任何一个人都有一身小辫子，如果有人要找他们麻烦，无论是把谁的历史翻出来，都将会让他们无法翻身。他把所有能证明他们身份的东西销毁了，带着他们来到了豫西南伏牛山区一个在地图上根本就找不到的村庄……

故事到这里就要结束了。

他们的故事确实很传奇，如果你们认为是我虚构的，那我也没办法。我能告诉你们的是，谢让在 1990 年去世，无疾而终，享年九十三岁。谢天、谢地两家人现在仍然生活在那个村庄里。原谅我，我不能告诉你们这个村庄的名字。他们喜欢这种安静的生活，喜欢山区的阳光、空气和水，这里永远是新鲜而又干净的。我能告诉你们的是，这是一个真实的故事，所有的这一切都是他们告诉我的。他们现在生活得很好，很幸福。对了，他们家门前还种了一片樱树，每年春天，樱花就开了，很美。树下坐着一个老人，他闭着眼睛，安静得像一座雕塑，谁也不知道他在想什么。